맨스필드 파크 1

MANSFIELD PARK

또 하나의 세상을 꿈꾸게 하는...

제인 오스틴 지음 김지숙 옮김

맨스필드 파크 1

MANSFIELD PARK by Jane Austen

1

대략 30년 전쯤의 일이다. 영국의 헌팅던에 사는 마리아 워드 양은 지참금이라고는 7천 파운드밖에 없으면서도 노스햄턴 주 맨스필드 파크(영국의 귀족과 지주의 시골 본집은 둘레가 몇 마일이나 되는 수풀 등으로 덮인 넓은 부지를 갖는다. 이것을 파크라고 부르며 또한 그것이 그대로 저택의 호칭이 되는 경우도 있다.)의 영주인 준남작 토머스 버트램 경을 매료시켜 준남작 부인이 됨으로써, 화려한 저택과 막대한 수입이 보장된 안락하고도 관록 있는 신분이 되었다. 헌팅던 읍내의 사람들은 참으로 훌륭한 연분이라고 경탄했고, 그녀의 백부 되는 변호사도 그녀가 받아야 할 유산을 서류상으로 정리하면서, 조카에게는 최소한 3천 파운드가량은 더 있어야 균형이 맞는다고 말했을 정도이다.

그녀에게는 이처럼 행복한 출세를 해보려는 두 자매가 있었는데 마리아의 신분 상승으로 인해 가장 큰 혜택을 본 사람은 다름 아닌 두 여동생이었다. 그녀들의 이름은 각각 워드와 프랜시스였다. 이웃들은 이들도 신부가 된 마리아에 못지않은 미인이라 여기고 있었기 때문에 그녀들도 머지않아 거의 마리아와 손색없는 혼처를 찾을 것이라고 공공연히 예언하고 있었다. 하지만 세상에는 신붓감으로 아리따운 아가씨들은 많지만 돈 많은 남자가 그렇게 흔한 것은 아니다.

둘째인 워드 양은 언니가 결혼하고 6년이 지난 후에야 어쩔 수 없이 형부의 친구인 노리스 목사를 사랑하게 되었는데 이 사람은 재산이라고는 거의 없었다. 막내인 프랜시스 양은 둘째 언니보다도 더욱 나쁜 조건이었다. 사실 따지고 보면 워드 양의 혼처는 아주 형편없는 경우는 아니었다. 다행히 토머스 경이 맨스필드의 성직록이라는 명목으로써 친구에게 수입의 길을 마련해주었고 노리스 부부가 해로동혈(偕老同穴)을 시작했을 때에는 연수입이 거의 1천 파운드에 다다를 정도가 되었던 것이다.

그러나 막내인 프랜시스 양의 결혼은 항간에 떠도는 소문에 의하면 가문의 명성에 먹칠을 하고도 남았다. 신랑은 해군 대위로 교육도 제대로 받지 못했을 뿐더러 재산이나 내세울 만한 일가친척은 물론 그야말로 변변한 것이라고는 눈을 씻고 찾아도 없는, 보잘것없는 처지의 사람이었다. 정말 어처구니없는 사람을 선택했던 것이다.

토머스 버트램 경은 아내의 두 동생들을 위해 기꺼이 자신이 가지고 있는 영향력을 행사할 준비가 되어 있었다. 그것은 원칙의 문제였을 뿐만 아니라 가문의 명예가 걸린 일이기도 해서, 인척관계에 있는 사람에게는 모두 그럴듯한 지위를 안겨주고 싶은 그의 욕심 때문에라도 두 처제에게 기꺼이 그리고 진지하게 힘이 되어 줄 생각이었다. 그런데 막내 처제의 남편의 직업이 이래 가지고는 애써 닦아놓은 공도 통하지 않았다.

토머스 경이 어떻게 달리 이 두 사람을 도울 방법이 없을까 고민하며 해결방안을 모색하고 있는 동안, 자매들 간의 사이가 벌어지고 말았다. 이것은 당사자 세 사람의 행동에 따른 너무나 자연적인 결과였으며 누군가 현명하지 못한 선택을 했을 때 야기될 수 있는 흔한 일이었다.

이제 해군 대위 프라이스 부인이 된 막내는 들어본들 별 뾰족한 수가 없는 언니들의 잔소리와 질책을 피하기 위하여 정식으로 결혼식을 올릴 때까지 그 일에 대해 일체 언니들에게 편지를 쓰지 않았다.

버트램 영부인인 마리아는 감정에 모가 없고 성품도 매우 느긋하여 웬만한 것은 오히려 귀찮게 여기는 여성이었다. 때문에 동생에 관한 일은 이미 단념한 상태였고 그 문제로 인해 더 이상 골머리를 앓고 싶지도 않았다.

하지만 둘째인 워드 노리스 부인은 그녀의 언니와는 달리 매우 활동적이면서 적극적인 성격의 소유자였다. 때문에 동생에게 노기등등한 긴 편지를 써서 그녀의 행동이 어리석었음을 낱낱이 지적해주고 앞으로 있을지도 모를 온갖 폐해를 늘어놓으면서 동생을 을러대지 않고는 직성이 풀리지 않았던 것이다.

프라이스 부인은 그녀대로 언니의 편지로 인해 커다란 상처를 받았다. 도저히 분노를 억제할 수 없었던 그녀는 두 언니를 한통속으로 몰아 앙칼지게 쏘아붙이고 토머스 경이 도도하게 군다는 등 매우 불경스럽게 비꼬아 빈정대는 회답을 보냈다. 토머스 경의 자존심도 상처를 입을 수밖에 없었다. 노리스 부인이 이 모든 사실을 혼자 마음속에 담아둘 만한 위인이 못 되었기 때문이다. 따라서 그들 세 자매간의 교류는 상당히 오랜 기간 동안 완전히 끊기고 말았던 것이다.

서로 사는 곳도 멀고 교제 범위도 각각 달랐기 때문에 그 후 11년 동안은 서로 소식을 접할 기회도 없이 흘러갔다. 이것은 토머스 경의 입장에서 본다면 다행스러운 일일 수도 있었다. 그런데 토머스 경은 대체 어디서 노리스 부인이 그런 정보를 입수해오는지 참으로 신기하게 여기지 않을 수 없었다. 남의 일에 참견하기 좋아하는 그녀가 신경질적인 목소리로 프랜시스가 또 아이를 낳았다고 말하는 일이 있었기 때문이다.

프라이스 부인의 생활은 점점 더 어렵고 궁핍해져 갔다. 그리고 세

월이 11년이나 지나고 보니 이제 자존심이나 원한 같은 감정을 소중
히 여기거나 가슴에 품고 살아갈 수도 없었다.

궁핍에 시달릴수록 소중한 도움이 되어줄지 모를 유일한 가족과의
관계를 영영 끊어버릴 수 없다는 것이 실제적인 이유였다. 앞으로 더
태어날지도 모를 아이들과 부양해야 할 가족은 점점 불어나고 있었으
니. 설상가상으로 장애로 인해 상이군인으로 제대한 남편은 매일 고
주망태가 되도록 술을 마시며 하루하루를 허송하고 있었다. 이러한
사정이고 보니 프라이스 부인의 한 달 수입은 겨우 입에 풀칠을 하기
도 버거운 실정이었다.

결국 프라이스 부인은 결혼 문제로 빚어진 갈등과 반목 중에 아무렇
게나 내던져버리듯 소식을 끊고 지낸 친척이나 친구들과의 옛정을 다
시 회복하고 싶어졌다. 보잘것없는 적은 수입으로 많은 가족, 앞으로
더 늘어날지도 모를 가족을 이끌어나가려니 더욱 그러하였다.

그래서 큰언니인 버트램 영부인 앞으로 긴 편지를 써서 진심으로 자
신의 잘못을 뉘우치고 있고 지금은 절망적인 상태에 놓여 있다는 구
질구질한 현실을 실토했다. 아이들만 많을 뿐이지 그 밖의 것은 거의
하나에서 열까지 죄다 모자라는 형편이라고 호소를 했던 것이다. 프
라이스 부인으로서는 매우 자존심이 상하는 일이었지만 그렇다고 자
매들과 계속 등지고 사는 것도 그에 못지않게 고통스러운 일임을 현
실이 깨우쳐주었기 때문이다.

그녀는 이제 곧 아홉 번째의 출산을 기다리고 있는 중이었는데 이런
처지에 놓은 자신의 신세를 한탄하면서 이제 태어날 아이의 후원자가
되어 달라고 간절히 부탁한 다음, 이미 자라고 있는 여덟 아이를 양육
해 나감에 있어서 앞으로 언니들이 얼마나 귀중한 존재가 될 것인지
를 절실하게 느끼고 있다고 숨김없이 털어놓았다.

프라이스 부인의 맏이는 열 살 된 소년이었다. 그는 무척 쾌활한 성

격에 늠름한 기상을 갖고 있었으므로 빨리 넓은 세상으로 나가고 싶어 안달이었지만, 엄마인 프라이스 부인의 현재의 처지로는 아들에게 아무것도 해줄 수 없었다. 그녀는 어쩌면 혹시 토머스 경의 도움을 받을 수 있지 않을까 하는 기대감에 더욱 더 자매에게 집착할 수밖에 없었다. 서인도에 가지고 있는 재산을 관리하는 일이라거나 어떤 일이라도 좋았다. 이 소년의 현재의 처지가 이것저것 가릴 만한 입장이 아니었던 것이다. 가족을 굶기지 않기 위해서는 무슨 일이든지 해야만 했다. 따라서 프라이스 부인은, 이 문제에 대한 토머스 경의 생각은 어떤지 묻고, 큰아들을 서인도로 보내려면 어떻게 하면 되는지 알고 싶다고 형부인 버트램 토머스 경 앞으로도 편지를 보냈다.

이 편지는 헛수고가 되지 않았다. 자매들 간의 화해가 이루어졌기 때문이다. 게다가 토머스 경은 호의적인 조언과 여러 가지의 약속을 했고, 버트램 영부인은 갓 태어날 아기를 위한 깃저고리 몇 개와 약간의 돈을 그리고 노리스 부인은 동생에게 편지를 썼다.

직접적인 효과는 그러했지만 1년 후에 프라이스 부인에게는 더욱 중요한 이익이 생겨났다. 편지 왕래가 시작된 이래로 노리스 부인이 다른 사람에게 곧잘 말하는 바로는, 불쌍한 동생과 그 가족이 도무지 머리에서 떠나지를 않고 신경 쓰이게 해서 아무래도 이대로 있을 수 없겠다는 것이었다. 한마디로 좀더 밀어줄 필요가 있을 것 같다는 요지였다. 물론 두 자매는 그녀를 위해 이것저것 많이 돌봐주고 있었다. 하지만 무엇이든 더 해주고 싶어 안달복달하던 노리스 부인은 마침내 자기 희망은 이러이리하다고 구체적으로 말했다. 즉 불쌍한 프라이스 부인의 많은 아이들 중에서 하나를 돌봐주며 양육비용을 대주자는 것이었다. 프라이스 부인 편에서 보자면 편지 한 통의 거래로 얻게 된 소득치고는 제법 짭짤한 이문이었다.

"우리가 제일 큰 딸애를 돌보아 주는 일을 맡아서 동생의 짐을 조금이라도 덜어줄 수 있다면 얼마나 좋겠어요. 그 아이는 지금 아홉 살 된 계집앤데, 아직 엄마의 손길을 필요로 하는 나이라고요. 여러 가지로 신경을 써줘야 하는데 그 애 엄마로선 가엾게도 좀 무리예요. 동생들이 줄줄이 딸린 상황에서 장녀에게 신경을 쓸 부모가 어디 있겠어요. 좀 성가시더라도 감수하고 우리가 그 아이를 데려와서 키운다면, 양육비가 들기는 하겠지만 동생 가족에게 큰 온정을 베푸는 게 아닐까요. 그보다 좋은 일은 없을 거라고 생각해요."

버트램 영부인은 즉석에서 찬성했다.

"여보, 그게 가장 좋을 것 같아요. 그 애를 부릅시다."

하지만 토머스 경은 아내처럼 무조건적으로 즉석에서 승낙할 수는 없었다. 그는 깊은 생각에 잠겨 결단을 못 내리고 주저하며 말했다.

"책임이 중해요. 이건 우리가 간단히 결정할 일이 아니고 아주 심각한 문제란 말이오. 여자아이를 제대로 양육하려면 마땅히 해주어야 할 것도 많고 충분히 보살펴주어야 할 테니까 말이야. 그렇게 해주지 못한다면 가족에게서 떨어진 결과만 되어 은혜가 원망으로 돌아올 수도 있어요. 우리 집의 네 자식 문제도 그렇고. 아들 둘에 관한 얘기지만 나는 그 아이들을 고려하지 않을 수가 없단 말이오. 사촌끼리 연애하는 수도 있으니까 말이야. 만약 그런 일이 벌어지기라도 한다면……."

그러나 그가 신중히 반대론을 늘어놓기가 무섭게 노리스 부인이 가로막고 그가 한 말과 아직 하지 않은 말까지 대변해서 말했다.

"그렇지만, 형부. 그야 하시는 말씀은 충분히 이해하겠어요. 형부의 관대한 배려와 용의주도하면서 사려 깊은 생각은 평소의 모습에서 보여주시는 것같이 정말 훌륭하다고 생각해요. 그리고 한 아이를 자신의 보호 아래 거두어주기로 한 이상 성심성의껏 돌보아야 한다는 생각에 저 또한 전적으로 공감해요. 장래 일까지도 가능한 한 뒷바라지 해주는 게 당연하죠. 우리가 책임지고 떠맡을 애니까요. 형부 말씀대로 여러 가지 피치 못할 사정들이야 있겠지만 저는 전적으로 이 일에 찬성이에요. 물론 저도 그럴 경우 성의를 다할 생각이고요. 저는 자식이 없으니까 앞으로 조금이라도 유산을 남기게 되는 경우 친동생의 자식들 외에 달리 누구에게 눈이 가겠어요? 더욱이 우리 바깥양반도 심지만은 바른 양반이라 저와 생각이 다르지 않을 거예요. 형부도 아시다시피 저는 말없이 실천하는 여자예요. 자, 그러니 이제는 자잘한 일 가지고 머뭇거리느라 선행에 게으름을 피우지 말아야죠. 우린 그 아이에게 교육의 기회를 주어 적당히 세상에 내보내면 돼요. 여자애니까 거의 틀림없이 안정을 얻을 테고 더 이상 남에게 금전적인 폐는 끼치지 않을 거예요. 이렇게 말씀드리긴 뭣 하지만 그 아이는 우리의 조카인 동시에 형부의 조카이기도 해요. 그러니까 형부, 그 애가 적어도 이곳에서 성장한다면 여러 가지 득이 되는 일이 없지 않을 거예요. 사촌들 못지않은 미인이 될 거라고는 말하지 않겠어요. 아마도 그렇게는 안 되겠죠. 하지만 이렇게 좋은 환경에서 자란다면 매우 유리한 조건으로 이 지방의 사교계에 나아갈 것이니만큼 반드시 좋은 혼처를 얻어서 훌륭한 가정을 꾸릴 수 있을 거예요. 그리고 형부는 아들들에 대하여 염려를 하시는데 글쎄요, 이 세상의 온갖 일 중에서 그런 일은 가능성이 가상 희박한 일이라고 생각지 않으세요? 도덕적인 측면에서도 그렇고 다른 여러 측면을 생각해봐도 그래요. 늘 함께 남매나 다름없이 지내다 보면 그런 경우는 현실적으로도 불가능한 일일 수밖에 없죠. 제가 지금껏 살아오면서 그런 예는 한 번도 보지 못한걸요. 사실, 그런 관계를 예방하려면 이것이 유일하고 가장 확실한 방법이에요. 그 애가 예뻐져서 앞으로 7년 후에 톰이나 에드먼드를 처음 만나게 한다면 그때야말로 골치 아픈 일이 안 생긴다고 누가 보장할 수 있겠어요. 자신들은 안락하고 편안한 생활을 누리고 있는 동안, 그 애는 멀리 떨어진 곳에서 아무 도움도 받지 못한 채 가난하게 자라왔다고 생각하는 것만으로도 마음씨 착한 조카들인 만큼 둘 중 하나는 분명 사랑에 빠지게 될걸요. 하지만 지금부터 같이 키워보세요. 설사 그 애가 천사처럼 아름답다 해도 그 조카들에게서 누이동생 이상의 존재는 되지 않을 테니까요."

노리스 부인이 차분한 목소리로 토머스 경을 설득하고 있었다.

"처제가 하는 말에는 여러 가지 지당한 데가 있군요."

토머스 경이 대답했다.

"나도 비현실적인 어려움을 끄집어내서 이 계획에 찬물을 끼얹을 생각은 조금도 없어요. 서로 각자의 입장에서 전적으로 합치된 의견이니까요. 다만 내가 말하고 싶은 것은 경솔히 손을 대서는 안 된다는 것이지요. 프랜시스 처제에게는 진정으로 도움이 되고 우리에게도 체면이 서게 하려면 우리는 그 애를 위해 훌륭한 숙녀로 자라날 수 있도록 아니, 상류 귀부인으로서의 신분을 확보할 수 있도록 해주어야만 한다고 생각해요. 우리 모두가 그렇게 되도록 노력해야 할 의무가 있고 그것을 보장해 주어야 할 책임이 있다는 것이죠. 아마 각오를 단단히 해야만 할 겁니다, 처제. 우리가 낙관적으로 기대하고 있는 입신의 결과가 나타나지 않더라도 말입니다. 나는 처제가 이 모든 일을 너무 낙천적으로만 생각하는 것 같아 오히려 불안한 거요."

어쩔 수 없다는 듯이 고개를 저으며 대답하는 토머스 경을 향해 노리스 부인이 외쳤다.

"잘 알겠어요. 형부는 정말 마음이 넓고 인정이 많은 분이셔요. 그 점에서라면 다른 의견이 있을 리 없어요. 하지만 모든 사람들이 이 문제만큼은 저와 같은 생각일 거라고 확신해요. 제가 얼마만큼의 몫을 해낼지는 모르지만 사랑하는 사람들을 위해서라면 언제라도 기꺼이 힘이 돼줄 작정이에요. 그건 형부도 잘 아시겠죠. 물론 그 애에게는 언니의 사랑스러운 자녀들을 생각하는 마음의 백 분의 일도 느낄 수 없을 것이며 제 친자식이나 다름없이 생각할 수도 없을 테지만 이 가여운 애를 내버려둔 채 모른 척한다면 아마도 저 스스로가 자신이 못 견디게 싫어질 거예요. 따지고 보면 친동생의 딸이잖아요? 제게 그 아이를 도와줄 만한 여력이 조금이나마 있는데 그 애가 배고파하는 것을 어찌 보고만 있을 수 있겠어요? 보세요, 형부. 제가 단점이 많다는 것은 알지만, 이래봬도 인정 또한 있는 여자랍니다. 비록 제 처지는 가난하더라도 남에게 인정을 베풀지 않는다면 전 세끼 밥을 마다할 수 있어요. 제가 기본적으로 누려야 할 것들을 못 누린다 하더라도 인색한 행동만은 하고 싶지 않아요. 그러니 형부가 반대하지 않으신다면 당장 내일이라도 동생에게 편지를 써서 제안하겠어요. 지금의 이 문제가 잘 해결되고 그것이 결정되면 그 애를 맨스필드로 데려오는 것은 제가 맡지요. 형부에게는 절대 폐를 끼치지 않겠어요. 제가 모든 일을 다 알아서 처리할 테니까요. 제가 이런 일을 귀찮게 여긴다거나 의무를 게을리 한 적이 한 번도 없었다는 걸 형부도 잘 아시잖아요. 먼저 유모인 내니를 런던으로 보내겠어요. 그곳에는 마구업을 하는 내니의 사촌이 살고 있어요. 그 사촌 집에서 밤엔 묵을 수 있을 테고, 그 애하고도 그곳에서 만나도록 약속하면 일은 생각보다 쉽게 처리될 수 있을 거예요. 포츠머스에서 런던까지는 마차를 태우면 간단할 것이고, 누군가 믿을 만한 사람에게 데리고 오도록 부탁하면 될 거예요. 때마침 그곳까지 여행하는 신뢰할 만한 사람에게 말예요. 평판이 좋은 상인의 아내든지 아니면 누구는 여행하는 사람은 항상 있게 마련이니까요."

　노리스 부인은 이미 계획하고 있던 일들을 자신에 찬 목소리로 조리 있게 말했다. 토머스 경은 내니의 사촌에 대해 몇 가지 질문을 던진 것 말고는 더 이상 반대하지 않았다. 그 아이와 내니가 직접 만나는

것이 가장 안전한 방법이기는 하지만 비용이 만만치 않다는 점을 제
외하고는 만사가 노리스 부인의 생각대로 결정되었다.

토머스 경 부부나 노리스 부인이나 정말 좋은 계획이라고 말하고는
자신들의 자비로운 행위에 대해 모두들 흐뭇함을 느끼고 있었다. 이
만족감의 분배는 엄밀히 말해서 평등했다고는 할 수 없었다. 그 이유
는 토머스 경은 노리스 부인의 생각대로 이 일을 조금 서두르는 것이
좋겠다는 의견까지 내놓았고, 결국 이 선택된 아이의 진정한, 시종일
관 보호자가 되려고 마음먹게 되었으나 노리스 부인은 그 아이의 양
육에 동전 한 푼 낼 생각이 없었기 때문이다.

찾아와서 얘기나 하고 일을 둘러맞추는 일이라면 그녀는 정말 자비
로웠고 남에게 지갑을 털라고 명령하는 기술을 이만큼 터득하고 있는
사람도 없을 터였다. 돈을 아끼는 일에는 친구의 돈을 쓰는 것과 같은
정도의 요령이 있었다. 결혼했을 당시의 수입이 평소에 기대했던 것
보다 많이 모자라다 보니 그녀는 처음부터 몹시 엄격한 절약법이 필
요하다고 믿게 되었던 것이다.

처음에는 알뜰함에서 시작한 것이 곧 취미처럼 되어 버렸다. 사람에
게는 뭔가 마음 졸이는 일이 필요하기도 하지만 자식이 없으니 그럴
걱정도 없고, 돈이 그 대상이 되어 버렸다. 만약 부양해야 할 가족이
있다면 노리스 부인도 결코 돈을 모으는 일은 하지 않았을지도 모르
지만 그럴 만한 걱정이 없고 보니 그 검소함에 방해가 되거나 몽땅 써
버린 적이 없는 수입이 해마다 불어나는 그 흐뭇한 마음을 약화시키
는 것은 아무것도 없었다.

이 원칙에 정신을 빼앗겨버려 동생에 대한 참다운 애정을 위하여 너
그러워지는 일도 없었기 때문에 그녀로서는 이 비용 많이 드는 자선
사업의 계획을 세우고 준비하는 공로 이상의 것을 지향할 수가 없었
던 것이다. 이 이야기를 끝낸 다음 목사관으로 걸어서 돌아가는 길에

어쩌면 자기야말로 세상에서 누구보다도 가장 돈 잘 쓰는 언니이며 이모라는 행복한 생각을 했을지도 모를 일이었다.

이 문제가 더 진전되었을 때 그녀의 생각은 좀더 확고한 논리로, 자세히 설명이 되었다. 우선 버트램 영부인이 "그런데 그 애를 처음에 어디로 데리고 와야 하니? 너희 집이니, 아니면 우리 집?" 하고 조용히 물은 데에 대한 그녀의 대답은 이러했다. 애를 돌보는 역할을 분담하는 것은 자기로서는 전혀 능력 밖의 일이라는 것이었다. 그 말을 듣고 토머스 경은 깜짝 놀랐다. 그는 그 애가 오면 목사관도 활기를 띠게 되고 더욱이 자식이 없는 이모로서는 좋은 말동무가 될 것이므로 더욱 환영받을 것이라고 생각했던 것이다. 하지만 그런 토머스 경의 생각은 완전 빗나갔다. 노리스 부인은 유감스런 일이라고 전제한 다음, 그 애가 자기네 집에서 생활한다는 것은 생각해 본 적도 없고 정말이지 말도 안 되는 일이라고 했다.

"남편의 건강 상태가 그다지 좋은 편이 아니기 때문에 그것은 불가능해요. 예민한 성격인 걸 잘 아시잖아요. 아이 때문에 시끄러워지는 것을 참아달라는 말은 그 사람에게 하늘을 날라고 요구하는 것과 다름없을 거예요. 만약 그 사람의 통풍이 낫는다면 얘기는 또 달라지겠지만, 그렇게 되면 기꺼이 맡도록 하죠. 번갈아 가며 해야 할 일이니까요. 귀찮다는 생각은 눈곱만큼도 없어요. 하지만 지금 당장은 우리 집 양반 하나만으로도 꼼짝할 수가 없군요. 아마 이런 말을 끄집어내기만 해도 그 양반은 미쳐버릴 거예요."

"그렇다면 우리 집에 먼저 오는 편이 낫겠구나."

버트램 영부인은 전혀 평정을 잃지 않고 아주 침착하게 말했다. 잠시 후, 침묵을 지키고 있던 토머스 경이 위엄 있는 어조로 덧붙였다.

"그래요, 그 애가 우리 집을 자기 집처럼 생각하면서 살두록 합시다. 우리도 그 애에 대한 의무를 다하도록 노력하리다. 그리고 어쨌든 함께 놀아줄 같은 나이 또래의 사촌들이 있으니까 그 애도 좋을 테고, 어엿한 가정교사가 있다는 이점도 있으니 모든 조건이 갖춰진 것 아니겠소."

"옳은 말씀이에요. 둘 다 매우 중요한 문제인걸요. 리 선생으로서는 마찬가지가 아니겠어요? 세 명을 가르치는 것이나 둘을 가르치는 것이나 다를 게 없겠지요. 저로서는 좀더 도움이 되었으면 좋겠지만 저 나름대로 할 만큼은 하고 있는걸요. 형부도 보시다시피 저는 힘이 닿는 한 최선을 다하고 있는 거라고요. 어려운 일이라고 해서 피하거나 제 몸 따위를 아끼는 인간은 아니에요. 그 애를 데리러 보내는 일은 내니에게 시키겠어요. 중요한 의논 상대를 사흘이나 집을 비우게 하는 건 저로서는 여간 불편한 일이 아니지만요. 그건 그렇고 언니, 그 애의 방은 작고 하얀 지붕 밑 방이 좋지 않을까요? 전에 육아실로 쓰던 그 곁에 있는 다락방 말이에요. 제 생각에는 그곳이 제일 좋을 것 같아. 리 선생 방과도 가깝고 또 사촌 언니들 방하고도 그다지 멀지 않은 곳이잖아요. 게다가 하녀들 방도 바로 곁에 있으니 옷 갈아입을 때에 누가 거들어주기도 좋고, 그 아이 옷을 관리해 줄 수도 있을 테니 얼마나 좋아요. 언니, 설마 다른 아이들과 마찬가지로 그 애의 시중까지 엘리스에게 시키려는 건 아니겠죠? 그건 너무 가엾게 생각되잖아. 저는 그 애에게 어울리는 방으로 다락방 외에는 달리 있을 것 같지 않아요."

노리스 부인은 언니를 똑바로 마주한 채 말했다. 버트램 영부인은 반대하지 않았다.

"성품이 고운 애라면 좋으련만. 이렇게 훌륭한 친척을 갖는다는 것이 얼마나 얻기 힘든 행운인지 깨닫고 자기는 별나게 운이 좋다는 걸 충분히 알 수 있을 만큼 현명한 아이였음 좋을 텐데……."

노리스 부인이 덧붙여 말했다.

"만약에 성품이 정말로 나쁜 아이라면 우리 아이들을 위해서도 이 집에 둘 수는 없겠지만, 그런 나쁜 경우를 예상해야 할 이유는 없지요. 이런 것은 이렇게 고쳐줘야겠다고 생각하는 것이 아마도 적잖이 발견될 테고, 교육을 받지 못해서 생각하는 게 좀 천박할 우려도 있고 언행도 보기에 위태할 만큼 품위가 없지 않을까 하는 정도는 각오해 둬야 할 거요. 하지만 그것도 시정해서 못 고칠 결점은 아닐 테고, 그리고 놀이친구에게 해가 될 일도 없겠지. 우리 딸들이 혹시 손아래라고 한다면 그런 놀이친구를 끌어들이는 것이 매우 중대한 일로 여겨지겠으나 이번의 경우는 애들이 서로 사귄다고 해도 딸들에게 염려될 것은 아무것도 없으며 그 애에게 이롭게 될 일뿐이지요."

토머스 경이 곰곰이 생각하며 진지하게 말했다.

"제 생각과 꼭 같아요."

노리스 부인이 소리쳤다.

"오늘 아침에도 남편에게 말했어요. 사촌들과 같이 있는 것만 해도 그 애에게 교육이 될 거라고 말예요. 리 선생이 아무것도 가르쳐주지 않아도 형부의 딸들에게 배워서 착한 애가 되고 총명해질 테니까요."

"내 발바리를 괴롭히지 않았으면 좋을 텐데. 줄리아가 집적거리지 않도록 가까스로 교육을 끝낸 참인데……,"

버트램 영부인이 말했다.

"앞으로 다소간 어려운 문제가 생길 테지요, 처제."

토머스 경이 말했다.

"딸들이 커삼에 따라 확실한 구별을 어떻게 해나가는가 하는 문제로 말이오. 내 딸들에게 자기들의 신분에 대한 의식을 잃지 않게 하고 더욱이 사촌을 너무 얕보지 않도록 하는 것과 한편으로 그 애의 기를 함부로 꺾는 일없이 자기는 버트램 가문의 딸이 아님을 잊지 않도록 하는 일입니다. 셋이서 사이좋게 지내기를 바라고 있지만 우리 딸들이 친척 아이에게 뽐내는 말이나 행동에 대해서는 절대로 용서하지 않을 작정이오. 그러나 역시 똑같을 수는 없는 일이지요. 신분이나 재산이나 권리나 앞으로 상속할 재산에 관해서나, 이것은 무슨 일이 있어도 엄연히 다를 거요. 이 점은 아주 미묘해서 틀림없이 다른 선을 정하여 행동하도록 우리도 노력할 것이니 이 점 꼭 협조해줘요."

노리스 부인은 별문제 없는 일이라며 받아들였다. 그리고 매우 어려운 일이라는 것은 완전히 동감했지만 둘이서 힘을 합하면 쉽게 해나갈 수 있을 것이라고 토머스 경을 격려했던 것이다.

쉽게 생각할 수 있는 일이지만 노리스 부인이 동생에게 보낸 편지는 헛수고가 아니었다. 프라이스 부인은 이렇게 훌륭한 사내아이들이 많이 있는데도 여자아이를 점찍었다고 하여 다소 놀란 듯한 눈치였으나 이 제의를 고맙게 받아들여 딸이 유순하며 마음씨 착한 아이임을 보증하면서 쫓겨 오는 일은 절대로 없을 거라고 전해왔다. 여기에 덧붙여 그 애는 약간 연약하고 몸집이 작지만 거처가 바뀌면 훨씬 건강해지리라는 밝은 희망을 가지고 있다고 했다. 가엾게도 그녀는 아마 자기의 많은 아이에게 전지요양이 필요할지도 모른다고 생각하는 것 같았다.

2

　이제 막 열 살이 된 패니 프라이스는 어린 소녀로서는 무척 지루했을 긴 여행을 무사히 마치고 목적지에 도착했다. 그리고 모든 예정에 맞추어져 있는 대로 노스햄턴에서 노리스 부인의 마중을 받았다. 노리스 부인은 이렇게 자기가 제일 먼저 이 소녀를 맞이했다는 공로와 이 아이를 다른 사람들에게로 데려가서 친절한 그들에게 맡긴다는 중책을 띠고 있었고, 그러한 자신의 역할에 아주 흡족한 표정을 짓고 있었다.

　패니 프라이스가 첫선을 보였을 때의 모습에는 친척들을 만족시킬 만한 점은 별로 없었지만 크게 실망시키는 점도 없었다. 나이에 비해 몸집이 작고 안색도 가무잡잡하여 달리 눈에 띄게 아름다운 데는 없고, 몹시 겁먹은 태도로 수줍어하여 다른 사람의 눈에 띄기를 꺼려하는 듯했으나, 그 태도는 어색하면서도 그다지 천박하지 않고 목소리도 고왔으며 말을 할 때의 표징은 귀여웠다. 토머스 경과 버트램 영부인은 매우 다정하게 그 애를 맞아들였다. 토머스 경은 아이의 성격이 수줍음을 많이 탄다는 것을 금방 알아차렸고, 용기를 북돋워줘야겠다고 느껴서 여러모로 비위를 맞춰주려 했다. 그러나 아무리 부드럽게 대하려고 해도 근엄함이 몸에 배어 있는 그의 태도에는 거추장스런 그 무엇이 있어서 방해를 놓았다. 평소의 태도와는 너무나 맞지 않는 것이어서 도리어 역효과가 나고 말았던 것이다. 오히려 버트램 영부인 쪽은 그 절반의 수고도 하지 않고 남편이 열 마디 할 것을 한 마디만 하면서, 기분 좋은 미소만으로도 곧 이 두 사람 중에서 덜 무서운 사람이라는 인상을 주었다.

토머스 경의 아이들은 모두 집에 있었는데 소개를 받았을 때는 저마다 자기의 역할을 훌륭히 해냈고, 최소한 아이들은 무척 기분이 좋아 당황하여 쩔쩔매는 일이 없었다. 두 아들은 17세와 16세로 나이에 비해 키가 커서 어린 사촌의 눈에는 완전히 어른으로 보였다. 두 딸은 아들들보다 나이도 많지 않았을 뿐더러 아버지를 몹시 두려워하고 경계하여 아버지가 세심하게 주의를 기울인다는 게 좀 서툴다 보니 거친 훈시가 되었으므로 사내아이들보다 당황해 했다. 더군다나 토머스 경은 아버지로서는 아이들에게 까다로운 편이어서 낯선 친척을 대하는 일이 그들로서 쉽지는 않아 보였다. 그러나 그 딸아이들은 남 앞에 나가서 환대받는 일이나 대화하는 일에는 익숙하고 천성적인 수줍음 같은 것이 없는 성격이었다. 때문에 낯설고 어린 이 사촌의 자신 없는 듯한 태도에 기가 살아서 곧 이 소녀의 얼굴과 멜빵 스커트를 민망할 정도로 찬찬히 뜯어볼 수가 있었다.

토머스 경의 가족은 모두 용모가 뛰어났다. 아들들은 잘생겼고 총명했으며 딸들은 단연 돋보이는 미모에다, 좋은 환경에서 성장하고 교육받은 탓인지 모두 발육 상태도 좋고 나이에 비해 조숙했다. 교육 정도에 따라 언동의 차이가 있는 것처럼 이 사촌들의 체격에도 두드러진 차이가 있어 세 소녀가 사실은 거의 같은 나이 또래라고는 아무도 생각지 못할 정도였다. 실제로 막내딸과 패니는 두 살밖에 차이가 없었던 것이다. 줄리아 버트램은 고작 열두 살이고 언니인 마리아는 한 살이 위인 열세 살이었을 뿐이다. 맨스필드에 사는 대부분의 사람들은 이들 버트램 가문의 네 아이들을 입에 침이 마르도록 칭찬하면서 부러워했다.

한편 이 어린 손님은 더할 수 없이 불행했다. 좋은 가문에서 훌륭한 교육을 받으며 성장한 이 네 아이들이 모든 것의 기준이 되었고, 소녀의 일거수일투족이 예리하게 관찰 대상이 되었기 때문이다.

패니는 모든 사람이 무섭기도 하고 자기 자신이 부끄럽기도 했다. 새로운 분위기에 압도된 나머지 눈을 어디에 두어야 할지 몰라 당황스러웠고 단지 떠나온 집이 그립기만 했다. 게다가 목소리는 자꾸 안으로 기어 들어가서 무슨 말을 하려면 모기 소리만하게 하는가 하면 곧 울어버릴 것 같았다.

노리스 부인이 노스햄턴에서 돌아오며 줄곧 조카딸이 신기하리만큼 운이 좋다는 것과 그 결과 당연히 우러나와야 할 큰 감사와 예의가 뒤따라야 한다고 떠벌렸기 때문에 그래도 행복해지지 않는다면 자기가 나쁘기 때문이라고 여겨져서 비참한 생각은 더욱 깊어지는 것이었다. 또한 버트램 가에 들어가면 어떻게 처신해야 하는지에 대한 설교도 귀에 딱지가 앉도록 들었지만 모든 것이 두렵기만 할 뿐이었다. 게다가 긴 여행 때문에 생긴 피로 또한 곧 적지않은 불행의 원인이 되었다. 이모의 말처럼 당연히 행복하고 감사해야 할 패니였지만 전혀 그런 기분이 느껴지지 않았기 때문이다.

토머스 경이 친절한 마음에서 잘해 주려고 아무리 노력해도 소용이 없었다. 노리스 부인이 모든 일을 훌륭하게 처신해야 한다고 누누이 일렀었고, 기필코 넌 착한 아이가 될 거라며 갖가지 참견조의 조언을 해도 효력이 없었다. 버트램 영부인이 따뜻한 미소로 소녀를 애완견과 함께 소파에 앉혀도 소용이 없었고 구즈베리 타트(과일을 넣어 조그맣게 만든 파이)도 아무런 위로가 되지 못했다.

구즈베리 타트를 두 번 정도 깨물어 먹었을 때 패니의 눈에 눈물이

고인 것을 보고 버트램 가족과 노리스 부인은 적이 당황했지만 피곤에 지쳤기 때문일 거라고 결론을 내렸다. 이럴 때는 잠을 재우는 것이 가장 좋은 방법이라고 생각되어 소녀를 데리고 가서 침대에 뉘였는데 그제야 소녀는 슬픔이 가라앉았다.

"이래서는 별로 희망적인 출발이라고 할 수가 없겠는데……."

노리스 부인이 패니가 방을 나가자마자 화가 난 투로 말했다.

"여기까지 오는 동안 그만큼 귀가 닳도록 말해 주었으니, 좀더 나은 행동을 보여줘도 좋으련만. 처음에 좋은 인상을 보여주는 것이 얼마나 중요한지 얘기해줬어요. 아이고, 저 아이는 심술 사납지 않은 온순한 성격이었으면 좋겠는데, 그 애 어미가 몹시 심술스러웠잖아요. 하지만 패니는 아직 어리니까, 너그러운 눈으로 봐줘야지 어쩌겠어요. 하긴 집을 떠나 슬퍼하는 것을 반드시 나쁘다고만 말할 수도 없어요. 왜냐하면 집안 형편이 어렵고 여러모로 부족한 점은 있다 해도 역시 제 집은 제 집이니까. 게다가 얼마나 자기의 처지가 좋아졌는지 아직 그 애로서는 잘 이해할 수도 없을 테고요. 그렇지만 무슨 일이든지 정도가 있는 법인데……."

그러나 패니는 노리스 부인이 너그럽게 보아주려고 생각하는 기간보다 더 오랜 시간이 지나지 않고는 새로운 맨스필드 파크의 생활과 친숙했던 사람들 모두와 헤어진 현실에 익숙해질 수가 없었다. 거기에는 참으로 뼈에 사무치는 절실함이 있었다. 패니는 마음에 커다란 상처를 입었다. 하지만 그 상처를 어루만져줄 수 있을 만큼 이해심 있는 사람도 없었고 진지하게 대해주는 사람도 없었던 것이다. 누구도 불친절하게 대할 마음은 없었으나 자기 스스로 먼저 패니에게 다가와 마음을 편안하게 해주고 낯선 상황에 적응하도록 위로를 해주려는 사람도 없었다.

패니가 도착한 다음날은 공부를 쉬게 되었다. 버트램 가의 두 아가씨로 하여금 어린 사촌과 친해지고 환대할 틈을 주기 위한 것이었는데 이 계획은 그다지 성공했다고 볼 수 없었다. 패니가 드레스 장식 띠를 두 개밖에 갖지 않았고 프랑스어를 공부한 적도 전혀 없다는 것을 알고는 두 아가씨가 패니를 시원찮게 여겼기 때문이다. 또한 마리아와 줄리아가 이중주를 들려주어도 별로 유쾌하게 여기는 눈치도 아니었다. 자신들의 솜씨로 늘 칭찬만 받아오던 두 자매는 패니가 아무 감명을 받은 기색이 없자, 더 이상 놀아주기를 그쳤다. 자신들의 장난감 중에서 별로 소중하지 않은 몇 가지를 패니에게 선뜻 선물하고 나머지는 팽개쳐둔 채 그들은 그 즈음에 마음을 쏟기 시작한 휴일의 놀이로 조화를 만들거나 금종이를 부질없이 낭비할 수밖에 없었던 것이다.

　패니는 사촌들과 함께 공부방이나 거실, 또는 정원의 떨기나무들 앞에 있어도 여전히 외톨이였으며 누구를 만나든 어디에 있든 외롭고 쓸쓸했다. 주위의 사람들과 낯선 장소들이 두렵고 무서웠던 것이다. 버트램 영부인의 평화로운 침묵은 서글펐고 토머스 경의 엄숙한 표정에는 겁을 먹었다. 버트램 가에 발을 들여놓기 전부터 계속 이어지고 있는 노리스 부인의 설교에는 주눅이 들다 못해 스트레스가 되었다.

　사촌 오빠와 언니들의 큰 체격 때문에 그들 곁에 서면 자신은 점점 작아지는 느낌이 들었고 그런 자신의 모습을 뚫어져라 빤히 쳐다보는 사촌들 때문에 무안하고 당혹스럽기가 이를 데 없었다. 가정교사인 리 선생은 너무나 배운 것이 없는 무지함에 기막혔던 터라 입을 다물지 못했고, 하녀들은 패니가 가져온 옷들을 보고 비웃었다. 이런 슬픔이 더해지자 패니는 비록 가난하기는 했지만 편안하게 지낼 수 있었던 집과 형제자매들이 간절히 그리워지는 것이었다. 그들은 패니와 늘 함께 어울려서 놀이 친구와 교사·유모로서 귀중한 역할을 맡아주던 친형제들이지만 이제는 가슴에 슬픈 돌덩이처럼 얹혀 있을 뿐이었다. 이런 때 그녀의 어린 마음은 크게 풀이 죽어서 울적해지는 것이었다.

집이 크다는 것 또한 놀랍기는 했어도 패니에게 위로가 되지는 않았다. 저택의 방들이 너무 크다 보니 오히려 마음 편히 돌아다닐 수가 없었다. 방 안의 물건에 손이 닿으면 혹여 깨지지나 않을까 겁이나 만져볼 엄두도 못 냈고 늘 무엇인가가 두려워 걸을 때에도 발소리를 죽이고 살금살금 돌아다녔다. 자기 방에 틀어박혀 남몰래 울기도 많이 울었다.

패니가 밤에 응접실을 나와 자기 방으로 들어가고 나면 거기서 자연스럽게 화제의 대상이 되고, 자기 신상의 특별한 행운을 저 나름으로 깨닫고 있는 것 같다는 평을 받곤 했다. 그러나 패니는 밤이면 남모르게 가슴속에 담아 두었던 하루치의 슬픔을 끌어안고 흐느껴 울면서 잠드는 것이었다.

이런 상태로 지낸 맨스필드 파크에서의 생활이 일주일째로 접어들었다. 하지만 그 누구도 패니가 자신의 침대에서 밤마다 베개 위에 눈물의 지도를 그려놓는다는 것을 알지 못했다. 그녀의 조용하고 조심성 있는 태도로 보아서는 그런 낌새마저 눈치 챌 수가 없었다. 그러던 어느 날 아침, 사촌인 에드먼드 즉 이 집의 둘째 아들이 패니가 다락방의 계단에 쭈그려 앉아 울고 있는 것을 발견했다.

"이봐, 꼬마 사촌. 왜 그러니?"

성품이 온순하고 유난히 마음씨가 착한 그가 매우 다정한 음성으로 물었다. 그러고는 곁에 앉아, 우는 모습을 들킨 것에 놀라고 무척 부끄러워하는 소녀를 애써 달래며 우는 이유를 말해보라고 설득했다.

"어디 아프니? 누가 너를 야단치기라도 한 거니? 혹시 마리아나 줄리아와 싸우기라도 했어? 아니면 수업하다가 모르는 게 생기기라도 한 거니? 그렇다면 내가 가르쳐 줄 수도 있는데……. 도대체 왜 우는 거니? 그 이유를 내게 말해줄래? 필요한 물건이 있으면 갖다 주고 원하는 것이 있으면 뭐든 해줄게."

에드먼드가 던지는 수많은 질문에도 대답은커녕 패니는 어깨를 들썩이며 그저 흐느끼고만 있었다.

"아니, 아니, 아무것도 아니야. 오빠, 고마워. 하지만 아니야."

패니에게서 얻은 대답이라고는 고작 이런 것이 전부였지만 그래도 에드먼드는 계속해서 질문을 던졌고 어떻게든 달래보려고 애를 썼다. 이윽고 패니가 살던 집으로 말머리를 돌리자 흐느낌이 더욱 심해지는 것이었다. 그제야 문제가 어디에 있는지 짐작이 갔다. 그는 소녀가 슬퍼하는 이유를 제대로 찾아냈던 것이다.

"엄마와 헤어져 슬픈 게로구나, 패니야. 그건 네가 아주 착한 애라는 증거란다. 하지만 너는 지금 친척과 친구들과 함께 있지 않니? 모두가 널 사랑하고 있고 네가 행복하게 되기를 바라고 있단다. 우리는 모두 너를 사랑하고 있어. 패니야, 네가 집을 떠나 있는 것은 사실이지만 이것만은 항상 기억해야 한단다. 자, 나와 같이 공원에 산책하러 나가자. 그리고 네 오빠와 동생들에 대해서 내게 이야기해주렴."

에드먼드는 패니를 위로하기 위해 최대한 부드러운 목소리로 말했다.

그리고 이 화제를 따라가다가 패니에게서 여덟이나 되는 형제자매들의 이야기를 들었으며 모두가 그리운 존재들이었지만 그 중에서도 유독 소녀의 가슴에 크게 자리하는 형제가 있다는 사실을 알게 되었다. 그것은 다름 아닌 윌리엄 오빠였다. 패니가 가장 많이 이야기한 것도, 가장 그리워하고 있는 것도 윌리엄이었다. 윌리엄은 패니보다 한 살 위였고 항상 자기 편이었으며 진정한 친구가 되어 주었던 것이다. 그는 엄마의 마음에 든, 엄마가 가장 사랑하는 장남이었다. 장남이라는 위치는 패니가 어려운 입장에 놓일 때마다 어머니로부터 패니를 옹호해주고 보호해 줄 수 있는 확실한 안전장치였다.

"내가 여기 오는 걸 윌리엄 오빠는 찬성하지 않았어. '정말 못 견디게 쓸쓸해지는걸.' 하고 말했어."

패니는 계속 훌쩍이며 말했다.

"하지만 윌리엄이 너에게 편지를 보낼 게 아니겠니. 오빠가 약속했다고 했잖아. 꼭 보낼 거야."

"응, 그렇게 하겠다고 약속은 했지만, 나보고 먼저 편지를 보내라고 했어."

"그럼 언제 쓸래?"

패니는 머리를 숙이고 잠시 머뭇거리다 조그맣게 대답했다.

"잘 모르겠어, 지금 나는 편지지도 편지봉투도 없는걸."

"그만한 일을 가지고 곤란해 한 거라면 내가 편지지랑 편지 쓰는 데 필요한 것들을 모두 갖다 줄게. 그러면 언제든지 원할 때마다 편지를 쓸 수 있을 게 아니니? 윌리엄에게 편지를 쓴다면 네 마음이 한결 편해지겠니?"

"응, 정말 그래."

에드먼드의 친절한 제안에 패니의 안색이 금방 환해졌다.

"좋아, 그럼 지금 당장 쓰도록 하자. 나와 함께 조찬실로 가자. 거기 가면 편지 쓰는 데 필요한 것들이 다 있어. 그리고 지금 이 시간에는 우리 말고는 아무도 없을 테니 편지 쓰기엔 딱 안성맞춤이겠다."

에드먼드가 패니의 팔을 잡아당기며 말했다.

"하지만 그 편지가 무사히 도착할 수 있을까?"

"물론이지, 내게 맡겨둬. 다른 편지와 함께 운반될 테니. 게다가 우리 아버지가 무료 배달로 처리하실 테니(당시 우편 요금은 받는 사람이 지불하도록 되어 있었는데, 의원에게는 자기가 내는 편지 요금이 면제되는 특전이 있었다.) 비용 걱정은 하지 않아도 돼. 윌리엄이 돈을 지불해야 하는 일 따위는 없을 거야."

"이모부께서?"

패니는 겁먹은 듯한 표정이 되어 있었다.

"그래, 네가 편지를 쓰면 우리 아버지에게 가져가서 무료로 배달되도록 서명을 해달라고 부탁하는 거야."

에드먼드는 그게 뭐 그리 대수로운 일이라고 고민하느냐는 표정이었지만 패니는 염치없는 짓이라 싶어 큰 용기를 내야만 했다. 하지만 싫다고 반대할 용기는 더더욱 없었다. 그리고 둘은 식당으로 갔다. 에드먼드는 편지지를 가져다주고는 줄까지 쳐주었다. 편지를 쓰는 동안에도 줄곧 옆에서 지켜보며 펜을 사용하는 방법이나 철자법을 고쳐주어 소녀의 가슴이 뭉클해지도록 했다. 그 호의는 그녀의 친오빠 못지않았고 그 정확성에 있어서는 약간 위였을지도 모른다. 또한 패니의 오빠에게도 친절과 정성을 다했기 때문에 패니의 마음은 더없이 기뻤다. 패니가 편지를 다 쓰자 그는 자기 손으로 사촌인 윌리엄에게 안부를 묻는 글을 덧붙여 써넣고 반 기니의 금화를 한 닢 동봉하여 보냈던 것이다. 그때의 패니의 기분은 말로 다 표현할 수 없을 정도였는데 그 표정과 두세 마디의 순진하고 귀여운 말은 모든 감사와 기쁨을 충분히 다 전하고 있어서 에드먼드도 패니를 재미있는 아이라고 생각하기 시작했다.

그는 시간이 날 때마다 패니에게 계속 말을 시켰는데 그녀가 하는 말들로 미루어보아, 마음이 매우 따뜻하고 애정이 넘치는 아이라는 것과, 올바른 일을 하고자 하는 강한 소망을 가시고 있음을 확신하게 되었다. 또 패니는 자기 입장을 잘 알고 있으며 몹시 내성적인 성격이므로 더한층 신경을 써주어야 한다는 것도 알게 되었다. 물론 지금까지 패니에게 고의로 고통을 주었던 적은 없었다. 하지만 패니에게 관심을 가져주지 않았던 것 자체가 고통이었고 이제는 더욱 적극적인 친절과 애정이 필요함을 느꼈던 것이다. 그러기 위해서는 가장 먼저 낯선 친척들에 대한 패니의 공포심을 없애 주어야 한다고 생각했다. 그래서 그는 패니가 친척들로부터 더 친숙한 느낌을 가질 수 있도록 노력했고, 특히 마리아나 줄리아와 자주 함께 어울리도록 유도하면서 되도록이면 명랑하고 즐거워질 수 있도록 여러 가지 면에서 배려하고 도움이 되는 말을 해주었다.

이날 이후로 패니는 훨씬 마음이 편해졌다. 자기를 도와주는 사람이 있다는 것을 느꼈을 뿐 아니라 사촌 오빠 에드먼드의 친절에 힘입어 다른 어느 사람을 대해도 어색하지가 않게 되었다. 그 집이 낯설지 않아졌으며 무섭게만 보이던 사람들도 더 이상은 두려움의 대상이 되지 않았다. 그 중에는 여전히 두려움으로부터 자유로울 수 없는 한두 사람이 있었으나 최소한 그 사람들의 버릇도 알고 거기에 같이 어울릴 수 있는 최선의 방법도 터득하기 시작했던 것이다.

처음 얼마 동안은 시골티가 가시지 않고 주눅이 든 모습이 몹시 눈에 띄어 모두의―특히 패니 자신의―마음의 안정을 흩뜨려 놓았으나 그것도 당연히 사라졌고 이제는 이모부 앞에 나서기도 별로 무섭지 않았다. 노리스 이모의 목소리만 들려도 화들짝 놀라던 버릇도 없어졌다. 패니는 가끔 마리아나 줄리아의 놀이 상대도 할 수 있게 되었다. 나이도 아래고 힘도 약해서 늘 상대가 될 수 있는 것은 아니었지만 그 아이들의 즐거움이나 계획은 이따금 제3의 상대가 있어야 훨씬 알맞게 되는 경우도 있었다. 특히, 그 제3의 놀이 상대가 친절하고 얌전한 성격이어야 할 때는 더욱 그러했다. 그러므로 그 소녀들도 이모인 노리스 부인이 패니의 결점에 대하여 묻거나, 에드먼드 오빠가 그 애에게 좀더 다정하게 대해주라고 당부할 때에는 '패니는 아주 마음씨 착한 아이예요.' 라고 인정하지 않을 수 없었던 것이다.

에드먼드 자신이야 언제나 친절했으며 톰에 대해서 참지 않을 수 없는 일이 있어봤자 이제 열일곱 살 된 젊은이가 고작 열 살 된 아이에게 언제나 당연한 일처럼 여기고 있는 놀림뿐이었다. 톰은 바야흐로 인생의 첫걸음이랄 수 있는 성년기로 막 접어들기 시작한 참이어서 그 나이 또래의 청년들처럼 혈기왕성했다. 또한 영국 귀족의 장자들이 대체적으로 그렇듯이 장자 특유의 자유분방하면서 대범한 기질을 완전히 갖추고 있었다. 어찌 보면 돈을 쓰고 즐기기 위해서만 세상에 태어난 듯한 태도였다. 나이 어린 사촌 여동생에 대한 친절도 그의 입장과 권리에 모순되는 것은 아니었다. 그는 패니에게 몇 번인가 무척 예쁜 선물을 하기도 했는데 그것으로 감동시키거나 말도 안 되는 이야기로 놀리는 것을 재미있어 했다.

패니의 용모는 시간이 흐르면서 점점 두드러지게 나타났다. 처음 맨스필드에 왔을 때와는 다르게 건강이 좋아졌고 기분이 점점 명랑해짐에 따라 활기가 넘쳐났다. 토머스 경과 노리스 부인은 패니의 달라지는 모습을 지켜보며 자기들의 온정이 넘치는 자비로움에 더욱 만족한 심정이 되어갔다. 그리고 비교적 빠른 기간 동안 둘 사이에 의견의 일치를 본 것은 이 아이가 영리한 것하고는 거리가 멀지만 다루기 쉬운 온순한 성격인 듯하니 앞으로 별로 속을 썩일 것 같지는 않다는 것이었다.

능력 면에서의 낮은 평가는 굳이 이 두 사람에게 국한된 것은 아니었다. 패니는 재봉일과 함께 읽고 쓰는 것은 할 수 있었으나 그 이상은 아무것도 배우지 못했던 것이다. 마리아와 줄리아는 자기들이 옛날부터 익숙해 있는 갖가지 일들에 대해서 패니가 통 알지 못하는 것을 알자, 무척 바보라고 생각하여 처음의 이삼 주일 동안은 그것에 관한 무언가 새로운 정보를 계속해서 응접실로 물어 나르는 것이었다.

"이모, 저 말예요, 패니는 유럽 지도(퍼즐의 일종)를 꿰맞출 줄도 몰라요. 그리고 러시아의 주요한 강 이름도 하나도 모른다구요. 소아시아 같은 말은 들어본 적도 없대요. 그뿐인 줄 아세요, 그림물감과 크레용의 구별도 못 해요. 정말 이상하잖아요. 이런 바보스런 일이 또 있을까요?"

"세상에, 정말 어이가 없구나. 하지만 얘들아! 모든 아이들이 다 너희처럼 이해력이 빠르고 지적으로 앞서나갈 수 있는 것은 아니지 않니."

노리스 부인은 남을 배려한다는 것이 무엇인지 가르치겠다는 듯이 이렇게 대답하는 것이었다.

"하지만 이모, 패니는 정말 무식해요! 이런 일도 있었죠. 엊저녁에 물어본 건데요. 아일랜드(영국외 남부, 패니가 태어난 포츠머스 건너편에 있다. 패니는 섬이라면 이것밖에 몰라서 아일랜드(Ireland)를 아일런드(island), 즉 섬으로 들었다.)에 가려면 어떻게 가느냐고요. 그랬더니 대답이 와이트 섬을 건너서 가야 한다는 거예요. 그 애는 섬이라고는 와이트 섬밖에 생각나지 않는가 봐요. 섬이라면 그 섬만 있다고 믿는 것처럼 말해요. 이 세상엔 다른 섬이 없는 것도 아닌데……. 나 같으면 부끄러워서 얼굴이 빨개졌을 거예요. 그 나이가 되도록 그처럼 무식하다는 것이 창피해서 말예요. 그보다 더 어리더라도 그쯤은 알고 있어야죠. 저는 몇 살 때 배웠는지 기억조차 없는 일들인데 그 애는 아직도 모르는 것들이 너무 많아요. 그게 얼마나 오래전의 일인가요. 이모, 영국 역대의 왕들의 이름과 즉위 연대, 재위 중의 중요한 업적이나 주요 사건을 모두 외웠던 일이 말예요!"

마리아의 말에 줄리아가 또 이렇게 덧붙였다.

"맞아, 그리고 또 로마 황제 세베루스(2세기 말의 황제)까지, 그리고 그리스와 로마의 신화, 금속·반금속(안티몬 등 비가단성 금속을 말함)행성들 또 유명한 철학자들 이름까지도 말이야."

"그랬었지, 정말. 너희 말은 단 한 마디도 뺄 것이 없구나. 애들아,

너희들은 정말 축복을 받은 거란다. 신기하리만큼 기억력이 뛰어나니까. 하지만 그 애는 도무지 그렇게 할 수가 없었는지도 모르지. 기억력은 사람에 따라 큰 차이가 있기 마련이거든. 다른 일도 모두 그렇지만 말이야. 그러니까 그 애의 경우엔 다소 참작을 해주어서 못 하는 점은 너그럽게 봐줘야만 하는 거야. 그리고 잊어서는 안 돼요. 비록 너희가 뛰어나게 공부를 잘하고 똑똑하지만 또한 그만큼 겸손해야 한다는 것을. 왜 그런가 하면 아무리 많이 알고 있다 해도 공부에는 끝이 없는 거거든. 알고 있는 것 못지않게 배워야 할 게 아직도 너무너무 많이 있으니까 말이야.”

두 조카의 말에 노리스 부인이 차분히 대답했다.

“네, 이모 말씀이 무슨 뜻인지 알겠어요. 열일곱 살이 될 때까진 말이죠. 배워야 할 게 아주 많을 거예요. 하지만 패니에겐 또 한 가지가 있어요. 정말 너무나 이상하고 바보스러운 이야기라서 말씀드리지 않을 수가 없어요. 그 애가 글쎄 뭐라고 했는지 아세요? 음악도 그림도 전혀 배우고 싶지 않대요.”

“그건 정말 바보 같은 소리로구나. 하지만 애들아, 패니에게는 재능과 향학열이 많이 부족하다는 것을 말해주고 있는 게 아니겠니? 이런저런 상황을 고려해 볼 때 재능이나 향학열이 부족하다고 해서 그 애가 이상하다거나 나쁘다고 할 수는 없겠구나. 결국엔 그게 좋을지도 몰라. 왜냐하면 너희 아빠나 엄마가 워낙 친절한 분이라서 그 애를 너희와 함께 키우려 하고 있지만 말이다. 물론 그 모든 것이 다 내 덕분이기도 하지만……. 그 애를 너희만큼 훌륭하세 양육할 필요는 없다고 생각한다. 다시 말해서 너희와 똑같은 레슨을 받게 할 필요는 전혀 없다는 거다. 오히려 너희와 패니 사이에 엄격한 구별이 있는 게 당연한 것 아니겠니.”

노리스 부인의 이러한 조언이 질녀들의 이해력을 도와주었다. 그녀의 조언을 그대로 받아들인 조카들이 유능한 재능과 박식한 지식에도 불구하고 자기 자신을 바로 볼 줄 아는 심미안이나 관대함, 혹은 겸손할 줄 아는 마음 등 더욱 귀중하고 상식적인 것들을 전혀 배우지 못했다는 것은 매우 애석한 일이기는 하되 크게 이상하다고 할 수도 없는 일이다. 성품을 젖혀놓고 본다면, 그 밖의 모든 것에 대해서 이 딸들의 교육은 철저한 것이었다. 토머스 경은 무엇이 부족한지 알지 못했다. 아버지로서 깊은 관심을 쏟고는 있었지만 애정을 겉으로 드러내는 성격이 아니었고 딸들도 그의 과묵한 태도에 압도되어 아버지 앞에서는 애정 표현은 물론이고 즐거워도 마음 놓고 떠든다거나 하는 감정 표현도 자유롭게 하지 못했다.

버트램 영부인으로 말하자면 딸들의 교육에는 도무지 주의를 기울이지 않았다. 아니, 그런 일에 신경을 쓸 만한 여가가 없었던 것이다. 예쁘게 옷을 차려입고 소파에 앉아 하루종일 시간을 보낼 뿐이었다. 실용성도 없고 미적인 가치도 별로 대단치 않은 자수를 놓으면서 시간을 보내거나, 아이들의 일보다 애완견을 염려하는 일이 더 많았지만 자기에게 불편을 주지 않는 한 아이들에게는 무척 후하게 대했고 중요한 일은 모두 토머스 경이 맡아서 처리했다.

버트램 영부인의 이러한 태도로 인해 네 자녀들의 교육은 항상 아버지의 지도를 받아야 했고, 사소한 일들은 항상 노리스 이모의 보살핌을 받으며 아이들은 성장했다. 설사 영부인에게 딸들을 돌볼 수 있는 여가가 더 많았다고 할지라도 아마 그럴 필요가 있다고 생각하지는 않았을 것이다. 그 이유로 딸들은 함께 사는 가정교사에게 맡겨 두었고, 게다가 정식 출장 레슨 선생도 있었으니 부족한 점이 있을 리 만무하기 때문이다. 패니가 학습 면에서 딸들보다 뒤처져도 그녀는 단지 그것을 불행한 일이라고 말할 뿐이었다.

영부인은 이 세상에는 어리석고 머리가 나쁜 사람들이 분명히 있다고 생각했다. 그렇기 때문에 패니의 학습능력이 떨어지는 것에 대해서 그다지 걱정하지 않았다. 원래 머리가 좀 좋지 않은 패니로서는 남들보다 좀더 노력하면 될 것이라고 생각했으며 그 이상으로 무엇을 어떻게 도와주고 지도해 나가야 하는지에 대해서는 전혀 알지 못했다. 하지만 좀 어리석고 우둔하다는 것 외에 가여운 이 소녀한테 별로 나쁜 데가 있는 것은 아니라고 말했다. 말을 전달한다거나 필요한 물건을 가져오라는 등의 작은 심부름은 무척 재빠르고 솜씨 있게 해내었기 때문에 오히려 편리한 점도 있었다.

배우지 못했고 내성적인 성격이야 어쨌든 패니는 맨스필드 파크의 삶에 점차 적응해나가면서 서서히 자신의 자리를 찾아가고 있었다. 에드먼드의 도움으로 옛집에 대한 집착에서도 벗어나, 옛날의 자기 집에 대하여 쏟던 애착의 많은 분량을 이곳으로 돌리게 되었고 똑똑하고 고집 센 사촌들 사이에서 그다지 불행하게 성장하지도 않았다. 천성적으로 못된 성품을 타고난 것이 아닌 마리아나 줄리아는 눈에 띄게 심술을 부리는 일도 없었고 이 둘을 상대하기에는 기분이 상하는 일이 가끔 있었지만 애초부터 스스로를 높이 평가하지도 않았으므로 그 일 때문에 마음의 상처를 입는 일도 없었던 것이다.

패니가 맨스필드에 온 이후, 버트램 가 가족들은 시골 저택에 안주하게 되었다. 버트램 영부인은 해마다 봄이면 런던 시내에 있는 집에서 머무르곤 했었지만 다소 건강이 좋지 않은 것과 만사를 귀찮게 여기는 성격 때문에, 패니가 온 무렵부터 살기 편한 시골에 완전히 틀어박혀서 떠나려 하지 않았다. 토머스 경이 의회의 일 때문에 종종 런던 시내에 나가야 했지만 자기가 없으면 불편하지 않을까 하는 따위의 일은 아예 신경도 쓰지 않았던 것이다. 옷을 예쁘게 차려 입고 소파에 앉아 자수를 놓거나 애완견을 보살피는 일이 유일한 업무라면 업무였다. 그러므로 하는 수 없이 토머스 경만이 런던 시내에 나가 혼자 지내곤 했다.

버트램 가의 아가씨들은 한적한 전원 속에서 공부를 하고 악기를 연습하며 점점 재색을 겸비한 매력적인 여성으로 성장해 갔다. 비록 멀리 떨어져 살고 있기는 했지만 토머스 경은 아버지로서 딸들이 인격·예절·예능·교육 등 모든 면에서 아주 훌륭히 성장해 가는 것을 보고 한시름 놓았다.

장남인 톰은 잘 생기고 똑똑한 청년이긴 했지만 낙천적인 만큼 돈의 씀씀이가 헤퍼서 벌써부터 아버지의 속을 어지간히 썩이고 있었으나 다른 아이들은 모두 장래가 촉망되었다. 딸들은 버트램 성을 갖고 있는 동안만은 이 집의 새로운 꽃이 될 수 있을 것이며 집을 나갈 때에는 으레 훌륭한 친척 관계를 넓혀줄 것임이 틀림없었다. 다만 딸들이 결혼하기 전까지 장남인 톰이 정신을 차려서 가문의 이름을 빛내줄 것을 기대했다. 그리고 딸들은 수준 높은 결혼으로 가문의 영광을 한층 더해줄 것임을 굳건히 믿고 있었다.

토머스 경의 차남인 에드먼드는 성품이 곧고 사려가 깊으며 분별력이 뛰어난 청년이었다. 그래서 친척이나 주위 사람들에게 많은 도움을 주었고 기쁨과 행복을 함께 나눌 줄도 알았다. 그는 가문에서 명예가 되고 영광이 되는 존재였다. 또한 그는 성직자가 될 결심을 하고 있었다.

토머스 경은 네 명의 아이들을 키우면서 원조를 아끼지 않았고 자기 아이들에 대해 매우 만족했다. 물론 자신의 아이들뿐만 아니라 프라이스 부인의 자녀들에게도 가능한 한 지원을 아끼지 않았다. 사내아이들의 교육이나 성장해서 직업을 갖게 될 때까지의 양육 문제에 있어서도 도움을 주었고 그 후의 처신 등에 대한 조언도 나름대로 해주었다. 그러나 패니는 여전히 가족들과 단절된 상태였다. 비록 멀리 떨어져 있었지만 토머스 경이 자신의 가족들에게 베푼 친절과 도움을 알게 될 때마다 그녀는 진심으로 기뻐했고 항상 고마운 마음을 품고 있었다.

맨스필드의 저택으로 온 지도 벌써 오랜 시간이 지났지만 패니는 꼭 한 번 친오빠인 윌리엄을 만날 수가 있었다. 물론 윌리엄 이외의 다른 가족들과는 한 번도 만난 적이 없었다. 그리고 가족들 중 어느 누구도 패니가 다시 그들과 함께 생활하게 될 것이라고 생각하지 않았다. 패니를 그리워하거나 집에 문안하러 찾아올 것이라는 기대 따윈 아무도 하지 않았으며 패니가 돌아오기를 진심으로 바라지도 않았던 것이다. 하지만 윌리엄은 여동생이 집을 떠난 후 곧 해군이 될 결심을 하고 배를 타기 전의 한 주일 동안을 노스햄턴에서 누이동생과 함께 지내도록 초대받았다.

오랜만에 만난 오빠와 여동생은 서로 얼싸안고 재회의 기쁨을 맘껏 누렸다. 둘이 만났을 때의 뜨거운 우애, 함께 있을 때의 말로 다할 수 없는 희열, 많은 시간을 즐겁게 희희낙락하며 보냈지만 이따금 갑자기 진지한 얼굴이 되어 서로의 삶에 대해 의논하는 광경 등은 쉽게 상상할 수 있을 것이다.

윌리엄은 맨스필드 파크에 머무는 동안 대범하고 씩씩한 모습을 보여주어서 친척들에게 밝고 매우 긍정적인 인상을 남겼다. 하지만 그토록 그리워했던 오빠를 만난 지 얼마 되지도 않았는데 멀리 떠나보내야 하는 패니의 슬픔은 이루 헤아릴 수 없을 만큼 컸다.

그나마 다행인 것은 그들이 헤어지고 나서 곧 크리스마스 휴일이 시작되었다는 것이다. 방학을 맞아 집에 돌아온 에드먼드가 친오빠와 헤어지고 풀이 죽어 있던 패니의 슬픔을 달래 주었고 패니는 그에게서 위안을 얻을 수 있었다.

패니를 안심시키고 위로하기 위해 에드먼드는 윌리엄이 장차 이 직업에 종사하게 되면 장래 어떤 일을 하고, 어떤 멋진 인물이 될 것인지에 대한 여러 가지 이야기를 들려주었다. 그리고 패니는 마음속으로 이별이라는 것이 단절만을 의미하는 것은 아니며 가끔은 그것도 필요하다는 것을 차차 인정하게 되었다.

에드먼드와의 우애는 언제나 진실하고 한결 같아서 결코 끊어진 일이 없었다. 그가 이튼 고등학교를 졸업하고 옥스퍼드 대학에 가서도 그의 다정한 성품엔 변함이 없었고, 도리어 그것을 입증하는 기회가 늘어날 정도였다. 다른 사람보다 더 잘해준다고 과시하거나 친절이 지나칠까 봐 염려하는 일도 없이 그는 늘 변함없이 패니를 위해주고 심경의 변화를 살펴주었다. 그녀의 장점이 돋보이게끔 그것이 드러나는 데에 방해가 되는 수줍음을 극복하라는 충고도 잊지 않았다. 매사에 관심을 가졌으며 훌륭한 성품으로 자라도록 위로하고 격려했던 것이다.

하지만 다른 가족들은 패니에게 관심조차 없었고 무신경했다. 패니의 자신감을 북돋워 주는 일에 에드먼드 혼자의 격려만으로는 한계가 있었지만 그의 이런 관심과 애정은 그녀의 마음을 열어주고 기쁨을 더해주는 데 전혀 부족하지 않았다. 패니는 그에게서 심리적인 안정감을 얻고 있었던 것이다.

에드먼드는 패니가 무척 총명하고 분별력이나 이해력도 뛰어난 소녀라는 것을 잘 알고 있었다. 또한 선량하고 다정한 마음씨의 소유자라는 것도 알았다. 특히 독서를 좋아한다는 것과 강한 호기심을 갖고 있다는 것도 간파했다. 그리고 이 독서란 것은 방향만 어긋나지 않으면 그 자체가 반드시 교육적이기 마련이어서 올바른 지도만 받는다면 크게 성장할 수 있는 아이라고 생각했다.

패니는 리 선생으로부터 프랑스어를 배우고 매일 역사책을 조금씩 읽었다. 하지만 그녀에게 독서의 기초와 독서의 즐거움을 알게 해준 것은 다름 아닌 에드먼드였다.

그가 권한 책이 한가한 시간의 즐거움이었으며 동시에 그녀의 취향을 살려주고 올바른 판단을 내릴 수 있도록 바로잡아 주었던 것이다. 그는 패니가 현재 읽고 있는 책을 화제로 삼아서 독서의 유익함을 깨닫게 하거나 적절한 칭찬을 해주어 독서의 매력을 한층 높여주는 것이었다. 이렇게 힘써준 보답으로 패니는 이 세상에서 윌리엄을 제외하고는 유일하게 에드먼드를 사랑하게 되었다. 그녀의 마음은 윌리엄과 에드먼드 두 사람에게 반씩 나뉘어져 있었다.

3

패니가 맨스필드 파크에 온 지도 어느새 5년이 훌쩍 지났다. 당시 열 살이던 패니가 이제 열다섯 살이 된 것이다. 이 저택에서 최초로 일어난 중대 사건은 둘째 이모부인 노리스 씨가 사망한 일이었다. 그 때문에 버트램 가에는 여러 가지 커다란 변화와 새로운 사태가 발생했다. 무엇보다도 가장 우선적으로 해야 할 일은 노리스 부인이 목사관을 내어주어야 한다는 것이었다. 처음에는 버트램 가로 이삿짐을 옮겼으나 그 다음에는 토머스 경의 영지 내에 있는 마을의, 쓰지 않는 작은 주택으로 이사를 했다.

노리스 부인은 남편은 죽었지만 이에 대처하여 살림은 혼자서 충분히 꾸려나갈 수 있다고 스스로를 위로하였다. 물론 남편을 잃은 상실감을 완전히 치유해주지는 않았지만 그런대로 지낼 수 있었다. 수입이 줄어드는 문제에 있어서도 더한층 엄격한 절약으로 해결할 수 있다고 생각했다.

이 성직록은 에드먼드를 위한 것이었다. 만약에 이모부가 몇 년만 더 일찍 죽었더라면 그를 성직에 세울 나이가 될 때까지 누군가 다른 친구에게 맡겨두게 되었을 것이다. 그러나 에드먼드는 이미 성년의 나이였기 때문에 가장 유력한 후보자가 되었다.

그럼에도 불구하고 에드먼드의 성직을 다른 사람이 맡을 수밖에 없는 상황에 처해졌다. 톰의 낭비벽이 워낙 심하다 보니 노리스 씨가 사망하기 전부터 이미 소문이 날 만큼 심각했고, 따라서 목사 임명권(영지 안에 있는 교회의 목사 임명권은 지주에게 있기 때문에 자기의 혈족을 임명할 수도 있으며 남에게 그 직(職)을 팔아넘길 수도 있었다.) 또한 다른 방식으로 처분할 필요가 생겼던 것이다. 쾌락을 추구하면서 소비한 형의 도락 비용을 대는 일을, 동생이 거들어야만 하게 된 것이었다.

에드먼드는 마음에 커다란 상처를 입었지만 토머스 경은 달리 해결책을 마련하지 못한 채 눈을 외면해 버렸다. 사실인즉 에드먼드를 위해서 다른 일이 준비되어 있었다. 이런 이유가 아버지로서 양심의 가책은 덜 느끼게 했지만 이것이 차남에게 부당한 행위라는 것쯤은 누가 봐도 숨길 수 없는 노릇이었다. 토머스 경은 장남이 이러한 자신의 속내를 짐작하여 명심하게끔 타이르면서 그동안의 생활을 뉘우치게 하기 위해 부단한 노력을 했다. 물론 여태까지도 가능한 한도 내에서 충고와 조언을 해왔지만 허사였다는 것은 잘 알고 있었다. 다만 이번 일로 조금이나마 자신의 잘못을 뉘우치고 그 결과 더 좋은 효과가 생기지 않을까 하고 희망을 걸어보는 것이었다.

"톰, 너 때문에 내 얼굴이 붉어질 지경이다."

토머스 경은 될 수 있는 한 엄숙한 태도로 말했다.

"때론 중요한 일을 위해서 어떤 희생쯤은 감수해야만 한다고 하지만 너로 인해 이런 편법을 강구한 것은 정말 부끄러운 일이다. 너도 형으로서 충분히 부끄러움을 느낄 것이라고 생각한다. 물론 이런 상황을 초래한 네 심정이 어떨 것인지는 충분히 짐작하고도 남는다. 나도 그것이 마음이 아프구나. 하지만 너는 에드먼드에게서 너무 많은 것을 빼앗고 말았다. 동생으로부터 10년, 20년, 30년, 어쩌면 일생 동안 본래 그 애 소유가 되어야 할 재산의 반 이상을 탕진했으니 말이다. 앞으로 그 애를 위해 좀더 나은 목사직을 구해주는 일이 필요하지만 나와 너에게 실제로―제발 그렇게 되었으면 좋으련만―그것이 가능할지 모르겠다. 하지만 톰, 너는 절대 잊어서는 안 된다. 아무리 보상을 한다고 해도 너로 인해 에드먼드가 입은 상처와, 마땅히 받아야 할 혜택에는 결코 미치지 못할 것이라는 사실을 명심해야 한다. 너의 많은 빚 때문에 그 애가 여러 가지 이권들을 포기하지 않을 수 없었으니 말이다. 결코 잊어서는 안 돼.”

톰은 약간의 수치심과 슬픔을 동시에 느끼며 조심성 있게 듣고 있었다. 그러다가 곧바로 수치심과 슬픔을 떨쳐내고는 이렇게 항변했다.

“아버지, 제 말씀을 좀 들어보세요. 우선 제가 진 빚은 친구들의 빚에 비하면 그 절반도 되지 않아요. 아무것도 아니라고요. 아버지께서는 그 일을 너무 심하게 비약시키고 계세요. 아주 큰 문제나 되는 것처럼 더욱 일을 이상하게 만들고 계신다고요. 그리고 이모부님 후임으로 누가 오든지 간에 그는 노쇠해서 일찍 사망하고 말 테니까 에드먼드에게 그리 큰 피해가 가지는 않을 거예요.”

톰은 아주 씩씩한 목소리로 아버지를 향해 반격을 가했다. 하지만 노리스 씨의 후임으로 그랜트 박사가 임명됨으로써, 실망스럽게도 톰의 예상이 단지 희망사항일 뿐이라는 것을 여지없이 증명해 주었다. 그랜트 박사는 마흔다섯 살의 건장한 체격이었으며 톰의 예견처럼 금방 어떻게 되어버릴 약체가 아니었다. 그 후 그는 맨스필드에 거주하게 되었다. 그 후임자가 45세의 건장한 남자임이 알려졌을 때 톰의 기대는 일순 빗나가는 듯이 보였지만 희망을 버리지 않은 톰은 ‘아냐, 그랜트 박사는 목이 짧아서 중풍을 앓거나 뇌졸중형의 체질이야. 맛있는 음식을 듬뿍 먹이면 곧 쓰러지고 말 거야.’ 하고 생각했다.

그랜트 박사에게는 15세가량의 연하의 아내가 있었으며 노리스 부부처럼 자식은 없었다. 그러나 그는 가까이에서 살게 되자 매우 존경

할 만하고 인상도 좋은데다가 이웃으로 지내기에 아무런 손색이 없다
는 좋은 평판을 얻게 되었다.

목사관이 새로운 사람으로 들어차고, 노리스 씨의 갑작스런 사망으
로 혼란했던 처제도 어느 정도 안정이 찾아지자 토머스 경은 기대하
던 시기가 왔다고 생각했다. 이제 패니를 처제인 노리스 부인이 맡아
길러야 할 때가 되었다고 생각했다. 물론 처제는 질녀에 대한 권리를
주장할 것이다. 처제의 신상 변화와 패니가 이제 다 자랐다는 것으로
써 둘이 같이 사는 것에 대한 이전의 반대론은 이제 완전히 소멸됐을
뿐 아니라, 장애물로 작용했던 노리스 씨도 없는 지금에서는 오히려
바람직한 일로까지 여겨졌다. 게다가 토머스 경 자신의 사정도 종전
처럼 순조롭지는 않게 되었다. 서인도의 농원에서 최근에 다소 손해
를 보았으며 설상가상으로 장남의 낭비벽 때문에 재정 상태가 더욱
악화되었던 것이다. 패니의 양육비와 장래에 대한 의무를 대신 져주
는 상대가 있다는 것은 그 자신으로서도 홀가분하고 매우 바람직한
일이었다. 그는 꼭 그렇게 되리라 믿고 자신의 확신을 아내에게 전하
며 처제와 이 일을 의논해 줄 것을 내비쳤다. 마침 곁에 패니가 있었
기 때문에 그녀는 조용히 말했다.

"패니야, 넌 이 집을 떠나 노리스 이모와 같이 살게 될 텐데, 네 생
각은 어떠니?"

패니는 질겁하며 큰이모의 말만 되풀이해 말했다.

"이 집을 떠나다니요? 작은 이모와 살게 된다고요?"

"그렇단다, 얘야. 왜 그렇게 놀라니? 네가 이 집에 온 지 벌써 5년이
나 되었어. 작은 이모와는 네가 처음 여기에 오기로 한 때부터 노리스
이모부가 세상을 떠나면 너를 데려가기로 이미 약속이 되어 있단다.
물론 갑작스럽게 환경이 바뀌면 네가 조금 당황스러울 수도 있겠구
나. 하지만 그렇게 놀란 표정을 짓지는 말았으면 좋겠다. 곧 익숙해질

거니까. 그리고 그동안 여기에서 했던 것처럼 자주 찾아와 내가 시침 질 하는 것을 도와주어야 한다. 특히 수틀을 맬 때에는 꼭 와서 도와 주렴."

버트램 영부인이 오히려 패니의 어리둥절함에 놀랐다는 듯이 말했 다. 패니에게 이 얘기는 뜻밖인 동시에 몹시 마음을 상하게 했다. 노 리스 이모로부터는 한 번도 친절하거나 제대로 대우를 받은 적이 없 었으며 패니 역시 진실로 좋아하거나 어떠한 애정도 느낄 수가 없었 던 것이다.

"이곳을 떠나 다른 곳으로 가는 것은 생각만으로도 무척 슬퍼요."

패니는 울먹이는 목소리로 겨우 이렇게 말했을 뿐이었다.

"그야 그렇겠지. 당연히 그럴 거야. 지금 네 기분이 어떨지 충분히 알 것 같구나. 이 집에 와서부터 너는 이 세상의 누구보다도 근심 걱 정이 없었으니 말이야."

"이모, 그동안에 제가 받은 그 은혜를 모르는 것은 아니에요."

패니는 겸손한 말투로 조심스럽게 말했다.

"그럼, 그렇고 말고. 나는 네가 언제나 착한 애라고 생각하고 있단 다."

버트램 영부인이 패니를 지그시 바라보며 말했다.

"그럼 앞으로는 절대로 이 집에서 살 수가 없는 건가요?"

패니의 목소리는 간절했다.

"그렇단다. 하지만 얘야, 새 집에서도 불편함 없이 잘 지낼 수 있을 거란다. 가정이 버젓이 있으니 말이다. 이 집에 있는 거나 그 집에 사 는 거나 네게는 별 차이가 없을 거야."

버트램 영부인은 매우 부드러운 어조로 말했지만 크게 낙심한 패니 는 몹시 슬픈 마음으로 거실을 나왔다. 다시는 버트램 가에서 살 수 없다는 이모의 마지막 말에서 그나마 가졌던 작은 희망마저 꺾여버리고 말았던 것이다. 또한 별 차이가 없을 테니 생활에 만족할 거라는 큰이모의 말씀도 아무 위안이 되지 않았다. 작은 이모와 함께 사는 일을 상상해 보았지만 만족 비슷한 감정도 전혀 일어나지 않았던 것이다. 패니는 에드먼드를 만나자마자 자기의 걱정거리를 털어놓았다.

"오빠, 정말 슬픈 일이 생겼어. 이전에는 마음에 들지 않는 일이 있어도 오빠가 나를 설득하거나 가르쳐줘서 금세 익숙해진 적이 많이 있었지만 이번 일은 절대 그렇게 될 수 없는 일이야. 나, 작은 이모와 앞으로 줄곧 같이 살게 된대."

패니의 목소리는 슬픔에 젖어 있었다.

"그게 무슨 말이야?"

패니의 말에 에드먼드가 놀란 말투로 되물었다.

"정말이야. 방금 큰이모가 그렇게 말씀하셨어. 이미 오래전에 확정된 일이래. 그러니까 나는 맨스필드 파크를 떠나 화이트 하우스로 가는 거야. 작은 이모가 새 집으로 이사를 가시면 나도 곧 이모의 집으로 옮겨가게 될 것 같은걸."

패니가 그늘진 표정으로 말했다.

"그래, 패니야! 너만 싫어하지 않는다면 집을 옮기는 것이 아주 잘된 일이라고 말해주고 싶구나."

"아니, 오빠. 그게 무슨 말이야?"

"내 생각에 네가 작은 이모와 사는 것이 나쁜 일만은 아니라고 생각해. 왜냐하면 노리스 이모는 너와 함께 사는 것이 이 세상의 일 중에서 가장 지혜로운 일인 듯 여기고 계시기든. 네가 와줬으면 하는 것은 이모가 분별이 있으시다는 증거지. 괜찮은 말벗이 필요한 지금에야 지극히 당연한 곳에서 이야기 상대를 택한 셈이 될 것이고, 게다가 돈이 개입되지 않아서 방해가 되지 않는다는 것도 좋은 점이라고 봐. 그러니까 패니, 너는 작은 이모가 원하는 대로만 행동하면 돼. 그것만으

로 이모에 대한 의무는 다하는 것일 테니 말이야. 내 생각에 그 일이
그토록 비관할 일은 아니라고 본다, 패니야."

에드먼드가 패니의 표정을 살피면서 차분하게 말했다.

"오빠, 난 정말 비관하고 있어. 전혀 마음이 내키지 않는걸 뭐. 난
이 집과 이 집안의 모든 것이 좋아. 작은 이모와 함께 살더라도 결코
이모를 좋아하게 될 것 같지가 않단 말이야. 오빠도 잘 알잖아. 작은
이모와 함께 있으면 내 마음이 얼마나 불편하고 불안하지……."

"물론 나도 잘 알아. 어릴 때 너에 대한 노리스 이모의 태도는 변호
할 수 없지만, 우리들에게도 거의 그러셨어. 아이들에게 자상하게 대
하는 요령을 모르시는 거지. 아마 아이를 낳아본 적이 없어서 그러실
거야. 하지만 이제는 너도 좀더 정당한 대우를 받아도 좋을 나이고 또
이모의 태도도 이미 좋아진 걸로 알고 있다. 그리고 네가 이모의 유일
한 이야기 상대가 된다고 생각해 봐. 지금보다 훨씬 더 귀중한 존재가
될 것은 틀림없어."

에드먼드가 유쾌한 목소리로 말했다.

"나 같은 건 누구에게도 귀중한 존재가 될 수는 없어."

"어째서?"

"모든 게 그런걸……. 나의 신분도 그렇고……. 바보같이 어리석은
데다가 어딜 가도 마음이 편안하지가 않아. 게다가 손재주도 없고."

패니가 고개를 숙인 채 시무룩한 어조로 말했다.

"어리석고 손재주가 없다니. 패니, 난 전혀 그렇게 생각하지 않아.
내가 아는 너는 총명하고 손재주가 없는 것도 아니잖아. 이건 내 말을
믿어도 돼. 오히려 그런 말도 안 되는 소리를 하는 것이 바보 같은 거
야. 인품을 알아줄 만한 곳에서라면 네가 귀중한 사람이 될 수 없는
일이란 있을 수가 없어. 너는 센스도 있고 마음씨도 곱고, 호의를 받
으면 반드시 답례를 하고자 하는 은혜를 아는 착한 심성이 있으니 말

이야. 벗이 되고 이야기 상대가 되기에 이 이상의 자격은 없을걸."

에드먼드는 진지하면서도 단호하게 말했다.

"과찬이야."

칭찬의 말에 패니는 얼굴을 붉히면서 말했다.

"오빠는 항상 나를 칭찬하고 또 언제나 친절하잖아. 너무너무 고마워, 오빠. 나를 그렇게 잘 봐주니 도대체 어떻게 해야 다 보답할 수 있을까? 아아! 에드먼드 오빠, 만약 다른 곳에 가서 살게 되더라도 난 오빠가 내게 베풀어준 친절과 애정을 평생을 두고 잊지 않을 거야."

"이런, 큰일이군! 패니, 나를 기억해주는 건 좋지만 화이트 하우스까지로 해두는 것이 좋겠어. 네 말투로 보면 마치 2백 마일이나 되는 먼 곳으로 가려는 것 같다. 하지만 네가 살 곳은 공원만 가로지르면 되는 곳 아냐. 엎드리면 코 닿을 데라고. 그리고 네가 어디에 있든 우리 가족의 한 사람이란 사실은 영원히 변함없을 거야. 두 집 가족들은 1년 내내 매일같이 얼굴을 대할 거고. 다른 점이라면 이모와 같이 살면 아무래도 남 앞에 나서지 않을 수 없게 된다는 것뿐이지. 또 그것이 당연해. 여기는 말이야, 식구가 많으니까 너는 늘 그늘에 가려 있었지만 이모와 같이 있게 되면 아무래도 자기 의견을 말하지 않을 수 없을 거야. 그리고 또 이곳에서는 너를 지키고 보호해 줄 사람이 많았지만 이모네 집에서는 어쩔 수 없이 네가 홀로서기를 해야 할 거라는 걸 명심해."

"어머! 오빠, 제발 그런 식으로 말하지 마."

"아냐, 지금 말해야만 해. 이모는 우리 어머니보다 지금의 너를 맡기에는 훨씬 적합한 분이셔. 그분은 말이야, 자기가 정말로 관심을 가진 사람을 위해서는 힘껏 애써주시는 성품을 가진 분이야. 그러니 이모는 너의 능력을 올바로 발휘할 수 있게끔 친절하게 이끌어주실 거야."

패니는 자신의 얼굴을 똑바로 쳐다보며 말하는 에드먼드의 말에 한숨을 쉬며 말했다.

"나는 오빠의 생각과 많이 달라. 하지만 오빠의 생각이 옳다고 믿어야만 하겠지. 그리고 부득이한 상황이니 내가 처지에 맞게 행동해야 한다는 것도 잘 알아. 작은 이모가 정말로 나한테 관심을 가져주신다고 믿을 수 있다면 좋으련만. 오빠, 나는 나 자신이 어느 누군가에게 중요한 사람이라고 느껴진다면 그보다 더 기쁜 일을 없을 거야. 상대가 누구든 말이야. 물론 여기에서도 나 자신이 그렇게 중요한 존재는 아니었지만……. 하지만 나는 이곳이 정말 좋아."

"패니, 네가 이 집에서 살지 않는다 해도 맨스필드 파크를 아주 떠나는 것은 아니잖니? 지금까지 해온 것처럼 파크나 뜰 안을 네 마음이 내킬 때면 언제나 거닐 수 있는 거야. 단지 바뀌는 게 있다면 명색뿐이니까, 그렇게 싫어할 일만은 아니야. 같은 산책길을 자주 거닐 것이고, 또 같은 도서실에서 책을 골라 읽을 것이고, 같은 사람의 얼굴을 바라보기도 하고, 같은 말을 타기도 할 테니까."

에드먼드가 엷은 미소를 지으며 말했다.

"정말 그래. 밤색 털이 섞인 저 귀여운 조랑말 말이야. 아아! 에드먼드 오빠, 생각이 나. 말 타기가 하도 겁나서 승마가 내 건강에 좋다고 하는 말만 나오면 내가 얼마나 공포에 질려 있었는지……. 그래! 말 얘기만 나오면 이모부가 무슨 말씀을 하시지 않을까 해서 목을 움츠리고 있었어. 무서워하는 나에게 오빠가 상냥하게 승마에 대한 설명을 해주면서 공포를 몰아내 주었지. 머지않아 오빠가 말한 대로 꼭 좋아하게 될 거라고 설득했었어. 오빠의 말은 모두 맞았지만 특히 그때의 일을 생각하면 오빠는 예언자의 능력이 있다고 믿게 돼."

"그래, 패니. 승마가 네 몸에 유익했던 것과 마찬가지로 나는 네가 노리스 이모와 같이 살게 되면 정신 건강에도 많은 도움이 되리라고 확신한다. 결국은 모든 것에 만족하면서 행복하게 지낼 수 있다고 말이야."

에드먼드는 확고한 어조로 결론을 내렸고 이리하여 두 사람의 이야기는 끝이 났다. 패니는 큰이모로부터 앞으로는 작은 이모와 살게 될 거라는 갑작스런 말을 들었을 때 무척 실망한 나머지 커다란 상실감을 느꼈었다. 하지만 에드먼드와의 대화로 인해 마음의 평정을 되찾았고 다소 위안도 얻었다. 패니에겐 지극히 적절하고 유익했다고 하더라도 이런 이야기는 하지 않는 것이 좋을 뻔했다. 왜냐하면 노리스 부인으로서는 패니를 데려갈 생각은 손톱만큼도 없었기 때문이다. 아니 그녀로서는 패니를 데려오는 일에 생각이 미쳤다 해도 현재로는 어떤 수를 써서라도 조심스럽게 피해야만 될 일에 지나지 않았던 것이다. 그리고 자신의 생각대로 패니를 데려오지 않는 방법을 강구했는데 그 한 방편으로서 맨스필드의 건물 중에서 체면이 손상되지 않을 정도의 가장 작은 집에 거처를 정했다.

노리스 부인이 고른 화이트 하우스는 그녀 자신과 하인들이 살기에 꼭 알맞은 크기이며 손님이 묵고 갈 여분의 방이 단 하나뿐인 아주 작은 규모의 집이었다. 그리고 무슨 이유에서인지 그녀는 객실이 있어야 한다고 굉장히 역설적으로 강조했다. 목사관에서는 손님을 위한 예비로 둔 빈방을 쓴 적은 한 번도 없었지만 이 경우에 객실로 쓸 만한 빈 방이 절대로 필요하다는 생각은 결코 변하지 않았다.

그러나 이만큼 조심을 해도 패니를 데려오는 문제를 피해갈 수는 없었다. 아니 오히려 뭔가 더 좋은 일을 생각하고 있다고 지레짐작하여 의심을 품게 하는 것은 면할 수 없었다. 혹은 어쩌면 빈방의 중요함을 비친 일 자체를 토머스 경은 오해하여 그것이 사실은 패니를 위해서라고 생각하게 되었는지도 모른다. 이 문제에 대해서 버트램 영부인이 곧 문제를 분명히 했다. 그녀는 동생인 노리스 부인에게 무심코 이렇게 말을 꺼냈던 것이다.

"워드, 이제 패니가 너와 함께 살게 되면 우리가 더 이상 리 선생을 고용해둘 필요는 없겠지."

노리스 부인은 펄쩍 뛸 듯이 놀랐다.

"나와 함께 살다니요? 언니, 그게 무슨 말이에요?"

"아니, 너와 함께 살도록 되어 있는 게 아니었어? 너에게는 조금 안된 얘기지만 네 남편 노리스 씨가 이 세상을 떠났으니 이제 패니가 너랑 사는 게 당연한 일이잖아……. 네 형부와 너 사이에 이미 이야기가 다 된 것으로 알고 있었는데, 그게 아니었어?"

"나하고? 천만에, 그런 말은 한 마디도 형부에게 한 적이 없고, 형부도 마찬가지인걸요. 패니가 나와 함께 살다니! 언니, 난 전혀 생각도 해보지 않은 일이에요. 그리고 나와 패니, 우리 두 사람을 알고 있는 사람이라면 누구든지 그런 일은 있을 수도 없고, 있어서도 안 된다고 생각할 거라고요. 정말이야, 언니. 맙소사! 내가 패니를 맡아서 무슨 일을 할 수 있다는 거야? 나는 가난하고 연약하고 의지할 데 없는 미망인이란 말이에요. 아무짝에도 쓸모없고 마음마저 약해져 있는데 저 다 큰 아가씨를 데려다가 내가 뭘 할 수 있겠어. 언니도 알고 있겠지만 열다섯 살의 소녀는 각별히 신경을 써서 보살펴주지 않으면 안될 나이란 말예요. 세상에서 가장 성품이 좋고 낙천적인 사람이라도 신경이 곤두서고 말걸요. 설마 형부가 진심으로 그런 생각을 했을 리는 만무해! 형부는 내 편이니까. 나를 조금이라도 안쓰럽게 생각하고 진정으로 행복을 바란다면 절대로 그런 말은 끄집어내지 않으셨을 거야. 대체 어떤 사정이 있었기에 형부가 언니에게 그런 말씀을 하시게 된 걸까요?"

노리스 부인이 말도 안 된다는 듯이 손을 내저으며 말했다.

"워드, 사실 정확한 건 나도 잘 몰라. 하지만 네 형부는 네가 패니를 지금이라도 데려가는 것이 모두를 위해서 가장 좋은 방법이라고 생각하고 계셔. 그것만은 확실해.”

“언니, 내 생각에는 언니가 뭔가 착각하고 있는 게 분명해요. 형부가 뭐라고 말씀하셨는지 모르겠지만 절대로 내가 패니를 데려가기를 진심으로 원하지는 않으실 거야. 내가 패니를 맡아주었으면 하고 그렇게 생각하실 리가 없어요. 그건 내가 확신할 수 있다니까요.”

노리스 부인이 정색을 하며 단호하게 잘라 말했다.

“물론 그래, 그렇게 직접적으로 말씀하지는 않으셨어. 아마 그렇게 될 거라고 생각하셔서 그렇게 말씀하셨을 거야. 그건 나도 같은 생각이야. 네 형부와 나는 그렇게 하는 것이 네게도 도움이 될 거라고 생각하니까. 하지만 네가 그렇게 하기를 원치 않는다면 더 이상 말할 필요는 없지. 그 애가 여기 있다고 해서 무슨 방해나 문제가 되는 것도 아니니까.”

버트램 영부인이 침착하고 부드러운 어조로 동생에게 말했다.

“언니, 이왕 말이 나온 김에 하는 말인데 제발 나의 어려운 처지를 한번 생각해 봐요. 어떻게 그 아이가 나에게 위로가 되겠어요? 가난하고 외로운 미망인에게 말예요. 세상에 둘도 없이 든든한 남편을 잃었고, 그 병구완과 시중드느라고 건강도 많이 상했어요. 게다가 내 정신은 지칠 대로 지쳐서 죽지 못해 살고 있는 형편이라고요. 마음의 평화는 완전히 깨졌고 생활하는 것도 먼저 세상을 떠난 그이의 이름을 욕되지 않게 하려고 최선을 다하면서 살려니, 나 혼자의 체면을 지켜나가기에도 급급한걸요. 설령 나를 위해 그렇게 하고 싶어도 그건 불쌍한 그 애에게는 여간 불행한 일이 아닐 테니 그 애를 위해서도 그렇게는 하고 싶지 않아요. 패니는 지금 누구보다도 아주 잘 지내고 있잖아요. 훌륭한 분들의 지도 아래 잘 크고 있는 중인데, 그 애에게 이제 와서 다시 새로운 환경에 적응하라고 하는 것은 너무 잔인해요. 그리고 나는 지금 내 슬픔과 어려운 처지에 맞서 싸워나가는 것만으로도 힘에 부친단 말이에요."

노리스 부인이 언니를 향해 길게 한숨을 내뿜으며 말했다.

"그럼 너 혼자 지내는 것이 더 좋다는 얘기니?"

"언니, 이제 내게 독수공방하는 것 외에 무슨 할 일이 더 있겠어요? 비록 작은 오두막집이더라도 가끔 친구나 한두 명 부를 수 있었으면 해요. 그래서 손님방으로 쓸 객실도 하나 마련해 두긴 했지만요. 아마 앞으로는 완전히 은둔생활을 하게 될 거예요. 이제 아무런 욕심도 없어요. 입에 풀칠이라도 하고 살려면 아무래도……. 다만 빚만 지며 살지 않게 되기를 바랄 뿐이에요."

노리스 부인이 그늘진 얼굴로 더욱 깊은 한숨을 내쉬며 말했다.

"애야, 설마하니 네가 그 정도로 심한 지경에 이르기야 하겠니. 네 형부의 말로는 네가 적어도 연 6백 파운드의 수입은 될 거라던데……."

"언니, 나는 지금 내 형편에 대해 불평하거나 푸념을 늘어놓는 것이 아니에요. 물론 지금까지와 같이 생활할 수 없는 것은 잘 알고 있지만 줄일 것은 줄여서 잘 꾸려나가지 않으면 안 된다는 거예요. 지금까지는 주부로서 그다지 인색하게 살아오진 않았지만 이제는 절약을 생활화하고 최대한 돈을 아껴야 해요. 그리고 그렇게 한다고 해서 부끄러울 건 없을 것 같아요. 지금의 내 처지가 수입이 줄어든 만큼 생활도 변해야 하는 것이 당연한 이치니까. 남편이 살아 있을 때는 마을의 목사로서 이것저것 당연히 누릴 수 있는 것들이 많았지만 나 혼자가 되고 보니 이제 그런 건 기대할 수도 없잖아요. 남들은 모르는 일이지만 불쑥 찾아왔다가 돌아가는 손님들을 위해 쓰이는 식비도 무시할 수가 없었어요. 하지만 화이트 하우스에선 그런 점을 더욱 유의해서 수입 한도 내에서 생활해야만 해요. 이것은 절대적인 것이어서 만약 그렇게 하지 않으면 비참한 결과를 초래하게 될 테죠. 그 이상의 일이 가능하다면……. 연말에 가서 약간의 저축을 할 수 있다면 그것이야말로 정말 기쁠 거예요."

노리스 부인이 축 처진 어깨만큼이나 고개를 숙이며 상심한 어조로 말했다.

"워드, 그 정도야 가능할 테지. 너는 언제나 저축을 해오지 않았니. 그렇지 않아?"

버트램 영부인이 위로하듯 말했다.

"언니, 내 소원은 말예요. 후손들에게 작은 도움이나마 보탬을 주는 일이에요. 그러니까 내가 부자가 되고 싶은 것은 조카들을 위해서이기도 해요. 언니도 알다시피 나는 달리 재산을 물려줄 자식도 없잖아요. 거액은 아니더라도 조카들에게 조금이나마 남겨줄 유산이 있다면 얼마나 기쁠까요."

"다정도 해라. 네 말은 정말 고맙구나. 하지만 우리 애들 걱정은 하지 않아도 돼. 장래를 위해 충분할 정도로 돌봐 줄 재산이 있을 테니까. 그 점은 네 형부가 어련히 알아서 하시겠니."

"언니, 형부도 경제적으로 쪼들리고 있지 않아요? 안티과 섬(서인도 제도의 한 섬)의 농장 수확이 별로라면서요. 어쩌면 형부의 경제 사정이 점점 더 어려워질지 모르는 형편인데 언니는 그렇게 낙관적으로만 생각하다니. 언니, 그건 아주 위험해요."

노리스 부인이 매우 걱정된다는 듯이 말했다.

"아, 그 일이라면 곧 해결이 될 거야. 네 형부가 편지를 쓰는 걸 봤거든. 그 일은 더 이상 걱정하지 않아도 돼. 그 일은 나도 잘 알고 있어."

버트램 영부인이 입가에 손을 대고 웃으며 여유 있게 말했다.

"그렇다면 천만다행이군요. 언니, 내가 유일하게 바라는 일은 언니의 가족에게 조금이라도 도움이 되었으면 하는 거예요. 그러니까 만약 형부가 또다시 내가 패니를 맡을 거란 말을 하거든 꼭 이렇게 좀 전해 주세요. 건강상으로 보나 지금의 심정으로 보나 현재는 전혀 고려해볼 수 없다고 말이에요. 게다가 우리 오두막에는 정말로 그 애가 잘 곳도 없어요. 언제든 손님이 올 때를 대비해서 방 하나를 비워둬야 하니까요.”

노리스 부인이 여전히 근심스러운 어투로 말을 끝마쳤다.

버트램 영부인은 노리스 부인과의 대화에서 중요한 대목을 조목조목 남편에게 들려주었다. 때문에 토머스 경도 자기가 처제의 생각에 대해서 전적으로 오해하고 있었음을 알았다. 그리고 그 이후부터 어느 누구도 노리스 부인에게 무엇을 기대하거나 바라지 않게 되었다. 물론 토머스 경도 그 일에 대해 조금이라도 의향을 내비쳐서 암시를 해보거나 한 마디도 언급하지 않았다. 조카딸을 데려오자고 할 때는 그토록 적극적이었다가 조카를 위해 무엇인가 해주어야 할 때는 무조건 싫다고 하니, 토머스 경으로서는 도무지 의아하게만 여겨졌다. 더더구나 패니를 입양하겠다고 가장 적극적으로 나선 사람이 다름 아닌 바로 처제였으니 말이다.

하지만 처제가 자기의 모든 재산은 그들 일가를 위한 것이라고 이해시켜뒀으므로 그도 더 이상 무슨 말을 더 한다는 것이 곤란했다. 왜냐하면 그것은 아이들에게 이익도 되고 명예도 되는 것이어서 자신에게도 매우 유리한 것이었다. 그와 동시에 패니를 양육하는 일과 장래의 일을 도맡아서 돌보아 주어야 하는 만큼 어깨가 무거워졌다.

패니는 거처를 옮기는 일에 대한 자신의 걱정과 근심이 완전한 기우였음을 알았다. 노리스 이모와 함께 살지 않아도 된다는 사실을 알았을 때 패니의 마음은 그야말로 하늘을 날아오르는 기분이었다. 패니는 누구보다 먼저 에드먼드에게 곧 그 사실을 알렸다.

　기쁨에 들뜬 패니의 환한 표정을 보고는 에드먼드의 실망했던 마음도 다소 위로를 받았다. 그는 이것이야말로 무엇보다도 그녀를 위하는 일이 된다고 생각하고 있었기 때문에 계획이 바뀐 것을 보고 실망을 했던 것이다. 패니가 이사를 가게 되면 자신이 패니에게 절대적으로 필요한 존재가 될 것이라는 예상을 하고 있던 참이라 실망했던 것인데 또 한편으로는 패니가 계속해서 한 가족으로 살게 될 것이라는 사실이 위안이 되기도 했다.

　노리스 부인은 예정대로 화이트 하우스에 입주하게 되었고, 그랜트 박사 부부가 목사관에 도착함으로써 이 사건도 일단락 짓게 되자 맨스필드에서는 얼마 동안 모든 일이 평상시와 같이 진행되어갔다.

　그랜트 박사 부부는 매우 우호적이며 사교적인 태도를 보여 대체로 새로 알게 된 사람들 사이에서 큰 호감을 얻었다. 하지만 그들에게는 그들 나름의 결점이 있었는데 그것을 제일 먼저 발견한 사람은 노리스 부인이었다. 그랜트 박사는 대단한 식도락가여서 매일 맛있는 음식을 먹지 않으면 만족하지 못했고, 그랜트 부인은 되도록 적은 돈으로 남편의 식성을 맞춰보려고 애쓰기는커녕, 여자 요리사에게 맨스필드 파크에서 지불하는 액수만큼이나 되는 많은 월급을 주고 자신은 부엌 쪽에는 좀처럼 모습을 나타내지 않았다. 노리스 부인은 이 부부의 일을 보며 경악을 금할 수 없었고 분개하지 않을 수 없었다. 왜냐하면 이 집에서 규칙적으로 소비되는 버터나 달걀의 분량이 어마어마했기 때문에 화제가 그쪽에 머물면 조용한 어조로는 말할 수가 없었던 것이다.

　"이래봬도 나는 손님을 대접할 때 풍성하고 융숭하게 접대를 잘하기로는 남에게 빠지지 않았어요. 나로 말할 것 같으면 쩨쩨한 것을 싫어하는 성격이니 말이에요. 그 당시만 해도 목사관 생활이란 안락하기 그지없었고, 뒷공론의 대상이 될 까닭도 없었거든. 하지만 요즘 목사관에서 벌어지는 일들은 이해하기가 힘들어요. 물론 그랜트 부인이 매우 훌륭한 사람이라는 사실은 알아요. 하지만 시골의 목사관에 훌륭한 귀부인이라니, 도무지 격에 맞지 않지 뭐예요. 여러 가지 들리는 바를 종합해보면, 그 여자는 5천 파운드 이상은 갖고 있지 않은 것 같은데 말이야.”

노리스 부인은 화가 나서 일장 연설을 했지만 버트램 영부인은 별다른 흥미를 보이지 않고 동생의 험담을 그저 듣고만 있었다. 그녀는 그들의 살림이나 경제적인 면에 대해서는 전혀 관심조차 없었다.

하지만 그랜트 부인이 얼굴이 예쁜 것도 아니면서 맨스필드 파크에서의 생활에 쉽게 적응하고 이곳의 사람들과도 잘 어울리는 등 이렇게 멋지고 만족한 생활을 하는 데 대해선, 미인으로서 심히 모욕감을 느꼈다. 그 점에 대해서는 노리스 부인이 또 다른 점을 논하는 것과 같은 정도로 자주—말수는 적었지만—동감을 표시하며 놀라움을 나타냈다.

사실 맨스필드 파크에는 노리스 부인과 같은 의견을 갖고 있는 사람들이 의외로 많았다. 그들은 그랜트 박사 부부의 이야기를 화제로 삼아 대화를 나누는 것을 즐겼다. 이런 의견이 오고간 지 채 1년도 못 가서 버트램 집안에 또 한 가지 매우 중대한 사건이 일어났다. 토머스 경은 재산문제를 원만히 처리하기 위해서는 직접 안티과 섬으로 가는 것이 상책이라고 생각하고, 나쁜 친구와 손을 끊게 하기 위해서도 장남을 데려가기로 했던 것이다. 그 역시 마을의 부인들에게 충분한 관심거리였고 지겹지 않은 애깃거리가 되어 주었다. 떠도는 말에 의하면 버트램 가문의 사업이 매우 나빠졌기 때문에 사정상 어쩔 수 없이 아들까지 데려간다는 흉흉한 소문이었다. 그들이 영국을 떠나면 1년 가까이 집을 비우게 될 거라고 했다.

원래 토머스 경은 가족 모두를 데리고 가고 싶었다. 하지만 금전적

인 면으로 보아서도 그렇고 차남인 에드먼드를 위해서도 영국에 남겨
두는 것이 유익할 것이라고 생각해서 토머스 경은 가족과 헤어져 일
생에서 가장 중요한 시기의 딸들을 남에게 맡길 결심을 했던 것이다.
사실 이러한 결심은 결코 쉬운 결정이 아니었다. 딸들에 대해 버트램
영부인이 그를 대신하여 모든 일을 처리할 수 있다고 믿기는커녕 그
녀 자신의 일을 감당할 역량마저도 실은 의심스러웠지만 처제의 빈틈
없는 사고와 에드먼드의 판단력은 충분히 믿을 만했기 때문에 딸들에
대해서는 걱정하지 않고 오랫동안 집을 비울 수 있었던 것이다.

버트램 영부인은 남편이 집을 비우는 것을 전적으로 환영하진 않았
지만 남편의 안전을 염려하거나 그의 고생을 걱정함으로써 마음이 불
안해지는 일은 조금도 없었다. 그녀는 자기 이외의 사람의 경우에는
무슨 일이든 위험이나 곤란, 피로 따위가 있을 리 없다고 생각하는 성
격의 사람이었던 것이다.

그러나 자신의 남편이 마을 부인네들의 입방아에 오르면서까지 사
업을 위해 멀리 떠나야 하는 것은 영 내키지 않았다. 버트램 가의 딸
들은 보기에도 대단히 안쓰러웠다. 이렇게 말하는 것은 그녀들이 슬
퍼해서가 아니라 전혀 슬퍼하지 않았기 때문이다.

이 두 딸은 아버지를 애정의 대상으로도 놀이 친구로도 생각지 않았
기 때문에 아버지가 집을 비우는 일을 불행히도 크게 환영했던 것이
다. 모든 속박에서 해방된 마리아와 줄리아는 아버지에게 금지당할
만한 짓을 한 가지라도 해서 만족감을 맛보려고까지는 하지 않았지만
그 즉시 어떠한 제재노 받지 않고 자기네들 마음대로 하게 되었다. 무
엇이든 원하는 대로 할 수 있었던 것이다.

패니까지도 토머스 경이 긴 여행을 떠나자 안도하는 마음은 사촌들
의 경우와 조금도 다를 바 없었다. 하지만 패니는 무척 착한 성품이었
으므로 그렇게 생각하는 것은 배은망덕한 짓이라고 여겨졌기 때문에

그 자책감으로 더욱 괴로워했다. 이모부의 부재가 슬프지 않다는 사실이 정말로 슬펐던 것이다.

'나와 형제를 위해 그토록 힘써주신 이모부가 집을 떠나신다고 하는데……. 어쩌면 영영 못 돌아오실지도 모르는데……. 그런데도 그분을 떠나보내고 눈물 한 방울 흘리지 않다니. 이건 부끄러울 정도로 너무나 염치없고 무신경하기 짝이 없는 일인 거야.'

패니는 바늘 끝으로 가슴을 찔린 듯한 고통을 느끼며 자신을 책했다.

더욱이 토머스 경은 떠나는 날 아침에 패니를 보고 올 겨울에 다시 윌리엄을 만나면 좋지 않겠느냐면서 그가 복무하고 있는 함대가 영국에 돌아오면 곧 편지를 써서 맨스필드로 초대하라고 일렀던 것이다. '정말 인정이 많으시고 친절하셔.' 라고 할 만한 일이었다.

물론 그가 이 말을 하면서 미소라도 띠었거나 '귀여운 패니' 라고 다정하게 한 번만 불렀더라도 지금까지의 무서운 표정이나 차가운 태도 같은 것은 깡그리 잊어버렸을 것이다. 그러나 그가 이렇게 한마디 덧붙이는 바람에 그녀는 몹시 실망하였고 심한 굴욕감마저 느껴졌다.

"윌리엄이 맨스필드에 왔을 때 이것 한 가지는 분명히 알게 해줬으면 좋겠다. 네가 이곳에서 지낸 시간들이 결코 헛된 것이 아니라는 사실을 깨닫게 말이야. 네가 잘 보여주렴. 어떻게 살아왔으며 얼마만큼 발전했는지……. 하지만 나는 말이다. 네가 열여섯 살이 되도록 거의 변한 것이 없다는 사실이 무척 아쉽다. 집을 떠나온 지 꽤 오래 되었는데도……. 어쩌겠니. 그런 네 모습을 윌리엄이 발견하지 않을까 그게 몹시 마음에 걸리는구나."

토머스 경은 여전히 차갑고 냉랭한 목소리로 들으란 듯이 넌지시 비꼬아 말했던 것이다.

그녀는 이모부가 떠난 후 그의 마지막 말을 떠올리며 혼자서 슬픔에 못 이겨 하염없이 눈물을 흘렸다.

　아무것도 모르는 마리아와 줄리아는 그녀의 눈이 빨개진 것을 보고는 아버지가 떠나는 것을 속으로는 기뻐하면서도 눈물을 흘리는 '위선자' 라고 규정을 내렸다.

4

　토머스 경은 최근 집에서 시간을 보낸 일이 거의 없었으므로 그가 떠난 후에도 그리워하는 가족은 거의 없었다. 쓸쓸하다는 것이 오히려 겉치레에 불과했다. 아무리 사업상의 일로 인해 그가 자주 집을 비우긴 했지만 한 집안의 가장으로서 긴 시간 동안 부재상태임에도 불구하고 아무런 문제없이 지낼 수 있다는 것은 정말 놀라운 일이었다. 얼마 지나지 않아서 버트램 영부인 역시 남편 없이도 이렇게 잘 해나갈 수 있구나 하는 사실을 깨닫고 놀라움을 금치 못했다.

　대신 에드먼드가 훌륭하게 일을 해냈다. 식탁에서의 주인 역할도 했고, 집사와 상의하거나 변호사에게 편지를 쓰거나 하인들의 문제도 원만하게 잘 처리하는 등, 요컨대 모든 점에서 온갖 수고와 노력을 남편 못지않게 대신해 주었기 때문에 그녀로서는 여전히 자신의 일만을 하면 되었으며 편지에 수신인의 이름을 쓰는 일 외엔 할 일도 없었다.

　여행을 떠난 두 사람이 순조로운 항해 끝에 무사히 안티과 섬에 닿았다는 첫 소식이 도착했다. 이에 앞서 노리스 부인은 몹시 불안감에 사로잡혀서 에드먼드와 둘이서만 있게 되면 언제나 불안 속으로 끌어들이려 애를 썼다.

　"에드먼드, 난 아무래도 불안해서 견딜 수가 없구나. 네 아버지와 톰이 어떻게 되기라도 할까 봐 나는 요즘 통 잠도 오지 않는단다. 얘야, 며칠 전에는 이상한 꿈까지 꿨지 뭐겠니. 글쎄 큰 폭풍을 만나 배가 가라앉는 꿈이었는데 그 배에 네 아버지와 톰이 타고 있지 않았겠니? 이건 분명히 무슨 변고가 단단히 있는 모양이야. 대체 어쩌면 좋니?"

"이모, 괜히 걱정하지 마세요. 저는 이모가 쓸데없는 걱정으로 행여나 건강마저 해치지 않을까 오히려 걱정이 돼요."

"천만에, 에드먼드. 그건 결코 쓸데없는 걱정이 아니야. 나는 혹시 모를 어떤 일에 대비해 검은 드레스 하나를 이미 마련해 두었단다. 물론 그 옷을 입는 일 따윈 생기지 않았으면 하는 마음 간절하지만 말이다. 에드먼드, 나는 모든 일이 그저 불안해서 조마조마 마음을 졸이고 있단다."

노리스 부인은 혹시라도 그들에게 재앙이 닥치면 제일 먼저 그 소식을 듣고 싶었다. 그리고 그 소식을 다른 사람에게 전해주고 싶어 안달이 나 있었다. 패니를 처음 가장 먼저 데리고 올 때처럼……. 불길한 파국을 제일 먼저 아는 사람은 자기여야 한다고 철석같이 믿고 있었기 때문에 이미 모든 조치를 취해 놓고 있었다.

하지만 형부와 톰이 무사히 잘 도착해서 사업을 잘 진행시키고 있다는 전갈이 오자 그녀는 만약을 위해 준비해 두었던 연설문을 재빨리 치워야만 했다. 애정이 담긴 서두 연설을 하는 일은 기약 없이 연기할 수밖에 없었던 것이다. 그리고 에드먼드 앞에서도 더 이상 불안한 모습을 보이지 않았다.

마침내 맨스필드 파크에도 추운 겨울이 찾아왔다. 그러나 그 긴 겨울이 지나가도록 토머스 경과 톰을 찾는 사람은 단 한 명도 없었다. 가장 중요한 두 사람이 자리를 비웠지만 맨스필드 파크에서의 모든 일이 거침없이 순조롭게 착착 진행되어 나갔기 때문이다.

　노리스 부인은 질녀들을 위해 오락을 꾸며내기도 하고 화장하는 일을 거들어주기도 하며 겨울을 보냈다. 그리고 자기에게 익힌 그들의 교양과 지성미를 칭찬하고 얼마나 훌륭하게 컸는지 과시하기도 하면서 장래의 신랑감을 찾는 일 따위로 많은 시간을 할애했다. 또한 여러 가지 볼일이 많고 거기에다 자신의 가사 일을 보살피랴, 언니의 가사 일에 참견하랴, 이에 덧붙여 그랜트 부인의 낭비에 대한 감시를 게을리 할 수도 없었기 때문에 몹시 바쁜 겨울을 보내고 있었다. 그러한 형편이니 멀리 떠나 지금 눈앞에 없는 두 사람에 대한 염려를 할 틈은 거의 없었다.

　버트램 가의 두 딸들은 주위에서 재색을 겸비한 나무랄 데 없는 신붓감으로 확고한 지위를 굳히고 있었다. 빼어난 미모와 뛰어난 재능과 기예에 더하여 세련되고 자연스럽게 몸에 배인 기품을 갖추고 있었다. 천성적으로도 상냥하고 또한 일반적인 예의범절에 맞도록 철저히 교육받은 언행 때문에 주위 사람들의 자자한 칭송과 찬사는 오직 그들을 위한 것이었다.

　그녀들의 경우는 교육을 잘 받은 탓으로 교만함이나 허영심마저도 전혀 없는 듯이 보였다. 이런 주위의 칭송을 얻어내는 데는 작은 이모가 지대한 공헌을 했고, 이러한 사실들을 이모가 듣는 족족 전해주곤 했기 때문에 그녀들은 자기들에겐 결점 같은 것은 아예 없는 것으로 확신까지 하게 되었다.

　버트램 영부인은 딸들과 함께 사람들 앞에 나서는 공식적인 일에는 가능한 참여하지 않았다. 대부분의 어머니들은 자신이 아무리 힘들고 괴롭더라도 자식들의 성공을 지켜보는 것을 낙으로 삼고 기쁨을 마다하지 않았지만 그녀는 무엇이나 귀찮아하는 성격이었으므로 딸들의 성공을 지켜보며 어머니로서의 만족을 애써 맛볼 생각도 여유도 없었다. 오로지 자신의 일에만 몰두할 뿐이었다.

따라서 공식 행사에 동행하거나 딸들에 관한 모든 일은 노리스 부인에게 맡겨두었다. 노리스 부인은 동생으로서 이런 명예로운 대리 역은 말할 것도 없고 거마비가 들지 않고도 사교계에 출입할 수 있는 방법이 생겨 백퍼센트 만족하고 있었다.

패니는 사교 시즌인 겨울 내내 이어지는 축제에 한 번도 참여한 적이 없었다. 단지 다른 가족들이 축제에 참석하기 위해 외출한 뒤면 홀로 남게 되는 큰이모의 상대역으로서 한몫을 할 수 있었기 때문에 그것만으로 큰 즐거움을 삼았다. 가정교사였던 리 선생도 맨스필드 저택을 떠나고 없었으므로 무도회나 파티가 있는 밤이면, 자연히 그녀는 버트램 영부인에게 있어서 둘도 없는 귀중한 존재가 되었다.

패니는 큰이모와 이야기를 나누거나 다소곳이 들어주기도 하는 등의 일을 오히려 즐기는 편이었다. 가끔 책을 읽어주기도 했으며 이런 초저녁의 고요 속에 이렇게 단둘이서 있으면 주위의 냉대나 서운한 말, 불친절을 감수할 필요가 없으니 천국이나 다름없었다. 늘 심리적인 불안과 위태위태한 상황 속에서 언제나 긴장하며 살아야 했던 패니로서는 마음 편하게 지내는 것보다 더 좋은 게 없었고, 고요한 밤이 되면 이루 말할 수 없는 평화로움을 마음껏 느낄 수 있었다.

마리아나 줄리아가 무도회나 파티에서의 흥겨움에 대해 이야기하는 것을 듣는 것도 남모를 즐거움 중의 하나였다. 패니는 유독 무도회에 관심이 많았다. 사촌 오빠인 에드먼드가 누구누구와 춤을 추었는지가 항상 가장 궁금했기 때문이다. 사촌 언니들의 흥겨움에 대해서 들을 때면 몹시 부럽기도 했지만 자기는 신분이 낮다고 여기고 있었기 때문에 그런 곳에 나가게 되리라고 생각한 적도 없고 그 때문에 그런 이야기를 들어도 특별히 자기와 관련 있는 일이라고 느껴지지도 않았다.

대체로 그 겨울은 그녀에게는 그런대로 편안한 계절이었다. 물론 월리엄 오빠가 영국에 돌아오지 않았고 맨스필드 파크로부터 초대를 받지도 못했지만 그가 자신을 만나러 꼭 찾아올 것이라는 희망은 항상 소중한 것이었다.

어느새 겨울이 지났고 봄이 찾아왔다. 하필이면 그때 패니의 귀중한 벗이면서 가장 소중하게 여기던, 회색 털이 섞인 늙은 조랑말이 죽어 버리는 슬픈 일이 있었다. 이 사건은 그녀의 상실감과 더불어 건강에도 상당한 영향을 미쳤다. 그 이유는, 그녀에게는 건강 때문에라도 승마가 중요하다는 사실은 누구나 알고 있었지만 그 어느 누구도 새로운 말을 구입해 줄 생각은 조금도 없었기 때문이다.

"내 생각에는 이제 와서 새로운 말이 필요할 것 같지는 않구나. 마리아나 줄리아가 타지 않고 말이 쉬고 있을 때는 언제든지 패니가 탈 수 있을 테니 말이다. 이럴 때 새로운 말을 산다는 것은 오히려 낭비라는 생각이다."

큰이모나 작은 이모나 입을 모아 이렇게 말했을 뿐 어떠한 조치도 취하지 않았다. 더군다나 버트램 가의 아가씨들은 날씨가 좋기만 하면 으레 말을 탔다. 그리고 패니를 위한 겸손의 미덕을 살려 자신들의 즐거움을 포기하는 일은 상상조차 해본 적이 없었다. 따라서 패니가 사촌 언니들의 말을 탈 수 있는 기회인 '언제든지'는 결코 찾아오지 않았다.

4월과 5월의 맑고 쾌청한 날들이 계속 이어졌다. 마리아와 줄리아는 거의 매일 상쾌한 승마를 즐겼지만 패니는 큰이모와 하루종일 집 안에서 꼼짝 않고 앉아 말 상대가 되어 주거나 혹은 작은 이모의 심한 독려를 받아 체력의 한계를 넘어서는 산책을 하기도 하는 것이었다.

버트램 영부인은 자기가 운동을 그다지 좋아하지 않으니까 남도 필요치 않다고 생각하는 사람이었다. 패니 또한 적당한 운동을 해야 할 필요가 있다고 생각하지 않는 것은 당연했다. 반면 노리스 부인은 하루종일 움직여야 하는 사람이었으므로 다른 사람들도 그녀 정도는 걸어야 한다고 생각하고 있었다. 하필이면 이러한 때에 에드먼드는 공교롭게도 부재중이었다. 그가 있었다면 이 문제에 대해 좀더 일찍 어떠한 조치든 취하고 대책을 강구했을 것이다.

에드먼드는 집에 돌아오자마자 패니가 처한 난처한 입장을 알게 되었다. 그녀의 사정을 알게 되자, 그 일로 겪었을 패니의 괴로움도 어렵지 않게 감지했다. 그는 즉시 자신이 해야 할 일은 단 한 가지라고 생각하고 실천에 옮겼다.

"패니에게 말을 한 필 사줘야겠습니다."

에드먼드는 이렇게 명백히 잘라 말함으로써 그렇게까지 할 필요가 있겠느냐고 반대를 표명하고 나서는 어머니와, 경제적인 이유를 들며 별로 중요한 일이 아니라고 설득하는 구두쇠 이모의 의견에 정면으로 승부수를 던졌다. 그리고 이 두 사람의 반대를 무릅쓰고 오히려 자신의 생각을 확고히 굳혔다.

"에드먼드, 맨스필드 파크에 있는 많은 말 중에 얌전하고 늙은 말이 한 마리쯤은 있을 것이야. 네 생각이 정 그렇다면 그 중에서 적당한 것을 골라 주면 그것으로 충분하다고 생각한다. 아니면 가끔 집사의 말을 빌려 타게 하는 건 어떻겠니? 어쩌면 그랜트 박사가 우체국에 보내는 조랑말을 가끔 빌려줄지 모르겠다. 그러니까 에드먼드, 패니가 사촌 언니들과 대등하게 훌륭한 말을 가질 필요는 전혀 없다고 본다. 아니 어떻게 보면 그건 오히려 부적절하고 가당치도 않은 일이란다. 니의 아버지도 분명히 나와 같은 생각일 거다. 더군다나 아버지가 안 계신 지금의 상황에서 말을 구입해 가사 비용을 늘린다는 것도 옳은 일 같지는 않구나. 면목이 서지도 않는 일일뿐더러 네 아버지의 재정 상태가 좋지 않다는 것은 누구보다 네가 잘 알고 있지 않니?"

노리스 부인은 자신의 반대 의견을 장황하게 늘어놓았다.

에드먼드는 한 마디로 딱 잘라 대답했다.

"패니에게는 자신만의 말이 한 마리 꼭 있어야 합니다."

노리스 부인은 에드먼드의 견해에 찬성할 수 없었지만 버트램 영부인은 달랐다. 물론 에드먼드의 고집을 꺾을 수 없었기 때문이기도 했지만 패니에게 말이 필요하다는 것과 남편도 그렇게 생각하리라는 점에 대해서는 전적으로 아들과 같은 의견이었다. 다만 급히 서두르는 것에는 반대였다.

"패니에게 말이 필요한 것은 알겠다. 하지만 너희 아버지가 돌아오실 때까지 기다려 주렴. 그러면 아버지가 알아서 말끔하게 해결해 주실 거야. 늦어도 9월까지는 돌아오실 테니까 그때까지 기다린다고 해서 무슨 큰 일이 나는 것도 아니지 않니. 에드먼드, 그때까지만 기다려보자꾸나."

버트램 영부인이 차분한 어조로 아들을 설득했다. 물론 이모의 의견을 완전히 무시할 수는 없었다. 그녀의 말대로 나중에 아버지가 아셨을 때 지나친 처사였다고 꾸중을 들을 수도 있는 일이었기 때문이다. 에드먼드는 그것을 미연에 방지하는 의미로라도 다른 방안을 강구해야만 했다. 하지만 에드먼드는 어머니보다 오히려 이모에 대해서 더 화가 났다. 조카인 패니에 대한 배려라고는 눈곱만큼도 없었기 때문에 그것이 불만스러웠던 것이다.

그러나 어머니의 말은 듣지 않을 수가 없어 결국 한 가지의 해결책을 생각해내었다. 이렇게 하면 아버지로부터 권한 밖의 일을 했다고 꾸중을 들을 염려도 없고, 더욱이 그와 동시에 패니에게 야외 운동을 할 방책을 만들어 주는 것이 될 것이다.

에드먼드에게는 자기 말이 세 필이나 있었다. 두 마리는 사냥할 때 타는 수렵용이고 또 한 마리는 일반 도로에서 탈 수 있는 여행용이었다. 하지만 세 마리 모두 여성이 타기에는 적당하지 않은 것들이었다.

그 중에서 한 마리를 패니에게 골라 주는 것은 불가능한 일 같았다. 그렇다고 이대로 패니를 그대로 둔다는 것은 그로서는 참을 수가 없었다. 그래서 그는 이 세 번째 놈을 패니가 탈 수 있는 것과 교환하기로 결심한 것이다.

에드먼드는 결심이 서자마자 곧바로 그 일에 착수했다. 그런 말을 어디서 구할 수 있는지 알고 있었으므로 일단 거래는 신속하게 이루어졌다. 이 새로운 암말은 싸게 구한 것인데 비해 별로 손을 보지 않아도 목적에 적합할 정도의 훌륭한 말이었다. 패니는 거의 그것을 독점할 수 있게 되었다. 그때까지 그녀는 그 회색 털이 섞인 늙은 조랑말만큼 자기에게 꼭 맞는 말은 없다고 생각했는데 에드먼드가 구해준 암말에서 여태까지의 경험을 훨씬 웃도는 기쁨을 느낀 것이다. 이것이 오로지 그의 친절한 배려와 애정 덕분이라고 생각하니 그 기쁨은 더욱 더 커져서 거의 말로는 표현할 수 없을 정도였다.

패니는 에드먼드를 사랑했다. 선량하고도 위대한 것들의 표본이라고 여기고 있었으며 모든 가치 있는 것들을 대변하는 존재였다. 또한 그의 그런 진정한 가치를 자신만이 알고 있다고 자신했다. 게다가 에드먼드에 대한 고마운 마음은 어떠한 것으로 보답을 하더라도 그 크고 깊은 애정에 값할 수 있을 것 같지가 않았다. 패니의 그에 대한 감정은 존경과 감사와 신뢰와 애틋한 감정까지 듬뿍 담긴 것이었다.

에드먼드가 패니에게 준 말은 명목상으로나 사실상으로나 에드먼드의 재산이요, 그의 소유임에 틀림없었다. 그러다 보니 노리스 부인도 짜증스러운 마음이야 일었지만 그것이 패니에게 주어지는 것을 참고 지켜볼 도리밖에 없었다. 물론 버트램 영부인도 처음에는 반대했지만 그런 일로 길게 신경 쓰고 싶지 않았다. 그래서 토머스 경이 돌아올 9월까지 기다리지 않고 일을 에드먼드가 처리해 버린 데 대해 너그럽게 봐줄 수가 있었다. 더군다나 9월이 되어도 토머스 경의 해외 용무는 끝날 것 같지가 않아 쉬이 돌아올 가능성이 없었기 때문이다. 그가 사업상의 일을 대강 마무리하고 영국으로 돌아오려고 준비하기 시작했을 때 달갑지 않은 일이 갑자기 생겨나면서 앞일이 모두 불투명한 상태가 되었다. 토머스 경은 하는 수 없이 장남인 톰만을 본국으로 돌려보내고, 문제가 된 점이 완전히 해결될 때까지 자기 혼자 남아 있기로 결심한 것이다.

톰은 무사히 귀국하여 아버지가 매우 건강하다는 소식을 전해줬지만 그것은 노리스 부인에게만은 거의 신빙성이 없는 것이었다. 형부가 아들만을 돌려보냈다는 것은 몸에 재앙이 닥쳐올 것을 예감한 아버지로서 용의주도하면서도 필수 불가결한 선택이라고 생각했다. 그런 불길한 예감을 떨쳐낼 수 없었던 노리스 부인은 매일 밤잠을 설치면서 고민했다.

긴긴 가을밤이 찾아오자 그녀는 어쩐지 자꾸만 무시무시한 예감에 시달리다 못해 자기 혼자 외롭게 지내느니 그걸 핑계 삼아 날마다 파크의 식당으로 찾아와야만 했다. 그러나 겨울철의 사교 행사가 다시 시작되자 효과는 즉각 나타나서 그 기간 동안은 큰 조카의 미래를 희망으로 인도하고 도모한다는 즐거운 명목으로 마음이 꽉 차 곤두섰던 신경도 어지간히 침착해질 수 있었다. 그리고 매년 그랬던 것처럼 동네방네 모든 일에 일일이 참견하고 다니면서 분주하게 움직였다. 특히 가장 신경 써서 몰두한 일은 혼기가 찬 두 조카 중에서 마리아에게 가장 적합한 신랑감을 찾아주는 일이었다.

'만일에 불행한 일이 형부에게 닥쳐 다시는 영국으로 돌아올 수 없는 운명이 된다 해도, 귀여운 마리아가 훌륭한 가문으로 시집가는 걸 확인하는 것만으로 크게 위로가 될 거야.'

혼자 있는 시간이면 노리스 부인은 종종 이런 생각을 해보는 것이었다. 행여나 돈 많은 남자와 동석이라도 하게 되면 늘 그랬으며, 최대의 영지와 멋진 저택을 상속받은 청년이 최근에 나타났을 때는 특히 그러했다. 이 생각을 하면 그녀 스스로가 무척 대견스럽게 느껴지는 것이었다.

마리아 버트램 양의 아름다운 모습을 보고 단숨에 사로잡혀 사랑의 포로가 되어버린 사람은 다름 아닌 제임스 러시워스였다. 첫눈에 마리아의 용모에 반해버린 그는 그녀와 결혼하여 살림을 차리려는 마음을 굳혔다. 자기는 곧 그녀를 사랑하고 있다고 생각했던 것이다.

그는 명석한 젊은이는 아니어서 머리의 회전도 보통 이상일 수 없었지만 풍채나 태도에 인상이 나쁜 점은 조금도 없었고 가지고 있는 재산이나 가문 등에서도 워낙 월등했기 때문에 마리아 또한 자기의 승리에 흐뭇해하고 있었다. 방년 21세의 마리아 버트램은 결혼이 의무라고 생각하기 시작했고 제임스와 결혼하면 아버지보다도 훨씬 많은 수입에다―지금은 이것이 첫째 목적이 되어 있지만―런던에도 큰 저택을 가질 수가 있어, 그 생각만으로도 즐거웠다. 그녀는 가능하다면 제임스와 결혼하는 게 당연하고도 명백한 의무라는 생각이 들었고, 결혼 상대자를 선택하는 일에 있어서 가장 중요한 것이 경제적인 조건이라고 생각하고 있었다.

노리스 부인은 이 혼담을 추진시키기 위해 무척 열심이었다. 그래서 여러 가지 제안도 하고 두 사람이 결혼하게 되면 양쪽 가문 모두 서로 손해 볼 게 없는 일이라는 사실을 넌지시 암시하면서 쌍방에다 그 가능성을 인식시키는데 성공했다. 그 한 방책으로 제임스의 어머니와 친교를 맺기 위해 노력했다. 그는 어머니와 함께 살고 있었던 것이다. 노리스 부인은 언니에게 길도 안 좋은 10마일이나 되는 거리를 마차를 타고 가서라도 의례적인 방문을 하게 했던 것이다. 아무튼 노리스 부인의 각고의 노력 덕분에 버트램 영부인과 러시워스 부인과의 개인적인 친분이 맺어지게 되는 데는 그리 많은 시간이 필요치 않았다.

러시워스 부인은 자신의 아들이 준남작의 딸과 결혼하게 될지도 모른다는 사실에 무척 흥분해 있었다. 더군다나 장성한 아들의 결혼을 고대하고 있을 즈음에, 지금까지 본 젊은 아가씨들 가운데서는 버트램 양이 아들과 가장 잘 어울린다고 판단하게 되었다. 그 아가씨의 사랑스러운 모습과 상냥한 성격으로 미루어보아 며느릿감으로 가장 적합하다고 단언했던 것이다. 러시워스 부인이 이렇게 나오자 노리스 부인은 이 칭찬의 말을 그대로 받아들여, 사람의 장점을 그렇게 정확히 분별할 수 있다니 과연 안목이 뛰어난 분이라고 감탄했다.

마리아는 버트램 가문 사람들 모두에게 있어 가장 커다란 자랑거리이며 형언할 수 없는 기쁨 그 자체였다. 그야말로 완전하다 해도 좋을 만큼 결점은 눈 씻고 찾아도 없고 한 치의 흠도 발견해낼 수 없는 천사 같은 아가씨였다. 물론 주변에는 숭배자가 많으니까 여간해서는 결심을 하기가 쉽지 않았지만 그녀는 더 이상 결혼을 미루는 것은 옳은 일이 아니라고 믿게 되었다. 그것이 설사 그릇된 판단이라 하더라도 말이다. 마리아는 러시워스 가족과 서로 알게 된 지 아직 얼마 되지는 않았지만 제임스야말로 자신과 결혼할 만한 자격을 모두 갖춘 훌륭한 청년이라고까지 생각하기에 이르렀다.

무도회가 자주 열리면서 두 젊은이는 기회가 있을 때마다 같이 춤을 추었다. 이들은 이러한 당연한 절차를 밟으면서 점점 의견의 일치를 보이는 듯했다. 이 두 사람의 모습에서 서로의 마음을 확인한 노리스 부인은 결혼에 대한 확신을 더욱 확고히 굳혔다. 얼마 후에 노리스 부인의 예상대로 두 사람은 약혼식을 치렀다. 물론 토머스 경이 해외에 머물고 있는 관계로 이루어진 약혼이었다. 만약 토머스 경이 집에 있었다면 정식으로 의견을 물은 후에, 당사자들을 포함한 양가 집안은 약혼식을 생략한 채 바로 결혼식을 올리려고 했을 것이다.

두 사람의 약혼은 양가 사람들 모두에게 대단한 만족감을 안겨 주었다. 누가 보아도 두 사람은 멋진 커플이었고 그들의 약혼 소식은 널리 퍼지면서 마을 전체의 경사가 되었다. 이웃 주민들도 노리스 부인을 통해 지난 몇 주 동안에 벌어진 일들을 알고 있었고 제임스 러시워스와 마리아 버트램 양의 결혼이 당연한 일로 받아들여졌던 것이다.

토머스 경으로부터 결혼을 허락한다는 동의의 편지가 도착한 것은 약혼식이 치러지고 몇 개월이 지난 후였다. 물론 그동안에도 두 사람의 결합에 있어 문제를 제기한 사람은 한 사람도 없었기 때문에 양가의 교제는 순조롭게 진행되었다. 오직 노리스 부인만이 그들의 결혼이 기정사실화 되어 있음에도 불구하고 아직은 비밀로 해두는 것이 좋겠다며 은밀하게 행동하려 했다.

버트램 가족들 중에서 단지 에드먼드만이 이 결혼에 문제가 있음을 지적하면서 약혼 자체를 못마땅하게 여겼다. 에드먼드는 작은 이모가 아무리 그에 대한 칭찬을 늘어놓아도 제임스가 누이동생의 좋은 남편감이라는 생각은 들지 않았다.

마리아의 행복은 누이동생 자신이 가장 잘 판단할 문제고 자신 스스로가 미래와 행복을 책임지는 것이 당연하다는 것이 에드먼드의 생각이었다. 하지만 지금 착착 진척되고 있는 모든 것이 본인들의 의사보다는 작은 이모의 계획과 생각에 따르고 있다는 낌새가 다분했다. 게나가 그 행복의 잣대가 제임스의 수입에 의해 달라진다는 사실이 마음을 언짢게 했다. 에드먼드는 간혹 제임스와 자리를 같이하게 될 때마다 이런 생각을 하지 않을 수 없었던 것이다.

'만야 이 친구의 수입이 일년에 1만 2천 파운드에도 못 미친다면 아마도 모두들 이 친구를 어리석고 바보 같은 사람이라고 생각하겠지. 아닌 게 아니라 완전히 머저리일 게야.'

그러나 토머스 경은 틀림없이 유리하다고 생각되는 이 두 사람의 결합에 대해 진정으로 기뻐했다. 처제를 통해 귀에 들리는 것은 더할 나

위 없이 좋은 일이고 마음에 흡족한 일들뿐이다. 정말로 천상배필이
었다.

그래서 누가 보아도 이 결혼은 흠잡을 데 하나 없는 완벽한 결혼이
었다. 이들은 같은 주에 살고 있었고 두 가문의 이해관계도 같았던 것
이다.

토머스 경은 이 결혼에 대해 흔쾌한 동의를 재빠르게 전해 왔으며,
조건이라면 단 한 가지, 자기가 돌아갈 때까지 결혼식은 미뤄달라는
것이었다. 이제 그는 하루라도 빨리 집에 돌아가고 싶었으며 촌음
도 아까운 듯 귀국할 날만을 손꼽아 기다리는 형편이 되어 버렸던
것이다.

편지를 쓴 것은 4월의 일이며, 여름이 끝날 때까지는 모든 일들을
만족하게 정리하고 안티과 섬을 떠날 수 있을 거라는 희망이 담겨 있
었다.

토머스 경의 이러한 소식이 전해진 것은 7월이었다. 이런 상태에서
패니는 7월에 18세가 되었다. 마침 이 무렵 마을의 사교계에 매력적
이면서 새로운 인물이 등장하게 되었다. 다름 아닌 헨리 크로포드와
메리 크로포드 남매였는데 그들은 그랜트 부인의 어머니가 재혼해서
얻은 동생들이었다. 두 남매는 매우 유복한 젊은이들이었다. 오빠는
노퍽 주에 기름지고 넓은 영지를, 누이동생은 2만 파운드에 달하는
재산을 소유하고 있었다.

크로포드 남매가 아이 때부터 함께 살았던 그랜트 부인은 비록 아버
지는 달랐지만 큰 누나로서 두 동생을 무척 귀여워하고 사랑했다. 하
지만 자신이 결혼을 하게 되자 이들과 자연히 떨어져 살게 되었다. 설
상가상으로 그랜트 부인이 결혼한 직후에 크로포드 남매의 부모님이
세상을 떠났으므로 이 남매는 숙부에게 맡겨졌다. 그랜트 부인은 이
숙부라는 사람을 알지 못했기 때문에 그 후 두 동생을 만난 적이 거의

없었다.

　다행스럽게도 숙부 집은 따뜻한 가정이었기 때문에 두 남매는 친자식 못지않은 관심과 사랑을 듬뿍 받으며 성장할 수 있었다. 크로포드 제독 부부는 다른 것에서는 도무지 의견의 일치란 있을 수 없었는데 이 두 아이에 대한 애정에 있어서만은 불협화음이란 있을 수 없었다. 아니, 일치했다기보다도 두 사람 모두 각자가 편애를 했다는 표현이 더 옳았다. 크로포드 제독은 남자아이 쪽을 유독 좋아했고 제독 부인은 여자아이를 더욱 귀여워해서 모든 애정을 쏟았던 것이다. 그런데 이 크로포드 부인이 세상을 떠났기 때문에 그녀는 자기편이라 믿었던 가장 소중한 존재를 잃은 격이었고 숙부의 보호 아래 살면서 고전을 면치 못했다. 하는 수 없이 메리 크로포드는 자신이 머물 수 있는 새로운 가정을 찾아나서야 하는 처지가 되었다.

　사실 크로포드 제독은 조카딸을 붙잡기보다는 정부를 맞아들이는 쪽을 택했던 것이다. 그러다 보니 걸림돌이 되는 메리를 내쫓고 싶어 했던 것이다. 이리하여 메리는 언니인 그랜트 부인에게 맨스필드 파크로 가고 싶다는 의사를 타진했다.

　달리 방법이 없었던 메리에게는 언니에게 가는 것만큼 절실한 것이 없었기 때문이다. 이 방법은 한 쪽에는 편리함을 보장해 주었고 동시에 다른 쪽에서도 환영할 만한 것이었다. 그랜트 부인에게는 자식이 없었고, 상류 여성들과의 사교에도 몹시 싫증이 나 있던 참이었다. 그런 차에 사랑하는 여동생의 출현은 몹시 반가운 소식이었다. 더군다나 마음에 드는 거실에는 아름다운 가구를 잔뜩 들여놓았으며 화초나 가금(家禽)도 좋은 것만을 골라 모아 들여놓고 있어서 이제는 집안에 무언가 변화를 크게 바라던 참이었다. 더욱이 그런 것을 보여줄 사람이 마땅히 없다는 것도 몹시 서운했다. 그런데 마침 자신이 결혼하기 전에 함께 살던 귀여운 여동생이 온다는 것은 새로운 변화를 예고하는 것이었고 그녀가 결혼해 가정을 이룰 때까지 곁에 붙들어 놓을 수 있겠다 싶어 참으로 잘된 일이라고 생각했다. 다만 한 가지 염려되는 바가 있다면 주로 도시인 런던 생활에만 익숙해 있던 젊은 아가씨의 습관이 시골인 맨스필드의 생활에 잘 적응해나가면서 만족할 수 있을까 하는 것이었다.

메리 역시 같은 걱정이 전혀 없었던 것은 아니었다. 그러나 메리가 걱정한 것은 언니의 걱정과는 다른 것이었다. 주로 언니의 생활양식과 수준, 그곳 사교계의 격조에 대한 것 등에서 의문이 생겼던 것이다. 메리는 언니에게 가겠다고 하기 전에 이미 오빠인 헨리 크로포드에게 시골에 있는 헨리의 저택에서 같이 살자고 설득했다. 하지만 헨리는 단번에 거절했다. 그는 일정한 주거를 정해놓고 한 곳에 얽매이거나 사교에 있어서 제한을 받는 것을 극도로 싫어하는 성격이었다. 그렇기 때문에 메리에게 있어서는 아주 중대한 일인, 가정을 찾는 일에 아무런 도움을 줄 수가 없었다. 하지만 동생에 대한 최소한의 예의로 노스햄턴에 동행하는 일은 흔쾌히 승낙했으며, 이 지방이 싫어지면 즉시 데리러 오겠다는 약속을 해두었다.

다행스럽게도 메리나 그랜트 부인이나 서로 만나보고는 쌍방이 다 같이 만족했다. 메리는 언니가 생각했던 것보다 까다롭지도 않고 촌스럽지도 않다는 사실에 호감이 갔다. 그랜트 박사인 형부는 신사다운 풍채인데다 인상도 매우 좋았다. 게다가 집도 넓고 가구도 잘 갖춰져 있었다.

한편 그랜트 부인은 두 남매를 대단히 환영했다. 메리와 헨리 모두 어렸을 때의 모습 그대로 잘 성장해서 매우 호감형인 데다가 매력적인 외모를 지니고 있었다. 특히 메리는 눈에 띄게 빼어난 미인이었다. 헨리는 미남은 아니지만 풍채가 좋았고 표정에서는 기품이 묻어났다. 또 두 동생 모두 명랑하고 쾌활한 성격을 가지고 있었기 때문에 주위 사람들에게도 좋은 인상을 주었다. 그랜트 부인은 이만하면 다른 일은 다 안심해도 좋다고 생각했다. 그녀는 두 동생 모두에게 애정을 느꼈지만 특히 메리에게는 남다른 애정을 갖게 되었다. 여태껏 한 번도 자기의 미모를 자랑할 수 없었던 만큼 이 동생의 용모를 자랑할 수 있게 된 것이 정녕 기뻤던 것이다. 그것은 일종의 대리 만족이라고 할 수도 있었다.

그랜트 부인은 메리에게 적합한 짝을 찾아줄 생각이었다. 이것은 여동생이 여기 오기 전부터 생각해 왔던 일인데 적당한 신랑감으로 톰 버트램을 점찍었다. 2만 파운드의 재산과 멋진 외모, 여러 방면으로 소양을 갖춘 메리에게 준남작의 장남이라고 해서 절대 과분한 상대는 아니었다. 그녀가 보기에 메리는 충분히 아름다웠고 우아했으며 나무랄 데 없는 신붓감이었기 때문에 그런 면에서 어느 정도 자신감을 갖고 있던 그랜트 부인은 선천적으로 쾌활하고 솔직한 성격이었기 때문에 메리가 옮겨온 지 채 3시간도 못 되어 자기의 계획을 털어놓고 말았다.

메리는 언니의 말을 듣고, 버트램 가문과 같은 훌륭한 집안이 가까이에 있다는 것을 알고는 내심 기뻐했고 언니의 섬세한 배려와 재빠른 판단력으로 선택한 상대에게 호감이 갔다. 가문 좋은 곳으로 시집가는 것이 그녀의 목적이었으며 자신의 좋은 배필을 찾기 위해 신속하게 움직이는 언니의 행동도 싫지 않았다. 또한 런던에서 버트램 씨를 만난 적도 있으므로 그의 용모와 태도에 대해서라면 그의 신분과 마찬가지로 문제가 될 것이 없었다. 그러므로 그런 혼담을 농담처럼 받아들이면서도 진지하게 심사숙고하는 일을 잊지 않았다. 이 계획은 곧 헨리에게도 알려졌다.

"그래서 말이다. 다른 일들도 내가 완벽하게 계획해 두었어. 그렇게만 되면 더 바랄 게 없을 텐데. 나는 너희 둘 다 이곳에 정착해줬으면 정말 기쁘겠다. 그러니까 헨리야, 너는 버트램 집안의 작은 딸과 결혼해라. 줄리아는 미모가 뛰어날 뿐 아니라 마음씨도 착하고 얌전한 아가씨거든. 나도 여러 번 봤는데 정말 괜찮더구나. 반드시 행복한 결혼생활을 할 수 있을 거다.”

그랜트 부인은 헨리와 메리를 앞에 앉혀놓고 이렇게 덧붙여 말했다. 헨리는 훌륭한 교육을 받은 신사답게 머리를 숙이며 생각해주어서 고맙다는 인사를 잊지 않았다.

“어머나, 언니. 만약 언니가 오빠를 설득해서 결혼하도록 할 수만 있다면 우리에겐 새로운 기쁨이 하나 더 늘어나는 셈이에요. 우리 혈육 중에 그토록 머리가 좋은 사람이 있다는 증거니까 말예요. 혼처를 찾아줄 아가씨가 여섯 명쯤 아니 그보다 훨씬 많았으면 좋을 테지만, 헨리 오빠를 설득하려면 프랑스 여성 전체를 무색하게 할 수완이 필요할걸요. 누구든 오빠를 결혼하도록 설득할 수만 있다면 참 특별한 사람이 될 거에요. 사실 모든 사람들이 시도해 봤었거든요. 내 친구 중에서도 세 명이 말예요, 저마다 오빠에게 반해서 죽을 지경이었죠. 본인들은 물론이고 그 친구들의 어머니, 나, 숙모까지 합세해서 오빠를 회유하고 계략을 써서 온갖 수단과 방법을 총동원해보았지만 도무지 먹혀들지가 않는 거예요. 헨리 오빠는 말예요, 상상도 못 할 만큼 심한 바람둥이에요. 방금 말한 버트램 가의 아가씨들도 실연당하고 싶지 않으면 일찌감치 헨리 오빠를 피하는 것이 상책일걸요.”

메리가 입가에 야릇한 미소를 지으며 말했다.

“헨리야, 메리의 말이 사실이니? 그럴 리가! 나는 도무지 믿지를 못하겠구나.”

그랜트 부인이 놀랍다는 시선을 던지며 말했다.

“누님, 물론 사실이 아니지요. 아무려면 내가요? 누님, 설마 메리의 말을 믿으시려는 것은 아니겠죠? 그런 말을 믿으셔서는 안 됩니다.

메리는 좀 과장해서 말을 하는 편이니까요. 또한 메리는 아직 어리고 미숙해요. 그러니 자기 처지를 이해하지 못하는 거고요. 누님은 젊음과 경험 부족에서 오는 망설임을 너그럽게 봐주실 테죠. 나는 신중한 성품이어서, 자기의 행복을, 도박을 하듯 가볍게 처리하고 싶진 않은 겁니다. 결혼생활을 중요하게 생각하고 높이 평가하는 데 있어서는 누구보다 못하지 않습니다. 혹시 이런 시구 들어보셨어요? '아내는 천국의 마지막이자 최고의 선물'이라는 시 말예요. 시인이 의미심장한 글귀로 정확히 묘사했듯이 나는 이 구절이 아내라는 존재에 대한 축복을 가장 잘 표현한 것이라고 생각합니다."

헨리가 은근한 미소를 머금은 채로 그랜트 부인을 쳐다보며 말했다.

"저것 봐요, 언니. 오빠가 얼마나 그럴듯하게 말장난을 하는지. 그리고 저 웃는 모습을 좀 보세요. 정말 싫어 죽겠어……. 못된 사람인 것은 확실하다니까요. 숙부님이 오냐오냐 떠받들면서 오빠를 완전히 망가뜨려 놓은 거죠."

"나는 헨리가 조금도 본심에서 한 말이라고는 여겨지지 않는구나."

그랜트 부인은 손사래를 치면서 말했다.

"나는 젊은이들이 결혼에 대해 하는 말들은 귀담아 듣지 않는단다. 왜 옛말에도 있지 않니? 젊은 사람들이 결혼하지 않겠다고 하는 말은 아직 제대로 된 인연을 만나지 못했기 때문인 게지. 메리야, 네 오빠 역시 아직 상대를 찾지 못했다는 뜻일 뿐인 거야."

그랜트 박사는 세 사람의 대화를 들으면서 호탕하게 웃었다. 그는 우스갯소리로, 처제만이라도 결혼할 생각이 없지 않다는 것이 천만다행이라는 말을 잊지 않았다.

"어머, 형부. 저는 아가씨가 결혼에 대해서 관심을 갖는 것이 전혀 부끄러운 일이라고는 생각하지 않아요. 버젓한 결혼을 할 수 있다면, 누구라도 결혼하는 것이 당연하다고 생각하는걸요. 아무 상대나 만

나 자신을 너무 값싸게 처분하는 일은 옳지 않지만, 이익이 되는 결혼
이라면 지체하거나 망설이지 말고 꼭 해야 한다고 생각해요."

5

두 가문의 젊은이들은 처음부터 죽이 맞았다. 쌍방이 모두 나름대로의 매력을 갖추고 있는데다가 대단한 호감이 있었기 때문에 서로 얼굴을 익히자마자 금세 친숙해질 것이라는 사실은 예견된 것이었다. 메리의 미모도 버트램 가의 딸들에게 결코 뒤지지 않았지만 마리아와 줄리아 또한 자신들이 미인이라는 점에서 자신감이 넘쳤기 때문에 다른 어떤 여성의 미모가 뛰어나다고 해서 질투하거나 경계할 대상으로 삼아야 할 이유가 없었다.

버트램 가의 두 아들인 톰과 에드먼드가 오히려 메리의 강렬하면서 생기가 넘치는 검은 눈동자와 가무잡잡하면서도 깨끗한 피부, 예쁘장한 외모 등 그녀 전체의 아름다움에 단번에 매료되어 버렸다

만일 메리의 키가 좀더 크고 발육이 좋아 글래머 스타일이었다면 문제는 달라졌을지도 모를 일이다. 그러나 이 지방 제일의 미인이라고 자부하고 있는 두 자매에게 이 경우엔 비교의 대상이 되지 않았다. 그녀들이 보기에 메리는 아름답고 귀여운 아가씨임에는 전적으로 동의했지만 경쟁상대는 될 수 없었다. 게다가 메리의 오빠인 헨리 역시 전혀 잘생겼다고 할 만한 외무는 아니었다. 오히려 처음 보았을 때의 인상으로 치자면 추남이라고 할 수는 없다 해도 너무나 평범해서 두 아

가씨의 관심을 얻는 행운이란 기대할 수조차 없었을 것이다.

하지만 어쨌거나 헨리는 상류 사회의 신사였다. 그러니만큼 사교성이 있어서 처음 보는 사람과도 쉽게 사귀는 편이었고 매너나 호감도 면에서는 월등한 차이를 보였다.

두 번째 만났을 때 마리아와 줄리아는 헨리가 결코 추남이 아니라는 사실을 발견하게 되었다. 분명히 잘생긴 외모는 아니었지만 표정이 풍부하고 사람을 끌어당기는 매력이 있었다. 더욱이 활짝 웃을 때 드러나는 치아가 곱고 가지런했으므로 추남이라는 사실을 거의 잊게 했다. 또한 훌륭한 가문에서 성장한 때문인지 그와 마주하고 있으면 평범하기보다는 어떤 신비감이 느껴지기 시작했다.

세 번째의 만남은 그랜트 박사의 목사관에서 이루어졌다. 그들은 그곳에서 식사를 함께 했는데, 그 이후로는 어느 누구도 그를 추남이라거나 평범한 사람이라고 생각하지 않게 되었다. 사실상 그는 마리아와 줄리아가 지금까지 보아온 젊은이 중에 가장 매력적이고 호감이 가는 청년이었던 것이다.

두 아가씨 모두 헨리에게 마음을 빼앗기게 되었고 만나게 된 것을 진정으로 기뻐했다. 하지만 마리아는 이미 약혼한 상태에 있었으므로 당연히 그는 줄리아의 차지가 되었다. 이 사실을 충분히 계산하고 있는 줄리아는 그가 맨스필드에 온 지 일주일도 채 되지 않은 상태에서 이미 그에게 홀딱 반해 버려 사랑의 열병을 앓고 있었다.

그러나 이 문제에 대한 마리아의 생각은 정돈되지 않은 채 불투명한 상태였다. 그녀는 자신이 처한 현실을 직시하고 싶지도 않았을 뿐더러 인정하고 싶지도 않았다. 예컨대 마리아의 생각은 이런 것이었다. 비록 자신이 약혼은 했지만 매력 있는 상냥한 젊은이에게 관심을 가진다고 해서 큰 문제될 것은 없다는 생각이었다. 더군다나 자신의 입장이야 주위의 모든 사람이 알고 있는 처지이니 별 부담을 느끼지 않아도 되었고, 오히려 헨리 크로포드가 자신의 입장을 생각해서 스스로 조심하고 신중히 처신할 문제라고 생각했던 것이다.

헨리 쪽은 위험 속에 몸을 내던질 생각은 없었다. 버트램 가의 두 딸들은 기분을 맞춰주고 즐겁게 해줄 가치가 있는 숙녀들이었다. 또한 그들도 그것을 바라고 있었으므로 처음부터 그의 목적은 그녀들이 자기를 좋아하게 만드는 것뿐이었다. 그렇지만 그녀들과 사랑에 빠진다는 각본 따윈 아예 정해져 있지 않았다. 예전의 아가씨들과 그래왔던 것처럼 사랑 놀음으로 인하여 곤경에 처하고 싶은 생각은 손톱만큼도 없었기 때문이다. 분별과 침착함을 잃지만 않으면 불가능할 이유가 없었고 그런 판단을 할 수 있다는 점에서 헨리는 자기 자신에게 무척 관대하고 너그러운 인물이었다.

"누님, 누님의 말씀처럼 버트램 가의 두 아가씨 모두 무척 마음에 들어요. 품위도 있고 예쁘고 참으로 매력 있는 아가씨들이에요."

그는 아가씨들과의 즐거운 저녁식사가 끝난 후 마차로 집에까지 바래다주고 돌아와서 그랜트 부인에게 말했다.

"정말 그렇지, 네가 그렇게 말하니 기쁘구나. 나는 이미 네가 그렇게 생각할 줄 알고 있었다만, 그래도 너는 줄리아 쪽이 더 좋겠지?"

"네, 물론! 나는 줄리아가 더 좋아요."

"확실히 그런 거지? 왜 자꾸 묻는지 궁금할 것 같아 하는 말인데 사람들은 대부분 언니 쪽을 더 미인이라고들 하거든."

"그럴 테죠. 눈이며 코를 하나하나 뜯어 봐도 언니 쪽이 낫죠. 그리고 솔직히 표정도 훨씬 마음에 들어요. 하지만 나는 줄리아 쪽이 좋아요. 물론 마리아가 분명히 더 미인이고 인상도 좋고 호감이 가는 타입이긴 하지만 나는 언제나 줄리아를 더 좋아할 거예요. 왜냐하면, 그것이 누님의 명령이니까."

헨리가 그랜트 부인을 향해 빙그레 미소를 지으며 말했다.

"헨리, 그렇게 말하면 앞으로 너와는 말도 안 할 테야. 나는 절대 명령한 적이 없다. 하지만 분명히 줄리아를 더 좋아하게 될 거라고 생각해."

"나는 처음부터 줄리아 쪽이 좋다고 하지 않았던가요?"

"그래, 맞아. 게다가 언니는 이미 약혼했어. 그걸 잊지 않도록 해. 마리아는 벌써 정해 놓은 사람이 있단 말이야."

그랜트 부인이 손을 내저으면서 말했다.

"옳거니, 오히려 그러니까 마리아가 더 좋아지려고 하는데요. 약혼한 여자가 약혼 전의 여자들보다 언제나 매력을 더하는 법이죠. 더 상냥하고 자신에게 당당할 수 있는 것은 스스로 만족하고 있어서겠죠. 잔걱정 따위도 없어지고 한껏 애교를 떨어도 의심을 받을 까닭도 없으니, 남자로서 대하기가 그보다 편할 수가 없죠. 약혼한 여자들과는 매사가 정말 안전해요. 어떠한 해도 끼칠 만한 여지가 없으니까요."

"마리아와 약혼한 러시워스 씨는 정말 훌륭한 청년이란다. 마리아에겐 더 이상의 행운도 없을 거야. 아주 잘 어울리는 짝이라 봐야지."

"하지만 마리아는 그를 조금도 좋아하지 않는 것 같더군요. 대화를 나누면서 알게 된 사실이에요. 물론 누님은 그렇게 생각하지 않지요? 나는 누님과 생각이 달라요. 물론 그녀도 러시워스 씨에 대한 손톱만큼의 애정은 가지고 있을 거예요. 그 사람이 화제에 오를 때 열중하는 그녀의 눈빛을 보면 알아요. 그리고 마리아는 마음에도 없는 약혼을 할 정도의 어리석은 아가씨라고는 생각하지 않으니까요."

"메리, 도대체 이 친구를 어떻게 다루면 좋으냐?"

그랜트 부인이 말하면서 한숨을 내쉬었다.

"내버려둘 수밖에 별도리가 없을 거예요. 알아듣도록 말을 해도 아무 효과가 없는걸요. 결국에 가서는 속고 마니까. 오빠도 언젠가는 한눈에 반한 누군가에게 꼼짝없이 걸려들 때가 있겠죠."

"하지만 나는 헨리가 한눈에 반해 결혼을 하는 건 반대야. 그건 환상에 불과한 거고, 헨리가 기만을 당하거나 봉이 되는 건 싫어. 결혼이란 신중하고 성스러워야 하니까 말이야."

"어머나! 언니, 그냥 오빠 운명에 맡겨 두시는 것이 가장 좋은 방법이라니까요. 한눈에 반하든지 속든지 그런 것에 전혀 신경 쓰지 마세요. 결혼이라는 것 자체가 누구나 시기만 다를 뿐, 한 번쯤은 기만당해야 하는 것이 기정사실인걸요."

"결혼 문제에 있어서는 반드시 그렇지만도 않아, 메리."

그랜트 부인이 메리를 향해 엄격한 말투로 말했다.

"난 언니의 사고가 오히려 편협성에서 벗어나지 못했다고 생각해요. 결혼 문제에 있어서는 특히 그래요. 결혼을 앞둔 사람들에게는 결례가 될지 모르지만 남자건 여자건 결혼할 때에 속지 않거나 기만당하지 않는 사람은 백 명 중에 한 명이 있을까 말까라고요. 사실 나도 그럴 거구요. 그것은 거의 분명한 사실이에요. 왜냐하면 모든 거래가 다 그렇지만 인간사 중에서도 이 결혼이라는 거래에 있어서는 상대방으로부터는 최대의 것을 기대하면서 자기 자신은 가장 부정직하게 되거든요."

"어쩌면 좋니! 메리, 너는 결혼 문제에 대해선 아주 부정적인 견해를 가지고 있구나. 런던 힐 가(家)에서 나쁜 교육이라도 받은 거니?"

"우리 가엾은 숙모는 돌아가시기 전까지 결혼생활에 있어서 확실히 만족할 만한 이유가 별로 없었어요. 그것은 어쨌든 간에 나 자신의 관찰에 의하면 결혼이란 밀고 당기고 하는 일종의 거래 같은 흥정이라고 생각해요. 결혼할 때는 무언가 특정한 이익이 있다고 믿었거나 혹은 상대방에게서 드러나는 장점만으로 판단하게 되니까 실제 이상으로 기대하기도 하고 단단히 믿고 결혼하잖아요. 하지만 막상 뚜껑을 열어보니 완전히 속았다는 것을 알게 되는 거라고요. 자신이 기만

당했다는 사실을 알고서도 어쩔 수 없이 꾹 참고 살아야 하는 것이 결혼이라고 생각해요. 주변에서 그런 사람들을 숱하게 보아왔거든요. 생각해 보세요 언니, 이게 속거나 기만당하는 것이 아니고 뭐겠어요?"

"애야, 네 의견에는 말이야. 아무래도 네 나름대로의 상상이 섞여든 것 같다. 유감스럽지만 그런 경우에는 네가 하는 말 전부를 인정할 수가 없어. 알겠니? 너는 사물의 반쪽밖엔 못 보고 있어. 너는 결혼생활의 불행한 쪽은 보지만 행복하다거나 위안받는 쪽으로는 전혀 고려하지 않는 듯하구나. 그야 물론 어떤 경우라도 다소의 마찰이나 갈등으로 인한 실망은 있을 게다. 우리는 대체로 사랑하는 상대에 대해 너무 많은 기대를 하기 마련이니까. 하지만 인간이란 자기가 추구했던 하나의 행복에서 실패한다 해도 본능적으로 또 다른 방법을 찾게 마련이지. 그러니까 최초의 무엇이 잘못되면 그 다음에는 무엇이든 좀더 잘하게 되는 법이란다. 즉 인간은 어디에서든지 위안을 찾는 종족이기 때문에 결혼생활이 네가 생각하는 것만큼 불행하지는 않다는 말이야. 메리야, 언니의 말을 잘 들어보렴. 마음이 사악한 사람들이 침소봉대해서 말하는 그런 것에 현혹되어서는 안 돼. 그들에겐 비뚤어진 심사가 있어. 그런 사람들이 더 쉽게 속기도 하고 농락을 당하는 거야."

"그래요, 언니의 말은 다 옳은 말이에요. 그런 점에서 나는 언니한테 경의를 표하고 싶어요. 나도 이다음 결혼을 하게 되면 언니 못지않게 충실하겠어요. 내 친구들도 모두 그래 주었으면 좋으련만. 그렇게 하면 살면서 별 상처도 입지 않을 테고 후회하는 마음도 없이 결혼생활을 유지해 나갈 수 있을 거예요."

"메리야, 너 역시 네 오빠와 다를 게 하나도 없구나. 하지만 여기 맨스필드에서 살다 보면 달라질 거다. 내가 둘 다 고쳐놓고 말 테니까.

맨스필드의 좋은 점들이 너희 두 사람의 단점들을 고쳐줄 거야. 속이
거나 기만당하는 일없이 말이야. 얘들아, 이 집에서 우리와 오래도록
함께 살자꾸나. 오래 머물다 보면 너희 잘못된 생각들이 고쳐질 수 있
을 테니까. 아무렴, 반드시 고쳐주고야 말겠어.”

크로포드 남매는 자신들에게 별로 고칠 게 있다고 생각하지 않았기
때문에 고쳐준다는 말은 마음에 들지 않았으나 체류하는 일만은 무척
마음에 들었다. 메리는 임시 거처로 있는 목사관에 만족하고 있었고
헨리도 체류 일정을 연장하는 데에는 역시 이의가 없었다. 사실 맨스
필드로 올 때에는 2~3일만 묵을 예정이었다. 그러나 맨스필드도 충분
히 재미있을 것 같고 딱히 갈 만한 곳도 없었던 것이다.

두 동생을 곁에 붙잡아둘 수 있어 그랜트 부인은 더 없이 기뻤고, 그
랜트 박사 역시 아내와 마찬가지로 이렇게 된 것에 대해 만족했다. 처
제처럼 명랑하고 예쁜 아가씨라면 나태하고 게을러서 밖에 나가기 싫
어하는 남자에게는 언제나 즐거운 대화 상대였고 처남이 손님이라는
사실은 매일 집에서 함께 클라레 주(酒, 보르도산의 붉은 포도주)를 마실
구실이 되었기 때문에 아내 못지않게 그들과 함께 지내게 되기를 원
했다.

버트램 가의 두 딸들은 헨리 크로포드의 매력에 현혹되어 완전히 넋
을 빠뜨리고 있었다. 눈치가 몹시 빠른 메리는 그러한 낌새를 금방 알
아차렸다. 그들의 찬탄의 정도는 열광에 가까운 것으로 메리의 견해
로는 아무리 해도 자기는 그런 기분이 될 수 없다고 생각할 정도였다.

그러나 메리 또한 예외일 수 없었다. 버트램 가의 두 아들이 매우 훌
륭한 청년이며 한 집안에 이런 청년이 둘씩이나 있는 곳은 런던에서
도 별로 흔하지 않은 일이었기 때문이다.

게다가 두 형제 모두 매너가 좋았으며 특히 형인 톰은 세련되고도
아주 근사한 인상을 풍기고 있었다. 그는 런던의 물을 먹어서인지 에

드먼드보다 도시적인 이미지가 강했으며 항상 활기에 넘쳐 있었고 남자다운 기상으로 봐서도 역시 뛰어나서 형만한 아우가 없다는 사실을 증명해주고 있었다. 거기에는 실제로 장남이라는 조건이 플러스 효과로 작용해 큰 몫을 했다. 그녀는 일찍부터 어떤 직감이라고나 할까, 장남 쪽을 선호해야 하는 충분한 이유가 있는 만큼 처음부터 톰을 좋아하게 되리라는 것을 알고 있었다. 그것이 현실적으로도 현명한 것이었고 이미 길들여진 삶의 방식이었다.

사실 톰 버트램은 멋있다고 느끼지 않을 수 없는 청년이었다. 그는 일반적으로 많은 사람들로부터 호감을 사는 젊은이로서 그와 함께 있으면 누구나 유쾌하고 즐거웠다. 그의 매너는 무척 부드럽고 자상했으며 언제나 씩씩한 기상을 가지고 있었기 때문에 그에 대한 호감은 곧잘 고급스러운 자질보다 더욱 높이 평가되는 것이었다. 또한 성품이 밝고 면식이 넓으며 화제도 풍부했기 때문에 어느 누구를 상대하든 어색함 없이 말을 잘했고 아는 사람도 많았다. 여기에다 맨스필드 파크의 재산과 준남작의 작위를 상속한다는 사실도 이 모든 것에 플러스 요인이 되면 되었지 결코 해가 되지는 않았다.

그녀는 신중하게도 톰의 형편과 주위의 상태를 살펴보며 대체로 만사가 자기에게 유리하게 되어간다는 사실을 빠른 눈치로 깨달았다. 메리는 얼마 후 톰의 위치가 그런 정도라면 에드먼드보다 훨씬 나은 조건이라고 판단하기에 이르렀고 결론을 내렸던 것이다.

맨스필드 파크는 정원의 넓이가 거의 공원에 버금갈 정도로 매우 넓은 면적이었다. 그리고 반경 5마일에 이르는 영지의 한가운데에 널찍하고 신식으로 지은 저택이 서 있었다. 저택의 위치도 좋고 나무에 가려서 그 사이사이로 보이는 외관은 〈국내 신(新)저택 판화집〉에 수록되어도 부끄럽지 않을 만한 것으로 영국 내에서도 몇 손가락 안에 손꼽힐 만큼 크고 아름다운 저택이었다. 거기에 꽤 오래된 건물임에도 불구하고 보존이 상당히 잘되어 있어서 가구를 새것으로 전부 바꿀 필요도 없었다. 단지 몇 가지만 새로 들여놓을 필요성이 있을 뿐이었다. 누이동생들도 성품이 명랑하고 쾌활했고 어머니는 조용한 성격으로 별 말이 없었으며 톰 자체가 호남형의 청년이었다. 더욱이 지금은 아버지와의 약속도 있고 하여 도박도 자제하고 있는 형편이었고 장차 토머스 경이 된다는 이점도 있었다. 이만하면 충분하다 할 수 있었으므로 흡족했고 그녀는 언제라도 그의 청혼을 받아들일 준비가 되어 있었다. 따라서 그녀는 그가 B 경마회에서 타는 말에 대해서도 얼마쯤은 관심을 갖기 시작했던 것이다.

두 가문의 젊은이들의 교제가 시작된 지 얼마 되지 않아서 톰은 예정되어 있는 이 경마로 인해 집을 떠나야 했다. 가족들은 그의 평소의 습관으로 미루어 그가 집을 나서면 몇 주 동안이나 돌아오지 않을 것이라 예상하고 있었다. 그것은 경마에 대한 그의 정열의 정도가 얼마나 되는지 충분히 증명해주는 것이었다. 그는 메리를 이 경마에 초대하고 반드시 참석케 하려고 온갖 말로 설득했다. 메리 또한 톰과 함께 가고 싶었다. 그리하여 모두가 대형 파티를 준비하면서 즐거운 마음으로 떠날 수 있도록 계획을 짰으나 그것은 결국 말만으로 그쳤을 뿐이었다.

그런데 패니는 어떻게 되었을까? 그녀는 그동안 줄곧 무엇을 하며 무엇을 생각하고 있었을까? 그리고 새롭게 등장한 크로포드 남매에 대한 그녀의 의견은 어떠했을까? 18세의 아가씨로서 패니만큼 누군가로부터 의견을 말해보라는 요구를 받아본 적이 없는 사람도 드물 것이다. 물론 패니의 의견에 귀를 기울일 만한 사람도 없었지만……. 그녀는 거의 사람들 눈에 띄지 않게 조용히 지내면서 그들 남매를 지켜보며 그들에 대한 나름대로의 생각을 정리해 두고 있었다. 그녀도 메리의 미모에는 찬탄을 보내지 않을 수 없었다. 그러나 헨리 크로포드는 아무리 보아도 평범했다. 두 사촌 언니가 몇 번이나 되풀이하여 그렇지 않다고 강조했지만 그에 대한 패니의 생각은 조금도 변함이 없었기 때문에 그에 대해서는 한마디의 의견도 말하지 않았다.

"버트램 가의 식구들에 대해서는 이제 좀 알 듯해요. 프라이스 양민 빼놓고는 말이죠. 프라이스 양은 사교계에 데뷔는 했는지 모르겠네요? 도무지 짐작할 수가 없어서 더욱 궁금해요. 아직까지 하지 않았나요? 그녀도 다른 분들과 함께 목사관에 식사하러 왔었죠. 그걸 보면 사교계에 데뷔한 것 같고 말이 거의 없는 걸 보면 아닌 것 같고……."

메리가 버트램 가의 아들들과 정원을 산책하고 있을 때 한 말이었다. 이 말은 주로 에드먼드를 향한 것이었으므로 그는 이렇게 대답했다.

"당신이 묻는 뜻을 알긴 합니다만 저로서는 그 질문에 대답할 수 없군요. 사촌 누이동생은 이제 성인입니다. 나이뿐만 아니라 성숙한 한 여성으로서의 성품과 분별력도 갖추고 있지요. 그러나 사교계에 관한 일은 저로서는 알 수 없는 일입니다."

"하지만 보통은 아주 쉽게 알 수 있는 일이에요. 뚜렷하게 구별할 수 있지요. 일반적으로 말해서 데뷔 전과 데뷔 후는 태도나 옷차림에서도 전혀 달라요. 지금까지 저는 어떤 아가씨가 사교계에 데뷔했는지 아닌지 그 점에 대해 잘못 판단해 본 적이 한 번도 없어요. 우선 아직 데뷔하지 않은 소녀들은 모두가 같은 종류의 복장에다가, 이를테면 머리에 꼭 맞는 보닛을 쓰고서 새침한 표정으로 앉아서 한 마디도 입을 떼지 않는 거예요. 약간의 미소를 짓는 것은 허용되지만 너무 크게 웃지도 않아요. 당신들이 웃을지 모르지만 사실인걸요. 하기야 때로는 도가 지나칠 경우도 있습니다만, 이건 완전히 공식에 맞는 말이에요. 성인이 되기까지는 조용하고 얌전하게 있어야죠. 가장 문제가 되는 점은 말예요. 사교계에 데뷔한 다음에는 거동이 급격하게 변해버린다는 거예요. 정숙하고 얌전하던 소녀가 갑자기 때로는 아주 짧은 기간 동안에 정반대의 사람으로 변해버리는 거죠. 의외로 대담하게 변해버리는 경우가 상당히 많아요. 저는 그 점이 상당히 큰 문제라고 생각하는데 바로 현 제도의 결정적인 결점이에요. 열여덟이나 열아홉 살의 여자가 갑자기 모든 것을 터득한 듯한 행동을 하는 건 좀 이상해요. 게다가 말예요. 1년 전에는 그 애가 거의 입도 벙긋하지 않는 것을 보았던 사람에겐 놀라움이라고밖에는 달리 표현할 말이 없는 거죠. 모두 보았을 게 아닙니까. 저, 버트램 씨. 당신도 가끔 그런 경우의 소녀들을 보셨을 테죠."

메리가 톰을 빤히 처다보면서 말했다.

"그럴 거예요. 하지만 좀 심술이 심하시군요. 무슨 의도이신지 알겠습니다. 당신은 저와 앤더슨 양과의 관계를 두고 놀리시는 거죠."

"아니, 앤더슨 양이라니! 누굴 두고 무슨 말씀을 하시는지 전혀 짐작이 가지 않는군요. 전 단지 한 여성이 사교계에 데뷔하기 전과 그 후의 차이점에 대해서 질문을 던졌을 뿐이고 그 문제에 대해서 대답을 듣고 싶은 거라고요. 기꺼이 놀려드릴 테니 무슨 말씀인지 얘기해주세요."

메리가 궁금해서 못 참겠다는 듯한 표정으로 말했다.

"아아! 메리 양도 흥정을 참 잘하시는군요. 하지만 저도 그렇게 쉽게 속아 넘어가지는 않습니다. 소녀들이 완전히 변해버리는 것에 대해 얘기를 끄집어냈을 땐 당신은 틀림없이 앤더슨 양에 대한 일을 염두에 두고 말했던 게 틀림없어요. 너무나 자세히 묘사해서 제가 도저히 다른 사람을 생각할 수 없을 정도예요. 물론 아니라고 부정하고 싶겠지만 제 생각엔 분명해요. 당신의 묘사가 너무나 정확하니 다른 사람일 리가 없죠. 베이커 가(街)의 앤더슨 가족에 대한 얘기는 제가 얼마 전에도 얘기했던 기억이 나요. 에드먼드, 내가 찰스 앤더슨 얘기를 하는 걸 너도 들었지? 그때 있었던 일을 너도 기억하고 있을지 모르겠다만 메리 양의 얘기가 바로 앤더슨 가(家)의 얘기와 완전히 일치하거든. 메리 양, 한 2년쯤 전의 일이었던가 봐요. 찰스 앤더슨이 절 가족에게 소개해줬죠. 그때 그의 누이동생은 아직 사교계에 나오기 전이었어요. 그래선지 제가 계속해서 뭐라고 말을 걸어도 도무지 대답을 하지 않더군요. 그러던 어느 날 아침이었어요. 자그마치 한 시간을 앤더슨을 기다리며 그 침묵 속에 앉아 있었다고 상상해보세요. 방 안에는 그 애와 두 명의 자그마한 계집아이가 더 있었어요. 가정교사는 병이 났는지 달아났는지 했던가 봐요. 그래서 앤더슨 양의 어머니가 사무적인 일로 쉴 새 없이 들락날락했어요. 그러나 이 아가씨는 말 한마디 하지 않고 눈길 한번 보내주지 않는 거예요. 어떤 질문이든 공손함은 바라지도 않았지만, 예의 차원에서라도 상냥한 대꾸 같은 것이 있을 법도 한데 입을 굳게 다문 채 새침해 가지고 꿀 먹은 벙어리라도 되어버린 듯했어요. 그 후 1년쯤 만나지 못하다가 홀퍼드 부인 댁에서 만났는데……. 그때는 이미 사교계에 데뷔한 다음이었어요. 저는 그녀를 알아보지 못했습니다. 그런데 그쪽에서 먼저 저에게 다가오더니 저를 알고 있다면서 제가 당황해질 정도로 얼굴을 빤히 쳐다보는 거예요. 그러고는 쉴 새 없이 지껄이고 웃어대면서 어찌나 민망하게 하던지 제가 도리어 어디로 눈길을 돌려야 할지 모를 정도였어요. 그때 저는 영락없이 온 방 안의 웃음거리가 되고 말았을 겁니다. 메리 양! 그러니까 당신도 이 이야기는 들으셨을 겁니다."

"버트램 씨, 아주 재미있고 멋들어진 얘기군요. 여러 가지 현실 속의 진실을 고스란히 담고 있네요. 하지만 너무나 잘못되어 있는 현실임에는 분명하군요. 딸을 가진 모든 부모라고 해서 모두가 자신의 딸을 어떻게 교육시켜야 하는지, 어떻게 다루어야 옳은지 정확하게 알고 있는 경우는 많지 않아요. 오히려 모르고 갈팡질팡하는 경우가 더 허다하지요. 물론 저도 마찬가지로 어디서부터 잘못되었는지는 잘 모르겠어요. 그리고 대부분의 사람들도 그런 잘못을 굳이 고쳐주려고 하기보다 흔히 있는 일로 치부하려 들죠. 도대체 어디가 잘못되었을까요? 저는 사람들이 옳지 않은 행동을 많이 하는 것은 분명한데도 남의 잘못을 고쳐주려고 하지 않는 태도가 더 문제라고 생각해요."

"그 문제라면 여성들의 예법은 이러이러해야 한다고 세상에 본을 보이고 있는 분들이 알아서 잘 해결할 거예요. 여성들의 매너 운운 하는 것 자체가 잘못을 고치려는 데에 무척 힘쓰고 있다는 증거가 되죠."

톰은 장난기 가득한 말투였지만 아주 멋진 말을 했다.

"맞아요, 어디에 잘못이 있는지 명확하게 드러나니까요. 그리고 그런 아가씨들은 예법을 제대로 배우지 못한 것이 분명해요. 그들에겐 처음부터 그릇된 생각이 심어진 겁니다. 게다가 그들은 항상 허영심에서 행동하고 있어요. 그렇기 때문에 데뷔하기 전에는 아주 요조숙녀인 척하지만 실제로 그들의 행동은 데뷔한 후보다 더 조심성도 없고 정숙하지도 않은 것이 사실이랍니다."

에드먼드가 어깨를 으쓱거리면서 약간 퉁명스럽게 말했다.

"그럴까요. 하지만 에드먼드 씨의 의견에는 동의할 수 없군요. 저는 데뷔도 하지 않은 어린 소녀들이 마치 데뷔라도 한 것처럼 자유롭게 제멋대로 행동하는 것이 훨씬 더 나쁘다고 생각하니까요. 실제로도 그런 예를 봤어요. 그런 행동을 허용하는 일은 더욱 한심한 일이고 정말 꼴불견이더군요."

에드먼드의 말을 잠자코 듣고 있던 메리가 대답했다.

"그래요, 메리 양, 당신 말은 모두 맞아요. 그건 정말 불편하고 곤란한 일입니다. 남이 오해하게끔 만들고 또 어떻게 처신해야 좋을지 짐작이 서지 않는 거죠. 꼭 맞는 보닛이라든가 새침한 얼굴이라고 당신이 멋지게 표현한 것—참으로 정곡을 찔렀어요—을 보면 어떻다는 걸 알겠습니다. 그런 것들이 사람들에게 많은 것을 말해주는 것이 사실이니까요. 그런데 작년에 제가 그런 것들이 부족해서 엄청 곤경에 처했었답니다. 작년 9월이었죠. 어떤 친구와 같이 일주일 동안 램스게이트(영국 남서해안 보양지)에 갔었답니다. 서인도에서 돌아오자 바로 말예요. 누구랑 같이 갔느냐 하면 스네이드라는 친구였는데, 스네이드에 대해서는 들은 적이 있겠지, 에드먼드. 그 친구의 부모님과 누이들도 그곳에 있었어요. 저에겐 모두가 초면의 사람들이었죠. 그래서 그 가족들에게 인사를 하고 싶었습니다. 우리가 인사차 앨비언 호텔에 도착했을 때는 모두 외출 중이더군요. 우리는 그들을 뒤쫓아서 바로 선창가로 갔습니다. 그곳에는 스네이드 부인과 그녀의 두 딸, 그리고 친지들도 몇 분 계셨는데 함께 이야기를 나누고 있었습니다. 저는 그들을 보자마자 매우 공손하게 인사를 했죠. 스네이드 부인은 남자들에 둘러싸여 있기에 저는 두 아가씨 중의 한 명에게 다가갔습니다. 그리고는 그 아가씨에게 달라붙어서는 돌아오는 내내 그녀와 함께 걸어왔습니다. 제가 할 수 있는 친절을 다해서 말이죠. 아주 유쾌했습니다. 그 아가씨도 태도는 아주 차분했지만 듣고만 있지 않고 자기도 적극적으로 이런저런 말을 걸어오더군요. 그래서 저는 제가 실수를 하고 있는 줄은 전혀 눈치 채지 못했습니다. 두 아가씨가 제가 보기에는 똑같아 보였으니까요. 두 아가씨 모두 좋은 옷을 입고 다른 아가씨들처럼 베일을 걸치고 파라솔을 쓰고 있었습니다. 그러나 나중에 안 일이지만 저는 아직 사교계에 얼굴도 내밀지 않은 동생에게 열성을 바치며 계속적인 관심을 표현했더란 말입니다. 본의는 아니었지만 언니의 기분을 몹시 상하게 만든 겁니다. 동생인 오거스타 양은 반년이 지난 후가 아니면 주목을 받아서도 눈독을 들여선 안 되었던 거예요.

그 일이 있었던 후로 언니인 스네이드 양은 무척 자존심이 상했던 모양입니다. 아마 그 언니로서는 절대로 저를 용서하려 들지 않을 겁니다. 어쩌면 원한을 품고 있을지도 모르지요.”

톰이 가벼운 한숨을 내쉬며 말했다.

“그건 정말 어처구니없는 큰 실수였네요. 스네이드 양도 가엾지 뭐야! 저는 여동생은 없지만 어쨌든 동정이 가요. 아직 데뷔도 하지 않은 동생 앞에서 무시를 당하다니 기분이 어땠을까. 그야말로 몹시 화도 나고 여간 속상하지 않았을 거예요. 하지만 잘못은 모두 어머니한테 있다고 생각해요. 원칙대로라면 오거스타 양은 가정교사와 같이 있었어야 했어요. 아직 데뷔도 하지 않은 딸을 다른 사람들 틈에 끼어 있도록 방치해 두다니요. 그러니까 그런 불상사가 생기는 거죠. 그건 그렇고 참, 프라이스 양에 대해 말 좀 해주세요. 그 아가씨는 무도회에는 빠지지 않고 참석하나요? 우리 언니네 집 이외에 다른 집 만찬회에도 자주 가나요?”

메리가 정말 궁금하다는 듯이 관심 있는 질문을 던졌다.

“아닙니다. 지금까지 무도회에 가 본 적은 한 번도 없는 것으로 알고 있습니다. 저희 어머니도 남 앞에 나서는 일을 싫어하셔서 여간해서는 어느 무도회든 참석하는 일이 별로 없으시고 또 그랜트 씨 댁 이외에는 꼭 참석해야만 할 파티도 거의 없는걸요. 패니는 어머니와 함께 집을 지키는 것이 일종의 의무와도 같죠.”

에드먼드가 뭔가를 생각하는 듯이 침착하게 대답했다.

“어머나! 그럼 분명하네. 프라이스 양은 아직 사교계에 데뷔하지 않은 거군요.”

6

톰은 예정했던 대로 여행을 떠났다. 메리는 시간이 흐를수록 그가 떠난 빈 자리가 구멍이 뻥 뚫린 것처럼 크게 느껴질 거라고 생각했다. 요즘은 양가 사람들이 거의 매일 얼굴을 대하고 있었던 까닭으로 톰이 많이 그리워질 거라고 예상했던 것이다.

그가 떠난 후 얼마 되지 않아 파크에서 함께 저녁 식사를 하게 되었다. 메리는 식탁으로 걸어가서 자신이 항상 앉곤 하던 식탁의 아래쪽 끝자리에 앉았다. 그녀는 톰이 없는 식사 시간이 몹시 우울할 것이라고 지레 짐작하고 있었다. 그녀의 예상대로라면 그가 빠진 저녁 식사는 맥 빠진 맥주처럼 시시한 시간이 될 것이라고 확신했던 것이다.

형에 비하면 에드먼드는 말수가 아주 적을 테고 수프를 담아 돌릴 때에도 무척 따분한 동작을 취할 것이다. 포도주를 마실 때에도 미소나 가벼운 이야기를 주고받는 일도 없고 사슴고기를 잘라 나눌 때에도 옛날의 즐거운 일화 한 토막, 내 친구 모씨(某氏)에 대한 재미있는 이야기 한 조각 나오지 않을 게 뻔했다. 그녀가 찾은 유일한 즐거움이라면 식탁의 상좌에서 오고가는 이야기와 제임스 러시워스를 관찰하는 일밖에 없었다. 그리고 이 제임스의 말을 들으면서 식사 시간을 때워야만 할 것이다.

제임스는 맨스필드 파크를 자주 방문하는 편이었지만 크로포드 남매가 도착한 이후로는, 지금 처음으로 맨스필드에 모습을 나타냈다. 그는 이웃에 사는 친구를 방문했던 바, 친구는 최근에 자기 저택을 개량업자—당시에는 오래된 정원을 손질하여 개량하는 일이 유행했었다—에게 맡겨 멋지게 고쳐놓았던 것이다. 이를 막 보고 온 참이라 제임스도 온통 주택을 개조하는 일로 머리가 꽉 차 있었다. 자기의 저택과 정원도 그와 같은 식으로 개조하고 싶어 안달이 나 있었던 것이다. 그는 별로 신통한 이야기도 아니었건만 그 주제 이외에는 어떤 이야깃거리도 꺼내놓지 못하고 있었다.

이 이야기는 이미 응접실에서 한 번 나누었던 주제인데 식당에서 다시 한 번 재탕되었다. 그의 분명한 목적은 주로 버트램 양의 관심을 끌어내고 의견을 묻는 일인 듯싶었다.

마리아의 태도에는 제임스의 이야기에 귀를 기울이면서 기분을 맞춰주려는 노력이나 배려보다는 자신에게 쏟아진 관심에 따른 의식적인 우월감이 엿보였다. 그러나 제임스의 저택인 소서턴 코트가 번번이 언급되면서 화제에 올랐고 그것과 관련된 여러 가지 이점을 따져본 듯했다. 이에 큰 만족감을 느낀 마리아는 무례한 태도를 보이기는커녕 상냥하고 부드러운 태도를 보이며 무사히 넘어갔던 것이다.

"버트램 양에게 콤프턴을 한번 보여드리고 싶군요. 저택의 표본이라고 할 수 있을 정도로 정말 훌륭합니다! 저는 지금껏 그렇게 완벽하게 개조된 저택을 본 적이 없어요. 같은 집에서 살고 있다는 것이 전혀 실감이 안 날 정도니까요. 우선 현관부터 완전히 달라졌어요. 아마 나라 전체를 뒤진다 해도 그렇게 멋진 현관 입구는 찾아내지 못할 겁니다. 집의 외형도 마찬가지로 아주 놀라워요. 깜짝 놀랄 만한 곳에 집이 있으니까요. 참, 어제 소서턴에 돌아오니 제 집이 마치 감옥처럼 보이지 뭡니까. 정말 음산하고 오래된 감옥 말입니다."

제임스가 마리아를 뚫어져라 바라보면서 말했다.

"어머! 그런 심한 말을! 감옥이라니. 설마! 소서턴 코트는 세계 제일의 훌륭하고 유서 깊은 저택인데……."

노리스 부인이 말도 안 된다는 듯이 소리쳤다.

"이모님, 저희 집도 개조가 시급합니다. 무엇보다도 말예요. 제 평생 이만큼 손볼 데가 많은 저택이나 정원은 본 적이 없습니다. 몽땅 뜯어 고쳐야만 해요. 너무 형편없어서 도무지 어디부터 어떻게 손을 대야 할지 난감한 지경입니다."

제임스가 짧은 한숨을 내뿜으며 대답했다.

"지금 형편대로라면 러시워스 씨가 그렇게 생각하시는 것도 무리는 아니라고 봐요. 하지만 두고 보세요. 머지않아 소서턴은 러시워스 씨의 소원대로, 모든 면에서 원하는 대로 개조될 테니까요."

그랜트 부인은 미소를 띠며 노리스 부인에게 말했다.

"무슨 수를 쓰던지 해서 집을 어떻게 해야만 해요. 하지만 무엇을 어떻게 하면 좋을지 그걸 모르겠어요. 누군가 도와줄 만한 친구라도 있으면 좋으련만……. 그런 친구가 있다면 정말 좋겠어요."

제임스가 고개를 끄덕이면서 심각한 표정으로 말했다.

"그런 경우에 가장 도움이 될 만한 사람은 렙턴 씨가 아닐까요."

마리아가 제임스를 쳐다보면서 말했다.

"아, 제가 생각하고 있는 사람도 바로 그 사람입니다. 스미스의 집을 탐이 날 정도로 잘 개조해 놓은 걸로 보아 저도 곧 그를 채용하는 게 어떨까 하고 생각 중입니다. 그 친구를 지금 당장 부르는 것이 좋겠군요. 그의 말로는 일당 5기니라면 하겠다고 하더군요."

제임스가 입가에 잔잔한 미소를 지으며 말했다.

"그럼 그렇게 하는 것이 가장 좋은 방법 같군. 비록 10기니를 줘야 한다 해도, 자네라면 염려할 필요는 없겠지. 내가 자네라면 비용 따위는 전혀 개의치 않겠어. 모든 일을 일류로 시켜서 최고의 품질로 하고 가능한 한 고급으로 멋지게 꾸미는 것이 우선이라고 생각해. 소서턴 코트와 같은 대저택이라면 취미와 돈을 들여 최고의 품격과 비용을 들일 만한 충분한 값어치가 있지. 손을 댈 만한 공간도 있고 토지도 넓으니까 개조를 하면 그만큼 보람을 안겨줄 거야. 내게 만약 소서턴의 50분의 1만큼의 공간이라도 있다면 나는 늘 나무를 심거나 하여 날마다 정원을 가꾸고 새롭게 꾸며나갈 거야. 천성이 그런 걸 무척 좋아하거든. 지금 살고 있는 집을 다시 꾸미거나 개조하려 한다면 그것보다 더 우스꽝스러운 일도 없을 거야. 불과 반 에이커밖에 안 되니까. 완전히 코미디겠지. 하지만 조금만 더 공간이 넓다면 기꺼이 꽃나무를 심고 개조도 하고 말 거야. 목사관에서도 그 방면의 일은 많이 했었지. 그랬으니 지금은 맨 처음 우리가 살기 시작했을 때와는 전혀 다른 곳이 되어버렸지. 여기 있는 젊은 분들은 너무 어려서 별로 기억 못 하고 있겠지만, 하지만 토머스 경이 이 자리에 계시다면 우리가 어느 정도 개조를 하고 정성을 쏟았는지 충분히 들려줄 수 있을 텐데. 훨씬 더 많은 일을 할 수도 있었는데……. 하지만 돌아가신 주인 양반의 건강이 좋지 않아서 그만 안타깝게도 거의 바깥출입도 못 하게 되고 무얼 즐기지도 못하게 되었어. 정말 유감스러운 얘기지만 그래서 나도 그만 의욕을 잃어버리고 만 거지. 토머스 경과 둘이 늘 의논하던 일이 몇 가지 있었지만 정작 계획대로 진행하지 못해서 나는 무척 낙심하고 말았던 거야. 그런 일이 일어나지 않았다면 아마도 정원에 벽을 세워, 교회 마당과는 완전히 분리된 넓은 농장으로 꾸밀 수도 있었을 테지. 그리고 뜰의 담을 늘여 묘지가 보이지 않도록 나무들을 심었을 거야. 그랜트 박사가 하신 것처럼 말이야. 정말이지 우리는 집을 꾸미는 것을 게을리하지 않고 늘 뭔가를 하려 했지. 남편이 세상을 떠나기 1년 전의 봄이었어. 마구간 벽 쪽에 살구나무를 심었던 것이 이제는 가지도 멋있게 뻗어나고 훌륭한 나무가 되었더군요, 박사님."

노리스 부인은 그랜트 박사 쪽으로 눈길을 주며 말을 끝맺었다.

"나무는 튼튼하게 잘 자라고 있습니다, 부인. 토질이 좋은 모양이에요. 하지만 거기를 지날 때마다 느끼는 건데 열매는 너무 작아서 거둬들일 가치가 없더군요. 그것이 매우 유감이랍니다."

그랜트 박사가 손을 내저으면서 말했다.

"박사님, 그건 살 때부터 그랬어요. 가격이 무척 비싼 나무랍니다. 아참, 그건 토머스 경이 주신 거예요. 하지만 영수증을 봤지요. 가격은 7실링이며 무어 파크 종(種)이라 씌어 있던걸요."

노리스 부인이 정색을 하면서 대답했다.

"그렇다면 장사꾼에게 속은 겁니다, 부인. 그 나무의 열매와 비교하면 이 감자가 무어 파크 종 살구보다 맛이 좋다고나 할까요. 아무리 좋게 말하려 해도 맛이 싱거운 건 어쩔 수 없죠. 좋은 살구는 먹으면 맛이 좋은 법인데, 우리 집 뜰의 것은 그런 열매가 도무지 열리지를 않아요."

그랜트 박사가 가당치 않다는 듯이 혀를 차면서 말했다.

"사실은 말입니다, 부인. 저의 남편은 우리 집 살구 맛을 잘 몰라요. 살구를 먹어본 적이 거의 없는걸요. 살구는 워낙 귀한 과일이잖아요. 또한 우리 집 정원에서 나는 열매는 눈에 띄게 알이 크고 빛깔이 고와서 만물 때부터 타트다, 잼이다, 하면서 요리사가 몽땅 가져가 버린답니다. 그러니 제 남편이 무어 파크 종 살구 맛을 제대로 알 리가 없지요."

그랜트 부인이 식탁 건너편에서 노리스 부인에게 비밀 얘기라도 건네듯 나지막한 목소리로 속삭였다. 얼굴이 빨개지려던 노리스 부인도 이 말에 위로를 받고 조금 진정되었다. 그랜트 박사와 노리스 부인은 그다지 사이가 좋은 편이 아니었다. 초면 인사 때부터 둘의 관계는 악화일로에 있었는데 서로의 취향이나 취미에 있어서도 비슷한 것이라곤 한 가지도 없었던 것이다.

잠시 사이를 두었다가 제임스가 또 같은 화제를 끄집어냈다.

"스미스의 집은 이 나라 전체를 통틀어 견주어도 가장 훌륭한 저택일 겁니다. 렙턴이 청부(請負)를 맡기 이전에는 정말 볼품없는 집이었어요. 아무래도 렙턴을 고용해야겠습니다."

"러시워스 씨, 나 같으면 매우 아름다운 떨기나무들을 많이 심겠어요. 날씨가 화창하고 좋은 날 그 나무들 사이를 산책하는 기분이 어떨까요."

마리아가 웃으면서 말했다. 제임스는 신이 나서 자기도 같은 의견이라는 것을 강조하면서 그녀의 말에 찬사든 아첨이든 뭔가 말을 해주고 싶었는데 그녀의 취미에 감탄했다는 것과 자기도 이전부터 같은 생각을 해왔다는 것, 이 둘 중에 어느 말을 먼저 할까 망설였다. 또 자리를 같이한 주위의 모든 여성들에 대한 배려를 표명함과 동시에 그들을 만족시키면서 자기에게 기쁨을 주고 자기가 환심을 사고 싶은 상대는 단 한 사람뿐임을 암시하려는 목적, 이 두 가지가 겹쳐지자 그는 당황한 나머지 어리둥절해졌다.

"와인 한잔 어때요?"

에드먼드는 맙소사 하는 뜻으로 사람들에게 포도주를 권해서 그의 이야기를 끝맺게 하려 했다. 그러나 제임스는 평소에 별로 변설가(辯舌家)도 아니면서 이 중대한 문제에 대해서는 아직도 할말이 많았다.

"스미스의 토지는 전부 합쳐도 백 에이커 정도밖에 안 돼요. 정말 너무 작지요. 그럼에도 불구하고 그토록 멋있게 변할 수 있다는 사실이 그만큼 더 매력적이고 놀라게 하는 거죠. 그런데 소서턴의 영지는 물에 잠긴 풀밭을 제외하더라도 충분히 7백 에이커가 된답니다. 그러니까 콤프턴에서 그만큼의 일을 할 수 있다면 우리 쪽도 절망할 필요는 없다는 생각이 들어요. 집에 너무 가깝다고 해서 근처에서 자라고 있던 고목 두세 그루를 잘라버렸더니 앞이 탁 트인 전망이, 정말 깜짝 놀랄 만큼 멋진 전경이 펼쳐지더군요. 그렇게 되어버리니 렙턴이라면 소서턴의 가로수들을 반드시 잘라버릴 거라는 생각이 들어요. 길을 만들기 위해서……. 저 서쪽 정면에서 언덕 꼭대기까지의 가로수 말입니다."

제임스는 이렇게 말하면서 특히 마리아를 향해 눈길을 고정시켰다.

마리아는 이렇게 대답하는 것이 가장 적절하다는 생각이 들었다.

"길이라뇨? 전 전혀 기억에 없어요. 어쩜, 소서턴에 관해선 아는 것이 아무것도 없답니다."

마리아가 고개를 갸웃거리면서 말했다. 패니는 에드먼드의 바로 옆자리에 앉아 있었다. 메리의 정면에 앉아서 제임스의 말을 잠자코 주의 깊게 듣고 있던 참인데 에드먼드에게로 고개를 돌리며 낮은 소리로 말했다.

"길을 내기 위해 가로수를 자르다니! 가엾어라! 오빠, 쿠퍼(18세기 영국 시인)가 생각나지 않아? '쓰러진 가로수들이여. 다시 한 번 나는 너희들의 슬픈 운명을 탄식하노라.'"

그는 빙그레 미소를 지으며 대답했다.

"아무래도 가로수는 운수가 사납겠군. 미안하지만 패니, 길을 낼 가능성이 아주 높아."

"도끼에 찍혀 쓰러지기 전의 고풍스러운 모습을 간직한 지금 그대로의 소서턴을 보아두고 싶어. 있는 그대로의 옛 모습의 저택을 말이야. 하지만 그건 불가능하겠지."

패니가 고개를 살며시 가로저으며 조그맣게 말했다.

"아직 가본 적이 없어? 그렇군, 갔을 리가 없지. 불행하게도 말을 타고 가기엔 너무 멀고 마차를 타고 가기에는 형편이 마땅치 않으니 한 번도 방문하지 못했다는 게 오히려 당연하지. 무슨 방법이 없을까."

에드먼드가 골똘히 생각하는 표정으로 말했다.

"아니, 괜찮아, 오빠. 그건 별로 중요한 것도 아닌걸. 개조한 다음에 보면 되지, 뭐. 언제 한번 볼 기회가 있을 때, 그때 어떻게 변했는지 오빠가 나에게 얘기해줘."

패니가 정말 괜찮다는 것을 강조하듯 손을 내저으면서 말했다.

"말씀을 들으면, 소서턴은 유서가 깊고 역사가 오랜 저택으로 꽤 웅장한 것 같군요. 그런데 소서턴은 특별한 건축 양식으로 지어졌나요?"

메리가 에드먼드를 바라보면서 질문했다.

"그 저택은 엘리자베스 여왕시대에 지은 것으로 매우 크고 균형이 잡힌 벽돌집이죠. 외관상으로는 육중한 인상을 주지만 격조가 높고 좋은 방이 많이 있습니다. 웅장한 측면도 있지요. 그런데 위치가 그다지 좋다고 할 수 없어요. 영지 내의 가장 낮은 부분에 위치해 있어서 말입니다. 그 점에서는 개조하는 데 불편할 거예요. 하지만 주변의 숲이 멋지고 거기에 맑은 시내가 굽이쳐 흘러요. 이것은 아마도 여러모로 이용할 수 있는 가장 커다란 장점이라고 할 수 있죠. 제임스가 근대적으로 새롭게 단장하려고 생각한 것은 정말 현명한 생각 같아요. 신식으로 개조를 한다면 정말 매우 아름다운 저택이 될 것이 거의 확실하니까요."

에드먼드가 메리를 쳐다보며 대답했다.

메리는 에드번느의 얘기를 잠자코 주의 깊게 듣고 있다가 말했다.

"러시워스 씨는 좋은 가문에서 예절 바른 교육을 받은 분 같아요. 되도록 긍정적으로 생각을 하면서 그런 점을 잘 이용하고 있는 걸 보면."

"제임스의 생각에 반대하고 싶은 마음은 조금도 없어요. 하지만 만약 제가 저택을 개조한다면 건축업자의 손에 맡기지는 않겠습니다. 비록 수준은 좀 떨어질지 몰라도 모든 것을 자기가 스스로 선택하고 나름대로 천천히 개조해나간다면 얼마나 의미 있고 아름답겠어요. 미적 수준이야 어쩔 수 없다 해도 건축업자가 실수해서 하자가 생기는 것보다는 차라리 제 자신이 실수를 하는 편이 훨씬 나을 것 같거든요."

에드먼드가 계속해서 말을 이어나갔다.

"에드먼드 씨, 당신은 물론 자기가 무엇을 원하는지 잘 알고 계시니까 그런 말씀을 하시는 거예요. 하지만 그 논리가 저 같은 사람에게는 맞지 않아요. 저는 그런 측면에는 장님이나 마찬가지여서 전혀 감각도 소질도 없거든요. 안목이나 지식이 없다 보니 그저 제 앞에 있는 그대로를 바라볼 수밖에요. 만약 제게도 시골에 제 소유의 저택이 있다면, 아마도 렙턴 씨 같은 분에게 맡겼을 거예요. 그리고 거액의 돈과 맞바꿔진다 해도 그만큼의 훌륭한 것으로 되돌아온다면 너무나 고맙게 생각할 거예요. 돈을 주고 난 후에 개조가 완성될 때까지는 한 번도 보러 가지 않을 겁니다, 저 같으면. 제가 들인 돈만큼의 아름다운 집을 상상하면서요."

메리가 꿈을 꾸는 듯한 명랑한 목소리로 말했다.

"저는 공사가 진척되는 과정을 처음부터 끝까지 지켜보는 것이 무척 즐겁고 행복할 것 같아요."

패니가 수줍은 듯한 목소리로 말했다.

"그래요. 아마도 그건 프라이스 양이 성장한 배경이 달라서 그럴지도 몰라요. 저는 그런 쪽으로 교육을 받은 적이 없어요. 단 한 번 그런 경험을 한 적이 있는데 공교롭게도 그다지 즐거운 경험이 아니었어요. 그때부터 저는 집을 개조하는 일이 몹시 귀찮은 일이라고 생각하게 됐어요. 3년 전, 저의 혐오스런 숙부님인 제독께서 트위커넘(런던

서쪽 교외)에 피서용 별장을 하나 사셨어요. 가족들이 여름휴가를 다 함께 보내기 위해 그 집을 구입하셨던 거예요. 숙모와 저는 너무나 흥분한 상태였고 무척 기뻐하며 그 별장으로 달려갔죠. 너무나 멋진 별장이었어요. 그 집이 너무 아름다웠기 때문에 곧 정원을 고쳐야 할 필요성을 느끼게 됐어요. 그 후 석 달 동안은 먼지가 풀풀 나는 그곳에서 정신없이 보내야만 했어요. 흙탕에다 어수선하기가 짝이 없었죠. 산책을 하고 싶어도 자갈이 깔린 호젓한 길 하나 없고 쓸 만한 벤치하나 없었죠. 그래서 저는 시골에 살게 되더라도 가능한 한 모든 것을 갖춰놓아야 한다는 것을 알았어요. 떨기나무 숲을 만들고 화단과 통나무 벤치도 아주 많이 만들어 놓을 참예요. 하지만 그런 것을 하기 위해 손수 고생을 감수하고 싶진 않아요. 제 수고 없이도 남이 다 해 줄 텐데, 괜히 그런 신경까지 쓰고 싶지는 않답니다. 한꺼번에 모든 것이 다 갖추어진 곳으로 간다면 또 모르죠. 하지만 제 오빠는 좀 다릅니다. 그는 뭐든지 일하기를 좋아하니까요."

　메리가 여전히 맑고 명랑한 목소리로 말했다. 에드먼드는 메리에게 상당히 호감을 느끼고 있었고 존경하고 싶은 마음마저 싹트고 있는 중이었는데 바로 그녀가 제 숙부에 대해서 하는 그런 경박한 말투를 듣고는 유감스럽게 생각했다. 에드먼드는 메리에게 무척 마음이 끌렸다. 그렇지만 그런 태도는 옳지 않다는 사실만은 분명하게 알 수 있었다. 그것은 그의 예의범절에 대한 정서에 맞지 않는 일이었으므로 말없이 듣고만 있었다. 하지만 그것은 아주 잠시 동안일 뿐이었다. 메리가 밝은 미소와 활기에 넘치는 생기발랄한 표정으로 또 다른 얘기를 시작하고 있었기 때문이다. 그 생기 있는 목소리에 끌려 이야기에 열중해 있던 에드먼드는 조금 전의 그녀의 태도를 금방 잊어버리고 빨려들고 있었다.

　"에드먼드 씨, 드디어 제 하프의 행방을 듣게 되었어요. 무사히 노스햄턴에 도착했다는군요. 아마도 열흘 전쯤 도착했을 거예요. 지금까지 도착하지 않았다고 하는 말만 연속해서 듣게 되어 답답해 죽을 지경이었는데 결국 정반대의 상황이 되어 있었던 거예요. 그곳에 무사히 도착해서 잘 보관되어 있었으니까요."

에드먼드는 말로는 표현 못 할 기쁨과 놀라움을 표정으로 나타냈다.

"사실은 말예요, 하인을 보내거나 우리가 직접 가보기도 했었는데 이번에는 문의하는 방법이 잘못이었던가 봐요. 런던에서 70마일이나 떨어진 곳인데 말예요. 하지만 오늘 아침, 우연한 경로를 통해서 연락이 닿았어요. 어느 농부가 그걸 목격했나 봐요. 그래서 방앗간 주인에게 이야기를 한 거예요. 방앗간 주인은 정육점 주인에게 전달하고 정육점 주인의 사위가 그 이야기를 가게에 전해주었던 거랍니다."

"그 경로야 어찌되었든 그 하프의 행방을 알게 된 것이 정말 다행이군요. 이젠 더 지체하지 않고 하프를 곧 가져올 수 있겠지요."

"내일 가지러 갈 참이에요. 여기로 가지고 오려고 하는데 옮겨올 좋은 방법 혹시 알고 계세요? 이륜이든 사륜이든 마차로는 안 돼요. 아! 정말 안 돼요. 마을에서 그런 건 도저히 빌릴 수가 없어요. 그보다는 짐꾼과 손수레를 알아보는 게 훨씬 나을 것 같은데……."

메리가 난감한 표정을 지으며 말끝을 흐렸다.

"힘들지 않을까요? 말 한 필이 끄는 짐마차를 빌리는 것 말입니다. 하필 지금이 농작물을 수확하는 때여서 가장 일손이 딸릴 때거든요."

"저도 방금 그걸 생각해내고는 놀라고 있는 참이에요. 정말 기가 막힐 노릇이었답니다. 시골에서 말 한 필과 짐마차 구하기가 이렇게 어렵다니……. 시골이니까 설마 쉽게 구할 수 있겠다 싶어 하녀에게 구해보라고 시켰거든요. 지금 저 창밖을 내다보기만 해도 농장이 바라다 보이고 뜰에 심어놓은 나무들 사이를 산책해도 바로 옆에 농장이 있으니까 언제라도 말만 하면 쉽게 구할 수 있을 거라는 확신이 있었거든요. 오히려 우리가 그들한테 빌리지 않는 것이 미안한 일이라고 생각했죠. 그런데 이런 시골에서 말과 마차를 구하는 것이 하늘의 별 따기만큼이나 어렵다고 생각하니……. 이건 정말 깜짝 놀랄 일이 아니고 뭐겠어요.

제가 부탁하고 있는 이 일이 세상에서 가장 이치에 닿지 않는 불가능한 것이었나 봐요. 공연히 말을 잘못 꺼내서 마을의 농부들은 물론이고 일꾼들의 기분만 잔뜩 상하게 하고 말았단 말예요. 모두에게 화를 내게 만든 사실을 나중에야 알게 됐어요. 형부의 관리인은 아예 피해 다녀야 할 상황이라나 봐요. 평소에는 제게 언제나 친절하고 다정하기 그지없는 형부이신데 이번만큼은 제 말을 듣고 기가 차다는 듯이 빤히 제 얼굴만 바라보는 것이었어요. 더군다나 제가 한 짓을 알고는 무서운 얼굴로 절 노려보기까지 했다니까요."

메리가 고개를 설레설레 흔들면서 말했다.

"미리 그런 사정을 알아차린다는 것은 당신으로선 무리였을 거라고 생각해요. 하지만 지금 다시 생각해보면, 목초를 거둬들이거나 농작물을 수확하는 일이 얼마나 중요한 일인지는 잘 아실 테죠. 무엇이든 실제로 경험을 해보는 것이 가장 중요해요. 아무 때나 짐마차를 빌리는 것이 메리 양이 생각하는 것보다 쉬운 일이 아닐 수도 있으니까요. 이 근방의 농부들은 대부분의 경우 마차를 빌려주지 않아요. 습관이 안 되어 있는 거죠. 게다가 한창 바쁜 추수철에는 말을 빌려달라고 부탁하는 것 자체가 실례가 될 수도 있답니다. 농번기에 말 한 필이라도 놀리는 일은 절대로 있을 수 없는 일이죠."

에드먼드가 메리를 향해 설득하는 어조로 부드럽게 말했다.

"시간이 흐르면 자연스럽게 이곳 풍습을 익힐 수 있겠죠. 하지만 런던에서 자주 인용하는 속담이 하나 있어요. '무엇이든 돈만 주면 구할 수 있다.'는 순수 런던식 사고방식을 그동안 몸에 사뭇 익혀왔기 때문에 이곳 시골의 완고한 관습과 텃세라고 해도 좋을 등한시 하는 행동 등에 처음엔 약간 당황했어요. 어쨌든 하프는 내일 가져올 참이에요. 헨리 오빠는 무척 자상하여 자기의 사륜마차로 실어다 준다고 했어요. 그렇다면 하프도 면목이 서는 셈이고 정말 좋은 방법이죠?"

에드먼드는 하프를 모든 악기 중에서 가장 좋아했기 때문에 언제 한번 들려달라고 부탁했다. 그리고 메리의 하프 연주를 꼭 들어보고 싶다고 정중하게 부탁하는 것이었다. 패니도 역시 아직 한 번도 하프 연주를 들어본 적이 없어 몹시 듣고 싶었기 때문에 꼭 부탁한다고 말했다.

"두 분을 위해서라면 기꺼이 들려드리겠어요. 진실로 제 연주를 듣고 싶으시다면 말이죠. 제발, 이젠 그만 좀 연주해요라고 할 때까지 말예요. 어쩌면 좀더 오래 연주할는지도 몰라요. 제 자신도 음악을 무척 좋아하는데 타고난 기호가 서로 비슷하다면 아무래도 연주자 쪽이 여러 가지 면에서 이득이라고 할 수 있죠. 모든 측면에서 만족할 수 있으니까요. 그런데 에드먼드 씨, 만약 형님에게 편지를 쓰게 되시거든 하프가 곧 도착할 거라는 걸 꼭 알려드리세요. 형님에게 그것 때문에 속상한 이야길 했거든요. 제가 얼마나 마음고생을 많이 했는지는 그분이 가장 잘 알고 계실 거예요. 그리고 이렇게 전해주세요. 돌아오실 때를 대비해서 가장 슬픈 곡을 연습해 두겠다고요. 동정의 표시로 말예요. 왜냐하면 그분의 말은 경마에서 틀림없이 질 것이라는 사실을 알고 있으니까요. 그래서 하프 연주로라도 형님을 위로해 드리고 싶어요."

메리는 웃으면서 명랑한 목소리로 말했다.

"편지를 쓰게 된다면 메리 양이 원하시는 대로 쓰겠지만 현재로서는 그럴 기회가 있을 것 같지 않군요."

에드먼드가 어깨를 한번 치켜 올렸다가 내리면서 말했다.

"물론 그러시겠죠. 만약 형님이 1년 동안 멀리 떠나 계셔도 당신이나 형님이나 어느 쪽도 편지를 쓰지 않을 거예요. 그쯤은 얼마든지 예상할 수 있어요. 남자 형제들이란 참 이상하고 묘한 관계 같아요. 기회는 언제나 있는 것이 아닌데도 정말 다급하고 절박한 경우가 아니면 서로 편지 같은 걸 쓰려 하지 않으니까. 여차여차해서 말 한 마리가 아프든지 아주 가까운 친척이 사망했다든지 해서 부득이 편지를 써야할 때만 빼고는 말예요. 그럴 때에도 겨우 펜을 들고 가급적 필요한 용건만으로 제한해서는 최대한 짧게 쓰려고 하죠. 남자들 전부가 그래요. 문체도 꼭 한 가지뿐이죠. 저는 그것을 너무나 잘 알아요. 헨리 오빠가 그렇거든요. 물론 다른 면에서는 정말 이상적인 오빠예요. 저를 사랑해주고 진지한 의논 상대도 되어주며 서로의 비밀을 털어놓기도 해요. 그리고 함께 있으면 한 시간씩 대화를 나누기도 하죠. 하지만 편지라고 하면 뒷면까지 쓴 적이 한 번도 없어요. 이 정도로 간단히 쓸 때도 있다니까요. '사랑하는 메리, 방금 도착했다. 바스(영국 서부의 보양지(保養地))는 여전히 만원인 듯하고 만사가 순조롭다. 그럼 안녕.' 이게 전부라고요. 이것이 전형적인 남자들의 편지라고 할 수 있지 않을까요. 진정 사나이다운 오빠의 편지로써 완벽한 거예요."

메리가 장난스러운 표정을 지으며 말했다.

"하지만 가족과 멀리 떨어진 곳에 가서 살게 되면 긴 편지를 쓰는 일도 종종 있어요."

패니는 윌리엄 오빠를 생각하면서 얼굴이 상기되어 있었다.

"프라이스 양의 오빠는 선원인데 무척 긴 편지를 쓰는 사람이어서 방금 한 말은 좀 지나치다고 생각할 수도 있어요. 메리 양이 남자들 전체를 매도한다고 생각하는 거죠."

에드먼드가 패니를 한번 쳐다보고 난 후 말했다.

"선원이라고요? 정말요? 물론 해군이겠죠."

메리가 깜짝 놀라며 물었다. 패니는 대답을 에드먼드에게 맡기고 싶었지만, 그가 잠자코 있었기 때문에 하는 수 없이 오빠의 신상에 대해 직접 이야기할 수밖에 없었다.

윌리엄 오빠를 떠올리며 그에 대한 이야기를 시작하려니 당연히 패니의 목소리가 활기를 띠었다. 잔뜩 흥분한 그녀는 오빠의 직업과 배속된 외국의 기지, 항해했던 일 등에 대해 알고 있는 대로 이야기했는데, 그가 모국을 떠난 햇수를 얘기하는 대목에서는 저절로 눈에 눈물이 핑 돌았다. 마지막으로 헤어진 후 몇 년 동안 만나지 못하고 있었던 것이다. 패니는 결국 눈물을 터뜨리고 말았다. 메리는 윌리엄이 빨리 승진을 해서 패니를 만나러 오기를 진심으로 바란다고 상냥하게 말하면서 패니를 위로했다.

"혹시 제 사촌, 윌리엄이 타고 있는 배의 함장을 알고 있나요? 마샬 대위라고 하던데……. 해군에 아는 분이 많으실 것 같은데?"

에드먼드가 무심코 질문을 던졌다.

"해군 장성이라면 많이 알고 있죠. 하지만 그보다 낮은 직급인 하급 장교들은 아는 사람이 거의 없어요. 물론 함장들은 예외이지만……. 저는 해군 제독들에 대한 재미있는 얘기들을 많이 들었어요. 군대 생활이나 급료의 차이라든가, 언쟁을 하거나 서로가 질시의 대상이 되기도 한대요. 하지만 일반 군인들은 대부분 승진에서 제외되거나 혹사를 당하는 경우가 허다하대요. 숙부 댁에서 살았던 덕분에 많은 장성들을 알게 되었고, 그들의 모든 부분들에 대해 확실히 많이 알아요. 그렇다고 해서 해군이라는 직업 자체를 우습게 여긴다고 말하고 있는 것은 절대로 아니에요."

메리가 자못 엄숙한 목소리로 말했다.

에드먼드는 정색을 하고 이렇게 대답했을 뿐이었다.

"해군이라는 직업은 매우 고상하고 좋은 직업입니다."

"네, 두 가지 조건만 구비 된다면 좋은 직업이라고 할 수도 있지요. 돈을 아주 많이 벌고 그것을 쓰는 데 낭비하지만 않는다면 말이에요. 하지만 요컨대 제가 선호하는, 제 마음에 드는 직업은 아니에요. 저는 한번도 해군이라는 직업을 좋은 직업이라고 생각한 적은 없으니까요."

메리가 어깨를 으쓱하며 말했다. 에드먼드는 화제를 하프 쪽으로 되돌렸다. 그는 메리의 연주를 들을 수 있다고 생각하니 무척 기대된다고 말했고 한층 더 행복하게 느껴졌다.

그들 사이에 이런 대화가 오고가는 동안 파크 내의 주택 개조 문제는 여전히 다른 사람들 사이에서 검토되고 있었다. 그랜트 부인은 남동생에게 말하지 않을 수 없었다. 다정하게 대화를 나누고 있었기 때문에 줄리아 버트램 양에게 실례가 되는 결과가 되었지만 그건 부득이한 일이었다.

"헨리, 너의 의견은 어때? 너 자신도 주택을 개조한 적이 있잖니. 에버링검에 대해서 내가 들은 바에 의하면 영국 전체의 어느 저택에 비교하더라도 전혀 손색이 없을 것 같더라. 주위의 경치가 빼어나게 좋을 거야. 옛날의 에버링검은 내 눈에도 완벽했으니까. 가파르지 않은 언덕도 멋지고 게다가 주위 경관의 아름다움은 예술의 극치였지! 울창한 나무들도 정말 근사했고……. 아아, 언제 꼭 다시 한 번 방문하고 싶구나!"

그랜트 부인이 눈을 가늘게 뜨고 옛날을 회상하듯이 말했다.

"누님이 그렇게 말씀해주시니 어간 기쁘지 않고요. 그러나 직접 가 보시면 조금 실망하지 않을까요. 실제로 보시게 되면, 지금 머릿속에서 생각하고 있는 것에 크게 못 미친다는 걸 알게 될 테니까요. 일단 크기가 매우 작아요. 그 볼품없음에 우선 놀랄 거예요. 게다가, 개조했다 해도 할 수 있는 범위가 제한되어 있다 보니 말만 개조했다뿐이지 실제로 개조한 것도 별로 없어요. 제대로 해보고 싶었지만 마땅치 않았거든요."

헨리가 담담하게 말했다.

"그런 일을 좋아하세요?"

줄리아가 호기심 어린 목소리로 물었다.

"물론이죠. 좋아하고말고요. 다행히 에브링검은 경치가 매우 좋은 곳에 자리 잡고 있어요. 그리고 워낙 잘 지어져서 젊은 사람이 보기에도 손댈 만한 곳이 별로 눈에 띄지 않았어요. 에브링검을 개조하는 일을 모두 끝낸 것은 제가 막 성년이 된 다음이었어요. 성년이 되고도 3개월이 지난 후였지요. 처음 그 저택을 개조해야겠다는 계획을 세운 것은 제가 웨스트민스터 대학에 다닐 때였어요. 그리고 캠브리지 대학 시절에 계획을 약간 수정했고, 스물한 살 때 계획을 세웠던 것을 실행으로 옮긴 것이랍니다. 사실 러시워스 씨가 정말 부럽습니다. 그런 즐거운 일을 눈앞에 두고 있는 지금 이 순간 그는 얼마나 행복할까요. 저도 그 일을 하면서 얼마나 행복했는지 모릅니다."

"당신은 신속하게 판단해서 결정을 내리고 또한 그만큼 재빠르게 행동으로 옮길 줄 아는 사람이군요. 당신 같은 사람이라면 반드시 좋은 직장을 구할 수 있을 거예요. 러시워스 씨를 부러워만 마시고 의견을 내어 도와주시는 건 어때요?"

줄리아가 헨리를 주시하면서 말했다. 이 말을 듣고 있던 그랜트 부인은 즉시 그렇게 하라고 종용하듯이 열을 내어 말했다. 그녀는 동생인 헨리의 의견과 판단이야말로 가장 믿음직스런 것이라고 거듭 강조하면서 어떤 사람의 의견도 남동생의 것에는 미치지 못할 것임을 납득시켰다.

마리아 역시 그 생각에 찬성하면서 전적으로 동의한다고 말했다. 친척들이나 이해관계가 얽혀 있지 않은 공평한 조언자의 의견을 참조하는 편이 무조건 건축업자의 손에 맡기는 것보다 훨씬 나을 것으로 생각한다고 자기의 의견을 밝혔다.

모든 사람들의 생각이 일치했기 때문이기도 했지만 제임스는 곧 그녀의 의견을 존중하는 의미로 헨리 크로포드에게 협력해 줄 것을 간곡히 청했다. 헨리는 적당히 자신의 능력에 대해 겸양의 미덕을 발휘한 후에, 뭐든 도움이 되는 일이라면 기꺼이 도와주겠다고 말했다.

제임스는 우선 헨리에게 소서턴을 방문해서 며칠 밤 머물러 주었으면 감사하겠다고 제안했다. 그러자 노리스 부인이 한 가지 다른 제안을 꺼냈다. 즉시 그런 조치를 취한 것은 헨리가 다른 곳으로 떠나 오래 머물게 될까 봐 걱정하는 마리아와 줄리아의 마음을 눈치 챘기 때문이었다.

“물론 크로포드 씨는 소서턴으로 가서 도와주기로 하셨기 때문에 기꺼이 승낙하실 거예요. 그렇다면 우리도 함께 가면 어떨까요? 이참에 아예 작은 파티라도 열면 어떨까요? 이것 보게, 제임스! 자네의 주택 개조 사업에 흥미를 느끼는 분들이 여기엔 많아. 모두들 현장에서 크로포드 씨의 의견을 듣고 싶어한다고. 또한 각자가 나름대로의 자기 생각들이 있을 테니 하나씩의 의견을 모은다면 자네에게 조금이나마 도움이 되지 않을까. 나로서도 전부터 자네의 모친을 뵙고 싶어 오랫동안 기다려왔는걸. 이렇게 한참 동안 격조(隔阻)한 것도 따지고 보면 타고 갈 말이 없어서 그랬던 거지. 하지만 그렇게 되면 나도 가서 러시워스 부인을 두세 시간 뵐 수 있을 거고, 그동안에 다른 사람들은 함께 다니면서 서도 의견을 모은다면 분명 좋을 결과를 얻을 수 있을 거야. 그 후 돌아와서 여기서 늦은 저녁을 먹는다든가 아니면 소서턴에서 식사하든가, 그건 자네의 어머님 형편대로 하시면 될 테고. 아름다운 달빛 아래에서 즐겁게 마차를 타고 돌아올 수도 있지. 마리아와 줄리아가 나와 같이 타면 되겠고, 아마 크로포드 씨의 마차에 태워주

실 테지. 에드먼드는 말을 타고 가겠지. 그리고 패니는 언니와 집을
보면 될 테고."
　노리스 부인이 마치 선전포고라도 하듯이 말했다.
　버트램 영부인은 반대하지 않았으며 소서턴으로 떠나게 되어 있는
사람들은 모두 즉석에서 찬성의 뜻을 표했다. 에드먼드만은 침묵을
지키면서 처음부터 끝까지 묵묵히 듣고 있을 뿐이었다.

7

"패니, 메리 양에 대해서 어떻게 생각해? 어제 그녀와 함께 있을 때 어떤 인상을 받았는지 얘기해 줄 수 있겠지?"

다음날, 갑자기 패니를 방문한 에드먼드가 무척 궁금하다는 듯이 질문을 던졌다. 그의 태도는 메리 크로포드에 대해 신중하고도 매우 깊게 생각했음을 보여주는 것이었다.

"아주 좋은 분이라고 생각해. 재미있는 분이어서 대화를 나누는 것이 무척 즐거웠어. 그리고 메리 양은 무척이나 아름답잖아? 얼굴을 그냥 바라보는 것만으로도 즐거움을 주던걸."

패니가 차분한 목소리로 부드럽게 말했다.

"그래, 패니. 네 말이 맞아. 메리 양의 매력이라면 표정에 있다고 봐야 해. 눈과 코가 뚜렷하게 살아 있어서 개성이 강해 보이고 아주 매력적이야. 하지만 패니, 그녀의 이야기 중에 좀 잘못됐다고 생각한 점은 없었니?"

에드먼드가 패니의 표정을 살피면서 말했다.

"응, 딱 하나 그런 점이 있었어. 숙부님에 대해서 그렇게 함부로 말하는 것이 아니라는 생각이 들었어. 특히 '혐오스런 숙부님'이라니. 그런 투의 말은 무척 귀에 거슬렸어. 사실 그 얘기를 들으면서 나도 정말 놀랐으니까. 오랫동안 같이 살아온 숙부님이잖아. 누구든 간에 어느 정도의 결점이야 있는 것인데……. 더군다나 메리 양의 오빠를 끔찍이 사랑하셔서 친아들처럼 위해준다고 들었어. 오빠, 나는 지금도 마찬가지야. 메리 양이 그런 투로 말했다는 것이 도무지 믿어지지가 않아.”

“너라면 당연히 그런 인상을 받았을 거라고 생각했어. 그건 아주 좋지 않은 태도니까. 조심성도 없고 한 마디로 버릇없는 짓이었어.”

에드먼드가 심각한 표정을 감추지 못했다.

“그런 행동은……. 정말 배은망덕한 일이라고 생각해.”

패니가 조심스럽게 표현했다.

“그 표현은 약간 지나치다 싶군. 과연 그 숙부님에게 그 아가씨로부터 감사를 받을 권리가 있는지 없는지 그것을 모르겠어. 숙모님이라면 충분히 그럴 권리가 있겠지만. 이런 경우라면 숙모에 대한 애정과 추억을 소중히 여기는 열의가 넘친 나머지 그만 실수를 한 것이라고 생각해. 사실 지금 메리 양이 처한 상황이 아주 애매하고 미묘한 입장인 듯해. 그녀는 마음이 무척 따뜻하고 감성도 불같이 뜨거운 여자야. 또한 발랄한 성격이지. 그러다 보니 숙부에 대한 나쁜 감정 없이 숙모에 대한 애정을 동시에 깊이 간직하기가 쉽지 않았을 거야. 숙부를 깎아 내리지 않고 숙모에 대한 애정을 바로 표현하기란 그만큼 더 힘들었겠지. 부부 사이가 나쁠 때 어느 쪽에 책임이 더 있는지 물론 내가 알 턱이 없지만 제독의 현재의 행동을 보고 있으면 메리의 편을 들고 싶어져. 메리 양이 숙모에게는 조금도 죄가 없다고 말하는 건 자연스런 일이기도 하고 또 숙모의 편을 드는 것이 그 사람의 착한 점일 게야. 나는 메리 양의 의견을 나무라고 싶지는 않아. 단지 자기의 의견을 신중하게 생각해보지 않고 분별없이 공개한 것은 그리 바람직하지 않다고 생각할 뿐이야. 무례한 일이지.”

에드먼드가 약간 흥분한 표정으로 말했다.

"글쎄, 메리 양의 그 무례하다는 것 자체가 숙모의 영향일지도 모른다는 생각은 안 해 봤어? 왜냐하면 메리 양은 완전히 숙모가 키웠으니까. 제독에게는 당연히 경의를 표해야 한다는 올바른 견해와 객관적인 생각을 가르치지 않았다는 말이 되거든."

패니는 한동안 묵묵히 생각에 잠겨 있다가 조용한 목소리로 말했다.

"맞아, 패니. 네 의견은 공평을 기한 의견인 것 같아. 정말 그럴 수도 있겠어. 옳아, 조카의 결점을 숙모의 결점으로 봐도 무리가 없겠어. 그렇게 생각하니 메리 양이 처해 있었을 불리한 입장을 더욱 잘 알겠구나. 하지만 새로운 가정인 그랜트 댁은 틀림없이 메리 양에게는 좋은 영향을 끼칠 거야. 그랜트 부인은 예절이나 행동 면에서는 어떠한 결점도 찾을 수 없는 분이거든. 그런데 메리 양은 오빠인 크로포드 씨에 관한 이야기를 할 때에는 진실한 애정이 담겨 있는 것 같았어."

"그래, 무척 짧은 편지를 보낸다는 것 외에는 말이야. 그 이야기를 할 때 난 하마터면 웃음을 터뜨릴 뻔했어. 사실 크로포드 씨는 성정이 그리 좋다고 할 수는 없어. 헤어져 있는 여동생에게 읽을 만한 편지 쓰는 것 자체를 귀찮다거나 부담스럽게 생각하는 그런 오빠의 애정이나 마음씨는 그다지 높이 평가할 수 없는 법이지. 윌리엄 오빠라면 어떤 어려운 사정이 있어도 나를 그런 식으로 소홀하게 대하진 않을 거야, 틀림없이. 게다가 에드먼드 오빠도 집을 떠나면 긴 편지는 쓰지 않을 거라고 메리 양은 무슨 근거로 그렇게 생각하는지 몰라?"

패니가 다소 격앙된 어조로 말했다.

"패니, 그건 메리 양이 머리 회전이 빠르고 발랄한 성격이어서 그럴 거야. 그런 사람의 특권이나 마찬가지니까. 자기나 남을 즐겁게 하고 웃게 하는데 도움이 되는 것이라면 무엇이든 움켜잡는 거지. 그렇게 악의적인 해석을 하거나 곡해할 만한 일은 아닌 듯해. 지나치게 심해서 기분을 상하게 한다거나 신랄하지만 않다면 말이야. 메리 양의 표정이나 태도에는 그 어느 쪽의 기미도 없어. 표독스럽다거나 목소리의 톤이 높아 상스럽게 보인다거나 하는 그런 요소 말이야. 메리 양은 정말 더할 나위 없이 여성스럽고 상냥한 사람이야. 다만 방금 이야기했던 부분은 예외로 두고 말이지. 그 점에서는 어떤 말로도 변호할 수 없으니까. 어쨌거나 너도 똑같은 상황에서 보고 들은 게 나와 같은 의견이어서 기쁘다."

에드먼드가 어조를 차츰 부드럽게 누그러뜨리며 말했다. 에드먼드는 지금까지 패니에게 상당한 영향을 끼치고 있었고 그녀의 정신과 인격을 도야(陶冶)하고 있는 그인 만큼 애정을 한 몸에 받고 있었다. 그러니 그녀가 에드먼드와 생각하는 것이 비슷하다는 점은 충분히 예견할 수 있는 일이었다.

그러나 메리의 문제에 있어서는 두 사람의 생각과 의견이 일치하지 않을 위험성이 다분히 도사리고 있었다. 왜냐하면 그는 메리의 매력에 흠뻑 빠져들고 있는 상태에 있었기 때문이다. 그런 점에서 본다면 패니가 따라갈 수 없는 곳까지 가버릴 수도 있기 때문이다.

그 이후에도 메리의 매력은 점점 커졌으면 커졌지 결코 감소되지 않았다. 그리고 드디어 하프가 도착했다. 하프의 도착은 그녀의 미모와 기지, 착한 마음씨에 금상첨화가 되었다. 그 이유는 그녀가 매우 아름다운 표정을 지으면서 우아하게 연주했을 뿐만 아니라 한 곡이 끝날 때마다 재치와 위트가 넘치는 말을 해서 주위 사람들을 즐겁게 했기 때문이다. 에드먼드는 매일 목사관으로 출근하다시피 했다. 가장 좋아하는 악기인 하프에 탐닉하기 위해서였다.

그날 아침에도 에드먼드는 목사관에 가서 메리의 하프 연주를 듣고 있었다. 그리고 다음날 아침에도 또 방문해 달라는 초대를 받았다. 아니 그 다음날도 또 다음날도 그녀의 초대는 계속해서 이어졌다. 메리 쪽에서는 열심히 경청해 주는 사람이 있다는 것이 싫을 리도 없고 보면 거절할 리가 만무했다. 그렇게 한 가지 일이 곧 다른 일로 이어지면서 그것으로 만사는 곧 우연에 합승한 듯 인생의 궤도에 올랐다.

메리는 미인이며 활발하고 생기 넘치는 젊은 여성이었다. 그러한 그녀가 이에 못지않은 우아한 하프를 안고 창문 가까이 앉아 있다. 창은 마룻바닥까지 닿을 만큼 커다랗고, 활짝 열린 창문을 통해 앞마당의 푸른 잔디가 보였다. 둘레가 풍성한 여름의 잎과 가지를 펼친 작은 나무들로 둘러싸여 있는 숲은 눈부시게 빛났다. 그 찬란한 빛을 받으며 젊은 그녀는 하프에 열중했던 것이다. 그 모습은 어떠한 남성의 마음이라도 사로잡기에 충분했다. 계절도 경치도 음악도 모두 애틋한 감정과 감상에 적합했다.

그랜트 부인의 그 동그란 수틀마저도 이 일에 한 몫 거들고 있었고, 그것을 들고 앉아 있는 메리의 모습은 한 폭의 그림처럼 아름답게 조화를 이루고 있었다. 사랑의 감정이 일단 활동하기 시작하면 모든 것이 그 깊이를 한층 더해 주는 법이지만, 하다못해 샌드위치의 쟁반을 들고 그랜트 박사를 향해 걸어가는 모습이나, 그것을 권하는 모습조차도 더없이 사랑스러웠다.

그러나 지금까지 한 번도 사랑을 해본 적이 없는 에드먼드는 이 일을 진지하게 생각해 본 적도 없고 또한 자기가 사랑에 빠지고 있다는 사실조차 깨닫지 못한 가운데, 이 같은 교제는 1주일간 계속되었다. 그것이 사랑인 줄도 모르고 에드먼드는 그녀를 깊이 사랑하게 되었다.

그런데 거짓말처럼 메리 역시 에드먼드에게 조금씩 호감을 느끼기 시작하고 있었다. 그는 세정에 밝은 사람도 아니었고 장남도 아니었다. 듣기 좋은 말로 여성의 비위를 맞출 줄도 모를 뿐더러 이야기를 다양한 화제로 이끌어 나가는 말재주도 없었다. 그럼에도 불구하고 그에게 이끌리게 된 메리는 그가 호감을 주는 사람이라고 믿게 되었다.

하지만 이런 일은 메리가 전혀 예상했던 바도 아니었으며, 어째서 이렇게 되었는지 이해할 수도 없는 일이었다. 왜냐하면 그는 보통 표준에서 볼 때 즐거움을 주는 상대는 아니며 한 번이라도 우스갯소리 하는 것을 들어본 적이 없었다. 그렇다고 허황한 말이나 입에 발린 칭찬도 할 줄 몰랐고, 자신의 의견을 굽히려 하지도 않는 매우 고지식한 면이 있었다. 그리고 에드먼드의 태도는 항상 조용하고 침착했다. 어쩌면 그런 진지하고 침착하고 소탈하기조차 한 올바른 성품이 그의 매력인지도 몰랐다.

메리는 이런 감정을 느끼기는 했지만, 마음속에서 이것을 논리 정연하게 분석할 힘은 없었다. 아니 그녀는 그런 일에는 별로 머리를 쓰고 싶지가 않았다. 그저 자신의 감정에 솔직할 뿐이었고, 현재의 감정에 충실한 것으로 만족할 뿐이었다. 메리는 그가 마음에 들었고 그와 함께 있을 때 느껴지는 감정이 좋았다.

패니는 에드먼드가 매일 아침 목사관으로 가는 것을 이상하게 여기지 않았다. 메리의 초대를 받지 못해서 자신은 목사관으로 가지 못하고 있을 뿐이지, 만약 초대 없이도 몰래 가서 하프 연주를 들을 수만 있다면 패니 자신도 기꺼이 찾아갔을 것이다.

저녁때 산책이 끝나고 양가의 가족이 헤어질 때 그가 그랜트 부인과 그 여동생을 집까지 바래다주는 것도 이상하게 생각하지는 않았다. 헨리도 버트램 가의 아가씨들 곁에 항상 붙어 있었고 돌아올 때는 늘 집까지 바래다주었기 때문이다. 하지만 그녀의 눈에는 그런 광경들이 그다지 좋아 보이지는 않았다. 자신이 큰 손해를 보고 있다는 피해의식도 있어서, 에드먼드가 곁에서 함께 차를 마셔주지 못할 때는 자신도 차를 마시지 않고 그냥 넘기는 때가 많았다.

그녀가 좀 놀란 것은 에드먼드가 그렇게 많은 시간을 메리와 같이 보내면서도 앞서 관찰한 바와 같은 종류의 결점을 전혀 눈치 채지 못하고 있다는 사실이었다. 그녀의 경우는 메리와 같이 있으면 지난번과 비슷한 단점들이 자주 눈에 띄어 반드시 그 일을 기억해내고는 하는데 그에게는 그런 일이 없었다.

에드먼드는 자주 패니에게 메리에 대한 이야기를 했고, 그녀에 대해 이야기를 나누는 것을 무척 즐기는 듯했다. 하지만 그는 메리가 그 이후로는 숙부에 대해 언급하지 않는 것으로 그만이라고 생각하는 것 같았다. 패니도 그런 점에 대해 자기의 의견을 밝히는 것을 삼갔다. 괜히 심술궂게 보이고 싶지도 않았고 그런 대화를 나누는 것이 어쩐지 망설여졌던 것이다. 무엇보다 메리를 헐뜯는 것처럼 비춰질까 봐 염려스러웠고 나쁜 의도로 오해받는 것이 두려웠다.

패니가 메리로 인하여 실제적인 고통을 당하고 상처를 입는 일이 발생했다. 그 원인은 그녀가 승마를 배우고 싶다고 생각한 데에 있었다. 맨스필드 파크에 거주하기 시작한 지 얼마 되지 않았지만 메리는 완전히 그곳에 정착하게 되었다. 그리고 어느 날 버트램 가의 아가씨들이 승마하는 것을 보게 되었다. 그것을 보자 메리도 승마를 하고 싶다는 생각을 갖게 된 것이었다. 그리고 에드먼드와 접촉이 잦아짐에 따라 그도 그녀의 뜻을 북돋우고 승마를 배울 것을 권유했다. 처음 두세 번 시험해보기 위해 양가의 마구간에서 초심자에게 가장 적당한 밀로, 패니의 암말을 추천했다. 조보자가 타기에 가장 온순한 암말이었다.

그렇다고 해서 그가 사촌누이에게 고통과 피해를 줄 생각이 있었던 것은 아니다. 그 일로 인해 그녀의 운동이 단 하루라도 지장을 받을 까닭이 없었다. 패니가 승마를 시작하기 반 시간 전에 그 암말을 목사관에서 데려오면 되었기 때문이다.

　그러나 에드먼드에게 이 제안을 처음 들었을 때, 패니는 마음이 상하기는커녕 그가 자기의 양해를 구하려 했다는 사실에 거의 고마운 마음이 들 지경이었다.

　메리가 처음으로 승마 레슨을 받는 날이었다. 완전 초보자인 것을 감안하면 그녀의 승마 솜씨는 아주 훌륭했다. 첫 시도에서 체면을 유지했던 메리는 패니에게도 아무런 불편을 끼치지 않았다. 에드먼드는 암말을 데리고 가서 처음부터 끝까지 곁에 붙어 있었다. 패니도 마찬가지였다. 에드먼드가 목사관에 승마 레슨을 하는 동안 그녀도 꼼짝하지 않고 그곳을 지키고 있었다. 레슨이 끝나면 다시 말을 데리고, 시간의 여유를 충분히 두고 집으로 돌아왔다. 패니가 사촌들과 승마를 하지 않고 혼자 갈 때면 항상 근면한 늙은 마부가 패니와 함께 동행했다. 메리가 처음 승마 레슨을 받았던 그날도 패니와 마부가 승마 준비를 채 끝마치기 전에 에드먼드가 암말을 데리고 돌아왔다.

　승마 레슨이 있던 이튿날은 상황이 조금 달라져 있었다. 승마에 완전히 반해버린 메리가 말에서 내려오려고 하지 않았던 것이다. 활동적인 성격에 대담한 편인 그녀는 몸집은 작지만 건강한 체격이어서 여자 기수로서는 안성맞춤으로 보였고, 승마를 하는 것 자체에서 느끼는 즐거움뿐만 아니라 순수 무구한 운동의 기쁨에는 아마도 에드먼드가 곁에 붙어서 일일이 가르쳐준다는 기쁨까지 덤으로 얹어져 있었을 것이다. 또한 자기의 숙달 속도는 다른 여성을 훨씬 앞지를 것이라는 확신이 더해지자, 그녀는 한사코 말에서 내리려고 하지 않았다.

　패니는 그날도 승마를 위한 모든 준비를 끝내고, 승마 레슨을 마친 에드먼드가 돌아오기를 기다리고 있었다. 얼마 후 시간이 지나자 노리스 부인이 아직 떠나지 않았느냐고 잔소리를 하기 시작했다. 그러나 아무리 기다려도 말 준비가 되었다는 통보도 없고 에드먼드도 모습을 나타내지 않았다. 그래서 패니는 노리스 부인의 질책을 피할 겸 에드먼드를 찾으러 밖으로 나갔다.

두 집은 불과 2마일도 채 떨어져 있지 않은데도 양쪽에서 서로의 집이 보이지 않았다. 그러나 현관에서 50야드쯤 걸어가면 파크가 내려다 보였고, 목사관과 그 부지 전체가 마을의 도로 너머로 완만한 경사를 이루고 있는 광경이 한눈에 들어왔다.

그리고 그랜트 박사의 목초지 안에서 한패의 사람들을 곧 발견했다. 에드먼드와 메리, 둘 다 말에 탄 채 나란히 승마를 즐기고 있고, 그랜트 박사 부부와 헨리는 두세 명의 말구종과 함께 근처에 서서 구경하고 있었다. 그들이 모두 행복하고 참 즐거운 시간을 보내고 있다는 것은 의심의 여지가 없어 보였다. 왜냐하면 흥겨운 음성과 말울음 소리가 패니가 있는 곳까지 들려왔기 때문이다.

그러나 그것은 패니를 즐겁게 하는 소리는 아니었다. 문득 에드먼드가 자신을 까맣게 잊고 있다는 생각이 들자 가슴이 아려왔다. 그녀는 목사관의 초원에서 눈을 떼지 못하고 있었다. 그리고 그 모습을 모두 다 지켜보지 않을 수 없었다.

처음 메리와 그 수행자인 에드먼드는 초원을 보통 걸음으로 한 바퀴 돌았다. 목사관의 초원은 꽤 넓었다. 그런 다음에는 조금 더 빠른 속도로 말을 몰았다. 아마도 그녀가 제안했을 것이 분명했다. 패니는 말 위에 편안하게 앉아 있는 메리를 보고 깜짝 놀랐다. 겁쟁이인 패니의 눈에 그녀의 승마 솜씨는 놀랄 만한 것이었다.

잠시 후, 두 사람은 멈추어 섰다. 에드먼드는 그녀의 바로 곁으로 다가가서 무엇인가를 이야기하고 있었다. 아마도 고삐 다루는 법을 가르쳐 주고 있는 것 같았다. 어느 순간 에드먼드는 그녀의 손을 잡고 있었다. 패니는 이 광경을 두 눈으로 똑똑히 목격하였다. 아니 어쩌면 눈에 닿지 않는 곳을 보충하는 패니의 상상력이었는지도 모른다. 그리고 설사 그것이 실제로 일어난 일이라고 해서 패니가 놀랄 만한 이유는 아무것도 없었다. 에드먼드가 친절하게 남의 도움이 되어주고 있는 저 모습은 너무도 당연한 모습 아닌가. 이보다 더 자연스런 일이 있을까? 누구에게나 다정한 것이 에드먼드의 성품이었다. 그것을 증명하고 있는 것이다. 그럼에도 불구하고 헨리가 에드먼드를 대신해서 수고를 해줄 수도 있었을 거라는 생각을 하지 않을 수 없었다. 메리에게 승마를 가르쳐 주는 이런 일은 당연히 오빠인 헨리가 동생에게 직접 하는 것이 더욱 예절에도 맞고 어울리는 일이다. 하지만 헨리는 품위가 있음을 자랑하고 또 마차 운전의 솜씨를 뽐내지만 아마도 승마에 대해서는 아무것도 모르며 에드먼드에 비할 만한 친절함이란 조금도 찾을 수가 없을 것이다.

패니는 이제 암말이 불쌍해지기 시작했다. 하루에 두 번씩이나 겹치기로 일해야 한다는 사실이 안쓰럽게 여겨졌기 때문이었다. 자기의 존재가 잊혀진다고 해서 불쌍한 암말의 존재마저 잊혀져서는 곤란했던 것이다. 패니는 자신의 가슴속에서 함부로 소용돌이치는 감정들을 진정시키려고 노력했다. 다행히 시간이 지남에 따라 자신의 기분이나 말에 대한 감정이 조금씩 가라앉았다.

목초지의 한 무리의 사람들이 흩어지는 것이 보였다. 메리는 아직도 말에서 내리지 않고 있었다. 이윽고 말에서 내린 에드먼드가 그녀의 시중을 들어주었다. 두 사람은 여전히 말을 탄 채 목사관 정문을 나와 좁은 길로 해서 파크에 들어섰고, 패니가 서 있는 곳으로 곧장 다가왔다. 패니는 거기서 무례하게 줄곧 기다렸다는 것을 알게 되면 참을성도 없는 사람으로 비추어질 것 같아 싫었다. 그런 티를 내고 싶지 않는 그녀는 천천히 걸어서 두 사람을 마중 나갔다.

"어머, 프라이스 양."

메리는 소리가 들릴 만한 거리까지 다가오더니 말했다.

　"오랫동안 기다리게 해서 미안하다는 사과의 말을 직접 하려고 왔어요. 미안해요. 제가 너무 분별없이 행동한 것 같아요. 시간이 늦어진 것에 대해서는 알았지만, 아무런 변명도 할 수가 없군요. 아무쪼록 용서해주세요. 제멋대로 하는 짓은 언제나 용서해줄 수밖에 도리가 없는 것 아네요? 고쳐질 가망이 없으니까요."

　메리가 나지막한 목소리로 말하자 패니의 대답은 지극히 정중했다. 그녀는 공손한 태도로 괜찮다고 말했다. 그런데 에드먼드도 그녀가 서둘러야 할 이유가 없다고 패니의 입장에 대해 핑계를 댔다.

　"왜냐하면 평소의 갑절가량이나 멀리 가도 충분할 만큼 시간이 있으니까요. 게다가 30분 전에 떠나지 못했던 것이 오히려 사촌 동생을 위하는 결과가 됐어요. 구름이 끼기 시작했으니 별로 더위 때문에 시달릴 일도 없을 겁니다. 아까 말을 탔더라면 뜨거워서 무척 고생했을 거예요. 그것보다는 당신이야말로 그렇게 오랫동안 말을 타고도 피곤하지 않습니까? 집까지 걸어가는 길이 많이 힘들 텐데요."

　에드먼드가 메리를 올려다보면서 말했다.

　"말을 타는 것보다 피곤한 일은 이 말에서 내려야 하는 일뿐이에요. 저는 몸이 건강한 편이라 무슨 일을 해도 피곤이란 걸 모르고 살아요. 제가 싫어하는 일을 하는 것 외에는 말예요. 프라이스 양, 저, 마지못해 양보하는 거예요. 하지만 이제부터 부디 승마를 즐기고 오세요. 이 귀엽고 즐겁고 아름다운 말에 대해선 칭찬하는 말밖에는 듣고 싶지 않군요."

　메리는 에드민드의 도움을 받으며 말에서 훌쩍 뛰어내렸다. 마부 영감은 근처에서 자기 말을 잡고 기다리고 있다가 여기서 그들과 합세했다. 패니는 재빨리 말을 탔고, 두 사람은 파크를 가로질러 나갔다.

　잠시 후에 뒤돌아보니 에드먼드와 메리 두 사람이 어깨를 맞대고 언덕 아래 마을 쪽으로 나란히 걸어가는 것이 보였다. 그 모습을 보고 있으려니 마음이 불편해지면서 아파왔다. 더군다나 메리가 여자 기수로서 훌륭한 직감력을 가졌다고 평하면서 칭찬이 자자한 마부 영감의 말을 듣고 있자니 마음이 더욱 아팠다. 마부도 그녀 못지않은 흥미를 가지고 메리를 지켜보고 있었던 것이다. 하지만 마부는 눈치라곤 전혀 없는 사람이었다.

"저토록 승마를 좋아하고 대범한 솜씨로 말을 다루는 숙녀 분을 보게 돼서 참 즐겁습니다요! 저렇게 앉은 자세가 좋은 분은 여태껏 보지 못했습니다요. 도대체가 두려움이라고는 아예 모르는 것 같아요. 조금도 겁내는 기색이 없었죠. 아가씨와는 크게 다르네요. 아가씨가 6년 전에 처음 말을 탔을 때와는 완전히 딴판이에요. 아이구, 정말! 벌벌 떠셨지요. 토머스 경이 아가씨를 처음 말에다 태우셨을 때 말예요! 지금도 그 순간을 생각하면 안쓰러울 지경이에요."

마부가 어깨를 으쓱하며 말했다.

응접실에서도 메리는 화제에 올랐다. 승마에는 천부적인 재능을 타고 났다고, 버트램 가의 두 아가씨도 이를 칭찬하는데 인색하지 않았다. 승마를 즐기는 데 있어서도 그녀들에게 뒤지지 않으며, 승마 기술을 습득하고 발전하는 속도가 자기들과 똑같다고 말하면서 기꺼이 이를 칭찬했던 것이다.

"그 아가씨는 틀림없이 말을 잘 탈 것이라고 확신했어. 체격이 승마에는 적격이야, 오빠인 크로포드 씨처럼 튼튼하고 말이야."

줄리아가 부드러운 미소로 말했다.

"그렇고말고. 게다가 기백이 있고 강한 성격도 꼭 같아. 두 사람 다 활동적인 에너지가 넘치거든. 말을 잘 탄다는 건 정신적인 문제와 크게 상관이 있다고 봐야 돼. 내 생각으론 말이야."

마리아가 덧붙였다.

밤이 되어 헤어질 때가 되자 에드먼드는 패니에게 내일 말을 탈 생각이냐고 물었다.

"글쎄, 어떻게 할까. 오빠가 암말이 필요하다면, 그만두겠어."

의기소침한 어조로 패니가 대답했다.

"나 자신을 위해 필요한 건 아냐. 단지 네가 집에 그냥 있고 싶다고 생각할 땐 메리 양이 저 말을 좀더 오랫동안 탈 수 있을 것 같아서 물어본 거야. 만약 오전 내내 말을 쓴다면 좋아하리라 싶어. 메리 양은 맨스필드의 영지까지 멀리 가보고 싶다는군. 그랜트 부인이 그곳 전망이 좋다는 걸 여러 번 얘기했기 때문이야. 그녀에겐 거기까지 갈 힘이 충분히 있을 거야. 하지만 이건 언제라도 좋은 거야. 설사 내일 아침이 아니어도 괜찮아. 그녀도 네게 폐가 되는 것은 아주 미안하게 생각하니까. 그렇게 되면 정말 안 되지……. 그녀에게서 승마는 즐기기 위한 것이지만 너의 경우는 건강을 위한 것이니까."

에드먼드는 조심스럽게 패니의 표정을 살폈다.

"내일은 그만두겠어. 사실은 최근에 너무 자주 외출했어. 내일은 그냥 집에 머물고 싶어. 오빠도 알다시피 나도 지금은 많이 건강해졌으니까 충분히 산책도 할 수 있거든."

패니는 부드러운 목소리로 말했다. 패니의 말을 듣고 난 에드먼드는 만족한 얼굴이었다. 패니는 이것으로 마음의 위로를 얻어야만 했다. 그들은 다음날 아침에 맨스필드의 영지로 나갈 수 있었다. 패니 혼자만 제외되고 젊은 사람들은 도두 무척 즐거운 표정으로 승마를 하기 위해 떠났다. 그들은 떠나기 전에도 패니에게 고마움을 표시했고, 승마를 끝내고 돌아와서도 고맙다는 인사를 했다. 또 밤에는 토론을 벌여 다시 이중으로 즐길 수 있었다.

이런 종류의 계획에서 하나의 계획을 성공적으로 끝마쳤을 때는 대개 또 하나의 다른 계획으로 이어지기 마련이었다. 맨스필드의 영지까지 갔다 왔으니 내일은 또 다른 지역을 방문하자는 의견이 모아졌다.

그 지역에는 빼어난 경치를 보여주는 곳이 많았다. 날씨는 몹시 무더웠지만 가고자 하는 곳에는 반드시 그늘진 오솔길이 있었다. 젊은 일행들은 뜨거운 햇볕을 피해 나무 그늘의 오솔길을 따라서만 말을 탈 수가 있었다. 날씨가 좋아 아침마다 연달아 나흘 동안을 이렇게 크로포드 남매에게 부근 일대를 구경시켜주면서 그곳 명소를 소개하는 데 시간을 보냈다. 에드먼드는 그곳에서 경치가 가장 아름다운 곳으로 그들을 안내했다. 그리고 그 지역의 역사를 간단하게 설명했다. 만사가 순조롭게 진행되었다. 유쾌하고 기분 좋은 일뿐이었다. 덥고 불편하다는 것도 즐거운 대화에서는 또 한 가지의 화제가 될 뿐이었다.

나흘째가 되는 날은 모든 사람들이 즐겁고 유쾌하게 지내지 못했다. 시샘하듯, 이 일행 중 한 사람의 행복을 어두운 그늘로 뒤덮어 버렸다. 그 한 사람이란 바로 마리아였다. 에드먼드와 줄리아는 목사관 만찬에 초대되었으나 그녀만이 제외되었던 것이다.

이것은 그랜트 부인이 조금도 악의 없이 제임스를 위해 일부러 한 일이었다. 그날 제임스가 파크에 올지도 몰랐기 때문이었다. 그러나 마리아에게는 매우 큰 모욕이었고 집에 도착할 때까지 분함과 속상함을 감추어가며 치밀어 오르는 짜증을 억누르느라 몹시 애를 먹었다. 만약 정말로 제임스가 방문했더라면, 그리고 자신이 제임스에 대한 영향력을 과시할 수 있었다면 아마도 어느 정도는 위안이 되었을 것이다. 그러나 제임스가 결국 오지 않았으므로 마리아가 느끼는 소외감이나 피해 의식은 더욱 커질 수밖에 없었다. 그에 대하여 자기의 힘을 과시하는 기분 풀이도 할 수가 없었던 것이다. 그녀가 할 수 있는 일이라면 어머니와 이모와 사촌에게 화난 얼굴을 보이며 그들의 식사와 디저트 시간을 될 수 있는 대로 어둡게 만드는 것뿐이었다.

10시가 좀 지났을 때 에드먼드와 줄리아가 저녁 식사를 마치고 돌아와 막 응접실로 들어왔다. 밤바람을 쐬어서 뺨이 발갛게 달아오른 원기 왕성한 그들의 명랑한 모습은 거기에 앉아 있던 세 여인의 모습과는 정반대였다. 왜냐하면 마리아는 책에서 거의 눈을 떼려 하지 않았고, 버트램 영부인은 반쯤 꾸벅꾸벅 졸고 있었기 때문이다. 노리스 부인마저 질녀의 화난 태도에 영향을 받은 때문인지 기분이 썩 좋아보이지는 않았다. 그녀는 저녁 식사에 대해 한두 가지 형식적인 질문만을 했을 뿐 곧바로 입을 다물어버렸다. 더 이상 아무 말도 하지 않으려고 마음먹은 듯했다.

몇 분 동안 에드먼드와 줄리아는 그날 저녁에 목사관에서의 즐거운 시간에 대해 이야기하는데 정신이 팔려 자기들 이외의 것은 염두에 없었다. 다른 사람들의 불편한 심기를 전혀 알아차리지 못했다.

그러다가 잠시 침묵이 흘렀을 때 에드먼드가 주위를 둘러보면서 말했다.

"그런데 패니는 어디 있어요? 벌써 잠자리에 들었나?"

"아냐, 그렇지 않을걸. 방금 전까지 여기 있었단다."

노리스 부인이 의아스러운 표정을 지으며 대답했다.

"오빠, 나는 여기 있어."

방 저쪽 끝—무척 기다란 방이었다—에서 그녀의 얌전한 목소리가 들려와 소파에 있다는 것을 알게 되었다. 노리스 부인이 잔소리를 늘어놓기 시작했다.

"패니, 도대체 어떻게 된 일이니? 저녁 내내 소파에서 뒹굴며 헛되이 보내다니. 참 어리석기 그지없구나. 왜 여기 앉아서 우리처럼 일을 하지 않니? 만약 너에게 일감이 없으면 내 일감 바구니에서 얼마든지 일거리를 주겠어. 지난주에 도착해서 아직 손도 대지 않은 새 옥양목이 있으니 말이다. 정말 허리가 휘어지는 것 같았어. 재단하느라고 말이야. 딴 사람 생각도 해줘야 한다. 너도 알잖니. 젊은 아가씨가 늘 소파에 누워 있다는 건 나쁜 버릇이야……."

노리스 부인이 계속해서 격앙된 목소리로 패니를 꾸짖고 있었지만 그 절반도 듣지 않고 패니는 벌써 테이블의 자기 자리로 돌아와 다시 바느질을 시작했다. 줄리아는 이날 하루의 즐거움으로 기분이 좋아서 그녀를 변호하여 소리쳤다.

"어머, 이모, 패니가 소파 위에서 지내는 시간은 가족 중에서 가장 적을 거예요. 집안의 그 누구와 비교해도 말예요. 자꾸 패니를 나무라지 마세요."

"패니."

물끄러미 그녀를 바라보고 있던 에드먼드가 말했다.

"너, 두통이 있는 모양이구나?"

그녀는 그 말을 부정할 수는 없었지만 대단치 않다고 대답했다.

"그런 것 같지 않은데……. 네 표정으로 다 알 수 있어. 언제부터지?"

"저녁 먹기 조금 전부터. 더위 탓이겠지. 걱정하지 마, 오빠."

"더운데 밖에 나갔었니?"

에드먼드가 패니를 향해 한 걸음 다가서면서 물었다.

"나갔느냐고! 물론 나갔었지."

노리스 부인이 끼어들었다.

"이렇게 좋은 날씨에 집안에만 가둬두랴? 우리 모두가 밖에 나갔지. 네 어머니도 오늘은 한 시간 이상을 바깥에 있었다."

"그래, 정말이다, 에드먼드."

영부인이 덧붙였다. 그녀는 패니를 꾸짖는 노리스 부인의 날카로운 소리에 완전히 잠이 깨버렸던 것이다.

"한 시간 이상을 바깥에 나가 있었어. 한 45분가량 앉아 있었을 거야. 그동안에 패니는 장미꽃을 꺾고 있었지. 날씨가 몹시 덥긴 했지만 기분은 정말 상쾌했어. 정자 안은 그늘이 시원해서 좋더라만, 집으로 다시 돌아오는 것이 아주 끔찍한 일처럼 느껴졌단다.”

“패니가 장미를 꺾었다고요? 그게 정말이에요?”

“응, 그래. 올해의 마지막 끝물이 될 것 같구나. 가엾게도! 저 애도 무척 더워했지만, 꽃이 활짝 피었으니 그냥 놓아둘 수도 없지 않니.”

버트램 영부인이 에드먼드를 바라보며 말했다.

“물론 그럴 수밖에 없었어.”

노리스 부인이 다소 목소리를 부드럽게 하여 여기에 호응했다.

“어쩌면 저 애의 두통은 그때 생긴 것일 가능성이 높아요. 따가운 햇볕 속에서 허리를 구부렸다 폈다 하는 일만큼 두통이 나기 쉬운 일도 없으니까. 하지만 내일이면 나을 거예요. 언니의 아로마 치료제를 패니에게 빌려주면 어떨까요. 내 것은 비어 있거든요. 나는 약을 다시 채워 넣는 일을 늘 잊어서 탈이야.”

“패니에게 벌써 주었어. 너희 집을 두 번째 다녀왔을 때 내가 주었지.”

버트램 영부인이 노리스 부인을 향해 대답했다.

“뭐라고요! 장미를 잘랐을 뿐만 아니라 걷기도 했다고요? 이 더운 날씨에 파크를 가로질러 이모네 집까지 다녀오다니. 게다가 그걸 두 번씩이나요, 이모? 세상에! 두통이 나는 것도 무리가 아니군요.”

에드먼드가 깜짝 놀랐다는 듯이 크게 소리를 쳤다. 노리스 부인우 줄리아와 대화를 나누고 있는 중이어서 에드먼드의 말을 듣지 못했다.

“나도 저 애에게는 힘들지 않을까 걱정이 되기는 했어. 하지만 장미를 다 꺾어 놓고 나니까 네 이모가 나눠 달라 하더구나. 집에 갖다 놓고 싶다고. 그래서 이모네 집까지 갖다 주어야 했단다.”

버트램 영부인이 말했다.

"패니가 두 번씩 가야 할 만큼 장미꽃이 많았나요?"

"아니다. 꽃은 객실에 넣어 말려야 하거든. 운이 나쁘게도 패니는 그 꽃을 객실에 갖다 놓고는, 그만 자물쇠를 채우고 열쇠를 가져오는 것을 잊은 거야. 그래서 한 번 더 나녀와야 했던 거지."

버트램 영부인이 약간 주눅이 든 목소리로 말했다.

에드먼드는 도저히 화를 억누를 수 없다는 듯이 자리에서 벌떡 일어나 방 안을 서성대면서 말했다.

"그런 심부름을 패니 말고 시킬 만한 사람이 없었나요? 다른 사람을 시켜선 안 되는 일이었나요? 세상에! 정말 어머니, 큰 실수를 하셨어요."

"어떻게 하는 것이 좀더 잘한 일이었을까?"

노리스 부인은 더 이상 못들은 체할 수 없었는지 큰소리로 말했다. "그야 내가 직접 가면 별 문제없었겠지만 난들 같은 시간에 두 곳에 있을 수는 없어. 나는 그때 마침 너의 어머니의 부탁을 받고 그린 씨와 너의 집 우유 짜는 여자의 일로 의논하고 있었거든. 그리고 존 그룹에게 그의 아들 일로 제프리스 부인에게 편지를 써주겠다고 약속했기 때문에 반 시간이나 기다리게 한 거야. 어느 때라도 말이야, 내가 몸을 아낀다는 말은 그 누구한테서도 들을 까닭이 없다고 여기고 있어. 그러나 모든 일을 한꺼번에 한다는 건 무리한 노릇이다. 게다가 패니로 하여금 내 대신 집까지 갔다 오게 하는 것도 겨우 4분의 1마일 남짓한 거리 아니냐? 그 정도의 일을 부탁했다고 해서 부당하다고 할 수는 없다고 봐. 나는 하루에도 몇 번을 왕복하는지 몰라. 그렇지, 하루에 족히 세 번은 왔다 갔다 하는데 말이지. 그것도 날씨와는 상관없이 궂으나 좋으나 그렇게 하는데도 내가 언제 그것에 대해 불평 한 마디 하는 것 봤니?"

"이모, 패니의 체력이 이모 체력의 절반 정도만 되어도 제가 말을 안 하겠어요."

에드먼드가 약간 누그러진 태도로 말했다.

"패니가 좀더 규칙적으로 운동을 했더라면 그렇게 쉽사리 녹초가 되진 않았을 텐데. 요즘은 승마도 꽤 오랫동안 하지 않았잖아. 말을 안 탈 때는 걸어야만 해. 승마를 하고 난 후였다면 나도 그런 일을 부탁하지는 않았을 거야. 하지만 장미꽃 속에 오래 구부리고 앉았던 뒤라서 오히려 몸에 좋을 거라 싶었어. 그런 종류의 피곤 뒤에는 산책만큼 상쾌해지는 운동은 없어. 햇볕이 따갑다 해도 못 견딜 만큼 더운 것도 아니었으니까. 얘, 에드먼드. 나는 패니가 장미꽃을 꺾기 위해 화단에서 허리를 구부려야 했던 것이 두통의 원인이라고 생각한다."

노리스 부인은 영부인 쪽으로 의미 있는 듯 머리를 흔들었다.

"아무래도 그런 것 같아, 정말. 두통이 생긴 것은 틀림없이 그곳이었다고 생각해. 그때는 해가 얼마나 뜨거웠던지 꼭 죽을 것만 같았으니까. 나도 뜨거워서 견디어내기가 여간 고역이 아니었단다. 그냥 앉아 있는 것만으로도 지쳐버리던걸. 앉아서 강아지를 불러 화단에 들어가지 못하게 하는 일이 고작이었는데도 말이야."

좀더 솔직한 버트램 영부인이 말했다. 노리스 부인의 말을 계속해서 듣고 있었던 것이다.

에드먼드는 그 누구에게도 더 이상 아무 말도 하지 않고 조용히 식탁이 있는 쪽으로 걸어갔다. 아직 저녁 식사 그릇이 놓여 있는 그곳에서 백포도주 한 잔을 술잔에 따랐다. 그리고 그것을 패니에게 가져다 주었다.

"자, 이거라도 조금 마셔 봐."

에드먼드가 달래듯이 부드러운 목소리로 말했다. 그녀는 이를 거절하려 했지만 갖가지 생각으로 복받쳐 오르는 눈물 때문에 말을 하기보다는 그냥 마셔버리는 편이 더 쉬웠다.

에드먼드는 어머니와 이모에게 불만을 느꼈지만 그보다는 자기 자신에게 더 화가 났다. 자기가 그녀를 잊고 있었다는 것은, 이모나 어머니가 한 일보다도 더욱 나빴다. 그녀를 잊지 않고 조금만 더 신경을 썼더라면 이런 결과를 초래하지도 않았을 것이다. 그녀는 꼬박 나흘 동안 함께 지낼 친구도 없고 운동을 선택할 방법도 없이, 또 냉정한 이모들이 무슨 일을 시켜도 그것을 피할 구실도 없이 방치되었던 것이다. 꼬박 나흘 동안 그녀가 말을 탈 수 없었다는 생각을 하자 그는 부끄러워져서 메리의 즐거움에 찬물을 끼얹는 일은 원하지 않았지만 이런 일은 두 번 다시 일어나서는 안 된다고 진지하게 마음속으로 생각했다.

잠자리에 들었을 때의 패니는 맨스필드 파크에 도착하던 첫날 저녁처럼 가슴이 꽉 메어 있었다. 아마도 정신적인 고통이 육신의 고통을 불러오는 일에 한 몫 단단히 했으리라. 패니는 지난 며칠 동안 사람들의 무관심 속에서 철저하게 고립당한 채, 질투로 속을 태우며 자신의 감정과 맹렬히 싸워야 했기 때문이다. 패니는 마음에 커다란 상처를 입었다. 남의 눈에 띄지 않아야지 하는 마음에서 소파로 물러가 기대 앉아 있었을 때의 마음의 아픔은 머리의 아픔보다 훨씬 더했다. 그때 에드먼드의 친절로 갑자기 형편이 뒤바뀌자 어떻게 해야 좋을지 더욱 혼란스럽기만 했다. 거의 제대로 서 있기조차 어려울 만큼 패니는 착잡한 심정이 되었던 것이다.

8

그 다음날부터 패니는 다시 승마를 시작할 수 있었다. 상쾌한 느낌을 주는 기분 좋은 아침이었다. 무덥기만 했던 최근 며칠에 비한다면 훨씬 시원하고 말을 타기에 적합한 날씨였다. 에드먼드는 그녀가 잃었던 건강과 즐거움까지 그 두 가지를 곧 되찾을 수 있을 것이라고 생각했다. 그녀가 승마를 위해 나가 있는 동안 제임스가 어머니를 모시고 맨스필드 파크에 도착했다. 그녀는 인사차 방문했던 것인데, 특히 소서턴을 방문해달라고 정중하게 부탁했던 것이다. 이 계획이 제안된 것은 2주일 전의 일이었다. 그 후 그녀가 집을 비우고 있었기 때문에 계속 방문 일정이 연기되고 있던 형편이었다.

노리스 부인과 마리아 그리고 줄리아는 모두 이 부탁에 무척 만족스러워 했다. 그들은 빠르면 빠를수록 좋다고 하여, 가장 빠른 일정을 잡고 모두가 소서턴으로 가는 것에 동의했다. 그런데 마리아와 줄리아가 한 가지 조건을 달았다. 그것은 헨리가 시간이 날 때에만 소서턴으로 간다는 조건부였다. 노리스 부인은 헨리가 틀림없이 한가할 것이라고 보장하는 듯 말했지만 그녀들은 자신들의 생각을 굽히려 하지 않았고 또한 모험을 하고 싶지도 않았던 것이다.

그때 마침 마리아의 암시를 받은 제임스가 이런 경우 가장 적절한 것은 자기가 그 즉시 목사관까지 찾아가 헨리를 방문하고 수요일로 정하는 것에 지장이 없겠는지 확인하는 일이라고 제안했다. 목사관으로 떠난 그가 돌아오기 전에 그랜트 부인과 메리가 맨스필드 파크를 방문했다. 좀 전에 외출했다가 다른 길로 왔기 때문에 그를 못 만났던 것이다. 그렇지만 헨리는 집에 있을 것이라는 반가운 소식이었다. 두말할 필요도 없이 소서턴에 가는 이야기가 대화의 주제가 되었다. 사실 이 밖의 다른 주제를 화제로 삼기란 상상도 못 할 일처럼 여겨졌다. 그 이유는 노리스 부인이 너무 기뻐서 그 얘기에 열을 올리고 있었기 때문이었다.

러시워스 부인은 버트램 영부인을 쳐다보면서 맨스필드의 모든 분들이 소서턴을 방문해 달라고 설득하고 있었다. 그녀는 악의가 없고 상냥하긴 했지만 이야기를 시작하면 장황하게 늘어놓는데다 난 체하는 여자였다. 또 그녀는 자기 자신과 아들에 관한 일만을 중요하게 생각하는 여자였기 때문에 그 외의 다른 일에는 격식 따위를 고려하지도 않았다. 러시워스 부인의 끈질긴 설득에도 불구하고 버트램 영부인은 계속해서 소서턴 방문을 거절하고 있었다. 하지만 러시워스 부인은 꼭 함께 와달라는 권유를 아직도 단념하지 못하고 있었다. 버트램 영부인은 처음부터 끝까지 사양했지만 그 거절하는 방법이 몹시 차분하고 너무 완곡했으므로 러시워스 부인은 사실 그녀도 오고 싶어하는 것이라고 쉽게 단정해 버렸다.

"러시워스 부인, 언니가 그곳까지 갔다가 돌아오는 일은 무척 고된 일이 아닐 수 없어요. 정말 무리한 일일 거예요, 부인. 가는 길이 10마일, 오는 길이 또 10마일 아녜요? 그러니 이번에는 언니를 그냥 놓아주시고, 귀엽고 사랑스러운 두 질녀와 저만으로 해주시면 감사하겠어요. 만약 언니가 멀리 여행하고 싶다면 소서턴만한 곳은 없을 거예요. 하지만 언니는 마음뿐이고 몸이 그 긴 여행을 견디어 내지를 못할 겁니다. 언니가 여기 남아 있어도 패니가 말동무가 되어 줄 테니까 아무 염려 없어요. 에드먼드가 여기에 없으니 본인의 입으로 답변할 수는 없습니다만 기꺼이 초대에 응하리라는 것을 제가 대신 보장하겠습니다. 그 애는 말을 타고 갈 수 있으니까요."

노리스 부인의 입담 좋은 이야기와 큰 목소리 덕분에 겨우 사실을 납득시킬 수 있었다.

"영부인께서 동행하실 수 없다니 매우 섭섭합니다. 그리고 프라이스 양도 함께 오게 되기를 기대하고 있었는데……. 프라이스 양도 소서턴에 와보신 적이 한 번도 없으시죠? 저희 집을 구경시켜드리지 못하는 게 유감이군요."

마침내 러시워스 부인이 버트램 영부인을 설득시키는 것을 포기하고 유감스러운 어조로 말했다.

"이렇게 정중하게 말씀해주시다니 정말 친절하시군요, 부인. 하지만 패니에게 하시는 말씀이라면 앞으로 소서턴을 구경할 기회는 얼마든지 있을 겁니다. 아직 젊어서 앞으로도 시간이야 많이 있을 테니. 게다가 이번 방문은 완전히 다른 경우잖아요, 부인. 지금 상황으로 봐서 패니가 소서턴으로 간다는 것은 거의 불가능한 일이라고 할 수 있지요. 아마 저의 언니가 패니를 보낼 수 없을 겁니다."

노리스 부인이 손을 내저으며 큰소리로 말했다.

"오, 안 돼요……. 패니가 없으면 곤란합니다. 동생 말이 맞아요. 패니도 없이 저 혼자 있을 수는 없답니다."

버트램 영부인이 고개를 끄덕이면서 노리스 부인의 말에 동조했다.

러시워스 부인은 누구나 소서턴을 구경하고 싶어한다고 믿고 있었기 때문에 이번에는 그랜트 부인과 메리를 초대 손님 속에 포함시키려고 했다. 그랜트 부인은 자신이 이 지방으로 옮겨왔을 때 러시워스 부인을 방문하지 않았으므로 자기에 대한 초청은 정중히 사양했으나 동생들에게 즐거움이 생기는 것은 기쁜 일이었다. 그리고 메리도 거듭되는 권유에 못 이기는 척하면서 곧 함께 갈 것을 수락하게 되었다.

제임스가 목사관에서 일을 잘 마무리 짓고 맨스필드 파크로 돌아왔다. 그는 그곳에서 헨리를 만나, 수요일에 소서턴을 방문하겠다는 확답을 받았다고 했다. 에드먼드도 마침 적절한 때에 나타났다. 그리고 수요일로 방문 날짜가 확정되었다는 사실을 알게 되었다. 그는 정중한 태도로 러시워스 부인을 마차까지 바래다주고 나서 다른 두 여인인 그랜트 부인과 메리와 함께 목사관 입구까지 파크의 언덕을 걸어갔다.

드디어 에드먼드가 조찬실로 들어섰다. 노리스 부인은 크로포드 남매가 일행과 함께 하는 것이 바람직한지 어떤지, 헨리의 마차에 자신까지 포함해서 그 모든 인원이 다 탈 수 있는지를 생각해보고 있었다. 마리아와 줄리아는 이모의 이런 생각을 비웃으며, 마차에 네 명은 충분히 탈 수 있고, 한 사람은 마부석에서 헨리와 나란히 앉아 갈 수 있다고 장담하며 말했다.

"하지만 왜 크로포드 씨 마차를 이용해야 하지요? 어째서 어머니의 마차를 쓰지 않는 건가요? 지난번 이 계획이 처음으로 화제에 올랐을 때부터 나는 그 이유가 궁금했어요. 우리 집에서 방문하는 것이니 당연히 우리 집 마차를 쓰는 것이 좋지 않겠어요?"

잠자코 있던 에드먼드가 불쑥 말을 던졌다.

"어머! 이런 날씨에 2인승 마차에 세 사람이 처박혀 가야 한다는 거야! 4인승 대형 마차에 여유 있게 앉아서 갈 수 있는데……. 안 돼! 안 돼, 오빠! 그건 말이 안 돼."

줄리아가 소리쳤다.

"그리고 또 크로포드 씨도 우리를 태우고 가는 것을 당연한 일로 알고 있을 거야. 처음부터 이야기가 그렇게 되어 있었으니까. 그분은 그렇게 약속한 걸로 생각하고 있을 것이 분명해."

마리아도 줄리아를 거들어서 말했다.

"그리고 에드먼드, 마차 한 대로 충분할 것을 두 대씩 동원할 필요가 뭐 있겠니. 그것은 번거로울 뿐이야. 우리끼리 말이지만 마부는 여기서 소서턴까지의 길을 별로 좋아하지 않아. 길이 좁아서 마차가 긁혀 상처가 난다고 늘 투덜댔거든. 토머스 경이 돌아오셨을 때 니스 칠이 몽땅 벗겨져 있는 걸 보시게 되면 곤란하잖아."

노리스 부인이 걱정스런 표정으로 덧붙였다.

"그런 이유가 크로포드 씨의 마차를 쓰는 데 대한 좋은 구실이 될 수는 없어요. 그렇지만 사실을 말하면요, 윌콕슨은 멍청이 영감이라서 마차 부릴 줄을 몰라요. 내 말이 틀림없을 테니까 어디 한번 두고 보세요. 하지만 수요일에 가 보면 길이 아무리 좁아도 불편이 없으리란 것을 알게 될 거예요. 그것은 내가 보증해도 좋아요."

마리아가 단정을 내리듯이 말했다.

"4인승 대형 마차의 마부석에 앉아서 가는 것이 그리 괴롭거나 불쾌할 것도 없겠군."

에드먼드가 말했다.

"불쾌하다니! 어머, 오빠. 흔히들 그 자리가 특등석이라 생각하고 있어. 주위의·아름다운 경치를 바라볼 수 있다는 점에서도 비교가 안 되고. 어쩌면 메리 양이 마부석을 양보하려 들지 않을지도 몰라."

마리아가 소리쳤다.

"그럼 패니가 같이 가도 좋겠군. 마차 안에는 그 애의 자리도 분명 있을 테니까."

에드먼드가 빙그레 미소를 지으며 말했다.

"패니라니!"

노리스 부인이 반문했다.

"어머나, 에드먼드. 그 애가 같이 간다는 것은 생각할 수도 없어. 애초부터 그런 계획은 없었단다. 패니는 어머니와 집을 지켜야 하잖아. 러시워스 부인에게도 이미 그렇게 말했어. 패니가 방문할 거라고는 생각도 못 하고 있을게다."

깜짝 놀란 노리스 부인이 큰 목소리로 말했다.

"이것 보세요, 어머니."

그는 버트램 영부인을 향해 말했다.

"패니가 같이 가선 안 된다고 말씀하시는 이유는 단지 어머니 자신의 편의를 위한 것 이외엔 없지요? 다른 이유는 분명 없으신 거죠? 만약 그 애가 없어도 곤란할 게 없다면, 그 애에게 집을 지키게 하려는 생각은 하지도 않으셨겠죠?"

"물론이지, 하지만 그 애가 없으면 나는 곤란을 겪게 돼."

버트램 영부인이 온화한 목소리로 말했다.

"곤란하지 않으실 겁니다. 제가 함께 집을 지킨다면 말씀예요. 저는 그럴 작정이에요."

에드먼드가 단호하게 말했다. 이 말을 듣고 모두들 놀라서 소리를 질렀다. 하지만 에드먼드는 고개를 가로저으며 계속해서 말했다.

"그럴 셈이에요. 굳이 내가 가야 할 필요는 없으니까요. 하지만 패니는 소서턴을 무척 보고 싶어해요. 저는 그 사실을 잘 알고 있어요. 패니에게는 그런 즐거움을 누릴 기회가 여간해서는 없으니까요. 어머니, 어머니도 이번만큼은 그녀를 즐겁게 해주는데 반대하지 않으시겠지요?"

여전히 버트램 영부인을 바라보며 에드먼드가 말했다.

"그럼! 좋고말고. 기꺼이. 네 이모가 반대만 하지 않는다면 말이다."

버트램 영부인이 노리스 부인을 한번 흘긋 쳐다보면서 말했다. 노리스 부인은 즉각 반대의 입장을 밝히는 하나의 반론을 내놓았다. 그녀가 반대하는 그 한 가지의 이유는 이미 러시워스 부인에게 패니는 갈수가 없다고 분명히 말했으므로, 만일 패니를 데려간다면 매우 이상하게 보이리라는 것이었다. 노리스 부인으로서는 여간 극복하기 어려운 난제가 아니었다. 더할 나위 없이 이상하게 보일 게 틀림없었다. 완전히 예절에 어긋나고 러시워스 부인한테는 결례에 가까운 소행이 되지나 않을는지. 그분 자신이 교양과 친절의 표본과 같은 예의범절을 갖추고 계시니까 함부로 그런 짓을 할 수 없었다. 노리스 부인으로서는 패니에게 애정 따위 없었으며 어떤 경우든 패니를 기쁘게 해주려는 생각도 없었다. 그녀가 지금 에드먼드에게 반대하는 것은 그것이 자기의 계획이므로 오직 자기가 세운 계획을 주장하고 싶은 기분에서 비롯되었을 뿐이며 별다른 이유가 있었던 것은 아니었다.

그녀는 자기가 만사를 대단히 솜씨 있게 결정했으므로 여기에 손을 대면 틀림없이 일은 그르치게 되는 것이라고 믿고 있었다. 그러나 에드먼드가 대답하기를—그것도 그녀가 그의 말에 귀를 기울여주게 되었을 때의 일이지만—러시워스 부인에 대해서라면 걱정하지 않아도 된다고 딱 잘라 말했는데, 왜냐하면, 좀 전에 부인을 마차까지 배웅하면서 기회가 있어 어쩌면 패니가 동행할지 모른다고 말했고, 바로 그 자리에서 사촌 동생에 대한 정중한 초대를 받았다고 했다. 이 말을 들은 노리스 부인은 몹시 못마땅해 하면서 더 이상 교양 있는 자세를 유지하지 못했다. 너무나 화가 난 나머지 이렇게 말할 뿐이었다.

"그래, 좋을 대로 하렴. 좋을 내로 하라고. 네 마음대로 결정해. 나는 아무래도 상관없으니까."

"참 이상도 해라. 오빠가 패니 대신에 집을 지키다니."

마리아가 의아스럽다는 듯이 말했다.

"패니가 오빠에게 깊이 감사해야겠네."

줄리아가 덧붙여 말했다. 그리고 얼른 방을 나갔다. 에드먼드 대신 자기가 남아 집을 지키겠다고 자청해야 마땅한 게 아닐까 하는 생각이 들었기 때문이다.

"그럴 수도 있겠지. 하지만 대수롭지 않은 일이니 그 점은 패니에게 맡겨둡시다."

에드먼드의 이 대답으로 이야기는 끝이 났다. 그 이후로 그 누구도 이 일에 대해 더 이상 언급하지 않았다.

이 계획을 들었을 때의 패니의 고마운 심정은 기쁨보다 더욱 큰 것이었다. 그녀는 가슴에 사무칠 정도로, 아니 그 이상으로 에드먼드의 친절을 받아들였으나 그녀의 일관된 애정에 대하여 무관심한 그는 그런 기미를 눈치 채지 못했던 것이다. 그러나 자기 때문에 에드먼드가 어떤 즐거움을 단념하게 된다는 것은 그녀에게도 괴로운 일이었다. 모처럼 소서턴을 구경한다 하더라도 그가 함께 가지 않는다면 조금도 즐거울 것 같지 않았다.

그 다음날, 맨스필드의 두 가족이 자리를 같이 했을 때 계획에 대한 한 가지 수정안이 제기되고 이것은 만장일치로 받아들여졌다. 그랜트 부인이 당일에 에드먼드 대신에 버트램 영부인의 말 상대가 되어 주겠다고 자청하고 나섰던 것이다. 한편 그랜트 박사도 만찬에 참석한다는 것이었다.

버트램 영부인도 그 제안을 듣고 무척 만족했으며, 그동안 마음이 무거웠던 세 아가씨들도 다시 활기를 되찾기 시작했다. 에드먼드도 처음 계획대로 일행 속에 끼게 되자 이 결정에 대해 그랜트 박사 부부에게 매우 고맙게 생각했다. 노리스 부인도 이것은 명안이라 생각한다고 말했다. 그녀 쪽에서 이 제안을 하려 입을 열려는 찰나에 그랜트 부인이 먼저 말을 꺼냈다는 것이었다.

드디어 여행을 떠나기로 약속한 수요일이 되었다. 그날은 날씨가 맑고 쾌청했다. 아침 식사가 끝나고 조금 지났을 때 대형 사륜마차가 헨리에게 이끌려 일행을 태우러 왔다. 마차 안에는 어느새 두 자매가 타고 있었다. 준비는 다 되어 있었으므로 그랜트 부인이 마차에서 내리고 나머지 사람들이 타기만 하면 되었다. 마차 안의 자리 중의 특등석, 모든 사람들이 선망하는 자리가 있었다. 영광스런 그 자리는 비어 있었다. 도대체 이 행운은 누구의 차지가 될 것인가? 버트램 가의 두 딸들은 저마다 어떻게 하면 가장 무난하게 즉 남에게 호의를 많이 베푸는 듯하면서 이 자리를 확보할 수 있을까 하는 궁리로 가득 차 있었다. 그런데 그 문제는 아주 간단하게 결말이 났다. 그랜트 부인이 마차에서 내리며 이렇게 말했던 것이다.

"이 마차에 다섯 명이 모두 타려면 한 사람은 헨리와 같이 마부석에 앉아야 할 거예요. 줄리아 아가씨, 아가씨가 전번에 마차를 몰아보고 싶다고 말한 적이 있죠. 좋은 기회니까, 이번 기회에 마차 모는 기술을 한번 배워 봐요."

행복한 줄리아! 아, 너무도 불행한 마리아! 그랜트 부인의 말이 끝나자마자 줄리아는 순식간에 마부석에 오르고, 마리아는 침울한 표정으로 마차 안으로 들어갔다. 그리고 사륜마차는 뒤에 남은 두 여성의 환송의 인사와 버트램 영부인의 팔에 안긴 발바리가 시끄럽게 짖어대는 소리를 뒤로 하며 맨스필드 파크를 출발했다.

소서턴까지 가는 길은 아름다운 경치를 따라 길게 이어지고 있었다. 패니가 승마한 범위는 결코 넓지 않았기 때문에 눈에 익은 장소는 곧 벗어났다. 패니는 무척 행복한 기분으로, 새로운 것을 하나도 놓치지 않고 자세하게 관찰하면서 아름다운 경치에는 찬사를 연발하고 있었다. 사륜마차 안에 타고 있는 다른 사람들도 패니에게 거의 말을 걸지 않았다. 자기들의 이야기에 끼어들라고 권유받는 일도 별로 없었으며 그것을 바라지도 않았다. 마음속의 생각과 느낌이 늘 가장 가까운 벗이었다.

패니는 아름다운 경치와 어우러지면서 이어지는 시골길과 이 지방의 점차 달라지는 토양의 차이, 추수에 바쁜 농부들의 분주한 모습, 아담한 초가집들과 한가롭게 풀을 뜯는 가축들, 그리고 뛰어노는 아이들, 가을의 정취가 물씬 풍겨나는 풍광들을 관찰하는 것만으로 더없이 즐겁고 행복했다. 또한 그것들을 바라보면서 자신이 느낀 바를 에드먼드에게 이야기할 때 그 즐거움은 한층 더했다. 이 점만은 그녀와 그 옆에 앉아 있는 한 숙녀가 비슷하게 닮은 구석이 있었다. 그 사람은 다름 아닌 메리였다.

그러나 에드먼드를 높이 평가하는 일 이외는 모든 점에서 메리는 그녀와 완전히 달랐다. 그녀에게는 패니와 같은 취미나 섬세한 감정이 전혀 없었다. 그녀도 자연을 바라보았지만, 자연 속에서 살아 숨쉬는 생명력은 전혀 느낄 수 없었다. 당연히 생명이 통하지 않는 자연을 보며 관찰의 눈을 돌리는 따위의 짓은 하지 않았다. 그녀가 주의를 기울이는 것은 온통 남녀에 관계된 일뿐이었고 그리고 그 재능은 경쾌한 것에만 기울어져 있었다. 그러나 뒤쪽으로 길이 곧바로 뻗어 있을 때라든가 급한 오르막길을 오를 때에 뒤를 돌아보며 에드먼드를 찾는 일에는 이 두 사람이 일치되어 있었고 '아, 저기에' 라는 말이 동시에 둘의 입에서 나온 일도 한두 번이 아니었다.

사륜마차를 타고 가는 처음 7마일 정도의 길은 마리아로서는 번민에 시달려야 하는 시간이었다. 어떤 경치를 보아도 마지막에는 헨리와 동생이 나란히 앉아 이야기하며 웃고 있는 것이 보였던 것이다. 미소 띤 줄리아가 뒤돌아볼 때의 만족한 표정의 옆얼굴을 보기만 해도, 혹은 줄리아의 웃음소리를 듣기만 해도 마음이 짜증스럽고 초조해지는 원인이 되었다. 그 기분을 어떻게든 달래어 가라앉히는 일은 그녀가 배운, 교양 있는 숙녀가 지켜야 할 예절의 최대 한계에 도전하는 일이었다. 줄리아는 뒤돌아볼 때 즐거움에 가득 찬 표정이었으며 말을 걸어올 때는 늘 들떠서 떠들었다.

"여기서 보면 주위의 경치가 그만이야. 모두에게 보여주고 싶어."

그러나 단 한 번, 사륜마차가 언덕 꼭대기에 이르렀을 때 메리에게 교대하겠느냐고 말을 걸어왔는데, 진정으로 한 말은 아니었다.

"경치가 참 좋아요. 여기 앉으시면 경치 감상하기에 딱 좋을 텐데. 어때요, 메리 양. 이 자리에 한번 앉아 보실래요? 하지만 아무리 권해도 사양하실 건 뻔할 테죠."

메리가 대답할 사이도 없이 마차는 다시 빠른 속도로 질주하며 언덕을 내려갔다.

소서턴 영지 내에 들어섰을 때는 마리아도 마음이 한결 좋아졌다. 그녀는 말하자면 양다리를 걸치고 저울질하는 것이었다. 그녀의 마음 안에서는 제임스 러시워스를 향한 애틋함과 헨리 크로포드를 향한 친밀감이 동시에 작용하고 있었다. 하지만 마차가 소서턴에 가까워지자, 제임스를 향한 감정이 더 우위를 차지하게 되었다. 제임스의 관록은 바로 그녀의 것이었다.

마리아는 우월감으로 우쭐해지기 시작했다. 메리에게, '저 숲은 소서턴의 영지에 속하는 그 일부예요.'라고 하거나 '길 양편의 땅들은 모두 러시워스 씨의 재산일 테죠.'라고 무심코 말할 때면 으레 가슴은 부풀어 올랐다. 훌륭한 저택, 장원 안에 경범죄와 민사의 재판권을 모두 갖추고 대대로 살아온 유서 깊은 영주의 집에 가까워짐에 따라 기쁨은 점점 더해지고 우월감은 더욱 커지는 것이었다.

"이제 울퉁불퉁한 길은 끝났어요, 메리 양. 이제 고생은 더 하지 않아도 돼요. 지금부터는 문제없죠. 나머지 길은 모두 평평하거든요. 이 길은 러시워스 씨가 영지를 상속받으신 후에 만든 거예요. 여기서부터 마을이 시작된답니다. 이 주위의 농가들은 초라하고 볼품없어요. 부끄러울 정도죠. 교회의 뾰족탑이 멋지게 보일 정도라니까요. 교회의 탑이 특히 아름다운 것은 평판이 나 있어요. 교회가 저택 본체와 별로 가깝지 않은 게 고맙지 뭐예요. 오래된 저택은 그런 식으로 되어 있는 경우가 많거든요. 만약 교회가 저택 가까이 있다면 종소리가 시끄러워 참 골치 아플 텐데, 그 생각만 하면 정말 끔찍해요. 저것이 목사관이에요. 매우 아담한 모양의 집이죠. 깨끗해 보이지 않아요? 목사 부부는 매우 품위 있는 분이라더군요. 저것이 양로원인데 몇 대인지 조상님이 지었다고 해요. 오른편에 있는 것이 집사 집이죠. 매우 착실한 사람이에요. 저기 정문이 있네요. 하지만 아직 저택까지는 파크를 지나 1마일은 더 가야 해요. 여기를 보세요. 이쪽에서 보니 흉하지 않죠. 훌륭한 나무도 몇 그루 있고 하지만 집의 위치가 별로 좋지 않아요. 내리막을 반 마일가량이나 내려가야 하니까요. 좀 아쉬워요. 현관까지 이르는 입구만 그런 대로 괜찮았어도 그 정도로 볼품없는 집이 되지는 않았을 텐데……."

마리아가 손가락으로 이곳저곳을 가리키면서 열심히 설명했다. 메리도 감탄하는 데 인색하지는 않았다. 마리아의 속이 훤히 들여다보였고, 민감하게 반응하는 감정을 낱낱이 꿰뚫고 있었기 때문에 그 기쁨을 정점으로까지 높여주는 것이 숙녀의 의무라고 생각했다. 노리스 부인은 그저 좋아서 마구 지껄였다. 패니조차 아름다운 경치에 경탄의 탄성을 질렀는데 듣는 사람이 있었다면 만족감을 주었을지도 모른다. 패니의 눈은, 눈앞에 펼쳐진 모든 것을 바라보는데 열심이었고 눈에 닿는 모든 것을 마음속에 새기고 있었다.

"정말 멋져! 보기만 해도 경의를 느낄 만한 집이야."

패니가 웅장한 저택을 보고 감탄하면서 이렇게 덧붙였다.

"그런데 길은 어디 있어? 집은 동향이네. 그렇다면 길은 틀림없이 뒤쪽으로 나 있을 거야. 러시워스 씨가 서쪽 정면으로 현관이 있다고 말한 적이 있어."

"맞아, 정확히 말한다면 집의 뒤쪽으로 길이 나 있어. 집에서 약간 떨어진 곳에서 시작하여 반 마일 정도 오르막이야. 저택 정원 끝까지 이어져 있는 거지. 여기서도 조금 보일 텐데…… 저기, 멀리 저 끝의 나무들이 보이지? 모두 참나무야."

마리아는 자신도 잘 알지 못하는 내용을 확실하게 아는 듯이 말할 수 있었다. 제임스가 마리아의 의견을 물어보기 위해 미리 자세하게 설명해 주었기 때문이다. 사륜마차가 저택의 현관 앞 넓은 돌층계 앞에 멎었을 때, 그녀의 기분은 우월감과 허영심으로 가득 차서 더할 나위 없이 행복했고 몹시도 흥분한 상태였다.

9

제임스 러시워스는 사랑하는 여인을 맞이하기 위해 현관 앞에서 기다리고 있었다. 그는 일행 모두에게 정중한 태도로 대했고 그들은 예상 밖의 환대를 받았다. 응접실에서도 마찬가지로 그의 어머니가 나와 정중히 맞이해주었고 마리아는 다른 사람들보다 더욱 특별한 예우와 최대한의 영예를 얻었다. 그것이야말로 마리아가 절실히 바라던 것이었다.

도착 인사가 끝나자, 우선 식사를 해야 되므로 손님들은 식당으로 안내되었다. 긴 여행을 하고 난 뒤였기 때문에 모두 지쳐 있었고 배도 고팠다. 활짝 열린 응접실과 연결되어 있는 한두 개의 대기실을 거쳐 일행은 음식이 격조 있게 가득 차려진 식당으로 들어갔다.

그들은 맛있게 식사를 하면서 대화가 자연스럽게 오고갔다. 식사가 진행되는 동안 시간은 즐겁게 흘러갔고 만사가 매우 순조로웠다. 그리고 그날의 특별한 주제가 다시 거론되면서 본론이 검토되었다. 어떤 식으로 저택의 정원과 소서턴의 영지를 돌아보는 것이 좋을까? 제임스는 지붕이 없는 이륜마차가 어떠냐고 물었다. 헨리는 2인승보다는 두 명 이상 탈 수 있는 마차가 바람직하다고 제안했다.

"이륜마차를 타게 되면 별로 재미가 없을 것 같은데요. 다른 사람의 견해나 다른 사람의 판단을 듣지 못한다는 것은 현재의 즐거움을 잃는 것 이상으로 큰 불행일지도 모르니까요."

헨리가 단호하게 말했다.

"그것보다 약간 큰 이륜마차는 어떨까요?"

러시워스 부인이 헨리의 말이 끝났을 때 조심스레 제안했다. 그러나 이 수정안은 받아들여지지 않을 것 같았다. 그 자리에 참석한 모든 사람들이 이 제안을 못마땅해 했기 때문이다. 젊은 아가씨들은 전혀 표정을 드러내지는 않았지만, 웃지도 않고 말도 하지 않았던 것이다.

이 저택에 처음 오신 분들을 위해 저택 내부를 둘러보도록 안내하겠다는 그녀의 다음 제안은 그런대로 좋은 제안이다 싶었는지 모두가 즉석에서 수락했다. 마리아로서는 이 저택이 으리으리하게 크다는 것을 과시할 수 있다는 것에 만족스러운 표정을 지었고, 다른 사람들도 무언가 하고 싶었기 때문에 그 제안을 즉시 받아들였다.

잠시 후 일행은 모두 일어나 러시워스 부인의 안내로 많은 방을 하나씩 구경하기 시작했다. 방마다 천장이 높고 매우 넓은 방도 많았으며, 방의 내부는 50년쯤 전에 유행했던 스타일의 가구가 가득 차 있고 바닥은 반짝반짝 윤이 날 정도였다. 가구들은 다마스쿠스 비단, 대리석, 표면에 멋진 조각이 되어 있거나 테두리에 금을 입힌 조각 세공 등이 있었는데 하나같이 돋보였다. 방들은 모두가 나름대로의 멋을 풍기고 있었고 그림도 많이 걸려 있었다. 그 중에 훌륭한 작품도 좀 있었지만 대부분은 전부터 내려오는 이 집 사람들의 초상화여서, 초상화 속의 인물이 누구인지 알고 있는 사람은 러시워스 부인뿐이었다. 나머지 사람에게는 모두 무의미할 뿐이었다.

러시워스 부인도 처음 초상화 속의 인물들에 대해 배울 때는 적잖은 고생을 했지만 무척 애써서 하녀의 우두머리로부터 가능한 한 모두 배워 암기해두었으므로 이제 안내역 자격에는 가히 손색이 없었다.

그녀는 저택을 안내하는 동안 주로 메리와 패니를 상대로 이야기했는데 귀를 기울여 듣는 점에서는 이 둘은 전혀 비교가 되지 않았다. 왜냐하면 메리는 대저택을 몇십 채나 구경했으므로 그 어느 것에도 흥미롭지 않아 그저 정중히 듣고 있는 체했을 뿐이었다.

그러나 패니는 모든 것이 새롭고 흥미가 깊었으므로 러시워스 부인의 조상들과 이 일가에 관한 발흥과 융성, 국왕의 방문 등에 대한 부인의 설명에 거짓 없는 열성으로 귀를 기울이고 있었다. 패니는 자신이 이미 알고 있는 역사에다 결부시켜 러시워스 부인의 이야기를 생각해보기도 하고 과거의 일들을 머릿속에 떠올리고, 자신의 상상력의 날개를 활짝 펼쳐보기도 하며 즐기고 있었다.

건물의 위치 탓으로 어느 방에서나 좋은 조망(眺望)을 얻을 가능성은 별로 없었다. 패니와 다른 몇 사람이 러시워스 부인을 바싹 따르는 동안, 헨리는 심각한 듯한 얼굴로 창을 향해 머리를 설레설레 흔들고 있었다. 서쪽 정면의 어느 방에서나 창밖을 내다보면, 잔디밭이 모든 길이 시작되는 곳까지 뻗어 있었고 그 바로 너머로 높은 철책과 정문이 있었다.

그들은 소서턴 저택의 많은 방들을 모두 구경했다. 하지만 사실상 그 방들은 창세—영국에는 17세기 말부터 19세기까지 창문에 세금이 부과되어 있었다—를 지불하고 하녀들의 일거리를 만드는 것 이외에는 아무런 쓸모도 없는 방들이었다.

"자, 이제 예배당에 왔습니다. 원래는 2층으로 들어가서 내려다보는 것이 좋습니다만, 오늘은 가까운 분들뿐이니까 괜찮으시다면 이쪽으로 들어가도록 안내하겠어요."

방들을 전부 둘러보았을 때 러시워스 부인이 웃으면서 말했다.

그들은 모두 예배당으로 들어갔다. 패니는 무언가 좀더 웅대한 것을 예상하고 있었으나 그것은 단지 다른 방들보다 조금 널찍한 장방형의 방이었으며 예배를 위한 설비가 되어 있을 뿐이었다. 단지 눈길을 끄는 것이라곤 조금 더 고급스러워 보이는 마호가니 가구가 놓여 있다는 것과 머리 위쪽으로 가족들의 초상화가 걸려 있는 화랑의 튀어나온 부분에 엿보이는 진홍색 비로드 쿠션뿐이었다.

"조금 실망했어. 내가 생각했던 예배당은 이런 게 아니야. 엄숙한 데가 하나도 없잖아. 나는 좀더 웅대하고 사람을 압도하면서 어쩐지 쓸쓸해 보이는 분위기가 감돌 것이라고 상상했었어. 하지만 여기엔 통로도 아치도 없고, 비문이나 깃발도 없어. '천국의 밤바람에 날아가는 영혼'이 적힌 문구나 '이 아래 스코틀랜드의 제왕이 잠들다.'—19세기의 시인 스콧의 시구를 인용—라는 깃발도 없어. 오빠, 너무 실망이야."

그녀는 낮은 목소리로 에드먼드에게 속삭였다.

"패니, 이것은 모두 최근에 지어진 것들이고 그 용도나 목적도 극히 단순하고 한정된 것이야. 커다란 성이나 수도원의 유서 깊은 옛 예배당과는 비교할 수가 없지. 이곳은 단지 가족들이 자기들만을 위해 사용할 뿐인 사적인 공간이니까. 네가 기대하는 그런 것들은 마을의 커다란 교회에 있어. 깃발이나 비문을 찾으려면 그곳으로 가야 할 거야."

에드먼드가 목소리를 낮추어 말했다.

"아, 그렇겠구나. 바보같이 그 점을 미처 생각지 못했군. 하지만 실망한 것은 사실이야."

패니가 예배당의 내부를 다시 한 번 둘러보면서 말했다.

"이 예배당이 지금 보신 바와 같은 모습으로 신설된 것은 제임스 2세 때였습니다. 그 이전에는 들은 바에 의하면 예배석은 그저 널빤지를 깔아놓았을 뿐이었다고 합니다. 설교단과 가족석만 보랏빛 천을 대었던 것으로 알고 있어요. 하지만 확실한 것은 아니죠. 보시기에 어때요? 아주 근사한 예배당이죠? 옛날에는 아침이나 저녁이나 항상 사용했었어요. 이 집 전속 목사가 늘 기도문을 읽던 것을 아직도 기억하고 있는 사람이 많이 있어요. 그러나 그것도 선대 때부터는 폐지되었지요. 돌아가신 남편이 날마다 예배드리는 것을 그만두었거든요."

러시워스 부인이 설명했다.

"어느 시대든 시간이 흐르고 세대가 바뀔 때마다 조금씩 개선되기 마련인가 봐요."

메리가 미소를 머금은 채 에드먼드에게 부드럽게 말했다. 러시워스 부인은 방금 했던, 외워 둔 글귀를 되풀이하기 위해 헨리에게로 다가갔다. 에드먼드와 패니와 메리는 한 덩어리가 되어 있었다.

"유감이군요. 그런 좋은 전통이 계속 이어지지 못하고 폐지되었다니. 그건 우리 세대에게는 귀중한 유산일 텐데……. 예배당과 가정 전속 목사라고 하니 무언가 이 큰 저택에 꼭 어울린다는 생각이 들어요. 온 식구가 기도하기 위해 규칙적으로 모인다는 것이 정말 근사해요!"

패니가 감격스러운 목소리로 말했다.

"그럼요, 정말 근사한 일이죠! 한 집안의 윗사람들에게는 무척 편리했을 거예요. 불쌍한 하녀나 하인들 모두에게 강제로 개인적인 용무나 오락을 금하고 하루 두 번씩 여기서 기도하도록 강요하고서 자기들은 구실을 만들어 참석치 않았을 테니까 말예요. 그들은 예배당에 오지 않을 별별 핑계를 다 생각해냈겠죠, 아마."

메리가 웃음을 참지 못하고 말했다.

"그것은 패니가 머릿속에 그리고 있는 한 집안의 가족 모임과는 약간 거리가 있군요. 만일 한 집안의 주인들이 예배에 참석하지 않았다면 그 관습은 이롭기는커녕 해로운 쪽으로 점점 변하기 마련이니까요."

에드먼드가 메리를 물끄러미 쳐다보면서 말했다.

“아무튼 이런 문제에 대해서는 각자 좋을 대로 하게끔 내버려두는 게 안전해요. 사람들은 누구나 자기 식으로 하는 것을 좋아하니까요. 자기 사정에 맞는 시간을 선택하여 자기 식으로 예배를 드리는 거예요. 반드시 예배에 참석해야 하는 의무감이나 형식, 속박, 그리고 시간…… 그런 것들이 보통 힘들게 해야 말이죠. 그렇게 되면 정말 예삿일이 아니지요. 그런 것을 좋아할 사람이라곤 눈 씻고 찾아도 있을 리 없죠. 옛날 저 튀어나온 곳에 무릎 꿇고 입을 멍청히 벌리고 있던 사람들도, 남녀 불문하고 잠이 깨어 머리가 아프면 10분 동안 더 이불 속에 있어도 예배를 빼먹었다고 비난받을 염려가 없을 시대가 곧 오리라는 사실을 만일 예견할 수 있었다면 기쁘고 부러운 나머지 껑충껑충 뛰었을 거예요. 상상할 수 있는 일 아녜요? 러시워스 가문의 아가씨들이 얼마나 내키지 않는 발걸음으로 이 예배당엘 들어왔을까요. 이제는 엘리너 부인이나, 브리짓 부인이 되어 있는 그분들이 말예요. 빳빳하게 풀을 먹여 굳힌 듯한 옷을 입고 언뜻 보기에 경건한 얼굴을 하고 있을 테지만, 머릿속은 전혀 다른 생각으로 꽉 차 있고. 특히 가엾게도 목사님이 한번 봐줄 만큼 현명한 분이 아니었을 경우엔 말예요. 게다가 그 무렵의 목사는 지금 이상으로 수준이 낮았을 게 뻔하니.”

메리는 말을 끝내고 에드먼드와 패니를 번갈아 바라보았다. 한동안 그녀의 말에 대답하는 사람이 없었다. 둘 다 입을 굳게 다물고 있을 뿐이었다. 패니는 얼굴이 빨개져서 에드먼드를 우두커니 바라보고 있었다. 너무 화가 나서 말도 나오지 않았다. 에드먼드도 입을 열기 전에 얼마 동안 생각을 정리하는 것 같았다.

“메리 양은 너무나 명랑하고 생기발랄하니 진지한 주제에 대해서도 진지하게 생각하지 못하는 것 같군요. 아주 재미있는 정경을 그려주셨는데 인간의 본성으로 보자면, 그것을 전적으로 부인할 수만은 없습니다. 우리는 모두 마음먹은 대로 정신을 집중하는 일의 어려움을 때때로 느끼고 있는 셈입니다. 그러나 그것이 노상 있는 일, 즉 이 단점을 바로잡지 않고 내버려두어 하나의 습관으로 굳어진다면 그런 사람이 혼자서 신앙생활을 한다고 해서 무엇을 기대할 수 있겠어요? 예배당 안에서도 기도에 집중하지 못하고 다른 생각에 몰두하는 사람이 조그만 옷장 같은 독방이라고 해서 그 이상으로 정신 통일을 할 수 있다고 생각하세요?"

에드먼드가 진지하게 질문을 던졌다.

"네, 아마 그럴 거예요. 아무튼 두 가지 면에서는 예배당보다 독방이 훨씬 유리하다고 생각해요. 우선 산만한 외부로부터 주의를 돌리게 하는 일은 적을 것이고, 또 그런 곳에 들어가 있으면 그다지 오래 앉아 있기도 힘들 테니까요."

메리가 확신에 찬 목소리로 말했다.

"어떤 상황에서 자신과 싸우지 않는 나태한 정신의 소유자는 다른 상황에 처해졌을 때에도 여전히 마음을 빼앗길 만한 뭔가를 발견해서는 그쪽으로 마음을 돌릴 겁니다. 게다가 장소로 보나 주위 사람들의 거동으로 보나 그 영향력은 예배를 보기 전보다 나은 기분을 만들어낼 때가 많을 겁니다. 그러나 예배가 지나치게 길다는 것이 때로 인간의 마음에 너무 심한 긴장감을 준다는 사실은 저도 시인합니다. 그렇게 되지 않기를 바라지만…… 저도 옥스퍼드를 졸업한 지 아직 얼마 되지 않았기 때문에 예배당의 기도가 어떤 것인지 잊지는 않았어요."

이런 이야기가 오고가는 동안 일행의 다른 사람들은 예배당 여기저기에 흩어져 있었다. 줄리아는 헨리의 주의를 언니에게 돌려 약혼자가 있다는 사실을 일깨워주기 위해 말했다.

"러시워스 씨와 마리아 언니를 좀 보세요. 둘이 나란히 서서, 마치 이제부터 결혼 예식이 시작되려는 것 같아요. 그런 느낌 안 들어요?"

헨리는 동감의 미소를 보이더니 마리아 쪽으로 걸어가서 그녀에게만 들릴 만한 소리로 말했다.

"버트램 양이 그렇게 제단 가까이 있는 것을 보니 조금 심란하군요."

깜짝 놀란 이 아가씨는 본능적으로 한두 걸음 뒤로 물러섰으나 다음 순간 곧 이성을 되찾아 애써 웃어 보이며 똑같이 소리를 낮추어 물었다.

"신부를 인도하는 역할을 맡아주시지 않을래요?"

"제가 한다면, 무척 거북해지겠죠."

헨리가 의미심장한 표정으로 대답했다. 그때 줄리아가 두 사람을 향해 다가왔다.

"이봐요, 정말 아쉽군요. 지금 당장 식을 올릴 수 있다면 좋을 텐데요. 정식 허가만 있었다면, 모두들 모여 있고 조촐한 분위기가 안성맞춤이잖아요? 이곳보다 더 쾌적하고 어울리는 곳이 또 어디 있겠어요?"

줄리아가 농담을 던지듯 활짝 웃으면서 말했다. 이렇게 마구 떠들며 웃었으므로 제임스와 그의 어머니도 상황을 이해했고 마리아는 연인으로부터 사랑의 고백을 받았다. 한편 러시워스 부인은 기품 있는 미소와 위엄을 보이며 그것은 자기에게 무척 행복한 일이 될 거라고 말했다.

"에드먼드 오빠가 이미 목사가 되어 있다면 좋으련만! 오빠, 만약 오빠가 목사 인수를 받았더라면 시금 낭상이라도 식을 주관할 수 있었을 거야. 정말 운이 없네. 러시워스 씨와 마리아 언니는 준비가 다 되어 있는데도 안수를 받지 못해 결혼식을 올릴 수가 없잖아."

줄리아가 지껄이고 있는 동안 메리의 표정은 무관심한 방관자가 보아도 재미있는 것이었으리라. 그녀는 줄리아의 말에 아주 당황해하는 것 같았다. 메리는 자신이 한 말을 얼마나 후회하고 있을까! 패니는 그녀가 가엾다고 생각했다.

"안수식이라고요! 어머나, 에드먼드 씨가 목사가 되시려는 거예요?"

메리는 눈을 휘둥그레 뜨면서 말했다.

"그렇습니다. 아버지가 돌아오시면 곧 성직자로 임명될 겁니다. 아마도 크리스마스 무렵에는."

에드먼드가 메리의 얼굴을 바라보면서 말했다.

"그 사실을 전부터 알았더라면 성직자에 대해서 그런 결례가 되는 말은 하지 않았을 텐데."

메리는 나지막하게 한숨을 내쉬었지만 애써 안색을 되찾더니 그 발랄한 목소리로 얼른 화제를 바꾸었다.

잠시 후에 그들은 예배당에서 모두 나왔고 예배당은 곧 침묵과 정적으로 되돌아갔다. 이제는 일년 내내 한두 명 정도만 그곳을 찾을 뿐 고요와 정적만이 거의 아무런 방해도 받지 않은 채 그곳을 지배하고 있었다. 마리아는 동생의 경솔한 행동에 화가 나 있었기 때문에 가장 먼저 자리를 떴고 다른 사람들도 너무 오래 그곳에 있었다고 느낀 듯했다.

1층은 이로써 완전히 구경을 끝낸 참이었으나, 안내라면 지칠 줄 모르는 러시워스 부인은 중앙 계단으로 가서 모두를 2층의 모든 방들을 다시 구경시켜 주고 싶어했다. 그런데 바로 그 순간 아들이 어머니를 제지했다.

"어머니, 집안에서 시간을 너무 많이 써버리면, 집 밖에서의 시간이 제한받게 됩니다. 2층까지 구경하게 되면 시간이 많이 지체될 것이고 영지를 둘러볼 시간이 별로 남지 않을 거예요. 벌써 2시가 넘었고 5시에는 식사를 해야 하니까요."

제임스가 시계를 힐끗 쳐다보고 나서 말했다. 러시워스 부인도 아들의 말에 수긍이 가는 듯 고개를 끄덕였다. 그들은 저택 정원을 먼저 둘러보기로 했다. 그러나 저택 정원을 어떻게 살펴보느냐 하는 문제가 좀더 자세히 논해질 듯해지고, 노리스 부인이 마차와 말을 어떻게 짝지으면 좋을까 하는 방도를 강구하는 동안 젊은 사람들은 밖으로 통하는 문으로 모였다. 이 문은 흡사 사람을 유인하듯 열려 있고 그 앞 계단은 곧장 잔디밭과 떨기나무와 산책할 수 있게 꾸며진 동산의 아름다움으로 이어져 있었으므로 일행은 마치 하나의 충동, 바깥 공기와 해방감을 바라는 한 가지 소원에 떠밀리듯이 밖으로 걸어나왔다.

"우선 이쪽으로 돌아가면 어떨까요?"

러시워스 부인은 사람들의 뒤를 따라가면서 생각한 바를 상냥하게 말했다.

"이곳에는 여러 종류의 나무들이 있어요. 화초도 여기가 제일 많습니다. 그리고 진귀한 꿩들도 있지요."

그녀는 손가락으로 이곳저곳을 분주하게 가리키면서 말했다.

"질문!"

헨리가 주위를 빙 둘러보면서 소리쳤다.

"앞으로 더 나아가기 전에 여기서 우리가 무슨 할 일이 있을까요? 상당히 마음이 끌리는 담장이 있군요. 러시워스 씨, 이 잔디밭에서 회의를 개최할까요?"

"제임스, 여러분에게는 덤불숲이 더 볼 만하지 않을까? 여기 계신 모든 분들이 덤불숲은 구경하지 못했을 것 같은데. 버트램 가의 아가씨들도 아직 덤불을 구경한 적이 없는 걸로 알고 있단다."

러시워스 부인이 아들을 손짓으로 부르며 말했다. 반대 의견을 표명하는 사람은 나오지 않았으나, 얼마 동안은 어떤 계획이라도 따르겠지만 아무리 짧은 거리라 해도 움직이기는 싫은 것 같았다. 처음에는 모두들 화초와 꿩에 흥미를 느껴 여기저기 제각기 흩어진 채 주위를 살펴보며 정신이 팔려 있었지만 곧 시들해졌던 것이다.

가장 먼저 헨리가 앞으로 성큼 걸어나왔다. 그는 저택의 끝이 어디까지인지 살펴보았다. 잔디밭 양편에는 높은 담장이 있고, 제일 앞쪽 화단 건너편에는 볼링을 하기 위한 잔디밭이 있었으며, 그 잔디밭 너머에는 철책을 등진 기다란 돌담의 산책로가 있었다. 여기서부터는 그 철책 너머에 바로 이웃한 덤불 우듬지들을 바라볼 수가 있었다. 이 장소는 저택에서 무슨 일이 벌어지고 있는지 금방 파악할 수 있는 안성맞춤인 장소였다.

마리아와 제임스가 곧 헨리의 뒤를 따르고, 곧이어 다른 사람들도 두세 명씩 그룹을 지어 걸어오기 시작했다. 에드먼드와 메리 그리고 패니는 항상 함께 행동했다. 그들을 앞서 갔던 세 사람이 산책로 위에서 의논에 여념이 없는 모습을 발견한 에드먼드 일행은 세 사람이 얘기하고 있는 곳으로 다가갔다. 한동안 그들은 저택 개조의 어려운 점에 대해서 서로 의견을 나누고 있었다.

에드먼드와 메리 그리고 패니는 그들과 떨어져서 산책을 계속했다. 나머지 세 명, 러시워스 부인과 노리스 부인과 줄리아는 아직도 훨씬 뒤쪽에 처져 있었다. 얼마 전까지만 해도 가장 행복했던 줄리아는 더 이상 행복하지 않았다. 러시워스 부인 곁에서 빨리 걸어나가고 싶은 마음을 억누르며 그 부인의 느린 보조에 맞추어야만 했기 때문이다. 한편 노리스 부인은 꿩 모이를 주러 나온 하녀를 만나 그대로 뒤에 처져서 이런저런 이야기를 하고 있었다.

일행 아홉 명 중에서 자기 자신에게 만족할 수 없는 사람은 애처롭게도 줄리아뿐이었는데 낙이 있으면 고생도 있다는 것은 바로 이를 두고 한 말이었다. 지금 그녀는 지독한 형벌을 받고 있는 것 같은 기분이었다. 이곳으로 오는 동안 대형 마차 마부석을 차지했던 줄리아와는 완전히 다른 처지에 놓인 것이다.

상대방을 존중하고 예의범절을 지키는 일이 의무라고 배워온 만큼 부인들을 피해서 어딘가로 달아날 수도 없었다. 반면에 줄리아에겐 참을성이 부족했다. 다른 사람에 대한 바른 배려도 부족했고, 자기 자신이 진정으로 원하는 것이 무엇인지도 제대로 인식하지 못하고 있었다. 또한 옳은 것이 무엇인지에 대한 올바른 지식이나 원칙도 그녀는 가지고 있지 않았다. 본래 그런 것들은 교육의 본질적인 면을 이루고 있는 것이었는데 줄리아는 제대로 교육받지 못했던 것이다. 그러다 보니 줄리아는 현재 자신이 처한 상황이 너무나 비참했던 것이다.

"정말이지 참을 수 없을 만큼 덥군요."

산책로를 한 바퀴 돌고, 다시 덤불로 통하는 한가운데에 있는 출입구에 당도했을 때, 불쑥 메리가 말했다.

"우리 중에서 편해지는 데 반대할 분은 없겠죠. 여기에 아름답고 깨끗한 숲이 있는데 들어갈 수 있을지 몰라. 문에 자물쇠가 채워져 있지 않으면 좋겠는데……. 하지만 물론 불가능할 거예요. 이런 큰 저택에서 원하는 곳에 자유롭게 출입할 수 있는 사람은 정원사뿐일 테니까."

메리가 문을 살짝 밀었을 때 놀랍게도 문에는 자물쇠가 채워져 있지 않았다. 그들은 함께 숲으로 들어가는 것에 기쁘게 동의했다. 마침내 그들은 뙤약볕이 내리쬐는 따가운 햇볕을 피할 수 있었다. 돌층계를 얼마쯤 내려가니 숲에 닿았다. 이곳은 약 2에이커쯤 되는 식림지로 주로 낙엽송과 월계수 품종이었다. 너도밤나무는 벌목 작업이 이루어지고 있는 중이었다.

나무들이 일률적으로 심어져 있어 지나치게 평이한 느낌을 주기는 했지만, 골프용 잔디밭이나 돌담의 산책로에 비하면 어둑한 곳과 나무 그늘이 있어 자연미가 있다고 할 수 있었다. 그늘에 들어선 그들은 상쾌한 기분이 들었고 다시 기운을 낼 수 있었다. 그래서 모두가 유쾌하게 얼마 동안 산책을 즐기면서 그곳의 아름다운 경치를 감상하거나 감탄하기로 했다.

"그럼 에드먼드 씨, 당신은 목사가 되시려는 거군요. 왜 목사가 되려고 하시나요? 좀 놀랐는데요."

한동안 침묵 속을 걷고 있던 메리가 말했다.

"왜 놀랐다는 거죠? 제가 무슨 직업을 갖게 될지 아실 거라고 생각했는데, 아마도 다른 직업을 상상하셨나 보군요. 제 됨됨이로 보면 변호사의 소질도 없을 뿐더러 군인이나 선원도 될 수 없다는 것쯤은 이미 파악하셨을 텐데요."

에드먼드가 빙긋이 웃으면서 말했다.

"정말 그래요. 하지만 당신이 목사가 되려고 한다는 건 생각도 안 해본 일이었어요. 게다가 차남에게는 보통 숙부님이든지 할아버지가 재산을 물려주는 법이잖아요."

메리가 고개를 갸웃하며 말했다.

"그것은 정말 좋은 관습이지요. 그러나 그것이 일반적인 관습은 아닙니다. 제 경우가 그 예외의 하나라고 할 수 있지요. 그렇기 때문에 저 스스로 무언가를 해야만 하는 겁니다."

"그런데 왜 당신이 목사가 되어야만 하나요? 그것은 언제나 막내의 일로만 알고 있었거든요. 형들이 다른 직업을 모두 고르고 나면 남는 것이 그것뿐이니까 할 수 없이 그 나머지를 택하는 거라고."

"그러면 메리 양은 스스로 교회를 택하는 사람은 절대로 없다고 생각하십니까?"

"절대로라는 표현은 하지 않겠어요. 하지만 글쎄요, 그런 일이 있으리라는 것은 아주 드문 경우라고 할 수 있겠지요. 사실 교회에서 무엇을 할 수 있죠? 남자는 다른 사람들보다 뛰어나기를 바라고 이름을 떨치는 것을 좋아하죠. 다른 방면이라면 얼마든지 명성을 얻을 수 있지만 교회에서는 다른 사람보다 뛰어날 수도 없을 뿐만 아니라 얻을 것이 아무것도 없잖아요. 목사는 아무것도 아니라고요.”

“당신이 말하는 ‘아무것도 아닌 것’에도 어느 정도의 차이는 있다고 생각해요. 목사는 패션을 주도할 지위도 아니고 높이 올라갈 수 있는 위치도 아니에요. 군중을 선동해서도 안 되고요. 어떤 유행을 결정해서도 안 되죠. 하지만 그렇다고 해서 그 직업이 아무것도 아니라고 할 수는 없지요. 모든 성직자는 인류에게 있어 가장 중요한 임무를 맡고 있는 것입니다. 개인적인 시각으로 바라볼 때나 집단적인 시각으로 바라볼 때나 가장 중요한 임무를 맡고 있다고 할 수 있습니다. 또한 일시적인 것이나 영원한 것들에 있어서도 마찬가지입니다. 성직자들은 종교와 윤리를 이끌어 나가지요. 사람들의 관습이나 태도도 그 영향력의 소산이라고 할 수 있습니다. 그렇기 때문에 성직자의 직무를 아무것도 아니라고는 어느 누구도 말할 수 없는 거예요. 만일 그 직무에 종사하고 있는 인간이 아무것도 아닌 존재로 전락한다면 그것은 자기의 의무를 게을리한다거나 중요한 의무를 망각하는 등의 자신의 본분을 잊었을 때 생겨나는 것입니다.”

에드먼드가 담담한 어조지만 단호하게 말했다.

“당신은 목사라는 직업을 다른 어느 직업보다 훨씬 중요한 직업인 것처럼 말씀하시네요. 하지만 저는 처음 들어보는 말이어서 잘 이해가 가지 않아요. 성직자가 당신이 말씀하시는 것처럼 이 사회에서 영향력이나 중요성이 인정되는 대단한 존재 같지는 않거든요. 성직자라는 존재 자체가 드러나지 않는 존재인데 어떻게 영향력을 끼칠 수가 있나요? 아무리 설교가 들을 만한 가치가 있다고 해도 일주일에 두 번 정도의 설교로 당신이 말하는 그것을 이룰 수 있다고 생각하세요?

일요일에 목사의 설교를 들었다고 해서 그 설교만으로 일주일 동안 수많은 신도의 행동을 좌우하며 태도에 영향력을 끼칠 수 있다는 말 예요?"

메리가 빈정거리듯이 말했다.

"당신은 런던 교회를 두고 얘기하는 거군요. 저는 나라 전체적인 경우를 두고 이야기하는 겁니다."

"대도시의 상황은 족히 나머지 지역의 표본이 된다고 생각합니다만."

"설마 나라 전체의 미덕과 악덕의 비율의 표본은 아닐 테지요. 윤리적으로 가장 올바른 생활을 하는 지역을 고를 때 대도시를 선택하지는 않습니다. 어떤 종파를 막론하고 평소에 행실이 올바른 사람들이 세상에 가장 큰 선을 베푸는 곳은 절대 도시가 아닙니다. 그리고 확실히 목사의 영향력이 가장 많이 느껴지는 곳도 도시는 아니죠. 훌륭한 설교자에게는 그를 존경하는 사람도 생기고 숭배자도 생깁니다. 그러나 좋은 목사가 자기 교구나 그 지방에서 도움을 주고 쓸모가 있는 것은 굳이 훌륭한 설교 때문만은 아닙니다. 그 교구나 지방에서는 목사의 개인적인 인품을 알 수 있고 그 행동 전체를 관찰할 수 있지만 런던이라면 그런 일은 거의 없겠죠. 런던의 목사는 교구민의 무리 속에 묻혀버렸어요. 대부분의 사람은 목사를 설교자로밖에 인식하지 못합니다. 거기에다 일반 대중의 관습에 영향을 끼친다고 말했지만 메리 양은 저를 오해하고 있는 듯합니다. 제발 오해는 마십시오. 저는 목사가 예의범절의 심판관이라든가 품위와 예의의 감독관이라든가 생활의 의전장(儀典長)이라고 말할 생각은 없어요. 제가 말하는 관습 이란 품행이라고 바꾸어 말해도 좋겠지요. 훌륭한 원칙을 따르는 바른 사고의 결과입니다. 즉, 목사가 의무로써 가르치고 권장하는 교리 의 효과인 것입니다. 그것은 어디서든지 볼 수 있는 현상이라고 생각해요. 그러므로 목사가 어떻게 행동하느냐에 따라 그 나라의 모습도 완전히 달라질 수 있는 것입니다.”

에드먼드가 확신에 찬 목소리로 말했다.

“네, 확실히 그래요.”

패니가 어른스럽게 에드먼드의 말에 동의하며 진지한 어조로 말했다.

“어머!”

메리가 소리쳤다.

“에드먼드 씨는 벌써 프라이스 양을 완전히 설복시켰군요.”

“가능하다면 메리 양까지 설복시키고 싶은데요.”

“그것은 무리라고 생각해요.”

그녀는 장난기 넘치는 미소를 띠며 말했다.

“에드먼드 씨, 당신은 절대로 저를 설득할 수 없어요. 성직자가 될 작정이라는 말을 처음 들었을 때 얼마나 놀랐는지. 지금도 마찬가지로 처음과 변함이 없는걸요. 당신은 정말 좀더 나은 직업이라야 어울려요. 그러니까 지금이라도 생각을 바꿔보세요, 네? 지금이라도 늦지는 않아요. 법률 공부를 시작해서 변호사가 되시면 어떨까요?”

메리가 화사한 미소를 지으며 말했다.

“저에게 변호사가 되라고요? 그 말을 마치 이 덤불 속으로 들어가라고 하는 것처럼 쉽게 말씀하시는군요.”

“어머, 당신은 성직자가 되는 것보다 법률 쪽이 더 나쁘다고 말하고 싶으신 거죠? 제 말이 틀렸나요? 하지만 저는 선수를 쳤어요. 무슨 말씀인지 잘 아시겠죠? 제가 선수를 쳤단 말예요.”

“제가 재치 있는 말을 하지나 않을까 해서 미리 선수를 치는 것이라면 전혀 그러실 필요가 없어요. 전 날 때부터 재치라곤 조금도 없었으니까요. 저는 극히 평범하고 솔직한 말을 하는 사람이어서, 재치 있는 응답은 하지 못하고 그 언저리에서 반 시간이나 어물어물한 끝에 결국 아무 말도 못 하고 마는 사람입니다. 한 마디로 말해서 고지식한 거죠."

에드먼드가 어깨를 으쓱하며 말했다. 그의 말이 끝나자 모두 입을 다물어버렸다. 잠시 동안 무거운 침묵 속에서 각기 생각에 잠겼던 것이다.

"이토록 아름다운 숲 속을 산책하는 일만으로도 사람이 피곤해지나 봐요. 실례가 되지 않는다면 다음번 벤치에 좀 앉아 쉬었다 가고 싶은데, 그래도 괜찮겠죠?"

패니가 가장 먼저 침묵을 깨고 말했다.

"패니, 이거 내가 깜빡했었구나! 몸이 몹시 피곤해 보이는데, 괜찮아?"

에드먼드는 곧 패니의 팔을 잡아당겨서 자신의 팔에 끼면서 말했다. 그리고 메리를 돌아보며 말했다.

"또 한 분의 숙녀 분께서도 제가 팔짱을 낄 수 있는 영광을 베풀어 주시겠습니까?"

"고마워요. 하지만 저는 조금도 피곤하지 않은걸요."

이렇게 말하면서도 그녀는 손을 내밀어 그의 팔을 잡았다. 그 행동은 처음으로 에드먼드와 메리가 신체적인 접촉을 한 것이었다. 에드먼드는 그 새로운 느낌과 기쁨으로 다른 쪽 팔짱을 끼고 있는 패니의 존재를 잠깐 잊고 있었다.

"메리 양은 거의 제 팔에 닿은 것 같지도 않군요. 조금도 무게가 느껴지지 않으니. 그렇게 하면 당신에게 제가 아무런 도움도 줄 수 없어요. 여자와 남자는 팔의 무게가 아주 다른 모양이군요! 옥스퍼드에 있을 때 가끔 오랫동안 산책을 할 때면 남자 친구가 제게 기대곤 했거든요. 그 친구에 비하면 당신은 마치 나비 한 마리가 앉은 것 같습니다."

에드먼드가 다정한 눈길로 메리를 바라보면서 말했다.

"저는 정말 피곤하지 않아요, 스스로도 이상하리만큼. 이 숲 속을 적어도 1마일은 걸었을 텐데 말예요. 그 정도의 거리는 되지 않을까요?"

"반 마일도 되지 않습니다."

에드먼드가 웃으면서 대답했다. 그는 아직 메리를 그다지 깊이 사랑하는 것은 아닌 것이 분명했다. 사랑에 눈 먼 연인이었다면 거리나 시간 따위를 전혀 의식하지 못했을 것이기 때문이다.

"어머! 당신은 우리가 얼마나 구불구불 돌아서 왔는지 전혀 고려하지 않으시는군요. 우리가 산책한 길은 정말 뱀처럼 굴곡이 심했어요. 그리고 이 숲의 반경은 직선으로 따지면 반 마일은 족히 될 거예요. 맨 처음 큰길을 벗어난 후 아직까지도 끝이 보이지 않고 있잖아요."

"하지만 기억해보세요. 맨 처음 큰길을 벗어나기 전에 숲의 가장자리가 바로 보이지 않았어요? 숲 전체가 훤히 보이는 그 끝에 철문이 있었고요. 그 숲의 길이는 고작해야 8분의 1마일은 넘지 않을 겁니다."

"어머, 8분의 1인지 얼마인지 전 그런 건 몰라요. 하지만 무척 긴 숲이었어요. 그리고 들어온 후로 계속해서 오른쪽, 왼쪽으로 구불거리며 왔어요. 그러니 숲 속을 1마일 정도 걸었다고 말하는 것은 건성으로 말한 게 아니에요."

메리가 항변하듯이 말했다.

"우리가 이 숲에 들어온 지는 정확히 15분 되었습니다. 단지 15분만에 4마일을 걸을 수 있었을까요?"

에드먼드는 주머니에서 시계를 끄집어내며 말했다.

"어머! 시계까지 내보이며 공격하시는 거예요? 시계라는 것은 언제나 조금 빠르거나 늦거나 해요. 절대 시계라는 기계의 지배를 받아서는 안 돼요."

메리의 말투는 여전히 승복할 수 없다는 뜻을 내포하고 있었다. 몇 걸음 더 앞으로 나아가자 방금 이야기했던 길의 끝에 다다랐다. 그 옆의 나무들이 바람을 충분히 막아주는 곳, 물이 없는 빈 도랑 너머로 파크를 바라볼 수 있는 곳에 큼직한 벤치가 있어 그들은 거기에 앉았다.

"많이 피곤하지 않아, 패니? 왜 좀더 빨리 말하지 않았어? 피곤에 지쳐버리면 하루가 즐겁기는커녕 엉망이 돼버리고 말잖아. 메리 양, 패니는 운동이라면 뭐든지 곧 지쳐버려요. 물론 승마는 그렇지 않지만."

에드먼드가 패니의 안색을 살피면서 말했다.

"그렇다면 에드먼드 씨도 너무하셨어요. 프라이스 양의 말을 그렇게 꼬박 1주일간이나 제게 독점시켰으니! 당신이나 저나 한 짓을 생각하면 정말 미안하고 부끄럽군요. 하지만 두 번 다시 그런 짓은 안 할 거예요."

"당신이 그토록 염려를 하고 신경을 써주시니 제 자신도 너무 무심했었다는 자책이 더욱 심하게 느껴지는군요. 저보다도 메리 양이 더 패니를 위하고 있는 것 같습니다."

에드먼드가 부드러운 미소로 말했다.

"하지만 프라이스 양이 지금 지쳐 있는 것은 조금도 이상할 것이 없어요. 예의상 무슨 일을 하는 것처럼 사람을 지치고 피곤하게 하는 것도 없거든요. 바로 오늘 아침에 우리가 행한 일처럼 말이에요. 큰 저택을 구경하면서 이 방에서 저 방으로 방마다 돌아다니고 집중해서 주의를 기울여야만 했잖아요. 부인의 설명을 듣는다고 해서 전부 다 이해가 되는 것은 아닌데도 정말 좋아 보이든 아니든 그저 찬사를 늘어놓아야만 했죠. 정말로 탄복할 만한 일도 아니고 재미도 없는 일에 감탄사를 연발하는 것은 세상에서 가장 따분한 노릇이라고 하지 않을 수 없어요. 프라이스 양도 그렇게 느끼고 있을 거예요. 본인은 깨닫지 못하지만."

메리가 패니를 바라보면서 말했다.

"곧 힘이 날 거예요. 날씨도 좋고, 시원한 나무 그늘에 앉아 푸른 신록을 보고 있으면 멋진 휴식이 되니까 말예요."

패니가 대답했다.

잠시 앉았다가 메리는 금세 다시 일어났다.

"저는 가만히 앉아만 있을 수가 없어요. 쉬고 있는 것이 몸을 더욱 피곤하게 해요. 경치를 바라보는 것도 이젠 싫증났어요. 차라리 조금 더 걸어서 저 철문 가까이 가보고 싶어요. 경치를 봐도 그곳에서 보는 것이 훨씬 더 좋을 것 같아요."

"자, 메리 양. 그곳에서 산책로를 돌아본다면 우리가 걸어온 길이 반 마일, 아니 반 마일의 절반도 안 된다는 것을 알게 될 겁니다."

에드먼드도 벤치에서 일어났다.

"정말 굉장한 거리예요. 우리는 엄청나게 먼 길을 걸어온 셈이에요. 한 번 힐끗 보기만 해도 그것은 단번에 알 수 있어요."

에드먼드는 이치를 들어 설득했으나 소용없었다. 그녀는 계산도 하지 않고 비교도 하려 하지 않았다. 그저 미소를 띠며 자기의 생각을 주장할 뿐이었다. 아무리 이치에 맞는 이야기라도 이만큼 매력적일 수는 없었을 것이다.

그들은 서로 상대방에게 만족을 느끼며 이야기를 주고받았다. 마침내 좀더 거닐면서 숲의 크기를 확인해보자고 둘이서 합의했다. 현재와 같은 방향으로 곧바로 난 숲길을 따라 걷다가 숲의 끝까지 가 보고 지장이 없으면 또 다른 방향으로 약간 꺾어 5~6분 내에 돌아오자는 것이었다. 패니는 이제 피곤도 풀렸으니 자기도 같이 가겠다고 했으나 이것은 허락되지 않았다. 에드먼드가 정색을 하며 지금 있는 곳에서 기다리고 있으라고 권했고 메리 역시 완강한 태도로 만류했기 때문에 거역할 수 없었다.

에드먼드와 메리는 다시 산책로를 따라 걸어가고 있었다. 잠시 후에 두 사람의 모습은 패니의 시야에서 멀어지고 있었다.

패니는 벤치에 남아 사촌 오빠의 사려 깊은 배려에 대해 기꺼운 마음으로 고맙게 생각했으나 다른 한편으론 몸이 좀더 튼튼했더라면 하는 안타까운 심정도 들었다. 그녀는 두 사람이 모퉁이를 돌아서 사라질 때까지 물끄러미 지켜보았다. 그들의 목소리와 발소리가 들리지 않을 때까지 귀를 기울이고 있었다. 곧 사방이 고요 속에 잠겼다.

10

시간은 계속해서 흘러가고 있었다. 15분이 지나고 20분이 지나갔지만 패니는 아직도 에드먼드와 메리와 자신에 대한 생각에 잠겨서 그 자리를 지키고 있었다. 패니는 홀로 남겨진 채 누구의 방해도 받지 않고 있었다.

어느 정도 시간이 지났을 때 패니는 그렇게 오랫동안 혼자 있었다는 사실에 놀랐다. 패니는 두 사람의 발자국 소리와 목소리가 들리는지 열심히 귀를 기울였다. 한참 동안 귀를 기울이고 있자 이윽고 누군가 다가오는 목소리와 발자국 소리가 들렸다. 하지만 그 소리는 패니가 기다리고 있던 두 사람의 것이 아닌 다른 사람들의 것이었다. 마리아와 제임스, 그리고 헨리 크로포드가 그녀가 왔던 산책로에서 걸어나왔던 것이다. 그들은 패니를 보자 손을 흔들면서 가까이 다가왔다.

"프라이스 양이 혼자 있군요!"

"이미, 패니! 어떻게 된 거야? 왜 이런 장소에 혼자 있어?"

그들 모두가 의아스러운 표정이었다. 패니는 그들의 질문에 차분하게 자초지종을 설명했다.

"가엾은 패니! 오빠와 메리 양이 너무 심했군! 차라리 우리와 같이 있었더라면 훨씬 좋았을 걸 그랬구나."

마리아가 화가 난 목소리로 크게 외쳤다. 그러고는 두 신사를 양쪽에 거느리고 얼른 벤치에 앉았다. 그녀가 말문을 열면서 그들은 산책로를 걸으며 주고받던 이야기를 다시 시작했다. 저택을 어떤 식으로 개조할 것인가에 대해 아주 활발하게 자기 의견들을 말했다.

아직 아무 일도 결정되지는 않았으나 헨리는 수많은 아이디어와 의욕에 넘친 계획들을 제안했다. 어떤 제안이든 간에 그 제안들은 즉시 마리아의 찬성을 얻어냈고, 제임스도 마리아를 따라 고개를 끄덕이며 곧바로 찬성하는 의사 표시를 나타냈다. 제임스가 할 수 있는 일이란 주로 남의 의견을 듣는 것인 듯, 독자적인 의견을 낸 일이라면 마리아와 헨리에게 친구인 스미스의 저택을 한번 보여주고 싶다고 말한 것밖에는 거의 없었다.

이렇게 몇 분이 지난 후 한순간 마리아가 하나의 철문을 발견했다. 그녀는 그 문을 지나 좀더 파크 안으로 걸어 들어가 보고 싶다고 말했다. 그러면 그들이 세우고 있는 여러 가지 계획을 좀더 종합적으로 판단할 수 있어 도움이 될 것이라고 자신의 의견을 피력했다.

"저택 개조를 위해 그보다 더 좋은 아이디어는 없을 것 같습니다."

그녀의 말이 떨어지자마자 기다렸다는 듯이, 일을 진행시키는데 가장 바람직한 방법이며 최선의 길은 그 길밖에 없다고 헨리가 말했다. 그는 곧 반 마일도 안 되는 곳에 있는 작은 언덕 하나를 발견했다. 그곳으로 가면 건물을 바라보기에 안성맞춤일 것 같았다. 그래서 모두들 산에 올라갈 생각을 했는데 그렇게 하려면 문을 지나야만 했던 것이다. 그러나 문에는 자물쇠가 채워져 있었다.

제임스는 열쇠를 가져왔으면 좋았을 것이라고 말했다. 그는 열쇠를 가져올까 생각했었다면서 앞으로는 꼭 열쇠를 갖고 다녀야겠다고 했다. 하지만 그렇다고 해서 현재의 불운을 어찌해볼 도리는 없었다. 지금 당장 열쇠가 필요했고 열쇠가 없이는 결코 문을 지나갈 수가 없는

것이었다. 그러나 마리아는 조금도 자신의 의향을 바꾸려 하지 않았
다. 결국은 제임스가 당장 열쇠를 가져오겠다고 말하고 곧 그 자리를
떠났다.

"확실히 그것이 최선책입니다. 지금으로서는 집에서 꽤 멀리 떨어
진 셈이니까요."

헨리는 제임스가 떠난 다음에 마리아를 향해 말했다.

"그래요, 열쇠를 가져오는 것 이외의 다른 방법이 없어요. 그런데
이 저택이 상상했던 것보다 더 상태가 나쁘지 않나요?"

마리아가 궁금하다는 표정으로 물었다.

"아니, 전혀 그렇지 않습니다. 실제로는 그 반대라고 할 수 있어요.
건축 양식에 있어서는 일류라고 할 수 없을지 모르지만 생각했던 것
보다 훨씬 웅장하고 훌륭해요. 그리고 사실을 말하자면, 나중에 소서
턴을 본다 해도 마리아 양과 함께 있는 지금 이 순간처럼 즐겁다는 생
각은 들지 않을 겁니다. 내년 여름에 다시 본다고 해도 지금보다 더욱
멋지다고는 도저히 상상할 수 없어요. 절대로요!'

헨리가 은근하면서 그윽한 목소리로 말했다.

"크로포드 씨는 세상일에 무척 밝으신 분이니까, 세상 사람과 같은
눈으로 사물을 보시는 거겠죠. 만약 다른 사람들이 소서턴이 훨씬 더
좋아졌다고 말한다면 당신도 틀림없이 그렇게 생각하실 거예요."

마리아는 당황스러움을 감추지 못하면서 말했다.

"저는 제 자신이 세상일에 밝다고는 한 번도 생각해본 적이 없어요.
세상 이치에 좀더 밝았다면 여러모로 세 자신에게도 좋았을 겁니다.
하지만 그렇지 못하므로 여러 가지 면에서 손해를 보는 게 아닌가 싶
어요. 별로 변덕스런 성격도 아니고 과거에 대한 기억들도 그리 쉽게
잊어버리지를 못하거든요."

헨리의 말이 끝나고 짧은 침묵이 이어졌다. 잠시 후 마리아가 어색

한 침묵을 깨뜨리면서 다시 말했다.

"오늘 아침 이리로 올 때의 크로포드 씨는 마차여행이 무척 즐거운 듯했어요. 그처럼 즐거워하는 모습을 보고 전 기뻤어요. 당신과 줄리아는 이곳으로 오는 동안 계속해서 웃고만 있던걸요."

"그랬던가요? 음, 당신의 말을 듣고 보니까 그랬던 것 같네요. 하지만 무슨 일로 웃었는지 전혀 기억에 없어요. 참 그렇군! 우리 숙부 댁에 있던 아일랜드 태생의 마부 영감과 얽힌 매우 우스꽝스런 얘기를 했던 것이 생각나는군요. 그리고 동생 분은 워낙 웃기를 잘하더군요."

헨리가 솔직하게 상황을 인정하면서 말했다.

"그 애가 저보다 훨씬 더 명랑하고 따라서 즐거움을 준다고 생각하시죠?"

"글쎄요? 다른 건 잘 모르겠지만 줄리아 양이 당신보다 훨씬 더 잘 웃는다는 것은 확실하죠. 다시 말해서 다루기가 편하다고 할 수 있죠. 당신이라면 10마일을 함께 드라이브하면서 계속 아일랜드 이야기로 즐거움을 느끼리라고 바랄 수는 없을 테니까요."

헨리가 미소를 띠며 말했다.

"타고 난 천성으로 말하면 저나 줄리아는 다 같이 명랑해요. 하지만 지금의 제 처지가 처지인 만큼 생각해야 할 일이 많고 주의해야 할 것이 많다 보니……."

"물론 그러시겠죠. 경우에 따라서는 명랑하다는 것이 분별력이 없는 것처럼 보일 때도 있으니까요. 하지만 당신 장래는 순풍에 돛을 단 것 같이 밝고 환하잖아요. 조금도 울적해질 이유가 없겠지요. 당신 앞에는 참으로 눈부신 전망이 펼쳐져 있습니다."

헨리가 의미심장한 표정으로 말했다.

"전망이라고요? 말씀 그대로 받아들여도 좋을까요? 그래요, 정말 눈부신 전망이 펼쳐지고 있군요. 정말 햇빛은 찬란하게 빛나고 파크는 무척 아름답군요. 하지만 불운하게도 저 철문은 굳게 닫혀 있어 속박과 무정한 느낌을 전해주고 있군요. 도저히 밖으로 나갈 수 없다고요."

마리아도 헨리와 마찬가지로 의미심장한 표정을 지었다. 이렇게 진심을 털어놓은 그녀는 문을 향해 천천히 걸어갔다.

"러시워스 씨가 곧 열쇠를 가지고 오겠지요."

그 뒤를 헨리가 서둘러 따라가며 말했다.

"물론 당신은 열쇠가 없으면, 또 러시워스 씨의 허락과 보호가 없으면 절대로 밖에 나가지 않으실 테죠. 그렇지 않다면 약간의 제 도움만으로 저 문을 빠져나갈 수 있어요. 별로 힘들이지 않고도 그것이 가능하다고요. 그럼요, 가능하고말고요. 만약 당신이 정말로 좀더 자유로워지고 싶다고 생각한다면 말예요. 더욱이 자기 스스로 금지된 일이라고 생각하지 않으신다면 말이죠."

헨리의 표정은 여전히 의미심장했다.

"금지되다니요! 그건 말도 안 돼요! 정말 그렇게 하면 나갈 수 있겠군요. 저, 그럼 나갈래요. 러시워스 씨도 곧 오실 텐데요, 뭐…… 우리가 모습이 안 보일 만큼 멀리 가지 않으면 되잖아요."

"하지만 비록 우리의 모습이 보이지 않게 되더라도 프라이스 양에게 말을 전해달라고 하면 돼요. 저 작은 언덕 근처에 있겠다고 언덕 위의 떡갈나무 숲 근처에 있겠다고요. 프라이스 양, 그래주실 수 있죠?"

헨리가 패니를 바라보면서 말했다. 패니는 그 제안이 옳은 것 같지 않아 가능하다면 그들의 행동을 말리고 싶었다.

"다치면 어쩌려고 그래, 언니. 담장에 꽂은 꼬챙이에 걸려서 다치면 어쩌려고. 가운이 찢어질 수도 있고. 언덕 밑으로 미끄러져 떨어질지도 모르잖아. 안 가는 것이 좋겠어."

패니가 간청하다시피 말했다. 하지만 이렇게 말하는 동안에 사촌은 무사히 빠져나가 이보란 듯 만족한 미소를 짓고 있었다.

"고마워, 패니, 하지만 나도 가운도 모두 무사해. 그럼 잘 있어."

마리아와 헨리 두 사람은 어깨를 나란히 하면서 언덕 쪽으로 걸어갔다. 패니는 다시 혼자 남게 되었다. 패니는 몹시 기분이 언짢았다. 그 이유는 지금 눈앞에서 벌어진 일들이 거의 모두가 유감스런 일 뿐이었고 마리아의 행동은 너무 어처구니없었으며 헨리에게도 화가 났기 때문이었다. 두 사람은 언덕을 향해 나 있는 휘어진 길로 멀리 돌아가는 길을 택했으며 눈으로 보기에 전혀 얼토당토않은 방향을 잡아서 곧 보이지 않는 곳으로 사라져버렸다.

그 후 몇 분 동안 다시 누구의 모습도 보이지 않고 소리도 들리지 않았다. 이 작은 숲에 있는 것은 자기 혼자뿐이라는 느낌이었다. 에드먼드와 메리는 그녀만을 남겨놓고 벌써 숲을 나가버린 듯했다. 하지만 패니는 에드먼드가 자신의 존재를 완전히 잊어버리고 있다고 생각하고 싶지는 않았다. 그것은 도저히 있을 수 없는 일이었다.

패니는 한동안 우울한 생각에 잠겨 있었다. 그때 갑자기 발소리가 나는 바람에 패니는 우울한 상념에서 화들짝 깨어났다. 누군가 종종걸음으로 산책로를 빠르게 걸어오고 있었다. 제임스인가 했는데 눈앞에 나타난 사람은 줄리아였다. 줄리아는 얼굴이 달아오르고 숨을 헐떡거리고 있었다. 줄리아는 패니를 보자마자 실망한 표정으로 소리쳤다.

"어머! 다른 사람들은 다 어디 있지? 마리아 언니와 크로포드 씨는 너와 함께 있는 줄 알았는데."

패니는 조금 전에 일어났던 일들을 자세하게 설명했다.

"맙소사! 어떻게 그럴 수가! 참 솜씨 좋군. 정말! 그들의 모습은 어디에도 안 보이는데. 하지만 별로 멀리는 못 갔을걸. 나도 마리아 언니가 한 일쯤은 할 수 있어. 어느 누구의 도움 없이도 저 문을 넘어갈 수 있어."

줄리아가 철문 너머의 연덕을 바라보면서 말했다.

"줄리아 언니, 러시워스 씨가 열쇠를 가지고 금방 올 거야. 러시워스 씨를 기다려야 해."

패니가 손을 휘저으면서 줄리아를 간곡히 만류했다.

"사양하겠어. 나는 기다리지 않아. 러시워스 씨 가족이라면 아침만으로 충분해. 더 이상 만나고 싶지 않다고. 난 방금 그 지겨운 러시워스 씨 어머니로부터 도망쳐 오는 길이야. 얼마나 끔찍하고 따분한지. 생각만 해도 머리가 지끈지끈 아픈걸. 정말 형벌이 따로 없다니까. 너는 여기서 아주 고요하고 행복한 듯이 앉아 있으니 알 리 없지만 말이야. 네가 나와 바뀌졌더라면 좋았을지 모르지. 하지만 넌 언제나 잘 피해서 그런 곤란한 입장엔 처하지도 않잖아."

줄리아가 패니를 비난하듯이 말했다. 이것은 정말 터무니없는 비난이었으나 패니는 이를 너그럽게 넘길 수가 있었다. 줄리아는 성미가 급해서 지금 몹시 초조해 있었고 무척 화가 나 있는 상태였다. 하지만 화가 곧 풀릴 거라는 것도 알고 있었으므로 그녀의 말을 건성으로 듣고 있었다.

패니는 줄리아를 쳐다보면서 조금 전에 제임스를 만나지 않았느냐고 물었다.

"으응, 만났어. 마치 생사가 걸린 문제라도 있는 듯이 마구 달려가더라. 나를 만나자마자 자기의 용무와 너희가 어디에 있는지 말할 시간도 아깝다는 듯이 겨우 몇 마디만 빠르게 흘리고는 또다시 달려갔어."

"그토록 애썼는데 헛수고를 하게 되었으니 안 됐어."

패니가 안쓰러워하면서 말했다.

"그것은 마리아 언니가 걱정할 문제야. 마리아 언니가 지은 죄를 내가 짊어질 수는 없으니까. 지긋지긋하게 귀찮은 우리 이모가 가정부를 상대로 실랑이를 벌이고 있는 틈에 러시워스 씨 어머니를 피해 도망쳐 나온 거야. 하지만 그 아들에게서는 얼마든지 달아날 수 있지 뭐니."

줄리아는 곧 담장을 훌쩍 뛰어넘더니 메리와 에드먼드를 보지 않았느냐는 패니의 마지막 질문에는 귀도 기울이지 않은 채 언덕을 향해 걸어가 버렸다. 패니는 제임스를 만날 일이 걱정스러웠다. 그 일에 너무 신경을 쓰느라 에드먼드와 메리가 여전히 모습을 나타내지 않는 사실에 대해서는 까마득히 잊어버리고 있었다.

패니 생각에 제임스는 매우 부당한 대접을 받고 있었다. 정말 부당하다고 느껴지자 지금까지 일어난 사정을 모두 전해야만 한다는 것이 매우 괴로운 일이 아닐 수 없었다. 그 임무를 자신이 떠맡은 것이었다.

제임스는 줄리아가 떠난 지 5분도 안 되어 돌아왔다. 패니는 가능한 그의 기분이 상하지 않도록 조심스럽게 설명을 했다. 하지만 패니의 노력은 아무런 효과도 없었다. 그의 얼굴에 모욕감과 몹시 불쾌한 감정이 역력하게 드러나고 있었다. 처음엔 단 한 마디도 하지 않고 다만 얼굴에 극도의 놀라움과 짜증스러움을 드러낼 뿐이었다. 이윽고 문을 향해 몇 걸음 걸어가더니 그 앞에 멈춰 서서 무엇을 어떻게 해야 할지 난감한 표정으로 서 있었다.

"저에게 여기에 남아서 기다려달라고 부탁했어요. 마리아 언니는 러시워스 씨가 오시면 언덕 근처에 있겠다면서 그렇게 전해달라고 했어요."

패니가 달래는 듯한 어조로 말했다.

"나는 더 이상은 가지 않을 작정입니다. 크로포드 씨나 버트램 양이나 아무도 보이지 않으니까요. 내가 저 언덕에 도착할 즈음이면 두 사람은 어딘가 다른 데로 가 있을 겁니다. 나는 지금 너무 많이 걸어서 더 이상 걷는 것은 이제 질색입니다."

그는 퉁명스럽게 말했다. 그리고는 우울하기 짝이 없는 얼굴로 패니 곁에 털썩 주저앉았다.

"정말 죄송합니다. 이런 일이 일어나다니……. 참 운이 나쁘시군요."

패니는 제임스를 위로해줄 좀더 그럴듯한 말이 나오지 않는 것이 안타까웠다.

얼마 동안의 침묵이 흐른 후 그가 말했다.

"그들이 틀림없이 나를 기다리고 있을 거라고 생각했어요."

"마리아 언니는 당신이 곧 뒤따라오실 것으로 알고 있었어요."

패니가 안타까움을 감추지 못하고 말했다.

"하지만 이곳에서 조금만 나를 기다려줬더라면 내가 뒤쫓아 갈 필요도 없었을 것 아닙니까."

제임스가 풀이 죽은 목소리로 말했다. 이것은 조금도 부정할 수 없는 사실이어서 패니도 입을 다물어버렸다.

얼마 후에 다시 그가 말을 이었다.

"이봐요, 프라이스 양, 당신도 다른 사람처럼 저 크로포드 씨에게 그렇게 큰 호감을 가지고 있습니까? 솔직하게 말씀해 주십시오. 제가 보기엔 아무런 장점도 없는 사나이로 보이는데 말예요."

"저는 크로포드 씨가 결코 미남이라고는 생각지 않아요."

패니가 침착하게 대답했다.

"미남이라니! 저렇게 작달막한 사나이를 미남이라고는 아무도 생각하지 않습니다. 그의 키는 5피트 9인치도 되지 않을 겁니다. 아니,

5피트 8인치도 되지 않을 거라고 생각해요. 나는 크로포드 씨가 결코 돋보이는 사나이라고는 생각하지 않아요. 내 의견으로는 이 크로포드 남매는 우리에게 명예를 갖다 주는 사람들은 결코 아닙니다. 그 두 사람이 없이도 우리끼리 늘 잘 지내왔으니까 말입니다.”

제임스가 깊은 한숨을 내쉬었다. 패니의 입에서도 작은 한숨이 새어 나왔다. 패니는 그의 한숨소리를 듣지 못했다. 어떻게 대답하는 것이 좋을지 몰라 골똘히 생각에 잠겨 있었던 것이다.

“내가 열쇠 가지러 가기를 꺼렸다면 또 이유가 될지 모르지만, 나는 버트램 양의 입에서 열쇠가 필요하다는 말이 떨어지기 무섭게 곧바로 달려갔던 겁니다.”

제임스는 화를 참지 못하고 말했다.

“당신이 하신 일은 매우 친절한 것이었어요, 정말로. 게다가 틀림없이 급히 서둘러서 돌아오셨을 테죠. 여기서 댁까지는 상당히 먼 거리인데. 기다리는 사람의 입장에서는 시간을 잘 측정할 수가 없는 법이랍니다. 1분이 10분처럼 아니 그보다도 더 길게 느껴지기도 하거든요.”

패니가 말을 하는 동안에 그는 벌떡 일어나 다시 문 쪽으로 걸어갔다.

“그때 열쇠를 가지고 있었으면 좋았을걸.”

그는 문에 몸을 기대고 서서 혼잣말처럼 나지막하게 말했다. 패니는 거기에 서 있는 그의 모습에서 다소 마음이 풀어진 듯한 기색이 느껴지자 한 번 더 말해보자는 용기가 생겼다.

“그분들에게로 지금 바로 가시지 않으면 미안해할 거예요. 파크의 그 근처라면 댁도 잘 보일 거라고 했으니 지금쯤은 어떻게 개조하는 것이 좋을지 생각하고 있을 게 뻔해요. 하지만 당신이 가시지 않으면 아무것도 결정되지 않을 겁니다.”

패니가 침착한 어조로 설득했다. 자신은 친구를 붙들어놓기보다는 쫓아버리는 데에 능함을 그녀 스스로 깨달았다. 제임스는 이 말에 솔 깃해졌다.

"그럴까요? 정말 내가 그곳으로 가는 편이 좋다고 생각하세요? 하긴 그곳에 가지 않는다면 열쇠를 가져온 것이 우습게 될 테니 말이죠?"

제임스는 패니의 설득에 흔쾌히 넘어가고 말았다. 그는 열쇠를 사용해 문을 열고는 패니에게 더 이상 아무 말도 하지 않고 가버렸다.

패니의 마음은 이제 에드먼드와 메리에 대한 생각으로 다시 돌아와 있었다. 그들이 함께 숲으로 떠난 것은 시간이 한참 지난 일이었다. 더 이상 기다릴 수 없다는 판단이 서자 그녀는 직접 찾아 나서기로 결심했다. 두 사람이 걸어 간 길을 따라 모퉁이를 돌고 다시 언덕 위로 향하려는 순간, 메리의 웃음소리와 지껄이는 소리가 들려왔다. 그 소리가 가까워지며 다시 두세 번 길을 꺾어 돌자 두 사람의 모습이 그녀 앞에 나타났다.

그들은 파크를 둘러보고 덤불숲으로 막 돌아온 참이었다. 산책을 하던 두 사람은 자물쇠가 채워지지 않은 쪽문을 발견했기 때문에 호기심을 억누르지 못하고 파크의 일부를 가로질러, 패니가 아침 내내 한번 가보고 싶다고 하던 가로수 길로 들어가 시원한 나무 그늘 아래에 앉아 즐거운 시간을 보내고 있었던 것이다. 서로에게 얼마나 정신이 팔려 있었는지 너무나 즐거운 시간을 보냈으므로 시간이 얼마나 지났는지조차 깨닫지 못하고 있었다.

에드먼드가 패니를 데리고 왔더라면 좋았을 걸 하고 몹시 후회하면서 이제라도 데리러 돌아가려 했지만 너무 지쳐 있어서 그렇게 못 했다는 이야기를 했다. 그 말을 듣고 패니는 그나마 조금 위로를 받을 수 있었다. 하지만 그 어떤 말로도 꼬박 한 시간 동안이나 홀로 버려진 채 있었던 마음의 고통을 말끔히 씻어줄 수는 없었다.

에드먼드는 겨우 몇 분밖에 지난 것 같지 않다고 애써 변명했다. 패니는 한 시간은 족히 될 동안에 둘이 무슨 얘기를 했는지 알고 싶은 호기심이 강렬해졌다. 궁금해서 도저히 견딜 수 없는 지경이 되었다. 하지만 에드먼드와 메리는 패니의 감정은 아랑곳없이 그만 집으로 돌아가자고 말했다. 패니도 어쩔 수 없이 그들을 따라 집으로 돌아갈 수밖에 없었다. 패니는 그날 하루가 너무나 실망스러웠다. 생각할수록 울적해지는 마음을 어찌해볼 도리가 없었다.

돌담 위의 산책로로 통하는 돌계단 밑에 도착했을 때 러시워스 부인과 노리스 부인이 모습을 나타냈다. 그녀들은 집을 나선 지 한 시간 반이 지나서야 겨우 덤불숲에 가볼까 하는 생각이 든 것이었다. 노리스 부인은 지금까지 너무나 분주하게 시간을 보냈기 때문에 차분하게 산책을 할 수가 없었던 것이다. 어떤 불상사가 일어나 조카들의 즐거움을 방해하고 있었다 해도 그녀는 아주 즐거운 오전을 보내고 있었다. 가정부로부터 꿩에 대한 자세한 설명을 들었고, 한참 동안 서로 추켜세우고 나서 노리스 부인은 착유장(搾乳場)으로 안내를 받아 소에 대한 갖가지 이야기를 들었다. 그리고 명물인 크림치즈의 제조법까지 배웠기 때문이다.

그리고 줄리아가 사라진 후 두 부인은 정원사를 만나 그를 상대로 무척 만족할 만한 친교를 나누었다. 노리스 부인은 이 정원사의 손자의 병에 대해 그의 생각은 잘못됐고 그 병은 말라리아임을 설명하고 거기에 효험이 있는 부적을 보내주겠다고 약속했던 것이다. 그래서 정원사는 답례로 가장 소중히 여기는 묘포(苗圃)로 그녀를 안내하여 진기한 종류의 히스를 선물했다.

여기서 우연히 세 명의 젊은이와 마주치게 된 노리스 부인과 러시워스 부인은 모두 함께 집으로 돌아왔다. 그들은 소파에 앉아서 대화를

나누거나 [사계 평론]을 읽거나 하며 제각기 적당히 시간을 보내면서
다른 사람이 돌아오기를 기다렸고 또한 만찬이 베풀어지기를 기다리
고 있었다.

버트램 가의 아가씨들과 두 신사가 들어온 것은 꽤 시간이 지나서였
다. 그들의 산책은 모두가 하나같이 즐거웠던 것만은 아닌 듯했고 또
한 이날의 목적에 관해서도 무언가 유용한 결론이 내려졌다고는 보이
지 않았다. 그들의 말에 의하면 하루종일 서로를 찾기 위해 바쁘게 돌
아다닌 격이었으며 가까스로 합류는 했지만 모두가 한 자리에 모였을
때는 이미 평화로운 관계를 회복할 수 없는 지경에 이르고야 말았다.
패니는 단번에 그 사실을 알아챘다. 줄리아와 제임스의 얼굴을 본 순
간 패니는 가슴에 상처를 입고 있는 것은 비단 자기만이 아님을 느꼈
다. 두 사람의 얼굴에는 각각 침울하고도 어두운 그늘이 드리워져 있
었던 것이다. 반면에 헨리와 마리아는 유쾌한 모습이었다. 만찬 시간
내내 헨리는 다른 두 사람의 사소한 불만으로 가득 차 있는 마음을 조
금이라도 누그러뜨려 좌중의 분위기를 좋게 하려고 무척이나 애를 쓰
고 있었다.

만찬이 끝나자 곧 차와 커피가 나왔다. 앞으로 10마일의 거리를 달
려서 집으로 돌아가려면 한순간도 시간을 낭비할 수 없었기 때문에
식탁에 앉았을 때부터 그들은 빠르게 식사를 했고 서둘러 차를 마셨
다. 이윽고 마차가 현관문 앞에 도착했다. 저녁을 마친 노리스 부인은
조바심을 내며 왔다 갔다 하더니, 가정부에게서 꿩알을 서너 개, 그리
고 크림치즈를 받아 가지고는 러시워스 부인에 의례적인 치하의 말
과 작별 인사를 했다. 그런 다음에 일동의 선두에 서서 일행을 이끌고
저택을 나서려고 했다. 그 순간, 헨리가 줄리아에게 다가와서 말했다.

"또 자리를 같이 하고 싶습니다. 지붕도 없는 마부석에서 밤바람을
쐬어도 괜찮으시다면."

헨리가 줄리아를 향해 은근하게 요청했던 것이다. 이 요청은 예상 밖의 일이었으나 줄리아는 아주 상냥하게 받아들여서 그녀는 오전 출발 때와 마찬가지로 유쾌한 기분으로 하루를 마무리할 수 있게 되었다.

마리아는 헨리의 행동에서 약간 실망을 했다. 하지만 헨리가 자신을 더 좋아하고 있다는 확신이 있었기 때문에 약간 실망하는데 그쳤다. 자기 쪽이 더 호감을 사고 있다는 생각에 위로를 얻은 그녀는 제임스의 배웅도 정중하게 받아들일 수가 있었다. 제임스도 그녀가 헨리 옆자리인 마부석에 앉지 않고 마차 안에 앉게 된 것을 보고 마음을 놓을 수 있어 꽤 만족한 모양이었다.

"이봐, 패니. 네게는 멋진 하루였지, 정말! 처음부터 끝까지 즐거운 일뿐이었으니까! 버트램 이모와 나에게 깊이 감사하지 않으면 안 된다. 네가 올 수 있게끔 주선해주었으니까 말이야. 정말 좋은 하루였다. 너도 무척 즐거웠을 거야. 그렇지 않니?"

마차가 파크를 빠져나가는 동안 노리스 부인이 말했다.

"이모야말로 누구보다도 좋은 시간을 보내신 것 같네요. 무릎 위에는 물건이 듬뿍 쌓여 있잖아요. 우리 사이에 있는 바구니에도 뭔가 맛있는 것들이 가득 들어 있군요. 염치도 없이 내 팔꿈치에 마구 부딪쳐서 너무 아파요."

마침 기분이 썩 좋지 않았던 마리아가 노리스 이모를 향해 당장 이렇게 퉁명스러운 목소리로 말했다.

"어머, 그 안에 든 것은 고운 히스 모종뿐인걸. 그 인상 좋은 정원사 영감이 가져가 달라고 한 거야. 하지만 방해가 된다면 지금 당장 내 무릎 위에 올려놓겠어. 자, 패니. 대신에 이 종이 꾸러미를 들어줘야겠어. 조심해, 패니. 떨어지지 않도록 잘해야 돼. 크림치즈야. 저녁 식사 때 먹은 맛있는 그것과 똑같은 거란다. 휘태커 부인이 치즈를 하나

가져가라며 막무가내지 뭐니. 여러 번 사양을 했는데, 나중엔 눈물까지 글썽이지 않겠니? 게다가 마침 언니가 좋아할 듯싶은 종류라는 걸 알았기 때문에 말이다. 그 휘태커 부인은 정말 좋은 사람이야! 하인의 식사 때 포도주를 주느냐고 물었더니 글쎄 어이없다는 표정이었어. 흰 가운을 입었다는 이유만으로 하녀 둘을 쫓아낸 적도 있다지 뭐니. 치즈를 조심해라, 패니. 이렇게 하면 이쪽 종이 꾸러미와 바구니를 잘 간수할 수가 있거든."

그리고 노리스 부인은 소서턴을 칭찬하는 말을 장황하게 늘어놓았다.

"그 밖에 뭘 더 빼앗아 가지고 왔나요?"

소서턴이 그처럼 칭찬을 받은 데 대해 우쭐해져서 기분이 좋아진 마리아가 노리스 이모를 향해 물었다.

"빼앗았다니, 얘는! 그 아름다운 꿩알이 네 개뿐인걸. 사양했지만, 휘태커 부인이 억지로 떠안긴 거야. 내가 혼자 산다는 걸 알고 있으니 이런 가축을 기르기라도 하면 무척 위로가 될 거라 하지 않겠니. 하긴 그 말도 맞지. 집에 도착하면 젖 짜는 여자에게 부탁해서 암탉 중에 꿩알을 품을 수 있는 닭이 있는지 물어봐야지. 부화하면 우리 집으로 가져가고, 꿩을 키울 만한 닭장도 하나 빌려와야겠어. 혼자 있는 외로운 시간에 그놈을 돌봐준다면 참 즐거울 거야. 그리고 운이 좋아서 잘만 자란다면 너의 엄마에게도 몇 마리 나눠줄 생각이다."

노리스 부인이 입가에 만족한 미소를 띠며 말했다. 아름다운 저녁이었다. 훈훈한 데다 바람도 없어 여행은 자연의 화창함과 어울려 무척 쾌적했지만 노리스 부인이 지껄이기를 그쳤을 때 마차 안의 사람들은 아무도 말을 하지 않아 침묵의 여행이 되고 말았다.

그들은 모두 탈진한 상태였다.

대다수 사람들이 소서턴에 머물렀던 하루를 회상하면서 즐거움과

고통 중 과연 그 어느 쪽이 더하고 덜했는지 결정을 내리지 못하고 계
속 고심하고 있었는지 모른다.

11

소서턴에서 보낸 하루는 미흡한 점이 있긴 했으나 맨스필드 파크에 도착한 얼마 후 배달된 안티과 섬으로부터의 몇 통의 편지에 비한다면 버트램 가의 아가씨들에게 매우 유쾌한 시간으로 느껴질 지경이었다. 그 편지에는 토머스 경이 곧 영국으로 돌아올 것이라는 내용이 담겨 있었다. 두 자매의 마음에 떠오르는 것을 비교해보아도 아버지보다는 헨리 크로포드 쪽을 생각하는 것이 훨씬 즐거운 일이었다. 하지만 편지를 받고 나서 두 자매는 아버지를 생각하지 않을 수 없었고 그것은 그들에게 있어서 무척이나 고통스러울 뿐 조금도 기쁘지 않았다.

토머스 경이 돌아오기로 예정되어 있는 11월은 음울한 달이었다. 아버지의 귀국은 거의 확정된 것이나 다름없는 것이었기 때문이다. 토머스 경은 그 사실을 분명한 말로 적어 보냈다. 사업상의 용무는 거의 끝났으므로 9월에 출발하는 정기선을 탈 계획이며 그렇게 되면 11월 초에는 다시 사랑하는 가족과 만날 수 있을 것이라는 내용이었다.

마리아 쪽이 줄리아보다 더 측은했다. 그 이유는 그녀의 입장에서 보면 아버지의 귀국이 곧 남편이 생긴다는 것을 의미했기 때문이다. 그녀의 행복을 누구보다 원하고 있는 아버지가 돌아오시면 자신의

행복을 맡기기 위해 선택한 약혼자와 맺어지게 될 것은 기정사실이
었다.

그럼에도 불구하고 기대에 부풀어야 할 앞날은 암담한 것이어서 고
작 그녀가 할 수 있는 일이라면 미래에 안개가 끼었다가 그것이 개었
을 때에는 뭔가 또 다른 것이 눈에 들어올 것이라고 바라는 일이었다.
아버지의 귀국은 아마도 11월 초는 좀 무리일 것이다. 대부분의 경우
폭풍 때문이거나 무슨 일로든지 일정이 지연되는 것이 다반사였기 때
문이다. 마리아는 다른 사람이라면 이런 경우에 극도로 생각하기를
꺼려할 어떤 사태를 마음속으로 바라면서 스스로를 위로하고 있었
다. 아버지의 귀국은 아마 11월 중순이 될 것이며 11월 중순이라면 석
달 뒤의 일이었다. 그리고 석 달이라는 것은 12주일을 뜻했다. 그 기
간 동안에 여러 가지 변화가 생길 가능성이 얼마든지 있었다.

만약 토머스 경이 자신의 귀국에 대하여 딸들이 생각하고 있는 것의
절반만이라도 눈치 챘다면 무척 섭섭한 마음이 들었을 것이다. 또한
자신이 돌아올 것이라는 소식을 접한 또 다른 젊은 숙녀가 얼마나 대
단한 흥미를 가지고 기다리고 있는지 알았다고 해도 별다른 위로를
받지는 못했을 것이다.

메리는 오빠와 함께 하루 저녁을 맨스필드 파크에서 보내려고 찾아
왔다가 이 기쁜 소식을 듣게 되었다. 그녀는 겉으로는 의례적인 관심
이상은 없는 듯 행동했지만 내심으로는 토머스 경의 귀향에 대해 지
대한 관심을 가지고 귀 기울이고 있었다. 그리고 담담한 태도로 차분
하게 축하 인사말을 전할 수 있었다.

노리스 부인이 편지의 상세한 내용을 메리에게 죄다 전해주었다. 그
것으로 편지에 대한 이야기는 그들의 관심권에서 밀려났다. 차를 마
신 후 메리는 열린 창가에 서서 에드먼드와 패니와 함께 황혼의 경치
를 바라보고 있었다.

버트램 가의 두 딸과 제임스와 헨리는 피아노 곁에서 양초에 불을 붙이려고 바삐 움직이고 있었다. 그때 갑자기 메리가 그들을 향해 고개를 돌리면서 다시 그 화제로 돌아가 말했다.

"러시워스 씨, 정말 행복해 보이는군요! 마음속으로 11월을 생각하시나 보죠. 분명 그렇지요?"

에드먼드도 제임스를 돌아보았으나 아무런 말도 하지 않았다.

"토머스 경의 귀국은 흥미진진한 사건이 될 것 같군요."

메리가 한마디 덧붙였다.

"사실 그래요. 그토록 오래 집을 비우셨으니 당연하죠. 그리고 아버지께서 그저 오랫동안 집을 비우셨다는 것뿐만 아니라, 많은 위험도 뒤따랐으니 말입니다."

에드먼드가 대답하면서 고개를 끄덕였다.

"당신 아버님의 귀국은 다른 흥미 있는 일의 예고가 되기도 하겠죠. 당신 여동생의 결혼과 당신이 목사가 되는 일 등……."

"그래요."

"제가 이렇게 얘기한다고 해서 화를 내지는 마세요."

그녀는 웃으면서 말했다.

"토머스 경이 돌아오신다고 하니까 옛날의 이교(異敎)의 영웅 생각이 났어요. 외국에서 큰 공을 세운 뒤 무사히 귀국하여 신들에게 갖가지 희생 제물을 바친 일 말예요."

"이번 경우에 희생 제물은 없습니다. 마리아가 완전히 자발적으로 한 일이니까요."

에드먼드는 진지한 미소를 띠고 다시 피아노 쪽을 힐끗 쳐다보며 대답했다.

"어머! 그거야 그렇죠. 저도 잘 알고 있어요. 그저 농담을 했을 뿐이에요. 버트램 양이 아니라 젊은 여자라면 누구나 그렇게 했을 테니까요. 버트램 양은 반드시 행복해지실 거예요. 제가 이야기한 또 한 가지 희생 제물에 대해서는 물론 당신도 잘 이해하지 못하겠죠.”

“제가 목사가 되려는 것도 물론 마리아의 결혼처럼 어디까지나 자발적인 일입니다. 제가 분명하게 선택한 거예요.”

“당신의 생각과 아버님의 형편이 그처럼 잘 들어맞은 것도 행운이라면 행운일 수 있겠네요. 아마도 이 근처에 무척 좋은 성직록이나 당신의 몫으로 남겨진 재산이 제법 있을 것 같으니까요.”

메리가 궁금하다는 표정을 지으며 말했다.

“당신은 그런 것들이 제 결정에 영향을 끼친 것이라고 생각하는 거로군요.”

에드먼드는 잔잔한 미소를 머금고 있었다.

“그렇지 않아요. 절대 그렇지 않아요.”

패니가 대화에 끼어들면서 큰소리로 말했다.

“그렇게 말해 줘서 고맙다, 패니. 그런데 제 자신이 거기까지는 단정할 수 없군요. 오히려 그 반대일 확률이 더 높죠. 제 몫으로 그런 재산이 준비가 되어 있는 것을 알았기 때문에 쉽게 그런 결정을 내렸을지도 모르죠. 하지만 그렇다고 해도 그것이 잘못이라고는 생각하지 않아요. 본래 내키지 않는데 무리를 한 것은 아니니까 말입니다. 그리고 저로서는 그것이 제가 극복해야 할 단점이 된다고 생각할 수도 없어요. 상당한 재산이 있다고 해서 목사가 되었을 때 결과적으로 나쁜 성직자가 될 거라는 가정을 할 수는 없거든요. 그런 이유 때문에 그릇된 방향으로 영향을 받고 싶지는 않아요. 우리 부모님은 신뢰할 수 있습니다. 아버지는 무척 양심적인 분이시라서 만약 그런 일이 일어났다면 절대 허용하지 않으셨을 겁니다. 제가 어느 정도는 그것의 영향을 받고 마음이 기울어진 것은 틀림없지만 그것은 떳떳한 일이었습니다.”

에드먼드가 메리를 바라보면서 진지하게 설명을 했다.

"같은 얘기예요. 제독의 아들이 해군에, 장군의 아들이 육군에 들어가도 아무도 이것을 합당치 않은 일이라고 생각지는 않으니까요. 부모 형제가 가장 큰 힘이 되어주는 방면을 택했다고 해서 전혀 이상하거나 놀라운 일은 아니지요. 또 그 분야에서 본분을 다해 성실하게 일할 것이라는 사실을 의심하는 사람도 없을 테고요."

패니가 조금 사이를 두고 말했다.

"프라이스 양, 그건 이치에 맞는 말이 아니에요. 여러 가지 이유를 예로 들 수가 있어요. 우선 해군이나 육군이라면 그 직업을 택했다는 자체로 명분이 서는 거니까요. 군인이란 직업은 모든 면에서 장점이 많은 직업이에요. 그것을 선호하게 만드는 많은 요소들이 있지요. 무용(武勇)이라든지 멋진 군복이라든지, 심지어 항상 위험을 내포하고 있다는 것이 매력적으로 다가오기도 하거든요. 육군이나 해군이나 사교계에선 언제나 환영인걸요. 그렇기 때문에 어느 누가 육군이나 해군이 된다고 했을 때 이상하게 여기는 사람은 아무도 없어요."

메리가 손을 내저으면서 흥분해서 소리쳤다.

"그러나 확실한 기반을 이루고 있는 사람이 성직록을 보장받고 성직자가 되려고 하는 경우에는 그 동기를 의심스럽다고 봐도 좋다는 생각이시군요? 당신이 주장하고 싶은 것은 확실하게 보장된 재산이라곤 전혀 없을 때 성직자가 되어야 한다는 거군요. 그렇지 않은가요?"

에드먼드가 조용한 어조로 진지하게 물었다.

"뭐라고요! 재산도 없이 목사가 되다니! 어림도 없는 말씀이지요, 그건 말도 안 되는 소리예요. 정신 나간 짓이라고밖에 할 수 없어요!"

메리가 기가 막힌다는 듯 소리쳤다.

"그럼 한 가지 묻겠는데 설교는 누가 하고 교회는 어떻게 유지될 수 있는 거죠? 재산이 있든 없든 성직에 종사해서는 안 된다면 말입니다. 하기야 이런 질문을 해도 물론 당신으로서는 답변하기 힘들겠지요. 하지만 메리 양, 자신의 논리로 보더라도 목사에게 조금은 유리한 점을 끌어낼 수 있어요. 목사라는 직업은 해군이나 육군들처럼 영웅담이나 멋진 군복 같은 것들로는 쉽게 움직이지 않아요. 그야 당신의 말대로 육군이나 해군을 택하는 이들에게는 직업을 택할 때의 유혹, 또는 보상으로 무용(武勇)이라든가 평판, 복식(服飾) 따위를 높이 평가할 수 있을지 모릅니다. 그런 점에선 목사가 불리해요. 그러니 성직자들은 직업을 선택할 때 진지함이나 선의가 부족하다는 의심을 살 일은 적겠죠."

"그야 물론, 목사님이라도 무척 진지하게 이미 보장된 수입 쪽을 선호하기 마련이겠죠. 장차 일해서 돈을 버는 것은 귀찮으니까 말예요. 그리고 여생을 먹고 마시고 살찌는 일 외엔 아무것도 하지 않으려고 무한한 노력을 할 테죠. 그건 나태예요. 버트램 씨, 정말 그래요. 나태와 안일을 탐하는 마음이죠. 야망도 없고, 좋은 교제를 원하거나 취미를 갖고 타인과 원만하게 지내려는 노력이 부족하기 때문에 그런 사람이 목사가 되는 거예요. 오직 그뿐이에요. 목사란 게으르고 자기중심적이며, 신문이나 읽고 날씨나 살피고 부부 싸움을 하는 정도밖에 하는 일이 없죠. 일은 전도사가 모두 처리해주니까요. 평생 동안 하는 일이란 식사하는 것뿐이에요."

냉소적인 어조로 메리가 말했다.

"물론 그런 목사도 있겠지요. 하지만 모두가 그런 것은 아니니까, 메리 양이 그걸 목사들의 일반적인 성격이라고 생각하는 것은 옳지 않다고 봅니다. 지금 뭉뚱그려서—감히 말하자면—진부한 이야기를 하셨는데 당신은 자기의 판단에 의하지 않고, 평소에 누군가 편견을 가진 사람의 의견을 듣고 있었기 때문에 그것을 표준으로 삼아 말하는 게 아닌가 싶군요. 당신의 눈으로 목사 전반에 대한 온갖 것을 볼 수는 없을 테니까요. 개인적으로 면식(面識)이 있는 극히 소수의 사람들을 그렇게 철저히 비난할 수는 있겠지만. 혹시 당신 숙부 댁의 만찬 석상에서 들은 이야기를 토대로 하여 그렇게 말하고 있는 건 아닙니까?"

에드먼드는 메리의 얼굴을 똑바로 쳐다보며 말했다.

"제가 말하는 것은 세상의 일반적인 견해를 예로 들어 말하고 있는 거예요. 그리고 일반적인 견해란 것이 대부분 정확해요. 목사들의 가정생활에 대해 제가 본 것은 별로 많진 않지만, 다른 많은 사람들이 실제로 목격한 것을 토대로 하니까 절대로 근거가 없는 것은 아니에요."

메리가 단정하는 듯한 어조로 말했다.

"당신이 성직자에 대해 무차별적으로 비난하는 건 아무래도 정보가 부족해서 그런 듯싶군요. 어떤 종파가 되었든지 말예요. 메리 양의 숙부나 동료 제독들은 아마도 성직자에 대해선 군함에 타고 있는 군목(軍牧) 정도밖에 모르실 거예요. 게다가 이 군목도 인품이 좋든 나쁘든 늘 없었으면 좋겠다고 생각하실 테니 말입니다."

에드먼드가 부드러운 미소를 지으며 말했다.

"가엾은 윌리엄 오빠! 윌리엄 오빠는 앤트워프 호의 목사님에게 많은 신세를 졌다고 했어요."

패니는 애정 어린 목소리로 말했다. 그것은 그녀의 기분으로는 적절한 표현이었으나 그때의 대화에는 어울리지 않았다.

"자기의 의견을 숙부에게서 빌려오는 버릇은 저에겐 없어요. 그런 것은 생각할 수도 없는 일이예요. 당신이 자꾸 추궁하시니까 말하지 않을 수 없는데 저로서도 목사가 어떤 것인지 관찰할 방법이 전혀 없진 않았어요. 지금도 형부인 그랜트 박사 댁에 신세를 지고 있으니까 말예요. 형부는 매우 친절하고 다정하게 대해주시며 게다가 정말 신사일 뿐만 아니라, 훌륭한 학자이며 머리가 좋고 멋진 설교를 곧잘 하고 품행도 방정한 분이지만 저는 그분을 게으르고 자기 본위의 미식가라고 보고 있어요. 무슨 일에나 자신의 미각을 첫째로 삼고 다른 사람의 편리를 위해선 손가락 하나 까딱하려 들지 않아요. 그리고 여자 요리사가 실수라도 하는 날엔 부인을 향해 화를 내는 사람이에요. 사실은 오빠와 저는 오늘밤 거의 쫓겨나오다시피 해서 이리로 온 거예요. 거위 새끼 요리의 맛이 신통치 않다 해서 형부가 잔뜩 화가 나 있었거든요. 우리는 용케 빠져나왔지만, 가엾게도 언니는 집에 남아서 그것을 다 견뎌야만 했어요."

메리는 가벼운 한숨을 내쉬었다.

"말을 듣고 보니까 메리 양이 불만인 것도 무리가 아니군요, 정말. 당신의 형부는 성격에 큰 결함이 있으시군요. 더군다나 자신의 이기심 때문에 그 결함이 더 심해져서 나쁜 습관으로 굳어진 거군요. 언니가 그 때문에 고통당하는 것을 본다는 건 당신 같은 사람의 심정으로는 무척 괴로울 거예요. 패니, 우리가 불리하군. 그랜트 박사를 변호할 수도 없으니까."

에드먼드가 패니를 바라보며 말했다.

"그렇군요. 하지만 그렇다고 해서 그분의 직업까지 외면할 필요는 없어요. 왜냐하면 그랜트 박사님이 다른 직업을 택하셨다 해도 반드시 좋은 성품을 갖게 되셨을 거라는 생각은 들지 않거든요. 해군이나 육군에서 일하셨다면 지금보다 훨씬 더 많은 부하를 거느리셔야 했을 거예요. 만약 그쪽에 계셨더라면 목사님으로 계실 때보다도 그분 때문에 불행해질 사람이 훨씬 많아졌으리라 생각해요. 게다가 그랜트 박사님에게도 고쳐주셨으면 하는 점이 여러 가지로 있겠지만 그것도 좀더 활동적이고 세속적인 직업의 경우라면 더욱 심해졌을 위험성이 있다고 생각하지 않을 수 없군요. 그런 직업은 자신을 돌아볼 시간도 없고 그럴 필요성도 느끼지 못하면서 지내셨을 테니까요. 현재의 직업에서는 그것을 피할 수가 없지만요. 사람은 누구나…… 그랜트 박사와 같은 분별이 있는 분은 더더욱, 매 주일마다 다른 사람에게 의무를 다하라고 습관적으로만 가르칠 수는 없어요. 자기 자신부터 다스려야 그것이 가능한 일이니까요. 그리고 일주일에 두 번씩 매우 유익한 설교를 그렇게 훌륭히 하시면서 자신이 향상되지 않는다고는 믿을 수가 없어요. 그분은 분명 자신에 대해 깊이 생각하시면서 모든 사물에 대해서도 진지하게 생각하지 않을 수가 없으실 테죠. 그리고 목사가 아닌 다른 직업을 갖게 되셨더라면 지금처럼 자기 수양과 자기 절제를 위해 노력하지는 않으셨을 게 분명해요.”

패니는 두 사람을 번갈아 바라보면서 말했다.

“확실히 그 반대의 증거를 댈 만한 건 아무것도 없네요. 하지만 프라이스 양, 어차피 시집을 가야 한다면 자기 설교 덕분으로 상냥해지는 남자의 아내가 되는 것은 싫어요. 왜냐하면 일요일마다 훌륭한 설교 때문에 기분이 좋아질지 모르지만 월요일 아침부터 토요일 저녁까지 거위 새끼 때문에 잔소리를 듣는 것은 질색이니까요.”

메리는 고개를 설레설레 저으면서 말했다.

“패니를 상대로 자주 입씨름할 수 있는 사람이라면 어떤 설교라도 쇠귀에 경 읽기가 되고 말 거예요.”

에느먼드가 애정이 담긴 어조로 말했다. 패니는 얼굴을 붉히면서 몸을 돌려 창가로 다가갔디.

“아마 프라이스 양의 경우엔 의례적인 인사도 진심일 때가 많을 거예요.”

메리가 밝고 명랑한 목소리로 말했다. 그리고는 바로 그 순간에 마리아와 줄리아로부터 함께 합류해주기를 권유받고 피아노 쪽으로 서

둘러 걸어갔다. 에드먼드는 그녀의 뒷모습을 바라보고 있었다. 그녀의 상냥한 몸짓하며 가볍고 우아한 발걸음에 이르기까지 모든 동작을 아름다운 예술품을 감상하듯 경탄의 눈초리로 바라보며 감탄하고 있었다. 메리의 모든 것이 에드먼드에게는 경탄의 대상이 되었다.

"저게 바로 좋은 성품이라는 거겠지."

그는 한참 만에 말했다.

"저런 성품은 남에게 상처를 주는 일이 절대 없을 거야! 저 멋진 걸음걸이를 보렴! 얼마나 우아하고 경쾌한지. 그리고 말이야, 다른 사람으로부터 요청을 받자마자 즉시 응하는 저 태도 좀 봐. 메리 양이 지금까지 그런 곳에서 지내왔다는 것이 유감스러울 뿐이야. 그런 사람들에게서 양육되었다는 사실이 말이야!"

에드먼드는 메리의 뒷모습에서 여전히 시선을 떼지 못하고 있었다. 패니도 에드먼드의 말에 동의했다.

반가운 것은 그가 합창이 시작되려는 데도 패니와 함께 창가에 서 있었으며 이윽고 그녀처럼 눈을 바깥 경치로 돌렸다. 창밖의 밤 풍경은 고요하고 낭만적이었다. 구름 한 점 없는 밤하늘을 달빛이 은은하게 비추고 있어, 깊게 드리워진 어두운 숲의 그림자와 대조를 이루고 있었다.

"정말 완벽한 조화야! 보이는 모든 것들이 너무나 평화로워서 마치 편안한 휴식처럼 느껴져. 그림이나 음악으로는 이 광경을 도저히 담아낼 수 없을 것 같아. 이런 광경을 묘사할 수 있는 것은 시밖에 없을 거야. 모든 근심은 가라앉고 마음은 황홀해지기만 해! 이런 밤 풍경을 바라보고 있으면 이 세상에는 악도 슬픔도 있을 수가 없다는 기분이 들어. 만약 사람들이 자연에 대한 경외심을 조금만 더 가지고 있으면 좋을 텐데. 이런 자연의 숭고함에 눈 떠서 대자연의 아름다움을 관조할 수 있다면 얼마나 좋을까. 분명히 악한 일도 슬픈 일도 적어질 텐데……."

패니는 꿈꾸는 듯한 목소리로 자기의 느낌을 이야기했다.

"패니, 네가 감격해 하는 걸 보고 있으니 나도 즐겁구나. 정말 아름다운 밤이야. 이렇게 아름다운 경치를 보면서도 너와 같은 감정을 느끼지 못하는 사람들이 가엾게 느껴진다. 어린 시절부터 자연을 음미하는 방법을 제대로 배우지 못한 사람들이겠지. 그들은 너무나 많은 것들을 놓치고 있지만 그것조차 모르고 있을 거야."

에드먼드가 말했다.

"나에게 이런 느낌을 갖게 해준 사람은 바로 오빠야. 오빠로 인해 이런 식으로 생각하고 느낄 수가 있게 됐지."

"학생이 총명해서 그런 거지. 야, 저기에 아크튜어러스[대각성(大角星), 목동(牧童) 자리에서 가장 큰 별]가 선명히 빛나고 있군."

"응, 그리고 작은곰자리도. 카시오페이아 별자리가 보였으면……."

패니가 하늘을 바라보며 말했다.

"그건 잔디밭에 나가야지. 한번 나가볼까?"

"응, 그렇게 해. 아주 옛날이었지. 둘이서 별 찾기를 한 것 말이야."

"그렇구나. 어째서 그렇게 되어버렸을까?"

에드먼드가 고개를 갸웃하면서 말했다. 바로 그때 합창이 다시 시작되고 있었다.

"패니, 저 노래가 끝날 때까지 여기 있기로 하자."

그는 창을 등지고 서서 말했다. 그러나 유감스럽게도 합창이 계속 이어지자 그는 조금씩 피아노가 있는 쪽으로 움직여가고 있었다. 패니는 서글픈 생각이 들었지만 그저 물끄러미 그의 모습을 지켜볼 뿐이었다.

노래가 끝났을 때에는 노래하는 사람들 바로 곁에 서서 아주 간곡히 앙코르를 청하고 있었다.

패니는 혼자 창가에서 한숨을 짓고 있다가 노리스 이모로부터 감
기 든다는 잔소리를 들으며 그곳에서 물러났다.

<h1 style="text-align:center">12</h1>

토머스 경은 11월에 돌아올 예정이었다. 그는 자신이 도착하기 전에 장남인 톰을 먼저 집으로 보내겠다는 편지를 보내왔다. 9월이 다가올 무렵에 톰 버트램이 숲지기에게, 뒤이어 에드먼드에게도 전갈을 보내왔다.

8월 말이 되자 톰이 집에 도착했다. 그는 여전히 유쾌하고 활기가 넘치는 모습이었다. 그는 기회 있을 때마다 혹은 메리의 요청을 받아들여서 경마나 웨이머스(영국 남서해안의 휴양지 :역주), 또는 파티와 친구 이야기를 꺼내곤 했다. 만약 6주 전이라면 그녀도 이 이야기에 조금은 흥미를 가지고 귀 기울였을지 모르지만, 실제로 비교해봄으로써 그녀는 차남 쪽이 낫다는 결론을 신중하게 내려놓고 있었다.

이것은 무척 짜증나는 일이어서 그녀는 진심으로 유감스럽게 생각했으나 사실이 그러했다. 지금은 장남과 결혼할 뜻이 없을 뿐 아니라 그를 미혹시킨다 해도 미인이라 의식하고 있는 사람이 단순하게 다른 남자들의 이목을 끌고 싶어하는 정도였다.

톰이 맨스필드를 오랫동안 비워두고 향락만을 추구하며 자기의 편리만을 생각하는 것으로도 그녀에게 마음이 없는 것이 분명해졌던 것이다. 그가 무관심하다면 그녀 쪽에서도 그 이상으로 나가고 싶은 생각은 없었다. 지금 당장 그가 맨스필드 파크의 영주가 되고, 토머스 경의 지위를 물려받는다 해도 그를 남편으로 맞아들일 생각은 없었다.

톰 버트램이 맨스필드 파크로 돌아오게 된 것은 여러 가지 의무 때문이었다. 그와 마찬가지로 헨리 역시 노퍽 주로 떠나가야만 했다. 9월 초엔 무슨 일이 있어도 에브링검에서 머무르고 있어야만 하는 상황이었다.

헨리는 2주일 예정으로 떠났다. 이 2주간은 버트램 가의 두 딸들에겐 몹시 따분한 시간이었다. 그동안 마리아와 줄리아는 자신들의 행동과 처신에 대해 조심스럽게 돌아보아야 했다. 줄리아는 언니에 대한 질투심을 인정하고 그 때문에 그의 구애 따위는 신용해서는 안 되며 다시 맨스필드로 돌아오지 말았으면 하고 바라는 것이 온당한 감정이라고 시인해야 했다. 그리고 이 신사 역시 이 2주일간은 새 사냥을 하거나 잠을 자거나 하는 동안 시간은 충분히 있었으므로, 좀더 오랫동안 맨스필드 파크를 떠나 있는 것이 좋다고 깨달았어야 했다. 하지만 그에게는 자신의 동기를 검토하여 쓸모없는 허영심을 기르면 앞으로 어떻게 될 것인지 생각해보는 성찰이 부족했다.

그는 유복한 신분이면서도 본받을 만한 사람도 없었기 때문에 분별력이 없고 자기 욕심대로만 행동하려 하는 이기적인 사람이었다. 그저 눈앞의 일밖에 보려고 하지 않았고 미래를 내다보면서 행동하거나 계획할 줄도 몰랐다. 미인이고 영리하며 자신을 좋아하는 듯한 두 자매는 그의 가슴속에 하나의 놀이 대상이었던 것이다.

노퍽 주에는 맨스필드에서의 사교의 즐거움에 맞먹을 만한 것이 발견되지 않았기 때문에 헨리 크로포드는 예정된 기간 안에 기꺼이 돌아왔고 앞으로도 단순히 재미로 삼을 두 아가씨들에게 크게 환영을 받았다.

그동안 마리아 곁에는 제임스가 있어 자신이 보낸 하루의 사냥의 성과라든가 자신의 사냥개를 자랑했고, 이웃에 대한 험담을 늘어놓곤 했다. 그는 이웃들이 얼마나 질이 떨어지는지 쉴 새 없이 얘기하거나 사냥에 대한 뜨거운 열정을 풀어놓곤 했다. 그녀는 이러한 이야기들을 끊임없이 들어주어야 하는 처지에 놓이게 되었다.

이런 화제가 여성들의 마음에 스며들려면 사냥에 대한 특별한 관심이, 또 한편으로는 어느 정도의 재능과 애착이 없으면 안 되는 것이었다. 따라서 마리아는 마음속으로 헨리를 무척 그리워하고 있었다.

줄리아 쪽은 구애하는 남자가 있거나 약혼한 남자도 없었고 따분하기도 하여 더한층 그를 그리워할 권리가 있다고 여기고 있었다. 두 자매는 서로 자신이 더 호감을 사고 있다고 믿고 있었다. 줄리아가 그렇게 생각한 근거는 희망적 관측에 입각한 그랜트 부인의 암시 때문이며 마리아 쪽은 헨리 자신의 암시에 의한 것이었다.

모든 것은 그가 맨스필드 파크에 도착했던 그때와 똑같은 상태로 되돌아왔다. 이 두 아가씨에 대한 그의 태도는 무척 활발하고 상냥하여 어느 쪽의 호감도 잃지 않았고 그 꾸준함이나 진지한 관심 혹은 열성에도 불구하고 남의 주의를 끌 만한 상태 일보 직전에서 절제를 했기 때문에 구애로 이어지지도 않았다.

헨리의 행동 중에서 좋지 않은 점을 발견한 사람은 오직 패니뿐이었는데 소서턴에서 하루를 보낸 이후, 그녀는 헨리가 자매 중의 어느 한쪽과 같이 있는 장면을 보면 유심히 관찰하지 않을 수 없었다. 또한 불신과 경멸의 눈초리를 거둘 수도 없었나. 만일에 이 경우에도 다른 모든 일과 마찬가지로 자기의 판단력에 자신을 가질 수 있었다면, 그래서 자신이 사물을 보고 분명한 판단을 내리고 있다는 확신이 섰다면 그녀는 아마도 언제나처럼 에드먼드에게 무언가 중요한 것을 털어놓았을 것이다. 그러나 사실 그녀는 자신의 생각에 대한 확신이 없었기 때문에 시험 삼아 슬쩍 암시를 주었을 뿐이며 그 암시도 통하지 않았다.

"약간 놀랐어. 크로포드 씨가 이렇게 빨리 돌아와서……. 이곳에 꽤 오래 머물러 있었잖아? 꼬박 7주간이었지. 그분은 변화를 좋아하고 여기저기 돌아다니기를 무척 좋아하신다고 들어서 일단 여기서 나가시면 반드시 무슨 용무가 생겨 어딘가 다른 곳으로 가시리라 생각했어. 맨스필드보다는 훨씬 화려한 장소에 익숙한 분이니까."

패니는 의아한 표정을 지으며 말했던 것이다.

"좋은 일이지 않겠어? 아마 메리 양은 여동생 입장에서 좋아할 거야. 오빠의 안정되지 않은 생활 태도가 싫었을 테니까 말이야."

에드먼드가 대답했다.

"언니들에게 매우 인기가 있어!"

"그렇지, 여자에 대한 그의 태도는 아무래도 호감을 주니까 말이야. 그랜트 부인은 그가 줄리아를 좋아한다고 보는 것 같아. 그런 기미를 아직 한 번도 보진 못했지만 그렇게 되어주면 좋겠어. 그의 결점도 정식으로 사랑하는 사람이 생기면 자연히 없어질 테니까."

"마리아 언니가 약혼하지 않았다면 말이야, 그분이 줄리아 언니보다 마리아 언니를 더 좋아하고 있다고 생각하고 싶은 때가 가끔 있었어."

패니는 조심스럽게 말했다.

"그야 패니, 아마도 네가 눈치 채고 있는 이상으로 그가 줄리아를 좋아하는 증거란다. 흔히 있는 일이라 싶은데 남자란 완전히 결심을 굳히기까지는 자기가 진정으로 생각하는 여자의 자매나 친구 쪽을 그 이상으로 소중히 여기는 법이지. 크로포드 씨는 분별 있는 남자니까, 마리아와 위험한 관계에 빠지겠다고 느껴지면 여기 머물러 있지도 않을 거야. 그리고 마리아도 염려할 건 없어. 자신의 감정을 솔직하게 표현해 보인 뒤이니만큼 그런 문제에 대해서는 전혀 걱정 안 해."

에드먼드는 모든 사람들을 신뢰하고 있었다. 패니는 자기 판단이 잘못이었다고 생각하여 앞으로는 생각을 바꾸려고 했으나 아무리 에드먼드의 말을 믿으려 해도 쉽게 수긍이 가지 않았다. 다른 사람들도 맞부딪치는 눈짓이나 암시로 헨리가 줄리아를 선택한 것이 틀림없다고 믿는 눈치였지만 거기에는 석연찮은 구석이 있었다.

그녀는 어느 날 밤, 이 문제에 대한 노리스 이모의 희망과 의중을, 또한 이것과 다소 유사성이 있는 점에 대한 러시워스 부인의 생각을 알게 되었고 또 그 말을 듣고는 어처구니가 없었다. 이런 이야기는 듣지 않은 편이 나았던 것이다. 패니는 다른 젊은이들이 모두 춤을 추고 있을 때 자신만이 본의 아니게 난롯가의 부인들 사이에 끼어 앉아 톰이 들어오기를 간절히 기다리고 있었다.

파트너가 생길 가능성은 전적으로 이 오빠에게 달려 있었던 것이다. 이것은 패니의 첫 무도회였지만 다른 많은 아가씨들의 첫 무도회처럼 화려하게 사전 준비가 돼 있었던 것은 아니었다. 그것은 오후에 갑자기 나온 제안이었으며 그것도 바이올린을 켤 줄 아는 남자가 참가하게 되었다는 것과 그리고 그랜트 부인과 마침 이 집을 방문 중인 톰 친구의 도움을 받으면 다섯 쌍의 커플을 만들 수가 있다는 사실만이 계기가 되었던 것이다.

패니는 무척 즐겁게 네 곡의 춤을 추었다. 춤을 추는 시간이 너무나 행복했던 패니는 단 15분이라도 그냥 자리에 앉아 보내는 것이 너무나 안타깝기만 했다. 패니는 춤을 출 수 있기를 간절히 바라면서 춤추는 사람들과 출입구를 번갈아 바라보고 있었다. 그러는 중에 아까 말한 두 여인이 주고받는 이야기를 본의 아니게 듣고 말았던 것이다.

"부인, 이제 곧 경사스런 일이 생길 것 같군요."

노리스 부인이 말했다. 시선은 또 한 번 파트너가 되어 춤을 추는 제임스와 마리아에게 향해 있었다.

"그렇습니다, 부인. 이렇게 구경하는 보람이 있군요. 저 애들이 계속해서 춤을 추지 못하고 떨어져야 했던 걸 애처롭게 생각하던 참입니다. 저 경우의 젊은이들이라면 일반적인 예절은 지키지 않아도 괜찮을 텐데……. 우리 아이가 그런 제안을 하지 않았나 싶군요."

러시워스 부인이 억지웃음을 지으며 말했다. 하지만 그녀의 표정은 매우 근엄했다.

"물론 그랬을 거라는 생각이 드는군요, 부인. 러시워스는 정말 빈틈없는 사람이니까요. 하지만 마리아 역시도 정말 답답하다고 할 만큼 예의범절에 철저하답니다. 요즘에는 흔하지 않은 진짜, 조심성 있는 아이지요. 어머나, 러시워스 부인. 잠깐 저기 좀 보세요. 저 애의 지금 얼굴을! 요전번 두 곡의 음악에 맞춰 춤출 때와는 너무나 달라 보여요!"

노리스 부인이 손가락으로 마리아를 가리키고 있었다. 그녀는 확실히 행복해 보이는 표정을 짓고 있었다. 눈은 기쁨으로 빛나고 이야기도 무척 생기발랄하게 하고 있었다. 왜냐하면 줄리아와 파트너인 헨리가 바로 곁에 있었기 때문이다. 그들은 모두 어울려 한 덩어리가 되어 있었다. 그 이전엔 어떤 얼굴을 하고 있었는지 패니는 기억할 수가 없었다. 그녀 자신이 에드먼드와 춤을 추고 있어서, 마리아 생각은 전혀 하고 있지 않았기 때문이다.

"저렇게 잘 어울리는 젊은 쌍을 바라보는 것은 정말이지 즐거운 일이에요. 그렇게 생각하지 않으세요, 부인? 너무 잘 어울려 흠 잡을 데가 전혀 없는 걸 보니 말입니다! 토머스 경도 얼마나 기뻐할까요. 그런데 부인, 또 한 쌍이 탄생할 것 같지 않으세요? 제임스가 좋은 본을 보였으니 이런 일은 전염이 빠를 거예요."

노리스 부인이 젊은이들을 향해 눈길을 떼지 않으면서 말했지만 러시워스 부인은 자신의 아들밖에 눈에 들어오지 않았으므로 노리스 부인이 무슨 말을 하고 있는지 어리둥절해 하고 있었다.

"저쪽의 한 쌍 말이에요, 부인. 저기에도 역시 그런 징조가 보이지 않나요?"

"아 참! 그렇군요! 줄리아 양과 헨리 크로포드. 정말 아름다운 한 쌍이네요. 저 사람의 수입은 어느 정돈가요?"

러시워스 부인이 몹시 궁금한 표정으로 물었다.

"1년에 4천 파운드 정도라고 하더군요."

"훌륭하군요. 누구든지 간에 위를 올려다보면 끝이 없는 법이니까요. 1년에 4천이라면 제법 많은 재산이에요. 더욱이 대단히 품위 있고 건실한 청년인 것 같습니다. 줄리아 양도 틀림없이 행복할 거예요."

"아직 정해진 일은 아닙니다, 부인. 친구들 사이에서만 은밀히 이야기를 하고 있을 뿐이죠. 하지만 꼭 그렇게 되리라 믿고 있어요. 이즈음 두드러지게 저 애한테 신경을 쓰고 있으니까요."

노리스 부인이 흡족한 듯 말했다. 패니는 두 사람의 대화를 더 이상은 들을 수 없었다. 듣는 것도 관찰하는 일도 잠시 보류해야 했다. 톰 버트램이 무도장으로 들어왔기 때문이다. 패니는 그가 춤을 청한다면 무척 영광일 거라고 생각하면서 춤을 추자고 제안해 오기를 기다리고 있었다. 그녀는 꼭 그렇게 되리라고 생각하고 있었다.

그는 몇몇이 모여 있는 쪽으로 오기는 했으나 그녀에게 춤을 청하지는 않고 의자를 끌어당기더니, 병든 말의 상태와 방금 헤어지고 온 말구종의 의견을 이야기했다. 패니는 기대가 이뤄지지 않음을 알고 소심한 성격 때문에 곧 기대했던 것이 잘못이었다고 생각했다. 말 이야기가 끝나자 그는 테이블에서 신문을 들고 대충 훑어보면서 내키지 않는 투로 말했다.

"춤추고 싶으면 패니, 상대해주지."

그러나 이 제의는 정중하게 거절되었다. 패니가 공손한 어조로 이렇게 말했던 것이다.

"아니에요, 오빠. 별로 추고 싶지 않아요."

"그거 잘됐군. 나는 지금 너무 피곤해서 죽기 일보 직전이거든. 이젠 진절머리가 난다. 모두들 이렇게 오랫동안 지치지도 않고 춤출 수 있다니……. 정말 놀랄 일이야. 사람들이 연애라도 하지 않고서는 이런 바보 노릇이 재미있다고 생각지는 않을 거야. 잘 봐, 다들 연인끼리 쌍쌍이 되어 있어. 아닌 건 예이츠와 그랜트 부인뿐이야. 우리끼리 하는 말이지만 저 아주머니는 가엾게도 저 친구들 못지않게 애인이 필요할 거야. 그랜트 박사와 함께 산다는 것이 얼마나 따분하고 끔찍할까. 정말 못 견딜 일일 거야."

그는 말하면서 그랜트 박사의 의자 쪽을 향해 장난 섞인 표정을 지어 보였다. 그런데 뜻밖에도 그랜트 박사는 톰의 바로 곁에 턱하니 서 있었다. 깜짝 놀란 톰은 얼굴 표정과 화제를 즉각 바꿔야 했다.

"미국이란 곳은 정말 이상한 나라예요. 묘한 일들이 부지기수로 발생하거든요. 그랜트 박사님! 이 문제에 대해서 어떻게 생각하세요? 정치 문제는 어떻게 생각해야 할지, 저는 늘 박사님에게 물어야 한답니다."

태연을 가장한 톰이 신문에 실린 기사를 가리키면서 그랜트 박사를 향해 물었다. 갑작스런 톰의 변화에 패니는 웃음이 쏟아지려는 것을 간신히 참아내고 있었다.

"이봐, 톰. 춤을 추지 않는다면 우리와 같이 트럼프 놀이를 해도 괜찮겠지, 어때?"

노리스 부인이 톰 버트램의 말이 끝나기가 무섭게 소리쳤다. 그러고는 자리에서 일어나 이 제안을 받아들이게 하려고 다가와서는 이렇게 작은 소리로 덧붙였다.

"러시워스 부인을 위해 한판 벌여주고 싶어. 네 어머니도 그걸 원하고 있어. 하지만 옷에 술 장식하는 일 때문에 직접 놀이를 할 시간이 나지 않는다는구나. 다행히 너와 나, 그랜트 박사라면 아주 안성맞춤이야. 우리는 반 크라운 내기밖에 하지 않지만 너는 저분을 상대로 반 기니를 걸어도 좋아."

"좋습니다. 그렇게 할 수 있다면 저도 참으로 기쁠 거예요. 하지만 저는 지금 막 춤을 추려던 참이었어요. 자, 이리 와, 패니."

톰이 자리에서 벌떡 일어나면서 곧장 패니의 손을 움켜잡았다.

"이제 더는 꾸물대지 말라고. 그렇잖으면 춤이 끝나버린단 말이야."

패니는 신명이 나서 끌려 나갔으나 사촌 오빠에게 별로 감사함을 느끼지는 않았으며 또한 같은 이기적 행위라도 톰 오빠와 노리스 이모 중에서 누가 더 이기적인지 구별 지을 수는 없었다.

톰 버트램은 패니와 둘이서 무도회장을 향해 걸어가면서 화난 듯이 소리쳤다.

"아니, 정말 눈물겹도록 고마운 부탁을 해왔는걸! 지금부터 두 시간 동안 나를 트럼프 테이블에 못박아두려 하다니. 게다가 그 상대가 이모와 그랜트 박사라니, 원. 저 둘은 언제나 말다툼만 하고 있지 뭐니. 그리고 느림보 할멈은 휘스트 놀이에 대해선 간단한 계산 말고는 아무것도 몰라.

노리스 이모도 남의 일로 해서 그렇게 바쁘시지 않았으면 좋겠어! 그런데 부탁하는 방법이 그게 뭐야! 아닌 밤중에 홍두깨 격으로 남들 앞에서 말이야. 그러니 거절할 구실도 없어지지 않느냐 말이야! 그게 더욱 싫어. 정말 약이 오른단 말이야. 겉보기엔 부탁 같아 선택의 여지가 있는 듯하면서도 실제로 말은 그렇게 하니 강제나 다름없지 뭐니……. 무슨 일이든 다 그렇거든! 다행히 너와 춤출 구실을 찾았으니

망정이지, 아니었으면 빠져나갈 구멍이 없었을 거야. 정말 너무해. 하
지만 이모 머릿속엔 무슨 계획이 일단 떠오르면 그땐 아무도 못 말
려."

13

톰 버트램의 새로운 친구 존 예이츠는 사교계에 발이 넓고 돈 씀씀이가 제법 컸으며 귀족의 차남으로서 상당한 재산이 있다는 것 외에는 별로 취할 만한 점이 없는 사나이였다. 어쩌면 토머스 경도 그가 맨스필드에 얼굴을 내미는 것을 결코 달가워하지는 않았을 것이다. 톰이 그와 알게 된 것은 웨이머스에서였다. 그들은 거기서 열흘 동안을 같은 사교계에서 지냈으며 이 우정—이것을 우정이라 할 수 있다 인정하고—의 증거와 그 결과로써 예이츠는 언젠가 시간이 나는 대로 맨스필드에 들러달라는 초대를 받고 그러겠다고 약속을 했던 것이다. 그가 생각보다 빨리 온 것은 다시 다른 친구의 집에서 재미있게 놀려고 계획했던 큰 파티가 갑자기 무산되었기 때문이다. 따라서 그도 웨이머스를 떠나 이 모임에 참가하고 있었던 것이다.

그는 잔뜩 실망감을 안고 맨스필드 파크에 왔다. 그 파티는 연극을 위한 것이었기 때문에 예이츠는 연극에 관한 일로써 머리가 꽉 차 있는 상태였다. 그 모임이 소인극을 위한 것이었는데 그가 한 가지 배역을 맡은 연극의 상연을 이틀 앞두고 이 집안의 근친 중의 한 사람이 갑자기 세상을 떠나는 바람에 계획은 취소되고 배역을 맡은 사람들은 뿔뿔이 흩어졌다.

행복과 명성을 목전에 두고 있었다. 또한 콘월 주 에클레스퍼드의 라벤쇼 경의 저택에서 상연될 소인극을 칭찬하는 긴 신문 기사—물론 이것으로 출연자들은 모두 적어도 1년 동안은 불멸의 이름을 남길 터였다—를 눈앞에 두고 모든 것을 잃어버린다는 사실은 참으로 한스러운 일이어서 예이츠는 이 밖에는 달리 화제가 없는 상태였다.

그 결과로 인해 예이츠가 느꼈던 고통은 극심한 것이었다. 에클레스퍼드와 그 무대, 그 장치와 의상, 리허설이나 농담은 그의 끊일 줄 모르는 화제이며 과거를 자랑하는 일이 유일한 위안이었다.

다행히도 맨스필드 파크의 젊은이들은 대체로 연극에 애정을 가지고 있고 한번 해 보고 싶은 생각도 무척 강했기 때문에 그가 아무리 지껄여도 듣는 사람의 흥미는 식지 않고 오히려 더욱 커다란 관심을 이끌어냈다. 처음 배역을 정하는 데서부터 끝나는 에필로그에 이르기까지 모두가 매혹적이어서 연극에 참여하고 싶어하지 않는 사람은 한 사람도 없었다. 또한 배역을 맡아 역량을 테스트해보기를 주저하는 사람도 없었다. 각본은 〈연인들의 맹세〉로 예이츠는 극 중에서 카셀 백작 역을 맡기로 되어 있었다.

"단역이기 때문에 보잘것없는 배역이지요. 전혀 제 취향에 맞지도 않고 그런 역은 정말 두 번 다시 맡고 싶지는 않아요. 하지만 불평은 하지 않기로 작정했습니다. 제가 에클레스퍼드에 도착했을 때는 라벤쇼 경과 공작이 맡을 수 있는 배역이 둘밖에 없는 걸 먼저 차지해버린 겁니다. 물론 라벤쇼 경이 자신이 맡은 역을 양보하려 했지만 그렇다고 어떻게 제가 그 역을 물려받겠어요? 라벤쇼 경은 자신에게 배우기질이 전혀 없다는 사실을 모르고 있거든요. 옆에서 지켜보는 것이 안쓰러울 정도로 그가 측은했습니다. 남작이 어울리기나 하나요! 키가 작고 목소리가 가늘어 늘 처음 10분만 지나면 목이 쉬어버리니! 연극은 엉망이 되었을 게 뻔하죠. 하지만 저는 군소리를 하지 않기로 결심했었죠. 헨리 경은 공작이 프레드릭 역에 맞지 않는다는 의견이었지만 그건 헨리 경 자신이 그 역을 맡고 싶어서였던 겁니다. 그래도 두 사람 중에서는 공작 쪽이 나았지요. 놀랐지 뭡니까, 헨리 경은 여간 서툰 배우가 아니었으니 말입니다. 그나마 비중 있는 배역이 아니어서 천만다행이었죠. 때문에 연극이 죽고 사는 형편이 아니었던 건 불행 중 다행이었죠. 애거서 역을 맡은 여성은 외모도 출중했고 연기가 뛰어났어요. 공작도 마찬가지로 여러 사람들로부터 호평을 받았구요. 그래서 전반적으로 볼 때 연극은 성공적이었다고 볼 수 있었어요."

예이츠가 가늘게 한숨을 내쉬며 말했다.

'정말 혼이 나셨네요.' 라든가 '정말 안 됐군요.' 라는 말이 듣는 이들의 친절한 반응이었다.

"지금 여기서 불평을 할 정도의 일은 아니지만 그 늙은 미망인이 사망한 시기는 더 이상 나쁠 수 없는 시기였어요. 우리는 사흘 동안만 그 소식을 덮어둘 수 있었으면 하고 바라지 않을 수 없었죠. 딱 사흘 뿐이니까요. 게다가 나이 많은 사람의 사망이었고, 2백 마일이나 떨어진 곳에서 일어난 일이잖아요? 덮어둬도 상관없을 것 같고 실제로 그런 말도 나왔어요. 그러나 라벤쇼 경으로 말할 것 같으면 예절 바르기로는 영국에서 손꼽히는 사나이여서 도무지 들어주지 않았답니다."

예이츠가 계속해서 주위에 둘러선 사람들에게 말했다.

"희극 대신에 익살을 부리는 촌극을 한 셈이지. 〈연인들의 맹세〉는 막이 내리고 라벤쇼 경 부부가 〈나의 할머니(18세기 영국의 소극)〉를 공연하기 위해 자기들만 훌쩍 떠났다니 말이야. 아무튼 그로서는 과부가 남긴 막대한 유산이 위로가 되었을 테니까. 우리끼리 하는 말이지만 어쩌면 그는 남작 역을 맡으면 자기의 평판과 명성에 해가 되지나 않을까 걱정이 되어서 몹시 두려워하다가 좋은 기회다 싶어 발을 뺐는지도 모르지. 어쨌든 예이츠, 자네가 겪은 것에 대한 보상으로 하는 말인데, 맨스필드에 소극장을 만들어 자네에게 매니저 자리를 맡겨야겠어."

이것은 그 자리에서 떠오른 톰의 즉흥적인 생각이었으나 그 자리에서 그치지는 않았다. 왜냐하면 모두의 마음에 연극을 하고 싶다는 마음이 싹텄고 그 마음이 제일 강렬한 사람이 현재 이 집의 주인인 톰이었기 때문이다. 그는 시간적인 여유가 무척 많았고 집안의 가장이나 다름없는 장남이었기 때문에 새로운 일이라면 거의 무엇이든 좋아했고 그것을 실천에 옮길 수 있는 권한을 가지고 있었다. 게다가 연극이라는 새 놀이에 적합한 활발한 재능과 유머러스한 감각에다가, 희극적 취미도 적잖이 가지고 있어 손쉽게 몸에 익힐 수 있었다. 연극에 대한 생각은 그의 머릿속에서 좀처럼 떠날 줄 몰랐다.

'아아! 에클레스퍼드의 무대와 배경이 있다면 뭔가 해볼 수 있을 텐데.' 가끔 톰이 이런 탄식을 토하곤 했다. 그럴 때면 두 누이동생도 이 소원을 앵무새처럼 되뇌었다. 헨리는 모든 쾌락을 다 맛보았지만 이 재미만은 아직 경험하지 못했기 때문에 이 말을 듣자 신이 났다.

"사실은 말예요, 지금 이 순간 완전히 바보가 되어 있는 기분이 들어요. 위로는 샤일록이나 리처드 3세(셰익스피어의 극중 인물)로부터 밑으로는 붉은 옷과 삼각 모자를 쓰고 노래하는 소극의 주인공에 이르기까지 동서고금의 어떤 배역이든 다 해보고 싶다는 욕심뿐입니다. 무엇이든 어떤 역할이든 할 수 있겠어요. 영어로 씌어 있는 것이라면 어떤 비극이든 희극이든 다 좋아요. 그냥 연기만 할 수 있으면 다른 것은 아무 상관이 없을 듯해요. 출연해서 고함을 칠 수도 있고 한숨을 쉴 수도 있고, 마구 희롱할 수가 있을 것 같은 기분입니다. 뭔가 합시다. 절반이라도 좋아요…… 1막…… 한 장면이라도 말이에요. 뭔가 우리를 가로막는 것이 있나요? 미모? 이만한 용모라면 더 볼 게 없을 텐데. 그리고 극장이 반드시 있어야만 하나요? 극장이란 것이 뭔가요? 단지 우리끼리 즐기자는 취지로 보자면 이 집안의 어떤 방을 써도 무방할 겁니다."

헨리가 실제로 공연한다는 생각에 잔뜩 들떠 있는 목소리로 버트램가의 딸들을 바라보며 말했다.

"그리고 커튼이 있어야만 해요. 막으로는 초록색 베이즈〈당구대·탁자·커튼 따위에 쓰는 초록색의 설핀 나사(羅紗).〉, 천이 몇 야드 있으면 됩니다. 아마도 그걸로 충분할 겁니다."

톰 버트램이 한 마디 끼어들었다.

"그럼요, 그 정도면 충분하죠. 문과 평형을 이루게 무대의 양 옆까지 커튼을 내려뜨려서, 장치용 울타리를 만들면 됩니다. 이번 같은 계획에는 그 이상은 필요 없어요. 우리들만 즐기기 위한 것이니까 더 이상 거창하게 할 아무것도 필요 없습니다."

예이츠가 고개를 끄덕이면서 천천히 말했다.

"그런 식으로 무대를 꾸밀 것까지도 없다고 생각하는데요. 시간도 없을 테고 막상 시작하려면 생각지도 못한 어려운 문제에 봉착할 수도 있을 거예요. 크로포드 씨의 의견을 채택하여 무대가 아니라 연기 쪽을 목적으로 해야 될 거예요. 영국의 일류 극에서도 굳이 무대 장치를 요구하지 않는 훌륭한 희곡들도 아주 많이 있으니까요."

마리아가 말했다.

"아니에요. 무슨 일이든지 적당히 처리해서 일을 어중간하게는 만들지 맙시다. 이왕 연극을 하려면 맨바닥 관람석, 칸막이가 있는 고급 관람석, 임시 좌석까지 정식으로 다 갖추어진 극장에서 합시다. 그리고 공연물도 처음부터 끝까지 완전한 것으로 해요. 독일 희극으로 하죠. 제목은 무엇이든 상관없어요. 관중을 웃기는 효과적인 끝맺음이 있어야 하고 변화가 많은 촌극과 막간에는 피겨 댄스와 혼파이프 댄스(뱃사람들의 활발한 춤)와 노래를 곁들입니다. 에클레스퍼드보다 더 훌륭하게 할 자신이 없으면 아예 하지도 말아요."

에드먼드가 고개를 가로저으며 비아냥거리듯이 말했다. 그는 다른 사람들이 하는 얘기를 들으며 약간 놀랐던 것이다.

"어머, 에드먼드 오빠, 그런 기분 나쁜 소리는 그만해. 오빠만큼 연극을 좋아하는 사람이 어디 있다고. 연극을 관람하기 위해서라면 아무리 먼 곳이라도 두 말 않고 가잖아?"

줄리아가 짜증난다는 듯이 에드먼드를 바라보며 말했다.

"그래, 연기 수준이 높고 세련된 연기를 보기 위해서라면 마다하지 않지. 하지만 본격적인 연기 훈련도 제대로 받지 않은 사람들의 소인극을 보러 이 방 저 방 돌아다니고 싶은 마음은 없는걸. 바로 옆방까지라고 해도 말이야. 많은 교육과 깍듯한 예절을 배운 신사숙녀가 허우적거리는 광경을 보기 위해서라면 말이야."

에드먼드가 냉정하게 말했다. 잠시 동안 어색한 침묵이 흘렀다. 잠시 중단되었던 이야기가 다시 계속되었는데 그 주제도 바뀌지 않았고 열의가 줄어든 것 같지도 않았다. 논의를 하는 중에 다른 사람들도 관심을 갖는 눈치였고 그래서 모두의 기분은 고조되었다. 톰 버트램은 희극을, 누이동생들과 헨리는 비극을 원했다는 것과, 모두의 마음에 드는 각본을 구하는 일은 아주 간단하다는 것 이외에 결정된 것은 아무것도 없었으나 무언가를 상연하자는 결심은 굳어진 듯했으므로 에드먼드는 그 자리에 있기가 무척 거북해졌다. 그는 가능하면 이런 일을 만류할 작정이었는데 버트램 영부인은 테이블에서 오고 가는 이 말들을 듣고 있으면서도 반대하는 기색은 전혀 보이지 않았다.

그날 밤에 에드먼드가 그들을 다시 한 번 만류해 볼 기회를 만났다. 마리아와 줄리아, 헨리, 그리고 예이츠가 당구실에 모여 있고, 톰이 그들과 함께 있다가 막 응접실로 들어오고 있었다. 바로 그 순간에 에드먼드는 생각에 잠긴 듯이 난롯가에 서 있고 버트램 영부인은 조금 떨어진 소파에 앉아 있었으며, 패니는 그 바로 곁에서 이모의 일을 준비해주고 있었다. 톰은 이렇게 말을 꺼냈다.

"우리 집 당구대만큼 엉터리는 아마 이 세상에 없을 거야! 이젠 더 참을 수가 없어. 무슨 일이 있어도 다시는 쓰지 않을 테다. 그러나 한 가지 점만은 좋다는 걸 알았어. 무대에 아주 적합한 방이야. 모양도 세로 길이도 그만이거든. 안쪽에 있는 방문은 5분쯤 시간을 들여 아버지 방의 책장을 움직이기만 하면 서로 통하게 되어 있으니까 무대가 필요할 경우엔 정말 안성맞춤이야. 게다가 아버지의 방은 멋진 분장실이 될 거야. 마치 그것을 위해 일부러 당구실 옆에 있는 것이나 다름없으니 말이야."

"설마하니, 형. 정말 연극을 할 생각은 아닐 테지?"

에드먼드는 형이 난로 곁으로 다가왔을 때 질문을 던졌다.

"정말로 하는 게 아니라니! 무언가에 이만큼 관심을 가져본 적은 없다고 할 정도야. 뭔가 크게 놀랄 일이라도 있니?"

"나는 그것이 아주 잘못된 일이라고 생각해. 일반적으로 보아 소인극이란 것은 여러 가지 문제점을 내포하고 있지만, 지금의 우리 입장으로서도 그래. 그런 짓을 하는 것은 극히 무분별, 아니 무분별 이상의 지각없는 행동이라는 생각이 들거든. 아버지에 대해서도 그렇잖아. 집을 떠나 계실 뿐만 아니라 어떤 위험에 직면하게 될지도 모르는 상황에서 두리가 아니라도 봐, 형. 그리고 마리아를 생각해봐도 미안한 일이 아닐까? 마리아의 상황이 매우 미묘한 입장에 놓여 있으니까 말이야. 이런 때는 아주 조심스럽게 행동해야 하잖아. 여러모로 생각해 볼 때 연극이라는 건 정말 경솔한 짓이라는 생각이 들어."

에드먼드가 간청하듯이 말했다.

"너는 모든 일을 언제나 지나치게 심각하게 받아들이는 편이더구나! 마치 넌 우리들이 아버지가 돌아오실 때까지 주 3회 상연으로 온 나라 사람을 모두 초대라도 하는 것처럼 말하잖아. 하지만 그런 야단스런 일은 일어나지 않을 거야. 이건 그런 공연이 아니라구. 우리끼리 잠깐 즐기는 것 이상은 아니니까. 뭔가 새로운 일에 도전해보자는 것뿐이야. 다른 의도는 아무것도 없다구. 관객이나 평판 따윈 바라지 않아. 안심하고 나한테 맡겨 줘. 어디 한 곳 나무랄 데 없는 완벽한 연극을 택할 테니까. 존경받는 작가의 고상하고 품위 있는 언어로 대화하는 것이 보통 말로 지껄이는 것에 비해 해롭거나 위험이 크다고는 생각되지 않아. 염려할 필요도 없고 양심의 가책을 받을 이유도 없어. 아버지가 안 계시다는 것이지만 그것이 반대해야 할 문제가 되기는커녕 오히려 동기가 된다고 생각해. 왜냐하면 아버지가 돌아오시기를 기다리는 동안 어머니께선 무척 걱정이 되실 거야. 근심을 잊는 방법으로 앞으로 2~3주일 동안 어머니의 기분을 밝게 해드릴 수 있다면 그동안의 시간을 아주 가치 있고 유용했다고 생각할 수도 있을 것 같은데 뭐. 아버지도 그렇게 생각하실 거야, 분명. 지금이 어머니에게는 힘들고 무척 불안한 기간이란다."

톰이 이렇게 말하면서 어머니 쪽으로 시선을 돌리자 에드먼드도 어머니 쪽을 바라보았다. 버트램 영부인은 소파의 한구석에서 때마침 꾸벅꾸벅 졸기 시작하던 참이었다. 건강과 부와 안락과 평온을 고루 갖춘, 그림으로 그린 듯한 자태였다.

에드먼드는 어머니의 모습을 보면서 잔잔한 미소를 지었지만 여전히 고개를 저었다.

"아니, 이건 말이 안 돼. 이건 정말 말이 안 되잖아. 에드먼드, 네가 잘못 짚었어. 어머니, 어머니가 걱정하신다니……. 이거, 큰 실언을 하는군."

톰은 소리치면서 의자에 걸터앉더니 껄껄 웃어댔다.

"왜 그러니? 나는 자고 있지 않았어."

영부인이 아직 잠이 덜 깬 목소리로 물었다.

"아, 아니에요, 어머니. 아무도 어머니에게 뭐라고 하지 않았어요. 아무것도요."

그는 어머니를 향해 손을 내저으면서 말했다. 그러나 다시 버트램 영부인이 꾸벅꾸벅 졸기 시작하자 이전의 화제로 돌아가 말을 계속했다.

"하지만 에드먼드, 이 사실 하나만은 확실하게 주장하고 싶어. 어느 누구에게도 해가 되지는 않는다는 것 말이야."

"나는 아무래도 형의 의견에 찬성할 수 없어. 아버지께서는 분명 이 연극에 대해 크게 반대하실 거야. 나는 확신해."

에드먼드가 완강하게 말했다.

"나는 그 반대쪽을 확신하고 있어. 젊은 사람이 재능을 발휘하는 걸 아버지만큼 좋아하시는 분은 없고 그걸 아버지만큼 장려한 분도 없을 거다. 아버지는 항상 연기하는 것이나 시를 낭독하는 따위의 일에 옛 날부터 취미를 갖고 계셨다고 봐. 어린 시절에는 우리에게도 그걸 권장하셨고 늘 지켜보고 계셨으니까. 나는 아직도 그것을 분명하게 기억하고 있거든. 바로 이 방에서 나는 몇 번이나 줄리어스 시저의 유해를 장사 지냈으며, 사느냐 죽느냐 따위의 햄릿을 만나고는 했지. 아버지가 좋아하시는 선 그 정도야. 어떤 해에는 크리스마스 휴가 중 줄곧 저녁마다 '내 이름은 노발—존 홈의 비극(더글러스) 중의 인물'을 외워야 했던 것도 분명하게 기억해."

톰 역시도 완강한 어조로 말했다.

"그건 사정이 다른 얘기지. 어떤 차이가 있는지는 형도 잘 알고 있 잖아. 아버지는 우리가 어린 학생일 때 말을 잘하게 되기를 원하셨던 거지. 하지만 성숙한 딸이 연극을 하는 일 따윈 결코 바라시지 않을 거야. 예의범절에 대해선 엄격한 분이시니까."

에드먼드가 심각한 표정으로 말했다.

"그런 건 모두 알고 있어. 나도 아버지에 대해서는 너 못지않게 알고 있어. 그리고 딸들이 아버지에게 누가 되는 행동이나 슬프게 해드리는 일은 없도록 내가 책임지고 주의를 할 거야 . 그러니까 에드먼드, 너는 네가 해야 할 일만 하면 되는 거야. 가족의 나머지 일은 내가 다 알아서 할 테니까."

톰은 기분이 상한 듯이 말했다.

"형이 그렇게까지 연극을 공연하기로 작정했다면 아주 소품으로 짜임새 있게, 그리고 너무 화려하지 않게 하도록 해. 극장을 꾸미는 것은 시도하거나 손을 대서는 안 된다고 생각해. 아버지가 계시지 않는 동안에 집을 멋대로 함부로 사용하는 결과가 되니까. 변명의 여지가 없는 일이잖아."

"그런 점은 모두 내가 책임을 지겠어. 우리가 연극을 공연하게 되더라도 이 집에 아무런 해도 끼치지 않을 거야. 이 집을 소중히 여기는 점에 있어서는 나도 너와 마찬가지로 큰 이해관계를 갖고 있으니까. 지금 말한 실내의 구조를 변경하는 것에 대해서는 아버지도 반대하지 않으실 거야. 즉 책장을 옮기거나 문을 떼어내거나 또는 당구실에서 일주일 동안 당구도 치지 않는다고 해서 반대하실 이유가 뭐가 있겠어? 만약 반대하신다면, 그것은 우리가 이 방에 오랫동안 머물러 있으면서 조찬실에는 별로 가지 않는다고 화를 내시는 것과 마찬가지야. 누이동생의 피아노가 방 한쪽에서 반대쪽으로 옮겨졌다든가 하는 그런 사소한 일에 아버지가 반대하실 거라고 생각하는 것과 같아. 말도 안 돼! 그건 난센스에 불과한 거야!"

톰은 단단히 화가 난 사람처럼 소리쳤다.

"집의 구조를 조금 변경한다는 것 자체야 큰 문제가 아니더라도 비용 측면에서 볼 때는 당연히 문제가 되겠지."

에드먼드는 여전히 자신의 고집을 꺾지 않았다.

"암, 그렇지. 하지만 그런 구조 변경에 들어가는 비용은 정말 사소한 거야! 아마 20파운드 정도면 충분할걸. 그것도 극장 비슷한 것으로 변경할 때 말이야. 하지만 우리는 정말 최소한의 비용으로 아주 간단히 처리할 거야. 녹색 커튼에 목수가 해야 할 일이 약간 있겠지. 그뿐이야. 목수 일은 모두 집에서 크리스토퍼 잭슨에게 시키면 되니까 비용 운운 하는 건 바보스러울 정도로 지나친 노파심이야. 게다가 잭슨을 쓸 동안은 아버지도 절대 안심하실 거야. 이 집 사람으로 너 이외엔 모두 눈도 보이지 않고 판단도 할 수 없다고 생각지는 말아줘. 만약 마음에 들지 않으면 너는 출연하지 않아도 좋아. 그러나 다른 사람 모두를 네 뜻대로 지배하려고 덤벼들진 말란 말이야."

톰은 단호한 어조로 말했다.

"물론이지. 나 자신이 출연하는 일은 절대 없을 거야. 나는 연극을 반대하는 입장인걸."

에드먼드가 말했다. 톰은 에드먼드의 말이 끝나기도 전에 방에서 나가버렸다. 뒤에 남은 에드먼드는 난롯가에 앉아서 불을 뒤적거리면서 상념에 잠겼다. 장작이 따닥따닥 요란한 소리를 내면서 타고 있었다.

그동안 줄곧 에드먼드와 생각을 같이해 온 패니는 자초지종을 듣고 무언가 위로가 될까 해서 난롯가로 다가갔다. 그리고 부드러운 목소리로 이렇게 말해보았다.

"어쩌면 마땅한 각본을 구하지 못할지도 몰라. 오빠가 원하는 것과 언니들이 원하는 기호가 상당히 다른 것 같거든."

"그렇지는 않을 걸, 패니. 기어코 하겠다면 뭔가 찾아낼 거야. 누이들에게 말해서 연기를 하지 않도록 설득하는 방법밖에 없겠어. 나로서는 그 방법밖에 없어.”

에드먼드가 일렁이는 불꽃을 바라보면서 말했다.

“노리스 이모는 우리 편이 되어주실 거야.”

“그럴지도 모르지. 하지만 이모는 톰이나 누이동생들한테 별로 힘이 없어. 내가 형이나 누이동생들을 설득해서 듣지 않으면 더 간섭하지 말고 이모를 통하지도 뭘 어떻게 해보려고 시도하지도 말자. 가족끼리의 다툼이나 불화만큼 큰 죄는 없다고 생각해. 가만히 있는 편이 낫겠어. 그런 사태로 몰아가느니 차라리 아무 말도 하지 않는 편이 나아.”

에드먼드가 가만히 한숨을 내쉬면서 말했다.

다음날 아침 에드먼드는 기회를 보아 두 누이동생에게 말을 꺼냈으나, 누이동생들은 오빠의 충고에 수긍하기는커녕 오히려 귀찮아하면서 의견에 귀를 기울이려 하지도 않았다. 자신들의 쾌락을 좇고 즐거움을 얻고자 결심이 굳은 점은 톰과 마찬가지였다. 어머니도 계획에 반대하지 않았으며 아버지의 반대 따위를 그녀는 티끌만큼도 겁내지 않았다. 버젓한 여러 가정에서 그리고 일류 신분의 여성들이 하는 일에 해가 될 리 없었던 것이다. 지나치리만큼 고지식하다고 할까, 이런 계획에 반대를 하다니. 형제자매와 친한 친구들끼리만 하는 일 아닌가? 우리 말고 다른 사람의 귀엔 들어가지도 않을 텐데. 그런 계획을 비난하는 것은 너무 소심한 태도라고 묵살해버렸다.

줄리아만이 지금 마리아 언니의 처지가 중요한 때인 만큼 특별한 조심과 신경을 쓸 필요가 있을지 모른다고 시인하는 태도였다. 그러나 그녀 자신은 이 범위 밖이어서 자유롭게 연극에 참여해도 괜찮다고 생각했다.

한편 마리아 자신은 정작 약혼했으니만큼 도리어 어떤 속박이나 제

약도 받을 필요가 없다고 생각하고 있었다. 그런 이유로 줄리아처럼 아버지나 어머니에게 상의할 필요가 없다는 논리였다.

에드먼드는 가망이 별로 없다고 느껴졌지만 그럼에도 불구하고 연극을 중단시킬 수 있다는 희망을 포기하지 않고 계속해서 그 문제를 논하고 있었다. 바로 그 순간에 헨리 남매가 목사관에서 급히 달려와 방으로 들어섰다.

"이봐요, 버트램 양, 연극할 인원은 충분히 확보되었어요. 단역 배우도 부족하지 않겠어요. 버트램 씨. 내 누이동생도 가입을 요청하는군요. 극단의 일원이 되어서 늙은 할머니 역이라든가, 혹은 수줍은 콩피단테 배역도 마다하지 않겠다고 해요. 여러분들이 꺼리는 역이라도 메리 자신이 기꺼이 맡겠다고 했다니까요."

헨리가 그들을 바라보면서 큰소리로 말했다.

마리아는 에드먼드를 힐끗 쳐다보았다. 그 시선은 '자, 이제 뭐라고 말할 거야, 오빠? 우리에게 잘못이라고 말할 수 있어? 메리도 같은 마음인걸.' 하고 말하는 듯했다. 역시 마리아의 생각은 적중했다. 에드먼드의 입은 굳게 다물어졌고, 연기의 매력이 천재의 마음까지도 매료시킬 수가 있다고 인정할 수밖에 없게 되었다. 사랑의 힘은 정말 대단한 것이었다. 에드먼드는 다른 것은 모두 잊어버린 채 이 전갈의 친절하고노 협조적인 취지만을 생각했다.

그들의 세획은 아무 방해도 받지 않고 계속해서 진행되었다. 에드먼드의 반대는 아무 소용이 없었다. 혹시나 노리스 부인이 반대하지 않을까 기대를 가져본 것은 빗나간 예상이었다. 그녀는 상조카와 조카딸들의 의견에 귀를 기울였다. 그리고 채 5분이 못 가서 큰 조카와 조카딸들에게 설득당하고 말았다. 이들은 이모에 대해서는 전능(全能)으로 군림하고 있었던 것이다.

계획 자체가 누구에게나 큰 비용이 드는 것은 아니었다. 더군다나 자신에게는 전혀 비용을 요구하지 않는 것일 뿐더러, 연극을 준비하면서 분주하게 움직이게 되면 이 집에서의 자신의 비중도 훨씬 커지게 될 것이라고 생각하니 절로 즐거웠던 것이다.

또한 이렇게 됨으로써 한 달 동안 자기 부담으로 생활하던 제 집을 나와, 조카들을 돕는 목적으로 이 맨스필드 파크에 눌러앉을 수 있는 핑계가 생기는 것이기 때문에 목전의 이익 때문에도 노리스 부인은 사실 이 계획이 무척 마음에 들었다.

14

패니가 말한 것처럼 되어질 가능성이 농후했다. 모든 사람을 골고루 만족시킬 만한 각본을 찾기란 쉽지 않았기 때문이다. 목수는 주문을 받아 치수를 재보는 등 일에 착수하면서 여러 가지 제안을 내놓았다. 난점으로 지적되고 있던 문항들도 원만하게 해결되었다.

애초의 계획들이 조금씩 수정되면서 비용도 필연적으로 증가하게 되었다. 이미 무대는 만들어지고 있었지만 아직 무대에 올릴 적당한 각본은 찾아내지 못하고 있었다. 목수가 해야 할 업무 이외의 다른 준비에도 손이 뻗쳐 있었다. 녹색의 베이즈 천이 뭉치로 노스햄턴에서 도착했고 노리스 부인의 손으로 재단되어—그 솜씨 좋은 재단 덕분에 족히 4분의 3야드는 남았다—하녀의 손에 의하여 훌륭한 막이 만들어지고 있는데도 아직 각본이 없었던 것이다. 이런 상태로 2~3일이 지나갔으므로 에드먼드는 이제는 구하지 못할는지도 모른다는 희망을 갖게 되었다.

사실 여러모로 주의를 기울이지 않으면 안 될 일들이 너무나 많았고, 많은 사람을 만족시켜야 하며 좋은 배역도 많이 필요했다. 무엇보다도 비극인 동시에 희극이지 않으면 안 되기 때문에 아무리 뜨거운 열정으로 추구해도 끝내 결정을 내리지 못하는 결정적인 이유였던 것이다.

비극을 원하는 쪽은 버트램 가의 두 딸과, 헨리 크로포드, 그리고 예이츠가 있었다. 톰 버트램은 희극을 원하고 있었다. 희극을 원하는 사람은 비단 톰 혼자만은 아니었다. 메리는 예의상 드러내놓고 의견을 피력하지는 않았지만 아무래도 같은 방향으로 기울어져 있는 듯이 보였기 때문이다.

하지만 그의 결의나 역량의 정도는 너무도 확고하고 컸기 때문에 동맹군을 필요로 하는 것 같지는 않았다. 이 해결할 수 없는 커다란 불일치는 일단 보류하더라도 그들이 바라는 바는 전체적으로 등장인물은 극소수이지만 어느 인물도 일류이며 여자 주인공이 세 명은 되어야 하는 작품이었다. 명작이란 명작은 다 살펴보았지만 헛수고였다. 《햄릿》에도 《맥베스》에도 《오셀로》에도 《더글러스》에도 《도박사》에도 비극을 원하는 사람들조차 만족시킬 만한 것이 없었다. 《연적(戀敵)》,《악평 학교(惡評學校)》,《운명의 수레》,《상속인 미정(未定)》(모두가 18세기 영국의 희극) 등도 더욱 맹렬한 반대에 부딪쳐 차례차례로 제쳐놓고 말았다. 어떤 작품을 제안해도 반드시 누군가가 트집을 잡아 이편 아니면 다른 편에서 늘 이런 반대가 되풀이되는 것이었다.

"아냐, 그것은 안 돼. 마구 소리를 질러대는 그런 절규조의 비극은 하지 않기로 해요. 등장인물이 너무 많아. 그리고 여성의 역할이 좋지 않아요. 그것만은 안 돼요, 톰. 배역이 채워지지 않는걸요. 그런 역은 맡을 사람이 없어요. 처음부터 끝까지 광대놀이잖아. 그거라면 어쩌면 될 것도 같지만, 단역 둘이 문제군……. 굳이 내 의견을 말하라면, 그 희곡은 옛날부터 우리나라에서 첫째가는 얼빠진 연극이라고 생각했었지. 반대는 하고 싶지 않아요. 기꺼이 도움이 되었으면 해요. 하지만 이런 걸 선택하다니 가장 저질이에요."

누군가 한 가지를 제안하면 곧바로 누군가 반대하는 의견을 내놓곤 했다.

패니는 옆에서 지켜보며 조용히 듣고 있었다. 모두를 지배하고 있는 것은 서로가 다소 모양은 달랐으나 이기심이라는 사실을 알게 되자 실소를 금할 수 없었다. 좀 재미있다는 생각이 들면서 도대체 이 일이 어떻게 결말이 날 것인지 강한 호기심이 느껴졌다.

지금까지 연극 같은 것은 한 번도 본 적이 없는 패니로서는 무엇이라도 좋으니 얼른 상연해 주었으면 하는 심정이었다. 그러나 자신의 만족감을 채우기 위해 그렇게 되기를 기대해서는 안 된다는 생각이 들었다.

"이래서는 안 되겠는데. 이건 엄청난 시간 낭비야. 서둘러 뭔가를 결정해야겠어. 뭐라도 좋으니 택하자고. 너무 따져서는 안 돼요. 등장인물이 약간 많더라도 걱정할 것은 없어. 1인 2역을 하면 되잖아? 약간은 자기 격을 낮추는 일도 마다해서는 안 되지. 단역이라도 좀 연구하면 비중을 높여서 중요하게 만들 수 있을 거야. 앞으로 나는 일체 군소리하지 않겠어. 지정된 역은 뭐든 맡을 테야. 단지 희극이라야 해. 희극으로 하자고. 그 이상의 조건은 붙이지 않을 테니."

톰이 항복하듯이 두 손을 치켜 올리며 말했다. 그때부터 톰은 《상속인 미정》을 다섯 번쯤 제안했다. 그가 망설인 것은 듀벌리 경과 팽글로스 박사 중 어느 쪽을 하느냐 하는 문제뿐이었다. 하지만 톰은 나머지 역에 훌륭한 비극적 인물도 있다고 다른 사람들을 설득하려고 애를 썼지만 이것은 전혀 먹혀늘지 않았다.

이 헛된 노력 끝에 톰이 설득하기에 지쳐 입을 다물사 침묵이 계속되었다. 결국 같은 발언자가 테이블 위에 어지럽게 널려 있던 몇 권의 책들 속에서 한 권을 들고 페이지를 뒤적이더니 갑자기 이렇게 소리쳤다.

"《연인들의 맹세》! 우리도 《연인들의 맹세》를 하면 된다! 라벤쇼 가처럼 말이야. 어째서 지금까지 이 생각을 하지 못했을까? 그들도 이 연극을 할 수 있었는데 우리라고 못 할 까닭이 없지. 안성맞춤이란 생각이 들어. 어때요, 모두들? 예이츠와 크로포드 씨에게는 비극 역할이 둘 있으니까 맡으면 되고, 나에게는 집사의 역할이 좋겠군요. 단역이고, 별로 비중 있는 역할은 아니니까. 아무도 이 역할을 맡고 싶어 하지 않을 거예요. 하지만 나는 그런 것은 상관하지 않아요. 방금 말한 대로 난 무슨 역할이든 나한테 맡겨진 배역에 최선을 다할 결심이니까. 그 나머지 역은 누구든 채워주기만 하면 됩니다. 카셀 백작과 안할트 역할뿐이니까요."

이 제안은 그 자리의 모든 이에게서 환영받았다. 각본이 결정되지 않고 있어 기다리는 데에 지칠 대로 지쳐 있었고 짜증이 최고조에 달해 있었던 것이다. 그런 상태에서 톰의 제안을 듣게 되었고, 그들 생각에 자신들의 욕구를 채워줄 만한 제안은 더 있을 것 같지 않았기 때문이다.

예이츠는 그 희곡에 대해 누구보다도 만족했다. 에클레스퍼드에서 남작 역을 하고 싶어 견딜 수가 없었던 그는 라벤쇼 경이 대사를 낭송하면서 절규할 때마다 분한 생각이 들어 자기 방에 돌아와서는 그 대사를 다시 절규하지 않고는 못 배겼던 것이었다. 빌덴하임 남작 역을 맡아 소리를 지르는 일이 그의 연극에 대한 야심의 궁극적 목표이어서, 전편의 절반가량은 벌써 암기하고 있다는 이점이 있었기 때문에 때리면 울리는 진동 소리처럼 그 역은 자기가 해도 좋다고 나섰다.

그러나 일단 설명해두지만 그 역을 자기가 맡아야만 한다고 강하게 주장하지는 않았다. 왜냐하면 프레드릭 역에도 매우 열정적인 대사와 절규적인 훌륭한 요소가 다소 있음을 생각해내고 그것도 역시 기꺼이 자신이 맡아야 한다고 언명했기 때문이다. 헨리는 어느 쪽을 해도 상관없다고 생각하고 있었다. 예이츠가 선택하고 난 나머지로 매우 만족했던 것이다.

잠시 동안 정중한 대화가 오고갔다. 마리아가 이 문제에 대해 애거서로서의 모든 이해를 감지하고 스스로 심판 역이 되어서 예이츠를 향해 말했다. 즉, 이것은 키와 몸집을 고려해야만 할 문제이므로 그의 키가 크니까 특히 남작에 어울릴 것이라고 제의했다. 그녀의 의견은 일리가 있다고 인정되어 프레드릭과 남작의 역할은 무난하게 결정되었다. 예이츠와 헨리도 그 역할을 맡겠다고 기꺼이 수락했다.

마침내 마리아는 자기가 원하던 애거서 역을 확보하게 되었다. 이로써 셋이 결정되었다. 또 제임스에 대해서는 마리아가 언제나 그분은 무엇이라도 할 것이라고 보증하고 있었다. 그때 언니와 마찬가지로 애거서가 되고 싶던 줄리아는 자리에 없는 메리의 핑계를 대면서 자꾸만 배역 결정을 뒤로 미루고 있었다.

"그 사람이 없는 상태에서 배역 결정을 하는 것은 그다지 올바른 행동이라고 할 수 없어요. 그리고 이 희곡은 여자의 역할이 많이 부족해요. 아멜리아와 애거서 역은 마리아와 제가 맡으면 되겠지만. 하지만 크로포드 씨, 당신 누이동생이 맡을 배역이 없잖아요?"

줄리아가 걱정스런 표정으로 말했다. 헨리는 고개를 내저으면서 그 점에 대해서는 염려하지 말라고 했다. 누이동생은 꼭 출연하고 싶은 게 아니라, 도움이 된다면 좋겠다는 생각뿐이니까, 그 점은 걱정하지 않아도 좋다고 말했다. 그러나 톰 버트램이 즉각 반대 의견을 나타냈다. 아멜리아 역은 만약 그녀가 맡아주기만 한다면 어디로 보나 메리의 것이라고 주상했다.

"그 배역은 필연적으로 메리 양을 위해 만들어진 것같이 꼭 들어맞아요. 애거서 역은 제 누이동생들 중 어느 쪽 역이 되든지 상관없을 거예요. 배역이 무척 코믹하고 희극적인 요소를 내포하고 있기 때문에 누가 맡더라도 잘 해낼 거고, 아멜리아 역을 양보했다 해서 어떻게 되는 건 아니잖아."

톰이 단정적인 톤으로 말했다.

잠시 어색한 침묵이 계속되었다. 마리아와 줄리아는 걱정스러운 표정이었다. 둘 다 애거서가 될 권리는 자기에게 있다고 생각하여 누군가가 자기들에게 은근히 권하기를 바라고 있었기 때문이다. 헨리는 그동안에 대본을 들고 무심코 제1막 부분을 훑어보다가 곧 이 문제를 해결했다.

"부탁이에요, 줄리아 양. 제발 애거서 역은 맡지 말아주세요. 그렇지 않으면 저는 진지한 체하는 표정을 전혀 지을 수 없게 됩니다. 안 돼요, 정말 안 돼요—그는 그녀 쪽으로 몸을 돌리면서—줄리아 양이 창백하게 슬픈 듯한 표정을 지어야 하다니, 저로선 참을 수가 없을 것 같아요. 몇 번이나 같이 웃던 기억이 틀림없이 머리를 스치게 될 거예요. 그렇게 되면 프레드릭은 배낭을 멘 채로 달아나지 않으면 안 되니까요."

순하고 정중한 말투였으나 줄리아의 기분으로는 이야기의 방법은 문제가 안 되고 내용이 중요했던 것이다. 마리아를 향한 그의 눈짓을 알아차리고 그녀는 분명 기분이 상했다. 음모, 속임수였던 것이다. 그녀가 제외되고 마리아가 뽑혔던 것이다. 마리아가 승리의 미소를 감추려 하는 것은 모든 일을 알아차렸다는 증거였다. 줄리아가 입을 열 수 있을 만큼 자제력을 되찾기 전에 오빠인 톰도 상대방을 편들면서 말했다.

"맞았어, 그래! 마리아는 애거서가 돼야지. 애거서는 마리아가 가장 적격이야. 줄리아는 비극이 좋다고 생각하는 모양이지만 비극을 해낼지 믿을 수가 없어. 비극에 적합한 데가 전혀 없거든. 외모부터 말이야. 얼굴도 비극에 맞는 얼굴이 아냐. 걸음걸이도 너무 빠르고 말도 빠르단 말이야. 표정도 쉽게 바뀌지 않니? 시골 할머니를 하는 편이 좋겠어, 농가의 주부 말이야. 정말이야, 줄리아. 농가의 주부는 정말 좋은 역이란다. 이 할머니는 영감님의 과장된 자비심과는 좋은 대조를 이루는 기백이 있거든. 농가의 안주인 역을 해라."

톰이 명령을 내리듯이 단호하게 말했다.

"농가의 안주인이라니! 무슨 소리를 하는 거야. 그 역할은 보잘것없고 싸구려 같은, 가장 하찮은 단역이 아닌가. 변변한 대사 하나 없는 배역을 자네 누이에게 맡기려 하다니! 그런 배역을 제안하는 것만으로도 실례야. 자네 동생에 대한 모독이라고. 에클레스퍼드에서는 숙식을 함께 하는 가정교사가 그 역할을 맡곤 했다네. 도저히 가정교사 외에는 맡길 수 없는 배역이라는 의견이 팽배했네. 매니저님, 제발 좀 공평하게 해주시라고 부탁하고 싶군요. 회원들의 재능을 좀더 올바로 평가할 수 없다면 매니저의 자격이 없다고 봐야지."

예이츠가 몹시 흥분한 목소리로 말했다.

"아니, 그 점은 말이야, 친구. 나나 이 자리에 있는 사람 모두가 실제로 연기를 해보기 전까지 늘 어림으로 짐작해보는 수밖에 없잖아. 하지만 일부러 줄리아를 가볍게 본 것은 아니야. 애거서를 둘 뽑을 수도 없고, 농가의 안주인은 한 사람이 필요해. 나 자신이 집사 영감의 역할로 만족하고 있으니 큰 욕심을 부리지 않고 모범을 보인 셈이 된다고 봐. 단역이라도 그걸 잘 해내면 잘한 만큼 칭찬받을 테고 자기의 가치가 그만큼 올라가는 것이 아닐까. 줄리아가 유머가 있고 익살맞은 역할을 싫어한다면 말일세. 대신에 농부의 대사를 하면 되겠군. 대사는 남편 것을 히고 역할을 완전히 바꿔버리년 되지. 남편 쪽은 그야말로 근엄하고 비애감이 있거든. 그렇게 해도 연극이 달라지지는 않아. 대사가 안주인의 것이 된다면 남편 역은 내가 기꺼이 맡겠어."

톰이 긍정하듯이 고개를 끄덕이며 말했다.

"당신이 농가의 안주인을 아무리 두둔해도 누이동생에게 맞게끔 고치는 것도 불가능하며 동생의 착한 마음씨를 이용해선 안 돼요. 이 역을 떠맡겨놓고 모른 체할 순 없는 일이에요. 유순한 성품이라고 내버려둬서는 안 되지요. 동생의 재능은 아멜리아의 배역에 필요해요. 아멜리아는 애거서 이상으로 잘 해내기에 힘든 역이지요. 아멜리아가 작품 전체에서 가장 어려운 역이 아닐까요. 풍부한 연기력, 무척 섬세한 센스가 없이는 그 장난기 있는 소박한 맛을 과장 없이 표현할 수가 없어요. 상당히 역량이 있는 훌륭한 여배우도 이 역할을 충분히 소화해내지 못하고 실패하는 걸 저는 수없이 보아왔지요. 소박함이란 사실 직업적인 여배우라면 거의 손도 댈 수 없는 것이지요. 거기에는 섬세한 감정이 필요한데 그들에게는 그런 감정이 남아 있지 않죠. 상류 여성이 아니면 말예요. 즉 줄리아 같은 사람이라야지. 줄리아 양, 그 배역을 맡아주시겠어요?"

헨리가 줄리아를 향해 돌아서면서 말했다.

걱정스레 간청하는 표정으로 그녀를 돌아보았기 때문에 줄리아도 약간 마음이 풀렸다. 그러나 어떻게 대답할까 망설이는 동안에 톰이 다시 메리의 우선권을 들고 나왔던 것이다.

"그렇지 않아요. 줄리아가 아멜리아를 맡아선 안 돼. 도무지 배역이 맞지 않는다니까. 마음이 내키지도 않을 것이고 잘 해내지도 못할 겁니다. 키가 너무 크고 살도 너무 쪘어요. 아멜리아는 몸집이 작고 경쾌하며 소녀답고 폴짝폴짝 뛰어다니는 형이기 때문에 키가 작은 사람이 맡아야 한다구요. 적격자는 메리 양, 메리 양뿐이라고. 아주 적격자이니 틀림없이 좋은 성과를 거둘 거라고 확신해요."

톰이 한 마디로 딱 잘라 말했다. 하지만 헨리는 이 말에는 아랑곳하지 않은 채 계속해서 간청했다.

"꼭 부탁합니다. 정말 꼭요. 등장인물의 성격을 꼼꼼하게 살펴보면 그 배역이 줄리아 양에게 꼭 어울린다는 생각이 들 겁니다. 비극이 줄

리아 양의 취미에 맞을지 모르지만 이번에는 분명히 희극이 당신에게
훨씬 잘 어울린다고 확신할 수 있어요. 극 중에서 제가 감옥에 갇혀
있을 때, 아멜리아가 먹을 것이 든 바구니를 들고 감옥으로 저를 찾아
오는 장면이 있어요. 감옥으로 저를 찾아오는 것을 마다하지는 않겠
지요? 그렇지요? 바구니를 들고 들어오는 당신의 모습이 눈에 보이는
것 같습니다."

그 말은 효과가 있었다. 줄리아는 흔들렸던 것이다. 하지만 단순한
위로일 뿐, 달래서 조금 전의 모욕을 잊게 하려는 것뿐이 아닐까? 이
전의 무례함은 너무나 명백해서 이번에도 아마 단지 믿을 수 없는 장
난을 하는 것인지도 몰랐다.

그녀는 의심쩍은 듯 언니를 바라보았다. 마리아의 표정으로 이야기
는 결정되는 것이었다. 만약 그녀가 초조해 하고 경계의 표정을 하고
있다면 헨리의 말이 맞을 것이었다. 그러나 마리아는 너무나도 태연
하고 만족한·태도였으며, 줄리아는 이 문제에 관해서는 마리아가 자
기를 짓밟음으로써 통쾌한 것이라고 믿고 있었다. 자신이 상처를 입
을 때 그녀가 행복할 수 있다는 건 너무나도 명백한 일이었고 스스로
도 잘 알고 있는 사실이었다.

"제가 먹을 것을 담은 바구니를 들고 들어와도 크로포드 씨는 충분
히 웃지 않고 배길 수 있는 모양이죠. 아마 그럴 거라 생각하지만요,
하지만 제게 어울리는 것이 있다면 애거서 역뿐이에요!"

그녀는 너무나 화가 나 있어 목소리를 떨면서 성급하게 말했다. 그
녀는 한동안 말을 끊고 헨리를 차가운 눈길로 노려보듯이 쳐다보았
다. 헨리는 다소 민망한 듯한 어리둥절한 표정을 짓고 있었다. 무슨
말을 하고 있는지 도통 모르겠다는 그런 표정이었다.

"아멜리아는 메리 양이 맡아야 한다니까요. 아주 멋진 아멜리아가
탄생할 거라는 걸 확신할 수 있어요."

어깨를 으쓱하면서 톰이 말했다.

"연극을 하기 위해서 제가 어떤 역할이든 기꺼이 받아들일 거라고는 생각하지 말아요. 애거서 역을 할 수 없다면, 다른 역은 어떤 것도 하지 않겠어요. 그리고 아멜리아 따윈 모든 배역 가운데서도 제가 제일 혐오하는 배역이에요. 그런 인물은 정말 싫어요. 망측해요. 왜소한 데다 건방지고 부자연스럽고, 거기다 당돌하기까지 한 계집애잖아요? 전 처음부터 희극엔 반대했지만 이것은 희극 중에서도 가장 저질예요."

줄리아는 홧김에 빠른 어조로 말을 맺고는 밖으로 나가버렸다. 남은 사람은 모두 머쓱한 표정으로 침묵만을 지키고 있었지만 조금이라도 동정을 느끼고 있는 사람은 패니뿐이었다. 패니는 모든 장면을 시종일관 지켜보았기 때문에 자초지종을 알고 있었으므로 줄리아가 질투심에 눈이 멀어 이성을 잃은 것이라 생각하니 여간 측은해지지 않았던 것이다.

그녀가 나간 뒤 계속해서 어색한 침묵이 이어지고 있었다. 하지만 그것도 잠시였다. 톰이 다시 ≪연인들의 맹세≫로 되돌아가 열심히 각본을 검토하고 예이츠의 도움을 받아 어떤 배경이 필요한지를 확인하는 등 모든 관심을 연극으로 집중시켰던 것이다. 한편 마리아와 헨리는 한쪽 구석에서 작은 소리로 이야기를 나누고 있었다. 갑자기 마리아가 앞으로 나오면서 말했다.

"저는 애거서 역을 줄리아에게 양보해도 상관없어요. 제가 그 역을 연기한다 해도 훌륭하게 연기할 자신은 없어요. 하지만 그 애가 하면 더 심한 결과가 될 거예요."

그녀는 사람들을 둘러보면서 이렇게 단언했는데, 미리 예상했던 대로 여기에는 목적한 칭찬이 듬뿍 되돌아 왔던 것이다.

이 일이 얼마 동안 계속된 후 그들은 저마다 흩어졌다. 톰 버트램과 예이츠는 좀더 의논을 계속하기 위해 이제 극장이라 불리기 시작한 방으로 들어갔고, 마리아는 직접 목사관을 방문하여 메리에게 아멜리아 역을 맡아달라고 부탁할 작정이었다. 패니 혼자 뒤에 남았다.

혼자가 된 그녀가 맨 처음으로 한 일은 테이블 위에 놓여진 책을 집어 들고, 이제까지 말로만 듣던 희곡을 직접 읽어보는 것이었다. 연극에 대한 호기심이 걷잡을 수 없이 일어서 빠르게 읽어나기기 시작했다. 읽어가다가는 가끔 놀라 읽기를 중단하기도 했다. 지금 형편에 이런 것을 택하다니―이런 것이 소인극의 각본으로 채택되다니! 애거서와 아멜리아는 각각 다른 면에서 가정 내에서 상연하기에는 너무나 적합하지 않다고 여겨졌다. 한 인물은 언어 때문이고, 다른 한 인물은 상황 때문에 모두가 얌전한 여자의 입에 담기에는 너무 부적당한 인물이었다. 사촌들은 자기네가 선택하고 있는 희곡의 내용을 제대로 파악했는지, 그것을 판단할 만한 분별력도 없는지 의심스러워지는 것이었다. 그녀는 되도록 빨리 충고를 하여 그들이 깨닫게 되기를 원했다. 에드먼드라면 반드시 그렇게 해줄 것이다.

15

　메리는 아멜리아 역을 바로 승낙했다. 마리아가 목사관에서 돌아온 지 얼마 되지 않아서 제임스가 찾아왔는데 그 결과 그에게도 한 가지 배역이 주어졌다. 그는 카셀 백작과 안할트 중 어느 쪽을 택하겠느냐는 질문에 처음에는 얼른 판단이 서지 않아 마리아에게 조언을 달라고 부탁했던 바, 두 인물의 대조적인 특이한 성격과 구별하여 두 인물을 인식시키는 자세한 설명을 듣고는 그렇다면 이전에 런던에서 이 연극을 보았을 때 안할트는 얼간이라 생각한 적이 있다는 기억을 되살려 곧 백작을 맡겠다고 정해버렸다.

　마리아도 여기에 찬성했다. 왜냐하면 암기해야 할 대사가 적은 편이 좋았기 때문이다. 그녀는 백작과 애거서가 같이 등장하면 좋을 것이라는 데에는 공감할 수가 없었고 그런 장면이 없는가 하고 아쉬운 듯 페이지를 뒤적이고 있는 동안, 그다지 참을성 있게 기다릴 수도 없었지만 그녀는 매우 친절하게 그의 역할을 직접 검토하여 압축할 수 있는 대사는 모두 압축하고 또한 의상은 배역에 맞추어 꼼꼼하게 생각해서 입어야 한다고 말하면서 색깔까지 택해주었다.

　제임스는 겉으로는 화려한 의상을 입는 것에 대해 경멸하는 척했지만 내심으로는 무척 마음에 들었다. 그리고 화려하게 변신하게 될 자신의 분장에 신경이 쏠리다 보니 다른 사람의 입장을 생각해볼 겨를이 없었다. 마리아가 절반은 각오한 바와 같은 결론을 끄집어내거나 불만을 가지는 일은 없었던 것이다.

연극을 공연하기 위한 모든 준비가 거의 완벽하게 이루어졌다. 이 정도의 일이 결정되기까지 오전 중에 밖에 나가 있던 에드먼드는 아무것도 몰랐다. 에드먼드가 돌아와 막 응접실로 들어섰을 때 톰과 마리아와 예이츠 사이에 열띤 의견이 오가고 있었고, 제임스가 서둘러 다가오더니 그에게 즐거운 표정으로 새로운 뉴스를 알려주었던 것이다.

"드디어 우리가 공연하게 될 각본이 결정되었습니다.《연인들의 맹세》죠. 저는 카셀 백작을 맡았는데, 처음엔 푸른색 의상을 입고 출연하도록 되어 있지요. 그 다음에는 핑크색 공단의 망토를 걸치고 등장하는 겁니다. 나중에는 별도로 사냥 옷을 입게 될 거예요. 그것도 무척 화려한 의상이죠. 제 취미에 맞을지 어떨지는 모르지만."

패니는 조바심으로 가슴을 두근거리면서 눈은 에드먼드를 뒤좇았다. 제임스의 말을 듣는 동안 변하는 에드먼드의 얼굴 표정으로 곧바로 그의 생각을 알아차렸다.

"맙소사!《연인들의 맹세》라니!"

에드먼드는 어이가 없다는 듯이 깜짝 놀라면서 큰소리로 외쳤다. 그리고 모두가 부정해주기를 바라기라도 하는 것처럼 형과 누이동생 쪽을 돌아보았다.

"맞아요. 여러 가지로 의논하고 머리를 짠 결과 내제로 무난하고 흠잡을 데가 없는 것으로는 《연인들의 맹세》밖에 없다는 결론이 났어요. 좀더 일찍 생각해내지 못한 게 이상할 정도지. 이걸로 한다면 에클레스퍼드에서 내가 보고 온 것이 전부 도움이 되지 않겠어요? 그 장면들을 그대로 따라하면 어렵지 않게 할 수 있을 것 같거든. 그리고 배역도 거의 결정된 거나 마찬가지고."

홍분한 예이츠가 큰소리로 말했다.

"하지만 여자 배역은 어떻게 할 생각이죠?"

에드먼드는 엄숙한 표정으로 마리아를 바라보았다. 마리아는 저도
모르게 얼굴을 붉히면서 대답했다.

"내 역은 라벤쇼 영부인이야. 그리고 메리 양이 아멜리아 역을 맡기
로 했어."

메리도 참여할 거라는 대목에서는 자신만만한 표정으로 바뀌어 있
었다.

"그렇게 쉽게 배역이 정해지는 극은 아닐 성싶은데요. 공연할 극으
로《연인들의 맹세》를 선택하다니."('연인들의 맹세'는 18세기 독일의 극
작가 코체부 작. 인치볼드 부인에 의해 번안·영역된 것이 영국에서 상연되었
다. 빌덴하임 남작은 젊은 시절에 어머니의 시녀인 애거서 프리부르크와 결혼
약속을 하면서 유혹하여 사내아이를 낳게 했다. 어머니 때문에 이것을 비밀로
해두었는데 그 후 사정에 따라 알사스 지방의 귀족 딸과 결혼해야 될 입장이 된
다. 애거서는 아들 프레드릭과 함께 꿋꿋이 살아가지만 성인이 된 아들을 군대
에 보낸 후 생활이 어려워 빌덴하임 마을에서 쓰러지는데, 마침 귀가 중인 아들
과 재회하고 마을의 농부에게 구조를 받는다. 그리고 아들에게 그가 빌덴하임
남작의 사생아임을 고백한다. 한편 빌덴하임 남작은 애정 없이 사회적 체면 때
문에 결혼한 첫 아내를 잃고, 애거서를 유혹하고는 그대로 버려둔 사실에 양심
의 가책을 느껴 그녀의 행방을 찾는다. 우연히 아들 프레드릭을 만난 빌덴하임
남작은 그를 자기 아들로 인정하는 것만으로 그치려 하나, 목사 안할트와 딸 아
멜리아의 권유로 애거서의 명예를 회복시키고 그녀와 정식으로 결혼한다. 딸 아
멜리아는 아버지로부터 재산과 지위가 있는 카셀 백작과 결혼하라는 권유를 받
지만 이를 받아들이지 않고, 가난한 안할트 목사를 사랑하여 자기편에서 적극적
으로 안할트를 조종하여 사랑의 고백을 하도록 만든다.)

에드먼드는 이렇게 대답하고 어머니와 노리스 이모, 패니가 앉아 있는 난로 쪽으로 걸어왔다. 그는 무척 못마땅한 표정으로 의자에 걸터앉았다.

"난 세 번 등장해서 42번 대사를 읊어요. 대단하지 않아요? 하지만 너무 화려한 옷을 입는다는 게 별로 내키지 않아요. 푸른 옷에 핑크빛 공단 망토라니. 이게 나인가 싶어질 테죠."

제임스가 에드먼드를 향해 다가오면서 말했다.

에드먼드는 제임스의 말에 아무런 대답도 할 수가 없었다. 몇 분 후에 톰은 물어볼 것이 있다는 목수의 질문에 대답하기 위해 방을 나갔다. 예이츠가 동행하고 그 뒤를 제임스가 뒤쫓았으므로 에드먼드는 곧바로 이 기회를 잡아 말을 했다.

"예이츠 씨 앞에서는 이 극에 대한 내 생각을 피력할 수 없어. 에클레스퍼드에 있는 예이츠 씨의 친구들을 비난하는 꼴이 되니까. 하지만 마리아, 너에게는 아무래도 말해두지 않을 수가 없어. 이 극은 비전문가들이 공연하기엔 부적당하다고 생각해. 주의 깊게 다시 읽어 보면 너도 반드시 내 의견에 공감하리라 생각해. 제1막만이라도 어머니나 이모 앞에서 낭독해 드려봐. 그분들이 과연 찬성하실까 모르겠다. 아버지의 판단에까지 맡길 필요가 없음은 확실해."

"우린 전혀 다르게 생각하는데. 나도 이 각본은 잘 알고 있어. 아주 약간 손 볼 데는 있겠지. 몇 군데만 삭제한다면 아무런 문제가 없다고 생각해. 그리고 젊은 여자 중에서 이것이 소인극으로 아주 적합하다고 생각하는 사람은 나 혼자뿐이 아니잖아?"

마리아가 항변하듯이 말했다.

"그것이 유감이야. 그러나 이번 경우 리드하는 건 마리아 너 아니냐. 네가 본을 보여야 해. 만약 다른 사람이 잘못을 저지르면 네가 그것을 바로잡아주고 모범이란 것이 무엇인가 보여주는 것이 네 역할이

다. 네가 올바른 행실이 어떤 것인지 확실하게 보여주도록 해, 마리
아. 너의 행동이 여기 있는 나머지 사람들에게 훌륭한 표본이자 본보
기가 되어야 한다."

에드먼드가 진지한 어조로 말했다. 그의 말은 마리아의 존재를 부각
시키는 것이었다. 결국 에드먼드의 말은 효과를 나타냈다. 자신의 중
요성을 이렇게 설명하자 마리아는 약간 마음이 동했던 것이다. 그녀
만큼 주도권을 잡기 좋아하는 사람도 없었기 때문이다.

"고마워, 에드먼드 오빠. 물론 오빠가 나쁜 의도로 말하는 것이 아
니라는 것은 나도 잘 알아. 하지만 그건 아무래도 지나친 노파심인 것
같아. 이런 일로 다른 사람들에게 일일이 설교하거나 강요하는 것은
불가능해. 그거야말로 크게 예의에 어긋나는 행동이잖아."

기분이 아주 좋아진 그녀가 대답했다.

"내가 그렇게 하라고 강요하는 것으로 들려? 천만에. 단지 네가 모
범을 보이라는 거야, 마리아. 네가 맡은 배역을 꼼꼼히 살펴보니 도저
히 네가 감당할 만한 역할이 아니라고, 엄청난 노력과 용기가 필요한
역이란 것을 알고는 자신이 없어졌다고 말해. 네가 이 말을 명백히 전
하면 그것만으로 족해. 분별력이 있는 사람이라면 모두 네가 어떤 의
도로 그렇게 말하는지 단번에 알아차리고 이해해줄 거야. 마침내 그
들도 연극을 취소하겠지. 너의 현명한 판단과 처신에 다들 경의를 표
하게 될 거야."

에드먼드가 한층 부드러운 목소리로 타이르듯 말했다.

"정숙한 숙녀로서 행실에 누가 될 품위 없는 짓은 하면 안 된다, 얘
야. 너희 아버지도 싫어하실 테니까. 패니, 종을 좀 울려줘. 이제 식사
를 해야 되겠구나. 지금쯤이면 줄리아도 옷을 갈아입었을 거야."

버트램 영부인이 패니에게 손짓하며 말했다.

"틀림없어요, 어머니. 아버지도 분명 이 희곡을 좋아하지 않을 겁니

다.”

에드먼드는 손을 내저어 종을 울리지 말라고 패니를 만류했다.

“이봐, 너, 에드먼드가 방금 하는 말 들었지?”

버트램 영부인이 마리아를 바라보면서 말했다.

“내가 이 배역을 거절하면, 반드시 줄리아가 맡고 말 거예요.”

마리아는 새삼스럽게 열을 올리며 말했다.

“그게 무슨 소리야? 네가 왜 그만두는지 정확한 그 이유를 알면서도 그 배역을 맡을 거란 얘기야!”

에드먼드는 깜짝 놀란 듯한 표정으로 소리쳤다.

“어머! 그 애는 우리가 처한 입장이 다르다는 것을 알기 때문에 나만큼 깊이 생각하지 않아도 된다고 생각할 거야. 보나마나 그렇게 할 것이 뻔한걸. 에드먼드 오빠, 나 좀 이해해줘. 나는 지금 공연에서 빠져나올 수가 없어. 한 번 승낙한 걸 취소할 수는 없는 일이야. 모든 결정이 끝났을 테니까. 만약 내가 빠진다고 하면 모두 크게 실망할 거야. 톰 오빠도 화를 낼 거고, 그리고 오빠가 말한 것처럼 행동하면 어떤 연극도 공연할 수가 없어.”

마리아가 자신의 의지를 꺾지 않고 말했다.

“나도 방금 마리아와 같은 말을 하려던 참이야. 각본에 일일이 흠을 잡으면 연극 공연은 공염불이 될 수밖에 없어. 그리고 지금까지 준비하는데 든 비용이 모두 쓸데없는 낭비가 되고 말아. 그렇게 해서 좋을 게 뭐가 있겠니. 모두들 체면만 손상당하고 마는 거지. 그 희곡 내용은 잘 모르지만 미리아의 밀처럼 뭔가 다소 민망한 구석이 있다면 그 부분만 깨끗하게 빼버리면 되지 않겠니. 사실 대개의 극은 그런 법이거든. 우리 모두가 너처럼 고지식하게 행동한다면 아무 일도 할 수가 없어, 에드먼드. 제임스도 이 연극 공연에 참여할 거니까 해가 될 일은 전혀 없을 거라고 생각해. 다만 톰은 계획을 완전히 세운 다음에 목수에게 일을 시켰으면 좋았겠어. 옆문을 만드는데 공임을 한나절 분 더 주게 됐으니 말이야. 하지만 막은 멋진 게 될 거야. 하녀들도 참 솜씨 있게 하려니와 고리도 몇 다스 정도는 되돌려 보낼 수가 있을 거야. 그렇게 고리를 많이 달아야 할 필요가 없으니까. 조금이나마 낭비를 막고 물자를 잘 활용하는 데 있어서는 나도 약간의 도움이 될 거야. 이렇게 많은 젊은이들이 있으니 늘 한 사람쯤 차분한 감독역이 있어야지. 어머, 깜박 잊고 있었군! 톰에게 오늘 있었던 일을 말해주는 건데. 조금 전에 닭장을 살피러 갔다가 막 돌아 오려던 참이었단다. 그때 누군가 온 것 같았는데 딕 잭슨이 아니겠니? 손에 널빤지 두 장을 들고 하인의 방문 쪽으로 가고 있었어. 아마 제 아버지에게 갖다주러 가는 길이었겠지. 어머니가 그 애를 시켜 아버지에게 전갈을 보낸 거야. 그래서 아버지가 널빤지 두 장을 가져오라 했겠지. 꼭 그것이 필요해서 말이야. 속셈을 환히 알겠더군. 왜냐하면 그때 마침 하인들의 식사시간을 알리는 종이 머리 위에서 울리고 있었단다. 이렇게 내 것 네 것을 분간할 줄 모르는 사람은 난 질색이니까. 잭슨 가족은 정말 분간할 줄 몰라요. 내가 늘 말하잖아. 손에 잡히는 것은 무엇이든 좋다는 식의 사람들이야. 그 애에게 당장 말해줬지. 덩치만 큰 못난 애지 뭐니. 열 살이나 먹었으니 스스로 부끄러운 줄 알아야 할 텐데 말이야. '딕, 그 널빤지는 내가 네 아빠에게 갖다 줄 테니 너는 곧 집으로 가거라.'라고 말이야. 그 애는 정말로 얼간이 같은 표정을 짓더니 한마디도 못 하고 저쪽으로 가버렸어. 내가 꽤 엄한 어조로 말했으니 그 애도 혼이 나서 다시는 저택 근처에 훔치러 오지 않겠지. 이렇게 욕심이 많은 건 싫어. 너희 아버지가 그 사람들에게 그렇게 따뜻이 대해주고 1년 내내 그 사내에게 일거리를 주는데도!"

노리스 부인이 몹시 마땅찮은 듯 혀를 끌끌 차면서 말했다. 대답하는 사람은 없었다. 굳이 대꾸해야 할 필요성을 아무도 느끼지 못하는 듯싶었다. 다른 사람들도 모두 응접실로 들어왔으므로, 에드먼드도 연극을 그만두도록 설득하고 시도한 것만으로 만족해야 한다는 것을 알았다. 저녁 식사는 무거운 침묵 속에서 이루어졌다. 노리스 부인이 또 한 번 딕 잭슨에 대한 얘기를 자랑스럽게 늘어놓았을 뿐, 연극도, 그 준비에 대한 이야기도 별로 화제에 오르지 않았다. 그 이유는 에드먼드의 반대가 톰에게도 영향을 주어, 가능한 한 연극에 대한 이야기는 자제하고 있었던 것이다. 물론 형으로서의 체면상 그렇다고 시인하지도 않았지만.

마리아는 헨리가 자리에 없었기 때문에 이 화제는 피하는 편이 좋겠다고 생각했다. 만약 그가 이 자리에 있었다면 자신에게 유리하게 얘기했을 거라는 확실한 믿음이 있었기 때문이다. 예이츠는 줄리아의 환심을 사고 싶었지만 그녀는 계속 침울한 표정으로 앉아 있었다. 그녀의 언짢은 기분이 어디 말 붙여볼 데가 없자 그는 단지 탈퇴한 것이 유감이라는 말만을 쏟아놓았을 뿐이었다. 제임스는 자기 역할과 의상밖에 생각할 게 없어 그 두 가지에 대해 할 수 있는 말은 당장 모두 지껄여버렸고 더 이상 할 말이 없었다.

그러나 연극 이야기가 중단된 것은 한 시간이나 두 시간 정도로, 아직 해결할 문제가 여러 가지 남아 있었고 초저녁의 분위기에 새로운 용기를 얻은 톰과 마리아와 예이츠는 다시 응접실에 모였다. 그들은 테이블 위에 각본을 펼쳐놓고 흡사 무슨 위원회와도 같이 문제에 몰두하고 있었나. 그때 반가운 방해꾼이 나타나 본의 아니게 회의는 중단될 수밖에 없었는데, 그들은 바로 크로포드 남매였다. 날은 이미 어두워져 있었다. 하지만 늦은 시간임에도 불구하고 이들은 찾아오지 않고는 배길 수 없었다고 말해서 크게 환영을 받았다.

"어떻게 됐나요?"

헨리가 먼저 질문을 던졌다.

"확실하게 결정된 사항이 있나요?"

메리도 강한 호기심을 나타내며 물었다.

"아니요, 당신들이 안 계시니 아무 결정도 할 수 없었어요."

톰이 손을 크게 내저으며 말했다. 반가운 안부 인사가 오고간 후에 헨리는 곧 조금 전의 세 사람과 함께 테이블 앞에 앉고, 메리는 버트램 영부인에게로 가서 상냥한 얼굴로 인사를 하고 있었다.

"정말 다행이에요. 연극 공연을 할 수 있도록 희곡이 정해져서 말예요. 저희들이 하도 소란을 피우고 불편을 끼쳐드려서 화가 나셨을 텐데도 그동안 참 잘 참아주셨어요. 배역을 맡은 배우들도 물론 기쁘겠지만, 지금까지 옆에서 쭉 지켜보고 계시는 분들 입장에서도 일이 결정되어 기쁘실 거라고 생각해요. 영부인께도 노리스 부인에게도 그리고 그 힘든 과정을 잘 참아 주신 다른 분들에게도 진심으로 축하의 말씀을 드려야겠군요."

메리는 버트램 영부인에게 상냥한 목소리로 찬사의 말을 퍼부었다. 그런 후에 그녀는 절반은 겁먹고 절반은 장난기 섞인 시선을 패니 너머 에드먼드 쪽으로 슬쩍 던졌다.

버트램 영부인은 메리를 향해 무척 정중한 태도로 고맙다고 했으나 에드먼드는 아무 말도 하지 않았다. 자신의 입장이 방관자에 불과함을 명백하게 보여주고 있었다. 얼마 동안 난롯가의 사람들과 담소를 나눈 뒤, 메리는 테이블 둘레의 사람들에게로 돌아왔다. 곁에 서서 회의를 지켜보며 귀를 기울이는 눈치더니 마치 갑자기 생각난 듯 그녀가 소리쳤다.

"자, 여러분. 농가와 맥줏집에 관해 속속들이 상의하고 계신 걸 보니 그 부분은 준비가 잘 되어 가고 있는 것 같군요. 저의 운명은 어떻게 되는 건가요? 누가 좀 가르쳐주세요. 어느 분이 안할트가 되시는 거죠? 여러분 중의 누굴 상대로 저는 사랑을 해야 되나요?"

그 순간 아무도 입을 열지 않았다. 그러더니 동시에 많은 사람이 입을 열어 슬픈 진실을 말하는 것이었다. 아직까지도 안할트 역은 정하지 못하고 있었던 것이다.

"러시워스 씨가 카셀 백작이 되었고 아직 아무도 안할트 역은 맡지 않았어요."

"제게 둘 중 하나를 택하라고 했는데, 백작 편이 더 나을 것 같았죠. 하기야 화려한 의상으로 여러 번 갈아입어야 하는 게 별로 마음에 들진 않지만."

제임스가 가볍게 한숨을 내쉬면서 말했다.

"현명한 분은 그쪽을 택하시는군요. 안할트는 진지한 태도로 임해야 하는 좀 힘든 역할이니까요."

메리가 밝고 명랑한 얼굴로 말했다.

"백작은 대사가 마흔하고도 둘이 더 있죠. 이것도 결코 만만한 배역은 아닐 겁니다."

제임스가 손을 내젓다 못해 혀를 내두르면서 대답했다.

"안할트 배역을 맡겠다는 사람이 없는 것도 무리가 아녜요. 당돌하고 급진적이고 그렇게 주제넘은 아가씨고 보면 남자 쪽이 두 손 들 테죠."

잠시 후에 메리가 한마디 덧붙였다.

"가능하면 기꺼이 맡을 테지만."

톰이 큰소리로 말했다.

"한데 재수 없게도 집시와 인힐드가 같은 상면에 등장하기 때문에 어쩔 수 없었어요. 하지만 아직 완전히 단념한 것은 아닙니다. 무슨 방법이든 찾아낼 거예요. 다시 한 번 훑어보고 생각을 좀 해봐야 되겠어요."

"자네 동생에게 부탁하지. 맡아 주리라고 생각지 않나?"

예이츠가 낮은 목소리로 말했다.

"그 애한테는 부탁하지 않겠어."

톰은 쌀쌀하고 단호한 태도로 대답했다. 메리는 화제를 바꾸어 이야기를 나누다가 잠시 후 다시 난롯가의 사람들을 향해 다가갔다.

"저분들은 저 같은 사람이 회의에 참여하는 것을 원치 않나 봐요. 제가 질문을 던지면 마지못해 대답을 하긴 하지만 제가 자꾸 끼어드는 것이 귀찮고 싫은 것 같아요. 저 때문에 난처해져서 억지로 기분 좋은 말만 하려드니까요. 에드먼드 씨, 당신은 연극에 출연하지 않으시니까 공평하게 조언하실 수가 있는 처지예요. 그러니까 당신의 의견을 묻겠어요. 안할트 역은 어떻게 처리하는 것이 가장 현명할까요? 누군가가 두 역을 겸하는 일이 실제로 가능할까요? 당신 의견을 듣고 싶어요."

메리가 궁금하다는 표정을 지우지 않은 채 말했다.

"제 의견이라면 각본을 다른 것으로 바꾸는 것입니다."

그가 침착한 목소리로 말했다.

"저는 상관없어요. 저는 아멜리아 역이 특별히 싫거나 하지는 않거든요. 물론 상대 배역이 좋다면 말예요. 즉 만사가 순조롭게 진행되는 걸 전제하고 하는 말인데. 하지만 남에게 폐를 끼치는 건 싫어요. 그리고 저쪽 테이블에서 당신의 의견은 들을 마음도 없으니 채택될 리 없죠."

메리가 탁자 주위에 둘러앉은 사람들을 바라보면서 말했다. 에드먼드는 다른 아무 말도 하지 않았다.

"만약 당신이 해보고 싶은 역이 있다면 그건 틀림없이 안할트 역일 거예요. 그 사람은 목사니까요."

잠시 어색한 침묵이 흐르자 메리는 에드먼드를 슬쩍 떠보듯이 말했다.

"연극 이야기라면 전혀 생각이 없는데요. 그 어떤 이야기라도 저를 끌어들이진 못해요. 서툰 연기로 목사 역을 우스꽝스럽게 만들고 싶지는 않습니다. 안할트는 대단히 어려운 역할이에요. 딱딱하고 짐짓 위엄 있는 체하는 설교가로 보입니다. 지나치게 경직되어 있는 그 역할을 경건한 설교가로 보이게끔 연기할 자신이 없어요. 성직자라는 직업을 선택하려는 사람이라면 절대로 무대 위에서 그것을 연기하고 싶어하지 않을 겁니다."

에드먼드가 심각한 표정으로 대답했다. 메리는 아예 입을 다물어버렸다. 그러고는 약간 불만스럽고 분한 나머지 의자를 다탁(茶卓) 쪽으로 바싹 당겨 모든 걸 지휘하고 있는 노리스 부인에게만 관심을 집중시켰다.

"패니, 네가 도와줄 일이 있어."

톰 버트램이 회의 도중에 패니가 있는 방향을 향해 소리쳤다. 그 테이블에서는 연극에 대한 세부 사항과 전반에 대한 진지한 의논이 계속되고 있어 이야기가 끊기는 일이 없었다. 패니는 뭔가 심부름이려니 싶어 곧 자리에서 일어섰다. 그런 식으로 그녀를 부려먹는 습관은 이미 길들여져 있어서, 제발 그렇게 하지 말라는 에드먼드의 필사적인 노력에도 불구하고 고쳐지지 않고 있었다.

"아냐, 지금 자리에서 일어날 필요는 없어. 지금 당장 네 도움이 필요한 건 아니니까. 우리가 하는 연극에 네가 꼭 필요해. 네가 농가의 안주인 역할을 맡아주어야 되겠어."

톰이 의자 깊숙이 등을 기대면서 말했다.

"내가요? 그것만은 나를 시키지 말아 주세요. 세상을 다 준다 해도 연극은 못 해요. 안 돼. 나는 연기를 하지 않을 거야. 제발 나는 빼 줘요."

깜짝 놀란 패니는 겁먹은 듯한 얼굴로 다시 의자에 털썩 주저앉았다.

"아냐, 어쨌거나 꼭 해줘야겠어. 네가 빠지면 이 연극을 순조롭게 진행시킬 수가 없어. 그렇게 놀랄 필요 없잖아. 대단한 역도 아닌걸. 아주 간단한 단역인데다 대사도 전부 합해야 여섯 번 정도밖에 안 돼. 너의 대사는 다른 사람한테 하나도 들리지 않아도 상관없어. 그러니까 네가 하고 싶은 대로 아무리 웅크리고 서 있어도 괜찮지만 외견상 너는 있어야 해."

톰이 완강한 태도로 강요하듯이 말했다.

"고작 여섯 번에 불과한 대사로 겁먹는다면, 나 같은 역을 맡았다면 기절이라도 하셨겠네요. 나는 외워야 할 대사가 마흔둘이나 돼요."

제임스가 소리치면서 어깨를 으쓱했다.

"대사를 외우는 것이 두려운 게 아녜요. 저는 단지 연기를 못 하겠다고 말하고 있는 거라고요."

패니는 방 안에서 지금 말을 하고 있는 사람이 자기 혼자뿐임을 깨달았다. 모든 눈이 자기에게 쏠려 있다는 것을 알고 어쩔 줄을 몰랐다.

"아니야, 괜찮아. 대극장에 나가는 것도 아닌데 뭘. 대사를 외우면 나머지는 모두 우리가 가르쳐줄게. 불과 두 장면밖에 없어. 더구나 내가 남편 역을 맡을 거니까 너를 잘 이끌어주면 되잖아. 내가 장담하는데 너는 틀림없이 잘할 거야."

톰이 패니에게 시선을 고정시키고 말했다.

"아녜요, 오빠. 정말 부탁이에요. 나는 좀 빼줘요. 오빠는 잘 이해하지 못해요. 난 도저히 연기를 할 수 없어. 그건 불가능해요. 설사 한다 해도 실망만 안겨드릴 거예요."

패니가 간청하는 표정으로 말했다.

"뭘 그래! 그렇게 수줍어할 건 없어. 뜻밖에 잘 해낼 테니. 네가 하는 일이니 다들 알아서 이해해줄 거라 믿어. 꼭 완벽한 연기를 바라는 것도 아냐. 갈색 가운에다 흰 앞치마를 두르고 머리에 수건을 쓰고 있으면 돼. 주름을 두세 개 만들고 눈 꼬리에 잔주름을 약간, 그러면 영락없이 자그마하고 늙은 여자로 보일 거야."

"그것만은 면하게 해주세요, 오빠. 제발 부탁해요."

패니는 어쩔 줄 몰라서 더욱 얼굴을 붉히면서 에드먼드에게 난감한 시선을 보냈다. 에드먼드는 부드럽게 그녀를 지켜보고 있었는데 참견을 했다가 형을 화나게 하고 싶지 않아서 단지 격려의 미소를 보냈을 뿐이었다.

아무리 간청해도 톰은 들어주지 않고 조금 전의 말을 되풀이할 뿐이었다. 톰뿐만 아니라 마리아, 헨리, 예이츠도 입을 모아 그렇게 하기를 원했다. 이 사람들의 태도가 톰과 다른 점은 좀더 다정하거나 아니면 좀더 소란스러울 뿐 전체적으로 보아 패니로는 도저히 거부할 수 없는 것이었다. 바로 그 순간에 숨 돌릴 틈도 없이 노리스 부인이 마지막으로 노기를 띠고 남이 들으란 듯 큰소리로 말해 문제를 해결해주었다.

"패니, 왜 이리 소란을 피우는 거냐. 아무것도 아닌 일로 말이다. 그토록 간청하는데도 자꾸 싫다고만 하니 내가 다 창피할 지경이구나. 잠깐 동안이잖아. 사촌들이 하자는 대로 해줘라. 그토록 친절을 베풀어주는 사람들이 아니냐! 흔쾌히 받아들여서 이야기는 결정된 걸로 해줘."

"이모, 패니를 그런 일로 심하게 몰아붙이지 마세요. 그런 식으로 강요하는 것은 부당한 처사예요. 보시다시피 패니는 연기를 하고 싶어하지 않잖아요. 다른 사람과 마찬가지로 패니에게도 선택권을 주어 자발적으로 택하게 해야 해요. 패니의 판단도 신뢰할 수 있는 것이니까요. 더 이상 패니에게 강요하거나 다그치지 말아주세요."

에드먼드가 더는 참지 못하고 이모를 향해 외쳤다.

"굳이 강요하는 것은 아니야. 하지만 말이다, 사촌들이 저렇게 부탁을 하는데 너무 제 고집만 부리고 있잖니. 패니는 정말 은혜라곤 눈곱만치도 모르는 아이 같구나. 이모나 사촌들의 소원을 그토록 박정하게 거절하니 말이야. 정말 몰라도 너무 몰라. 배은망덕도 유분수지. 자신의 처지를 생각한다면 절대 그렇게 하지는 못할 거야."

노리스 부인이 쌀쌀맞은 태도로 말했다. 에드먼드는 너무 화가 나서 말을 할 수도 없었으나 메리는 그 순간 눈이 동그래지더니 노리스 부인과 눈물이 핑 돌기 시작한 패니를 번갈아 바라보았다.

"아, 여기는 너무 더워요."

그리고 의자를 패니의 바로 옆 테이블 맞은편으로 당겨 앉으면서 부드럽고 낮게 속삭이듯이 말했다.

"신경 쓰지 마세요, 프라이스 양. 오늘밤의 분위기는 엉망이군요. 모든 사람들이 잔뜩 짜증 나 있는 것 같아요. 기분이 좋지 않으니 거북한 말만 하네요. 그러니까 우리는 다른 사람들 말에 신경 쓰지 말아요."

메리가 목소리에 특히 신경을 쓰며 침체해진 자신의 기분과는 달리 패니를 향해 계속해서 말을 걸고 그녀의 기분을 밝게 해주려 노력하는 모습이 역력히 보였다. 그녀는 오빠인 헨리에게 눈짓으로 신호를 보내 더 이상은 아무도 패니를 다그치지 못하게 했다. 이것은 순수하게 참다운 선의에서 우러나온 행동이었으므로 약간 잃었던 에드먼드의 호감과 애정도 금방 되찾을 수 있었다.

패니는 메리에게서 호감을 느끼지 못했지만 이때 보여준 친절에 대해서는 고마워하지 않을 수 없었다.

메리는 패니가 하고 있는 바느질거리를 보면서 자신도 그만큼 잘할 수 있었으면 좋겠다고 말했다. 그러면서 자신에게도 도안지를 하나

달라고 정중하게 부탁했다. 그리고 사촌 언니가 결혼하고 나면 패니도 사교계에 나오게 될 테니 지금부터 의상 준비를 하고 있을 것이라는 이야기부터 시작하여 최근에 항해 중인 오빠에게서 편지가 왔느냐고 묻고 어떤 분인지 한번 꼭 보고 싶다고, 틀림없이 훌륭한 청년일 거라고 말했다. 이 다음번에는 출항하기 전에 초상화를 그려 받아놓으면 어떻겠느냐고 패니에게 조언했을 때는, 겉치레의 인사라 해도 무척 호감이 가는 것을 부인할 수가 없었으며, 이 말을 듣고 대답할 때는 패니 자신도 모르게 가슴이 뛰는 것을 억제할 수가 없었다.

한쪽 테이블 위에서는 연극에 대한 논의가 계속되고 있었다. 메리의 관심이 일단 패니에게서 벗어난 것은 톰 버트램이 불렀기 때문이었다. 그는 매우 유감이라고 전제하면서, 집사 역에 겹쳐 안할트 역까지 맡는다는 것은 절대로 불가능하다고 말했다. 어떻게든 두 가지 역할을 전부 소화해보려 했지만 아무래도 무리인 것 같고, 이제는 포기하는 수밖에 없다는 것이었다.

"하지만 이 근방에서 배역을 맡길 만한 사람을 찾는 일은 결코 어려운 일이 아닐 겁니다. 지금 당장이라도 이 근방 6마일 안에서 우리 극단에 끼게 되면 크게 좋아할 청년을 적어도 6명은 이름을 들 수가 있어요. 우리는 얼마든지 적당한 인물을 고를 수 있습니다. 그 중에 한두 사람은 정말 어디 내놓아도 부끄럽지 않은 친구죠. 올리버 형제나 찰스 매독스라면 어느 쪽이든 안심하고 맡길 수 있어요. 톰 올리버는 무척 머리가 좋은 사나이고 찰스 매독스는 흠잡을 데 없는 신사니까 말입니다. 내일 아침 일찍 스토크까지 말을 타고 가서 물색해보고 그 어느 쪽하고든 교섭을 하고 오겠어요."

톰이 신중한 목소리로 덧붙여 말했다. 그가 지껄이고 있는 동안에 마리아는 염려스러운 듯 에드먼드에게 시선을 보냈다. 이렇게 계획을 확대시키면 반드시 그가 반대하리라 예상했던 것이다. 처음의 약속과는 완전히 정반대였기 때문이다.

그러나 에드먼드는 아무 말도 하지 않았다. 잠깐 생각에 잠겼던 메리가 어색한 침묵을 깨면서 대답했다.

"저로서는 여러분이 좋다고 생각하시는 일에 반대는 하지 않겠어요. 그분들 중에 누군가를 뵌 적이 있는 것 같아요. 네, 그래요. 찰스 매독스 씨는 언젠가 언니 집에서 식사를 하셨죠. 그렇지, 헨리 오빠? 얌전해 보이는 청년이었던 걸로 기억해요. 그분에게 부탁해 보시는 것이 좋을 듯하네요. 전혀 모르는 사람을 상대하기보다는 훨씬 나을 테니까."

찰스 매독스로 결정되었다. 톰은 내일 아침 일찍 틀림없이 그를 찾아가겠다고 말했다. 줄리아는 지금까지 거의 입을 다물고 있었는데, 냉소적인 시선으로 마리아와 에드먼드를 번갈아 쳐다보면서 입을 열었다.

"맨스필드 소인극단 덕분에 이 마을도 제법 활기를 띠게 되는군요."

그러나 에드먼드는 여전히 침묵으로 일관한 채, 자기의 심정을 표현하기라도 하듯 엄숙한 표정을 바꾸려고 하지 않았다.

"상황이 이상하게 돌아가는군요. 저는 이 연극에 흥미가 없어졌어요. 매독스 씨에게 말할래요. 대사를 좀 압축시키자고요. 그 사람 것은 약간, 제 자신의 것은 많이 줄여서 함께 연습에 들어가겠어요. 무척 달갑지 않은 결과가 될 것 같아요. 처음 예상했던 것과도 다르지만 제가 바라던 것과도 너무 다르니까요."

메리가 패니를 향해 나지막한 목소리로 속삭이듯 말했다.

16

　메리의 역량으로는 어떤 말을 해도 패니로 하여금 오늘밤 일을 깨끗이 잊게 할 수는 없었다. 저녁이 지나고 밤이 되어 잠자리에 들 때도 머릿속은 그 일로 꽉 차서, 생각은 사촌 오빠 톰이 드러내놓고 당당하게 말하는 그 집요한 공격의 충격 때문에 아직도 흐트러진 채였고 기분은 이모의 심술궂은 편잔과 비난 탓으로 침울했다.

　이렇게 여러 사람의 눈총을 받았는데 그것은 앞으로 더욱 지독한 일의 전조에 불과했으며 연극에 나간다는 터무니없는 통고를 받고 결국은 고집이 세고 은혜를 모른다는 비난까지 받았다. 그리고 식객 신세라는 것을 그런 식으로 넌지시 암시하는 등의 괴로움은 그때뿐 아니라 혼사가 되어 생각해보아도 우울한 마음은 조금도 가시지 않았다. 이 문제를 오늘도 끝내지 못하고 내일까지 끌고 갈 경우에는 어떻게 될까 하는 걱정도 더해졌으므로 고통은 한층 더 심해졌다. 메리가 감싸준 것도 그때뿐이고 만약 가족만 있는 데서 톰과 마리아가 취할지도 모를 위압적인 태도로 또 한 번 강요받는다면 그리고 에드먼드는 어쩌면 집에 없을지도 모르고, 그런 상황에 직면하게 되면 어떻게 할까? 이 문제에 대한 해답을 얻지 못한 채 잠들었는데 다음날 아침 눈을 떴을 때도 이것은 여전히 어려운 문제였다.

이 집에 처음으로 발을 들여놓은 이후로 줄곧 그녀의 침실이었던 작고 흰 지붕 밑의 다락방은 아무런 해답도 줄 힘이 없다는 것을 알았으므로, 옷을 갈아입자마자 또 하나의 다른 방을 찾아갔다. 여기는 좀더 넓은 편이어서 걸어다니며 생각하기에 적당하여 이미 꽤 오랫동안 지붕 밑 다락방과 함께 거의 혼자서 써왔던 것이다.

얼마 전부터 그 방은 패니가 주인인 것처럼 되어버렸다. 이전에는 공부방으로 사용했던 곳이었다. 하지만 버트램 가의 딸들이 성장하면서 더 이상은 공부방이라고 못 부르게 했다. 그 후로도 한참 동안 그곳에 거주한 사람은 있었다. 가정교사인 리 선생이 거기서 살았으며 그녀들 둘은 여기서 책을 읽고 글을 썼으며 지칠 줄 모르고 이야기를 나누었고 웃곤 했었다. 그 리 선생도 3년 전에 떠나가 버렸다. 그 후부터 이 방은 쓸모가 없어지고 얼마 동안 전혀 찾는 사람도 없었는데, 패니만은 자기가 분재로 만든 화초를 보러 오거나 책을 가지러 오는 일이 있었다. 3층의 작은 방에는 방이라 해도 물건을 넣어둘 데가 없어서 그녀는 그런 것들을 이곳에 보관해두고 있었던 것이다. 그러나 이 방을 사용하면서 조금씩 마음이 편해졌고 쓰는 물건이 조금씩 늘어나고 여기서 시간을 보내는 일이 많아졌다. 장애가 되는 일도 없었기 때문에 극히 자연스럽게 이 방의 주인이 되었으며 그때는 다른 사람들도 어느새 그곳을 그녀의 방으로 생각하게 되었다.

마리아 버트램이 열여섯 살이 되면서 동쪽 방이라 불려온 이 방은 그때는 흰 지붕 밑의 다락방과 마찬가지로 분명히 패니의 방으로 인정되어 있었다. 다락방이 워낙 작으니까 이쪽을 쓰는 것도 극히 당연해서 버트램 가의 딸들도 자기네 방이 하나에서부터 열까지 다 고급이라 여겨 우월감에 만족했으므로, 여기에 전적으로 찬성하고 있었다. 노리스 부인도 패니를 위해서는 절대로 난로를 피워서는 안 된다는 조건부로, 그녀가 다른 사람이 탐내지 않는 물건을 쓰는 일은 묵인해주고 있었다. 그러나 이따금 은혜에 대하여 언급할 때의 말투로 보아서는 마치 이 방이 집 안에서 가장 좋은 방이나 되는 듯했다. 방의 방향이 좋아서, 이른 봄이나 늦가을 아침에도 패니처럼 다소곳한 마음을 가진 사람이라면 불을 때지 않고도 지낼 수 있었으며, 햇살이 조금이라도 들어올 동안은 겨울에도 여기서 완전히 철수하지 않았으면 하고 바랐던 것이다.

가끔 한가할 때 이 방을 찾으면 편안한 기분을 찾을 수 있어 더할 나위 없이 좋았다. 아래층에서 불쾌한 일이 있었더라도 이 방에 들어오면 어떤 실마리나 생각의 끄나풀이 가까이 있어서 곧 위안을 찾을 수 있었다. 분재나 책 등 1실링의 용돈이라도 받을 수 있게 된 그 순간부터 그녀는 수집가가 되었다. 책상, 자선용 바느질감, 정교한 자수 따위 모두가 손만 뻗치면 닿을 곳에 있었다.

또한 별로 일이 하고 싶지 않은 때나 생각에 잠길 수밖에 없을 때엔 이 방 안의 물건 하나만 보아도 거의 그 물건과 연관된 흥미로운 기억이 되살아나는 것이었다. 모든 것이 친구이거나 아니면 마음을 친구에게로 실어다 주는 것이었다. 간혹 괴로운 일도 많았으며 동기를 오해받고 기분을 무시당할 때도 있었다. 두뇌를 과소 평가당하는 일도 종종 있었고 압제나 우롱이나 무시를 당해서 고통을 맛본 적도 있었다. 하지만 그런 일이 생길 때마다 무언가 마음의 위로를 받는 일도 반드시 생겼다. 가끔 버트램 영부인이 따뜻한 말로 변호해주거나 리 선생이 격려해주기도 했다. 그러나 무엇보다도 가장 커다란 위안이 되어주고 기쁨이 되어 준 것은 에드민드가 늘 보호자를 자청하면서 한편이 되어준 것이었다.

그는 다른 사람들 앞에서 패니의 주장을 지지하며 말하고 싶어하는 의도를 자세하게 설명해주었다. 패니가 눈물을 흘릴 때는 울지 말라고 하면서 무언가 애정의 표시를 해주고 슬픔이나 고통, 외로움의 눈물을 기쁨의 눈물로 바꾸어 주었다. 그 방에서는 모든 것들이 서로 뒤섞여서 아름다운 조화를 이루었고 슬프고 괴로웠던 일들조차도 아름다운 추억처럼 매력을 지니게 되었다.

이 방은 패니에게 가장 소중한 공간이 되어 있었다. 그랬기 때문에 패니는 집 안에서 가장 훌륭한 가구를 준다고 해도 이곳의 가구와 바꾸려 하지 않았을 것이다. 원래 평범할 뿐이었던 그 가구들은 아이들이 함부로 다뤄서 여러 군데 흠이 나 있었다. 그리고 격에 맞는 멋을 곁들인 가장 우아한 장식이라 해도, 끝마무리 솜씨가 좋지 않아서 응접실에는 내놓을 수 없는, 줄리아가 수세공한 빛바랜 발받침이 고작이었다.

한쪽 창문 아랫부분에는 투명화가 유행하던 시절에 스테인드 글라스를 위해 제작된 그림이 세 점 있었다. 틴턴 수도원을 중앙으로 하여 양쪽으로는 이탈리아의 동굴과 컴벌런(영국 북부의 호수로 유명함)의 달빛 어린 호수가 자리 잡고 있었다.(영국의 서부 몬머드셔 주에 있는 13세기 수도원의 폐허. 워즈워스의 시로 유명. 나머지 두 그림도 모두 이 시대의 낭만주의적인 취향을 보여주는 경치를 그리고 있다.) 달리 어디에 내놓을 값어치도 없을 성싶은 이 집안사람들의 옆모습 초상화가 벽난로 위에 걸려 있고, 그 옆벽에 핀으로 꽂은 한 척의 배를 그린 작은 스케치가 고작이었다. 이것은 4년 전 윌리엄이 지중해에서 보내온 선박의 모습을 스케치한 것이었다. 그림 밑에 선박의 돛만큼이나 커다란 글씨로 H. M. S. 앤트워프(영국 해군 군함)라는 글씨가 적혀 있었다.

패니는 몹시 지쳐 있었다. 자신이 마치 작고 외로운 한 마리 새처럼 여겨졌다. 마음에 꼭 드는 자신의 보금자리로 날아가서 혼란스럽고 불안한 마음을 차분하게 가라앉히고 싶었다. 혹시 에드먼드의 초상화를 보면 무언가 좋은 생각이 떠오르거나 그의 조언을 감지할 수 있지 않을까. 또한 창문을 활짝 열어서 제라늄 화분에게 바깥바람을 쐬어주면서 자신도 신선한 바람을 한껏 들이마시면 바람에서 상쾌한 기분과 힘을 얻을 수 있고 정신력도 강인해지지 않을까. 패니는 이런저런 생각을 하면서 창밖으로 펼쳐져 있는 풍경을 물끄러미 바라보고 있었다.

그러나 불안한 것은 연기에 대한 권유를 끝까지 거절해낼 수 있느냐 하는 것에 국한된 문제가 아니었다. 어떻게 하는 것이 옳은지에 대해서도 판단이 서지 않아, 방 안을 왔다 갔다 하는 동안에 미혹은 더 깊어갔던 것이다. 그동안 자신에게 그토록 많은 것을 베풀어 주었던 사람들이 부탁한 일이고 그토록 간절히 간청했는데도 거절한 것이 과연 옳은 행동이었을까? 모든 사람이 합심하여 세운 계획이라 빠져서는 안 될 일이었을지도 모르는데 그 중 몇 사람에게도 되도록 상냥하게 구는 게 도리가 아니었을까? 심술과 이기심과 남 앞에 나서지 못하는 두려움 때문에 그랬던 것은 아니었을까? 에드먼드의 판단이나 이모부가 싫어할 거라는 신념만을 근거로, 그 밖의 것은 모두 제쳐놓고 명백히 거절한 일이 옳았을까? 연극에 나가는 일이 무척 두려웠기에 그녀는 자기가 주저하는 것의 진실성과 순수성을 의심하고 싶어졌던 것이다. 주위를 돌아보는 동안 사촌들에게서 받은 선물들이 눈에 들어오자 그들의 행동이 정당하게 느껴지고 그들의 부탁을 꼭 들어줘야 할 의무감 같은 것이 더욱 강하게 옥죄어왔다. 두 창문 사이의 테이블 위에는 재봉 상자와 편물 상자가 있었다. 이것은 기회 있을 때면 주로 톰이 사다준 것으로 이렇게 다정한 기억들로부터 의리가 생겨선지 그녀는 여간 난처한 것이 아니었다. 이렇듯 한참 본인의 도리를 찾으려 애쓰고 있는데 방문을 두드리는 소리가 들렸다. 그 소리에 그녀는 반짝 정신을 차렸다. 그녀는 상냥하게 '들어오세요.' 라고 했고 그 말에 이어 나타난 것은 언제나 그녀가 자기의 모든 고민을 털어놓는 사람이었다. 에드먼드의 모습을 보자 그녀의 눈이 빛났다.

"패니, 나와 잠시 이야기할 수 있을까?"

에드먼드는 몹시 초조한 표정을 감추지 못하고 있었다.

"응, 좋아."

패니가 앉으라는 표시로 의자를 손가락으로 가리키면서 말했다.

"한 가지 의논하고 싶은 게 있는데……. 네 의견을 듣고 싶어서 왔어."

"내 의견이라니!"

패니는 약간 당황했지만 자신의 의견을 듣고 싶다는 에드먼드의 정중한 요청에 한편으로는 기쁨이 솟구쳤다.

"응, 네 의견과 조언이 필요해. 나는 지금 어떻게 해야 좋을지 갈피를 잡지 못하겠어. 이 연극에 대한 계획은 점점 더 엉망이 되어 가고 있어. 가장 최악이랄 수 있는 각본을 선택한 것도 모자라 이제는 잘 알지도 못하는 사람의 힘을 빌리려 하고 있어. 이렇게 되면 집안 식구끼리만 품위 있게 조용히 하자던 처음의 취지는 완전히 끝장이 나는 거지. 찰스 매독스에게 흠을 잡자는 건 아냐. 그러나 이런 식으로 그를 끌어들이면 반드시 지나친 친밀감이 생기게 될 터인데, 그렇게 되면 반드시 큰 문제가 따를 거라고 생각해. 친밀감 정도가 아니라 나중에는 서로에게 무례해질 거야. 그런 생각을 하니 도무지 가만히 앉아 있을 수가 없어. 그런 일은 매우 중대한 일이야. 무슨 수를 쓰더라도 미연에 방지를 해야 해. 네 생각도 그렇지 않니?"

에드먼드가 걱정스런 표정으로 조심스럽게 질문을 던졌다.

"나도 그렇게 생각해. 하지만 어쩔 도리가 없잖아. 톰 오빠는 완전히 생각을 굳힌 것 같으니까."

"가능한 일은 오직 하나뿐이야, 패니. 내가 안할트를 맡아야만 해. 그 방법 말고는 형을 얌전하게 만들 방도가 없다고 봐."

패니는 아무런 대답도 할 수 없었다.

"결코 좋아서 연기를 하겠다는 것이 아니야. 이렇게 모순된 상황으로 몰리다니, 어떤 남자라도 일관성 없이 행동하는 것처럼 보이는 것을 좋아하지 않을 거야. 처음부터 계획에 반대한다고 해놓고 이제 와서 새삼스레 한몫 끼워달라니, 얼마나 우습게 보이겠어? 정말 얼빠진 노릇이지. 게다가 모든 게 처음 계획보다 훨씬 부풀려지고 있는 상황이니 말이야. 하지만 달리 방도가 떠오르지를 않는구나. 너는 어떻게 생각해, 패니?"

"모르겠어. 지금 당장은…… 하지만……."

패니가 천천히 머뭇거리면서 말했다.

"하지만 어쨌다는 거니? 지금 당장은 아니지만 그 다음은 뭐지? 아무래도 나와 같은 생각이 아닌가보구나. 좀 생각해봐, 패니. 어떤 청년이 우리가 하는 연극에 참여한다고 가정했을 때 어떤 결과를 초래하게 될지, 어떤 나쁜 결과가 발생하게 될지에 대해 나만큼은 인식하지 못하고 있을 거야. 그 젊은 청년이 우리 일원으로 받아들여지게 되면 수시로 우리 집에 들락거리게 될 테고 우리들과 더욱 친숙해지고, 자주 찾아올 구실을 만들 거야. 그때 우리는 그를 제재할 아무런 방법이 없어. 그저 갑자기 모든 일에 거리낌 없는 관계가 되는 거야. 그리고 연습 때마다 얼마나 뻔질나게 드나들겠니. 아무리 생각해도 어처구니가 없어 말도 안 나와. 게다가 패니, 네가 메리 양의 입장이 되어 한번 생각해 봐. 전혀 모르는 사람을 상대로 아멜리아 역을 한다는 게 어떤 기분일지 상상해 보란 말이야. 그녀도 분명 감정을 갖고 있는 사람인데, 우리가 그 사람의 심정을 이해해주고 배려해줘야 해. 어젯밤에 너와 그녀가 나누는 얘길 들었어. 그래서 메리 양이 낯선 남자와 연기하는 것을 얼마나 내켜하지 않는지 얼마나 꺼리고 있는지 모두 알게 되었어. 정말이지 얼마나 섬세한 마음씨의 여자인지 몰라. 그리고 그 배역을 허락했을 때는 그런 상황을 전혀 예측하지 못한 상태에

서 하겠다고 했을 거야. 사태를 충분히 알고 생각할 시간이 있었다면
절대 그 역할을 하려고 하지 않았을 거야. 이런 상황에서 내가 그 사
람을 보호하지 않는 것은 의리상 아주 잘못된 짓이라 생각한다. 우리
는 메리 양의 마음을 좀더 존중해줘야 해. 그렇게 생각지 않니, 패니?
판단을 내릴 수 없는 모양이로구나, 너는."

에드먼드는 매우 조급한 음성으로 패니를 설득했다.

"메리 양의 입장은 안 됐다고 생각해. 하지만 더욱 딱한 것은 오빠
까지 끌려 들어가 자신이 안 된다고 결심한 일, 이모부가 싫어하실 거
라는 걸 뻔히 알면서 그 일을 하려고 한다는 사실이야. 다른 분들 입
장에서는 대승리가 될 테니까!"

패니가 길게 한숨을 내쉬면서 말했다.

"내 연기가 얼마나 형편없는지 알았을 때는 별로 승리했다는 생각
은 들지 않겠지. 하지만 그들이 승리했다는 사실은 인정하지 않을 수
없어. 그렇더라도 나는 이대로 밀고 나가야 해. 내가 굴복하는 수치를
받아들임으로써 만약 일이 공공연하게 알려지는 것을 미연에 방지할
수만 있다면, 우리의 못난 짓거리를 우리 집안에만 국한시킬 수 있다
면 충분히 보상을 받는 셈이 되겠지. 지금 나의 힘으로는 아무런 영향
력도 끼칠 수가 없어. 내가 할 수 있는 일은 팔짱을 끼고 그저 구경하
는 일뿐인걸. 그 사람들을 화나게 했으니 내 말은 들으려 하지도 않을
거야. 그러나 이번의 양보로 그들의 기분이 풀린다면 희망이 전혀 없
지는 않다고 봐. 그 사람들을 설득해서 이 극을 훨씬 작은 그룹으로
제한시킬 수도 있을 거야. 지금은 낯선 사람까지 불러들이려 하고 일
을 점점 더 확대시키면서 엉뚱한 데로 치닫고 있지만 내가 양보한다
면 오히려 얻게 되는 이득이 더 많아. 내 목적은 연극 공연을 러시워
스 부인과 그랜트 씨 부부만으로 제한시키는 일이야. 이건 해볼 만한
가치가 있는 게 아닐까?"

골똘한 생각에 잠겨 있던 에드먼드가 진지한 어조로 질문을 던졌다.

"응, 정말 그렇긴 해."

패니가 천천히 고개를 끄덕이며 말했다.

"하지만 너는 내 의견에 전적으로 찬성하는 것은 아니잖아. 내가 목적하는 바를 달성할 수 있는 뭔가 다른 방도는 없을까?"

"없어, 오빠. 그 밖엔 아무것도 생각나지 않아."

"그렇게 생각한다면 내 의견에 찬성한다고 말해 줘, 패니. 그렇잖으면 내 마음이 편안하지가 않아."

에드먼드가 애원하듯이 말했다.

"어머나! 오빠."

"만약 네가 반대한다면 내 생각에 자신을 가질 수가 없어. 하지만 형을 이대로 내버려두어 누군가 연극에 나가줄 사람이 없는가 하고 이 근방을 사방팔방 휘젓고 다니게 할 수는 절대로 없어. 누구라도 좋다. 신사의 얼굴만 하고 있으면 된다는 식이니까. 형은 절대 그 사람의 내면을 보지 못할 테니까. 나는 너라면 메리 양의 기분을 누구보다 이해하리라 싶었는데."

에드먼드가 무거운 한숨을 내쉬었다.

"물론 오빠가 그렇게만 해준다면 그분은 무척 기뻐할 거야. 이제 살았구나 싶을 거라고."

패니는 좀더 성의 있는 태도를 보이려고 애쓰며 말했다.

"어제 저녁, 너에 대한 행동만큼 그 사람이 사랑스러워 보이게 한 적은 없었다. 그래서 완전히 그녀를 좋은 사람이라고 믿게 되었어."

"맞아, 오빠. 메리 양은 나에게 정말 친절하고 상냥했어. 그분에게 도움이 된다면 나 역시 기쁠 거야."

패니는 말끝을 흐리고 말았다. 더 이상의 관대한 말은 할 수가 없었다. 양심이 중도에서 거칠게 막아버린 것이었다. 그러나 에드먼드는 그것만으로도 만족하고 있었다.

"아침 식사가 끝나면 곧바로 형을 만나 얘기할 거야. 내가 그렇게 말하면 아마 모두 기뻐하겠지. 자, 그럼 패니, 네 독서의 시간을 빼앗아서 미안하다. 더 이상 방해하지 않을게. 하지만 네게 먼저 말하지 않았다면 마음이 편치 않았을 거야. 자나깨나 내 머릿속은 이 문제로 꽉 차 있었어. 잠자리에 누워 있거나 산책을 할 때도 계속해서 나를 괴롭혔거든. 확실히 잘못된 거야. 이렇게라도 하지 않으면 더 한심한 결과가 될 것이 분명해. 만약 형이 일어났으면 지금 당장 가서 얘기를 해야겠어. 그러면 아침 식탁에서 모든 사람들이 즐거운 얼굴로 대할 수 있을 테니까…… 이제부터 모두 마음을 합해 광대놀음을 할 수 있다고 기분 좋아하겠지. 너는 그동안 중국까지 한번 날아갔다 오겠구나. 매카트니 경(18세기 중국주재 영국대사. 그의 회상기는 유명하다.)은 어떻게 지내니?"

에드먼드는 책상 위에 놓인 책 한 권을 펼치면서 물었다. 그런 다음 또 다른 몇 권의 책들도 뒤적거리고 있었다.

"크래브(18세기 말의 영국시인)의 《크래브의 이야기》와 《게으름뱅이》(18세기 영국의 문인 새뮤얼 존슨의 잡문집)를 가까이 두고 큼직한 책이 싫증나면 기분 전환에 이용하자는 거냐. 아담하게 꾸며져 있네. 이 방에서 책을 읽으면 머릿속에 잘 들어올 것 같구나. 패니, 내가 방을 나가면 연극이라는 바보놀이는 깨끗이 머리에서 씻어버리고 마음 편히 책상 앞에 앉도록 해. 하지만 방이 좀 썰렁하네. 여기에 오래 있으면 감기들 것 같으니까 너무 오래 있어선 안 돼."

에드먼드가 다정하게 말했다. 그리고 잠시 후에 방을 나갔다. 하지만 책이 문제가 아니었다. 패니에게는 독서도 중국도 마음의 안정도 얻을 수 없을 만큼 마음이 혼란스러웠던 것이다. 그가 말한 것은 정말 엉뚱하고 전혀 상상조차 하지 못했던 반갑지 않은 뉴스여서 그녀로서는 다른 것에 대해서 조금도 생각할 수 없었다.

지금 패니의 머릿속엔 연극에 대한 생각으로 가득 차 있었다. 연극 이외는 아무것도 생각할 수가 없었다. 에드먼드가 연극에 나가다니! 그토록 강경하게 반대해놓고서. 이제까지 에드먼드와 대화를 나누면서 그의 감정에 대해서 모두 이해하고 있다고 생각했는데……. 어떻게 그의 말과 행동이 완전히 다를 수가 있단 말인가. 에드먼드는 자기 자신마저 속이면서 너무나 그릇된 일을 하려 하는 게 아닐까? 어떻게 이런 일이 있을 수 있을까?

모두가 메리 때문이었다. 패니는 에드먼드의 말 한 마디 한 마디에서 그녀의 영향력을 이미 읽을 수가 있었기 때문에 너무나 슬프고 비참한 생각이 들었다. 여태까지 고민하고 있었던 자기 자신의 행동에 대한 의심과 불안은 그의 말을 듣고 있는 동안 깨끗이 사라져버렸으며 이제는 하찮은 것이 되었다. 더욱 크고 깊은 의혹과 걱정이 그것들을 몽땅 휩쓸어 삼켜버렸던 것이다.

일은 될 대로 될 것이었다. 패니에게 그 어떤 것도 이제는 중요하지 않았다. 결과가 어떻게 되든 간에 자신과는 아무 상관없는 일이었다. 사촌들이 어떤 말로 비난의 화살을 쏘아대며 공격해 와도 그것은 패니 자신과 전혀 상관없는 일이 되어버렸다. 그들의 말과 행동이 더 이상은 패니에게 아무런 상처도 입히지 못할 것이다. 그들을 상대하지 않을 테니까. 다만 패니의 마음속에는 고뇌와 번민만이 가득 차오르고 있었다.

17

확실히 톰 버트램과 마리아에게 있어서 그날은 승리의 날이었다. 신중론자인 에드먼드를 상대로 이와 같은 승리를 거둔다는 것은 뜻밖의 일로 무척 즐거운 일이 아닐 수 없었다. 그래서 승리자들이 누리는 기쁨은 더욱 클 수밖에 없는 것이었다. 이제는 그들의 중요한 계획을 방해 할 것은 아무것도 없었다.

그들은 에드먼드의 생각이 바뀐 것을 심한 질투심 때문이라 생각했다. 자신들이 바라던 대로 모든 일이 되어가고 있음은 의심의 여지가 없었다. 그래서 두 사람만이 있게 되었을 때, 그들은 승리를 축하하면서 은밀한 기쁨을 만끽할 수 있었다.

에드먼드는 여전히 얼굴을 찌푸리고 있었다. 연극을 공연한다는 계획에 대해 못마땅해 하는 것은 변한 것 같지 않았다. 어쩌면 다시 한 번 각본에 찬성할 수 없다고 말할지도 몰랐다. 하지만 에드먼드가 무슨 말을 하고 어떤 이유로 반대를 하든지 그의 말에 개의치 않으면 되는 것이었다. 그는 이미 연극에 참여하기로 결정했고, 그것도 이기적인 생각에 쫓겨 그런 결심을 하게 된 것뿐이다. 에드먼드는 그때까지 유지해온 고상하고 차원 높은, 도덕적인 면에서 추락한 셈이었다. 그 반면에 톰과 마리아 쪽의 위상은 그가 추락한 만큼 뛰어오르고 우쭐

한 기분이 들게 되었던 것이다.

그러나 그들은 에드먼드 앞에서는 모든 행동을 무척 조심스럽게 처신했다. 환희의 빛을 보일 때에 입가에 미소를 조금 머금는 것 외에는 마음속에 담겨 있는 기쁨과 승리감을 철저하게 통제하고 있었다. 사실 톰과 마리아 자신들도 찰스 매독스의 침입을 면하게 된 것을 고맙게 생각하는 눈치였다. 자신들도 원한 것은 아니지만 인원을 충당해야 하기 때문에 어쩔 수 없이 출연시킬 수밖에 없었다고 변명했다. 그리고 이렇게 가족끼리 공연할 수 있게 되어서 얼마나 다행인지 모른다는 생각을 자연스럽게 표현했다.

"사실 우리가 원한 것도 가족끼리만 공연하는 거였어. 우리 사이에 외부 사람이 끼면 절대로 평화롭게 공연할 수가 없었을 테니까. 정말 최악이었을 거라고."

그리고 에드먼드가 이것을 고수해서 관객을 제한하자는 희망을 넌지시 비치자 그들은 이 분위기를 좇아서 선뜻 그 제안을 수용하겠다고 대답했고 무엇이든 응낙했다.

가족들 사이에 다시 화목이 찾아왔다. 하나에서 열까지 모두 기분이 좋아지자 서로를 배려하고 격려하려는 분위기로 바뀌었다. 노리스 부인은 에드먼드의 의상을 연구해보자며 나섰다. 예이츠는 남작을 상대로 하는 안할트의 마지막 장면에 많은 액션이 있는데 대사의 억양을 강소하면 효과를 볼 수 있다고 조언했다. 제임스는 에드먼드의 대사가 몇 마디나 나오는지 대사의 수를 계산해주겠다고 했다.

"어쩌면 패니도 지금쯤은 부탁을 받아줄 생각이 되있는지 모르겠는걸. 에드먼드, 너라면 패니를 설득할 수도 있을 텐데."

톰이 동생을 향해 말했다.

"아니, 그 애의 결심은 확고해. 절대로 연극엔 참여하지 않을 거야."

에드먼드가 손을 내저으며 말했다.

"아, 그래! 그렇다면 좋아."

톰은 더 이상 강요하지 않았고 단지 이렇게 말할 뿐이었다. 하지만 패니는 여전히 자신을 위협하는 분위기를 감지했고 자신에게 다시 닥칠지도 모르는 위험에 신경이 쏠리자 몹시 불안했다.

심경의 변화를 일으킨 에드먼드로 인해 목사관에서도 파크에서처럼 웃음꽃이 활짝 피었다. 환한 미소를 짓고 있는 메리는 그 어느 때보다도 더욱 사랑스럽고 아름다웠다. 완전히 쾌활함을 되찾은 그녀의 모습에서 에드먼드는 어떤 찬사로도 다 담아낼 수 없을 정도로 감탄했다.

"이 사람의 감정을 존중한 것은 분명히 옳은 일이었어. 그렇게 결심하길 정말 잘한 거야."

에드먼드는 눈부시게 아름다운 메리의 모습을 바라보면서 혼잣말처럼 중얼거렸다. 이렇게 해서 그날 아침은 모두가 만족한 가운데 행복하게 지나갔다. 그리고 이 사건이 패니에게도 한 가지 이득을 가져다주었다. 메리의 간곡한 부탁을 받은 그랜트 부인이 패니에게 맡겨졌던 역을 대신 맡아주었던 것이다. 이날 하루의 사건에서 그녀를 기쁘게 한 것은 오직 이 일뿐이었다.

하지만 그 기쁜 소식을 에드먼드를 통해 전해 들었을 때는 가슴이 아팠다. 그 이유는 메리에게 폐를 끼친 결과이며 메리의 친절한 배려에 감사의 뜻을 표해야 했고 그런 배려를 한 그녀의 공로가 뜨거운 찬사로 이어졌기 때문이다. 에드먼드는 메리의 행동에 대해 진심에서 우러나는 감탄사를 연발했던 것이다.

그 결과로 패니는 무사해졌지만 그렇다고 해서 마음의 평화와 무사함이 함께 찾아온 것은 아니었다. 자신이 잘못된 짓을 했다는 생각은 들지 않았지만, 이만큼 평화와 거리가 멀다고 생각한 적도 없었기 때문이다.

패니의 마음속 깊은 곳에서는 에드먼드의 결정이 잘못된 것이라는 확고한 신념이 자리 잡고 있었다. 에드먼드의 줏대 없는 행동에 울화가 치밀었고 그의 변절은 도저히 용서가 되지 않았다. 또한 그런 식으로 행복할 수 있다는 것이 패니를 더욱 비참한 지경으로 몰고 갔다. 그녀는 질투와 동요로 마음이 꽉 차 있었다.

메리가 나타났을 때 그 명랑한 표정은 자신에 대한 모욕으로 보였고, 상냥하게 말을 걸었지만 그 다정한 말투에도 마음 편한 대답을 할 수 없는 상태였다. 패니 주위에 모여 있는 사람들은 모두 흥분으로 들떠 있었다. 하나같이 바쁘고 행복해 보였으며 매우 중요한 인물 같은 표정을 짓고 있었다. 저마다의 배역이나 의상, 마음에 드는 장면과 친구, 상대역 등 모두가 흥미의 대상을 가지고 있어서 의논하거나 비교하는 데 바빴으며 또 서로 농담을 주고받으면서 즐기고 있었다.

그곳에서 쓸쓸히 풀이 죽어 보이는 것은 그녀뿐이었다. 패니는 어느 누구와도 어울릴 수 없었다. 언제나 외톨이였고 그녀의 존재는 하도 미미해서 있으나마나 표가 나지 않았다. 그들의 소란함 속에 섞여 있든 동쪽 방의 고독 속에 홀로 남겨 있든 남의 눈에 띄지도 않았고, 어디에 있느냐고 묻는 사람도 없었다.

패니는 홀로 남겨진다는 것이 다른 무엇보다 견디기 힘들었다. 어떤 처지에 놓이는지 이보다는 나을 거라고 생각될 정도였다. 반면에 그랜드 부인은 그들 사이에서 중요 인물이 되었다. 모든 사람들이 그녀의 따뜻한 마음씨에 경의를 표했으며 그녀의 취향과 시산을 고려하는 등 배려를 보이면서 그녀의 존재를 간절히 원하게 되었다. 모두가 그랜트 부인에게 관심을 쏟았고 아낌없는 칭찬을 보탰다.

패니도 처음에는 그랜트 부인이 그 역을 승낙한 것을 시기할 뻔했다. 그 역을 맡은 부인이 너무나 부러웠기 때문이다. 그러나 마음속으로 곰곰이 생각해보는 동안 올바른 판단으로 돌아와 있었다. 그랜트 부인은 마땅히 존경을 받아야 하며 자신에겐 그런 자격이 없었다. 그 것을 인정하고 나자 마음이 편안해지는 것을 느낄 수 있었다. 설사 자 신이 가장 중요한 배역을 맡았다손 치더라도 그들과 자연스럽게 어울 리면서 연극에 참여할 수는 없었을 거라는 결론을 얻었던 것이다. 이 모부를 생각해서라도 애당초 반대해야만 할 계획이었고 비난받아 마 땅한 희곡이었다. 그리고 쓸쓸한 마음을 가진 사람은 자기뿐이 아니 라는 사실을 패니는 곧 깨닫기 시작했다. 줄리아 역시 마음에 큰 상처 를 입고 괴로워하고 있었다. 하지만 그녀의 경우에는 자신에게 전혀 잘못이 없었던 것은 아니었다.

헨리는 줄리아의 감정을 좌지우지하며 장난을 치고 있었다. 그녀 쪽 에서도 무척 오랫동안 그의 구애를 묵인했으며 바라기도 해온 터였 고, 그의 관심을 얻기 위해 노력까지 하고 있었다. 심지어 언니인 마 리아에게 질투를 느꼈고 한 남자를 두고 자매간에 경쟁을 벌이고 있 었다.

헨리가 마리아를 더 좋아한다는 사실은 확증을 내보일 필요도 없이 너무나 확연하게 드러났다. 줄리아는 혼란에 사로잡혀 있었고 마리 아의 입장을 이해하거나 혹은 자기 자신을 위해 이성적인 마음을 지 키고 평온한 표정을 유지하려는 노력은 하지 않았다. 그녀는 그저 혼란의 소용돌이에 자신을 송두리째 내맡기고 있었다. 그녀는 마음 이 우울해 아무 말도 없이 앉아 있거나 누가 감히 근접도 하기가 어 려울 만큼 딱딱하고 굳은 표정을 하고 있었다. 그 어떤 것에도 마음 이 이끌리지 않았고 어떤 재미있는 일이 있어도 미소 한번 짓지 않았 다. 예외라면 예이츠가 접근하는 것을 용납하여 그만을 상대로 어색 하게 명랑한 체하며 이야기를 나누고 다른 사람들의 연기를 야유하 는 것이었다.

헨리도 처음 하루 이틀은 특유의 과장된 농담과 아첨, 혹은 정중한 태도를 취함으로써 줄리아의 기분을 풀어주려 했으나 두세 번 냉정한 거절을 당하면서까지 끈질기게 버티며 견뎌낼 생각은 없었다. 곧 자기 배역을 위한 준비로 분주해졌고 한 사람이 아닌 둘을 상대로 사랑 놀이 흉내를 낼 틈도 없어졌기 때문에 마리아와 비밀스런 연애를 즐기기에 바빴다.

헨리는 줄리아와의 감정이 틀어진 데 대해서 무관심해졌을 뿐만 아니라 내심으로는 오히려 잘된 일이라고까지 생각하게 되었다. 그랜트 부인의 은근한 기대를 종식시킬 수 있을 것 같았다. 머지않아 그랜트 부인 이외의 사람들도 기대를 갖게 될지 모르는 상황이었는데, 이번 기회에 조용히 종지부를 찍을 수 있을 것이라고 생각했던 것이다. 그랜트 부인도 줄리아가 연극에서 제외되고 한구석에 무시당한 채 앉아 있는 것을 보고 기분이 언짢았다. 하지만 실제로 자기의 행복과 관련된 일도 아니며 헨리의 일은 헨리 자신이 가장 잘 알고 있을 것이라고 믿고 있었다. 또한 헨리가 매우 설득력 있는 미소를 띠면서 자기나 줄리아나 둘 다 상대방에 대해서 심각하게 생각한 적이 없다고 장담했기 때문에 그녀는 다만 언니 쪽인 마리아에 대해 조심하라는 당부를 주었을 뿐이었다. 그녀는 헨리에게 마리아로 인해 마음의 평정을 위태롭게 만들지 말라고 되풀이해서 신신당부했다. 그리고는 젊은 사람들과 즐거운 시간을 보내느라 줄리아에 대해서는 까마득히 잊어버리고 있었다. 특히 자기가 가장 사랑하는 두 젊은이의 즐거워하는 모습을 흐뭇하게 지켜보면서 그들의 즐거움을 위해서라면 무슨 일이든지 기꺼이 함께 거들 생각이었다.

"줄리아도 헨리를 사랑하는 것 같진 않더구나."

그랜트 부인이 메리에게 넌지시 말했다.

"아마 사랑하고 있을 거예요. 장담해도 좋아요. 두 자매가 모두 우리 오빠와 사랑에 빠진 것 같은걸."

메리가 차가운 목소리로 말했다.

"둘 다라니! 어머나, 말도 안 돼. 헨리 앞에서는 그런 말 하지 않도록 조심해라. 러시워스 씨 입장을 생각해야지. 절대로 안 될 일이야."

그랜트 부인이 고개를 설레설레 저으며 말했다.

"언니, 나한테 그런 말 할 게 아니라 버트램 양에게 러시워스 씨를 생각하라고 직접 충고하는 게 좋을 거예요. 마리아 양 자신에게도 더 나은 선택일 거고. 러시워스 씨는 막대한 재산의 소유자예요. 한 해 동안 벌어들이는 수입도 굉장할걸요. 나는 가끔 이 소유자가 그가 아닌 다른 사람이었으면 얼마나 좋을까 하는 생각을 해요. 하지만 러시워스 씨, 그 사람 자체에 대해선 한 번도 생각해보지 않았어요. 그만큼의 영지가 있으면 직업 따위는 깨끗이 사양하고 주 의원이 될 수도 있을 텐데. 충분히 가능한 얘기예요."

메리가 아쉽다는 듯 혀를 찼다.

"아마 머지않아 의회에 나가게 될 거야. 토머스 경이 돌아오시면 어느 선거구로든 진출하게 될게다. 하지만 현재로선 그 사람을 밀어주겠다는 사람이 아무도 없어."

"토머스 경이 돌아오시면 대사업을 하게 된다는 거로군요. 혹시 호킨스 브라운(18세기 중엽의 시인)의 《담배 송(頌), 포프(18세기 시인)》을 기억하세요?

더없이 축복받은 잎이여! 그 향기로운 연기는
성당 기사단에게는 겸손을,
목사들에게는 분별을 베푼다.

이런 시인데, 나는 그것을 이렇게 풍자적으로 개작할 거예요.

더없이 축복받은 기사여! 당신의 독재적 용모는
자녀들에게는 유복함을
러시워스 씨에게 분별을 베푼다.

어때요. 근사하죠, 언니? 아무래도 모든 일은 토머스 경이 귀국하신 다음에라야 제대로 돌아갈 것 같군요.”
메리는 비아냥거리는 듯한 미소를 지으며 말했다.
“가족과 함께 있는 토머스 경의 모습을 본다면 그분이 얼마나 중요한 존재인지 너도 금방 알게 될 거야. 그분 없이 우리가 이렇게 잘 지낼 수 있다고 나로선 생각할 수 없어. 그분은 무척 훌륭하고 당당한 태도의 소유자란다. 저런 집의 가장으로서 어울릴 만큼 품위 있고 또 가족들을 잘 통솔해서 누구든지 자기 분수를 지키게 하는 분이지. 버트램 영부인은 그분이 계실 때에 비하면 지금은 그저 허수아비 같아 보이지 뭐니. 그리고 노리스 부인은 그분 아니면 아무도 통제할 수가 없어. 하지만 메리, 마리아가 헨리에게 마음이 있다고 생각지는 말아라. 줄리아가 헨리에게 관심이 없는 것은 확실해. 그렇잖으면 어제 저녁처럼 예이츠 씨와 시시덕거리진 않았을 테니까. 게다가 네 오빠와 마리아 양이 무척 친하다 하더라도 마리아 양이 소서턴에 호감을 갖고 있는 이상, 아마 마음이 변하지는 않겠지.”
“만약 혼인 신고서에 서명 날인하기 전에 오빠가 끼어들어 적극적인 행동을 취한다면 리시워스 씨에게 승산이 있을 것 같지 않은데요.”
메리가 여전히 조롱하는 듯한 미소를 머금고 말했다.
“만약 네가 그런 기미가 조금이라도 보인다면 당장 무슨 조치를 취하든지 손을 써야 한다. 연극이 끝나자마자 즉시 헨리와 진지한 대화를 나누어서 본심을 알아보도록 하자. 마리아를 생각하는 게 진심이 아니라면 잠시 다른 데로 가 있게 해야겠다."

그랜트 부인이 작은 소리로 말했다. 하지만 그녀의 생각과는 달리 줄리아는 괴로워하고 있었다. 그랜트 부인은 이것을 전혀 눈치 채지 못했으며 가족들도 전혀 눈치 채지 못하고 있었다. 그녀는 헨리를 사랑했고 지금도 여전히 사랑하고 있었다.

줄리아는 소중한 희망 하나를 가슴속에 품게 되었다. 하지만 줄리아가 가져서는 안 될 희망이었다. 그리고 그 희망이 산산조각으로 박살난 후의 고통을 맛보았고 강한 피해 의식을 품고 있었다. 마음은 헨리에게 이용당했다는 배신감과 노여움으로 꽉 찼으며, 노여움을 위로로 삼을 수밖에 없었다. 그나마 타고난 씩씩한 기상과 활력 넘치는 기질이 있어 간신히 고통을 견뎌내고 있었다. 여태껏 허물없이 대하던 언니가 이제는 최대의 적이 되었다.

두 자매는 서로 소원해지고 몹시 어색한 사이가 되고 말았다. 줄리아도 인간인 이상 헨리가 마리아에게 더 이상 관심을 갖지 않기를 은근히 바라고 있었다. 그리고 마리아가 제임스에 대해서뿐만 아니라 자기 자신에게도 수치스럽게 행동한 것에 대해 형벌을 받았으면 하고 바라는 심정이 되었던 것이다. 두 자매는 성품에 중대한 결점도 없고 의견의 차이도 별로 없었기 때문에 이 자매에게 있어서 이해관계가 서로 같을 때에는 아주 사이좋게 지낼 수 있었으나 이 같은 시련에는 관대공정(寬大公正)해지고 명예와 동정을 분별할 만한 애정과 절제가 부족했다.

서로에게 자애를 베풀 줄도 몰랐고 원칙을 지켜 정당하게 행동하지도 않았다. 상대방에 대한 존중이나 연민 따위는 전혀 느껴지지 않았다. 마리아는 자신이 승리했다고 생각하고 있었다. 동생의 고통이나 상처는 아랑곳하지 않은 채 자기의 목적을 뒤좇느라 바빴다. 줄리아는 줄리아대로 언니가 헨리로부터 특별대우를 받는 것을 볼 때마다 끓어오르는 질투심을 억누를 수가 없었다. 누구든지 그녀의 표정이나 말을 통해 속마음을 속속들이 들여다볼 수 있었다. 그러므로 머지않아 이 질투로 인한 사건이 생겨나고 끝내 대소동으로 번질 것이라고 예상하는 일은 그다지 어렵지 않았다.

패니는 줄리아의 이런 복잡한 심리를 간파하고 연민을 느꼈으나 이 둘 사이엔 보이는 접촉이 없었고 둘을 이어줄 우정도 전혀 존재하지 않았다. 줄리아 편에서 패니에게 말을 걸어오는 일이 없었고 패니도 함부로 말을 붙일 수가 없었다. 그들 두 사람은 철저하게 홀로 방치된 채, 각자의 고통에 맞서 치열하게 싸우는 중이었다. 단지 그들을 연관시키는 고리가 있다면 그것은 패니의 의식뿐이었다.

두 오빠와 노리스 이모가 줄리아의 동요를 눈치 채지 못하고 그 참 원인을 파악할 수 없었던 것은 그들 자신의 마음이 다른 생각들로 꽉 차 있었기 때문이라 할 수 있었다. 그들은 완전히 정신이 팔려 있었다. 톰의 관심은 연극에 관한 일뿐이었으며 그 일에 직접 관계가 없는 것은 눈에 들어오지도 않았다. 에드먼드는 자기의 극중의 역할과 현실의 역할 사이를 오가면서 심각한 갈등을 느끼고 있었다. 일관된 행동으로 나가야 하는 것인지 아니면 사랑을 최우선 과제로 삼아야 하는지 사랑하는 마음과 절제의 틈바구니에 끼어 진지하게 고민하고 있었기 때문에 줄리아를 눈여겨 살필 겨를이 없었다.

노리스 부인도 분주하기는 마찬가지였다. 극단의 여러 가지 복잡한 잡무를 도맡아 감독하고 지시하는 일에다가, 조금이라도 비용을 아끼려 편법을 쓰면서까지 의상을 준비하는 일을 감독하고 있었다. 토머스 경을 위해 한 푼이라도 더 아끼는 일에 골몰하느라 정작 그의 딸들의 행동을 지켜보고 심정을 이해해주거나 행복을 지켜줄 틈이 없었던 것이다.

하지만 노리스 부인의 수고에 대해 고마워하는 사람은 아무도 없
었다.

<h1 style="text-align:center">18</h1>

만사는 순조롭게 진척되고 있었다. 무대와 배우, 의상 등 모든 것들이 차질 없이 갖추어져 갔다. 그들을 방해할 만한 어떠한 문제점도 일어나지 않았다. 그러나 며칠 되지 않아서 패니도 깨달은 것이지만 이렇다 할 장해가 별로 생기지도 않았는데 이 모임이 사람들에게는 반드시 즐거움의 연속만은 아니었다. 처음 얼마 동안은 패니가 괴로울 정도로 모든 사람들이 들떠서 즐거워했지만 그 상태가 오래 계속되지는 않았다.

그들 모두 제각기의 불만을 갖기 시작했다. 서서히 짜증이 늘어가고 있었다. 특히 에드먼드에게 화를 낼 일이 많았고 불만이 쌓여갔다. 처음 연극을 계획할 때부터 에드먼드는 소박한 무대를 권했다. 그러나 그의 의견과는 정반대로 읍내에서 무대 배경을 맡은 사람이 와서 일을 한 것이 비용을 더 늘였을 뿐만 아니라, 더욱 못마땅하게도 사람 눈을 끄는 데에만 주력하여 일을 야단스럽게 벌여놓있던 것이다. 톰은 그 사람의 의견에 따름으로써, 집안끼리만 상연한다는 계획을 실행하기는커녕 아는 집에는 모조리 초대장을 보냈다. 톰은 무대 배경을 맡은 사람의 일이 지지부진해서 짜증이 났고 느긋하게 여유를 갖고 기다릴 수 있는 인내심이 없었다.

톰이 맡아서 해야 할 배역은 하나가 아니었다. 그는 집사의 배역 말고도 자신이 맡을 수 있는 한 사소한 역할은 모두 맡기로 했던 것이다. 물론 톰이라면 자신이 맡은 역할은 완벽하게 해낼 수 있을 만큼 준비도 완벽했고 이제 내사는 다 외웠다. 그러다 보니 지금 당장 무대에 서고 싶어 안달이었고, 좀이 쑤셔 견딜 수 없었던 것이다. 이처럼 하루하루가 지나고 허송세월의 시간이 보태질수록 톰은 자신이 맡은 배역들이, 자신이 맡은 역 전부를 합쳐도 하찮다는 생각이 들기 시작했다. 뭔가 다른 각본을 택했더라면 좋았을 걸 하는 후회도 드는 것이었다.

패니는 평소에 아주 공손하게 상대의 말을 잘 들어주는 사람이었다. 어쩌면 그들 중에서 남의 이야기를 싫은 기색 없이 다 들어주는 유일한 사람이었다. 그렇기 때문에 대부분의 사람들이 무슨 문제가 생기거나 불평할 일이 있을 때는 그녀를 찾았다. 그들은 모두 예이츠가 연기를 못 한다고 불평하고 있었다. 예이츠의 절규는 너무 심해서 봐줄 수가 없다고 했다. 반면에 예이츠는 헨리의 연기를 가장 못마땅해 했다. 톰 버트램의 대사는 너무 빨라서 무슨 말인지 하나도 알아듣지 못했고, 그랜트 부인은 어찌나 웃어대는지 참을 수 없는 웃음으로 연극을 망치곤 했다. 에드먼드도 대사 외우기가 늦어지고 있을 뿐더러 자신의 역할을 제대로 소화해내지 못하고 있었다.

가장 곤혹스럽게 하는 사람은 바로 제임스였다. 그를 상대로 공연을 한다는 것은 비참한 노릇일 수밖에 없었는데, 반드시 누군가가 곁에서 대사를 전부 가르쳐줘야만 했던 것이다. 패니는 이 사실들을 모조리 알고 있었다. 그리고 또 가련한 제임스에게는 함께 연습해 줄 사람이 좀처럼 나타나지 않는다는 사실도 알고 있었다. 그 역시 다른 사람들 못지않게 그녀에게 모든 불평을 털어놓았다. 패니가 보기에는 사촌 언니인 마리아가 제임스를 피하고 있는 것이 분명했다. 마리아와

헨리 둘이 하는 제1장은 불필요할 만큼 연습하는 횟수가 많았기 때문
이다. 제임스는 그것에 대해 끊임없이 불평하고 있었다. 그런 불평을
들으며 위로해주느라 자신의 고통쯤은 감수해야만 하는 것이 어쩔 수
없는 패니의 몫이었다.

연극에 대해 만족하는 사람은 한 명도 없었다. 누구 하나 즐거운 것
으로 여기는 것 같지도 않았다. 그들은 모두가 터무니없는 생떼를 쓰
거나 다른 사람의 불만거리를 만들고 있었다. 어떤 사람은 자기의 대
사가 너무 길다고 불평했고 어떤 사람은 짧다고 불평했다. 올바른 성
의를 보이는 사람도 없었으며 자신이 언제 등장하고, 무대의 어느 쪽
에서 등장해야 하는지 기억하고 있는 사람도 없었던 것이다. 불평하
는 사람만 있고 대본을 제대로 따라 하는 사람은 하나도 없는 형편이
었다.

패니도 다른 사람 못지않게 이 연극에서 순수한 기쁨을 많이 얻을
수 있으려니 생각했다. 헨리는 연기가 능숙했으며 극장 안에 몰래 숨
어 들어가 제1막의 연습을 구경하는 일이 패니의 즐거움이었다. 마리
아 역시 연기를 잘한다는 생각이 들었다. 아니, 지나치게 잘하는 것
같은 몇몇 대사에서는 마리아를 걱정하는 마음도 생겼다. 세 번째 리
허설이 있었을 때 유일한 관객은 패니 한 사람뿐이었다. 때로는 대사
를 알려주는 사람으로 때로는 구경하는 관객으로 패니는 모두에게 커
다란 도움이 되었다.

그녀의 눈으로 볼 때 가장 뛰어난 연기자는 헨리가 단연 첫손가락에
꼽히는 배우였다. 그는 에드먼드보다 자신감이 넘쳤고 톰보다 판단
력이 뛰어나며 예이츠보다 월등하게 앞서는 재능을 갖추고 있었다.
그녀는 인간으로서 헨리에게는 호의를 가질 수 없었지만 배우로서는
제일 낫다고 인정하지 않을 수 없었고 또한 그 점에서 패니와 의견을
달리하는 사람은 많지 않았다.

하지만 예이츠는 헨리에게는 야성미가 없고 연기도 단순하며 무미건조하다고 개탄했다. 그러던 어느 날이었다. 제임스가 어찌나 화가 났던지 험악스러운 얼굴로 패니를 찾아왔다. 그는 흥분해서 소리쳤다.

"이 연극에서 좋은 점을 단 하나라도 발견할 수 있습니까? 저는 도저히 그 친구를 잘 봐줄 수가 없어요. 우리끼리의 얘기지만, 발육도 제대로 되지 않아서 키가 작은 볼품없는 용모의 사내가 잘하는 척하는 얼굴을 하고 있는 꼬락서니를 보고 있으면 우스워 죽겠어요."

제임스가 분통을 터뜨렸다. 이 순간부터 그의 질투가 되살아나 활활 불타고 있었으나 마리아는 헨리에 대한 희망이 생겼으므로 이것을 잠재우려는 노력을 전혀 하지 않았다. 제임스가 그의 마흔하고도 둘이나 되는 대사를 전부 외울 가능성은 매우 희박해졌다. 그 대사를 전부 외울 동안 어떻게 참고 기다려야 하는지 그 방법을 아는 사람은 아무도 없었다. 단지 그의 어머니만이 그가 어떻게 해서라도 대사를 전부 소화할 수 있으려니 믿고 있었다. 그녀는 실제로 아들의 역이 좀더 큰 배역이 아님을 유감스럽게 생각했으며 연습이 진척되어 아들이 나오는 장면이 모두 갖추어질 때까지 맨스필드에 오기를 삼가고 있었다. 하지만 다른 사람들은 그가 다음 배우에게 넘겨줄 대사의 첫 행만을 외우고 나머지는 전부 프롬프터에 의존할 것이라고밖에는 기대하지 않았다. 패니는 그가 측은한 마음에 암기법을 친절하게 열심히 가르쳐주고 능력껏 도와주려고 애를 썼다. 자신이 알고 있는 모든 지식을 다 동원해서 기억 방법을 연구해 주었고, 인위적으로 그가 대사를 떠올릴 수 있도록 시도했다. 그러나 자신은 그의 대사를 마지막 한마디까지 모두 암기했는데도 정작 본인은 이렇다 할 진전이 없었다.

애초에 패니는 연극에 대해 편안한 마음을 가질 수가 없었다. 그 자리에 앉아 있기가 여러 가지로 거북하고 신경이 쓰여 불안한 심경이 되기 일쑤였다. 하지만 제임스를 도와주는 일 말고도 다른 여러 잡다한 일들이 시간을 빼앗고 관심을 요구하고 있었기 때문에 그들 사이에 끼어 있음으로 해서 일거리도 없고 도움도 되지 않는다고 생각하지 않아도 되었고, 혼자서 불안한 생각에 빠지는 일도 없었다.

오히려 그녀의 시간과 관심을 필요로 하는 사람이 너무 많아서 한가할 틈이 없었다. 최초의 어둡고 암울했던 예상은 근거가 없는 것이었다는 사실이 확실하게 입증된 것이다. 때때로 여러 사람을 도와줄 일이 생기면서 그곳에서 가장 필요한 존재였으며, 어쩌면 그들 중에서 가장 커다란 마음의 평화를 누리고 있는 사람 같았다. 패니의 마음도 남들처럼 평온했던 것이다. 해야 할 바느질거리도 많았다. 이 일에는 그녀의 도움이 반드시 필요했다. 노리스 부인조차 그녀의 존재를 다른 사람들 못지않게 인정해 주고 있다고 생각되는 것은, 패니의 협력을 요구할 때의 태도로 보아서 분명했다.

"이봐, 패니. 네가 즐거워 보이니 정말 다행이다. 하지만 그런 식으로 줄곧 이 방에서 저 방으로 돌아다니며 편안히 구경만 해서는 못 써. 용무가 있단다. 나는 내 몸을 너무 혹사한 나머지 이제는 서 있기조차 힘들 지경이다. 공단을 더 주문하지 않고도 제임스의 망토를 어떻게 만들 수 없을까 머리를 짜내고 있는 중이야. 바느질하는 일을 도와줘. 솔기를 세 개만 꿰매면 되니까 금방 할 수 있을 거란다. 나도 연극을 삼독하고 지시만 하고 있으면 정말 좋았을 텐데. 내 장담하는데, 네가 사상 팔자 좋은 셈이야. 참말이야. 그러니 네가 좀더 약삭빠르게 일을 거들어야 한다. 모두가 너 정도밖에 일하지 않는다고 하면 일은 신속하게 진척되지 않을 거야."

노리스 부인이 호들갑스럽게 패니를 질책하면서 말했다. 패니는 변명하려 들지도 않고 아주 얌전히 일거리를 집어 들었다. 노리스 이모보다 훨씬 더 다정한 버트램 이모는 패니의 편을 들며 이렇게 말했다.

"패니가 기뻐하는 것은 조금도 이상할 게 없단다. 동생도 알겠지만 패니에게는 모든 것이 새로운 경험이잖니. 너와 나도 연극을 무척이나 좋아했었지. 나는 지금도 좋아하지만 말이야. 좀더 한가해지면 나도 리허설을 보러 갈 생각이야. 무슨 연극이랬지, 패니? 아직 나에겐 말해주지 않았구나."

"어머, 언니! 패니에게 지금과 같은 질문은 하지 말아줘요. 패니는 말과 일을 동시에 할 수 있는 애가 아니란 말예요. 연극은 《연인들의 맹세》라더군요."

노리스 부인이 쌀쌀맞은 목소리로 말했다.

"아마 내일 저녁에 3막 리허설을 할 모양이에요. 그때 참석하시면 출연자 전원을 한꺼번에 보실 수 있어요."

패니가 부드러운 목소리로 버트램 이모에게 대답했다.

"커튼을 다 칠 때까지 기다리는 편이 좋은데. 앞으로 하루나 이틀 정도면 달 수 있을 테니까. 막이 없이는 연극을 공연한다는 것도 의미가 없어지지 않겠어요. 아무튼 두고 봐요, 훌륭한 장식품이 되어 커튼이 반드시 아름답게 접혀 올라갈 테니."

노리스 부인이 패니의 말을 가로막으며 말했다. 버트램 영부인은 점잖게 기다리려는 것 같았으나 패니는 이모의 느긋한 마음씨를 따를 수가 없었다. 그녀는 자꾸만 내일 일을 생각하고 있었던 것이다. 만약 3막의 리허설을 한다면 에드먼드와 메리는 처음으로 함께 무대에 서게 되기 때문이었다. 제3막에는 이 둘이 연기하는 장면이 있는데 그녀는 여기에 특별한 관심을 가지고 두 사람이 어떤 연기를 하는지 보고 싶기도 했고 또한 보기가 겁나기도 했다. 3막의 전체적인 주제는 사랑이고 연애였다. 여자를 너무나 사랑하는 남자 쪽이 결혼을 원한다는 것을 묘사해 보이면, 여자 쪽에서도 사랑의 고백이나 다름없는 대사를 읊게 되는 것이었다.

그녀는 이 장면을 읽고 또 읽기를 여러 번 반복했다. 그럴 때마다 가슴이 찢어지는 듯 아팠지만 또 호기심 비슷한 것이 일어서 그들이 어떤 식으로 그 장면을 연기할지 흥미진진하게 기다리고 있었던 것이다. 두 사람은 지금까지 그 장면을 두고 개인적인 연습은 한 번도 하지 않았으리라고 그녀는 믿고 있었다.

마침내 그 내일이 찾아왔다. 그들의 계획에는 변경이 없고 저녁 리허설을 준비하기 위해 하루종일 분주했다. 저녁에 공연될 연극을 생각하니 패니의 흥분은 가라앉지 않았다. 그녀는 이모가 지시하는 대로 열심히 일했으나 그 열심인 행동과 침묵 밑바닥에는 애가 타서 안절부절못하는 마음이 숨겨져 있었다.

이윽고 정오 무렵이 되자, 그녀는 일거리를 가지고 동쪽 방으로 도망쳐 나왔다. 때마침 헨리가 그녀가 생각하기에는 전혀 불필요한 제1막의 연습을 다시 한 번 제의하고 나왔기 때문이다. 패니는 자기만의 시간을 갖고 싶었고 또한 제임스와 얼굴을 마주 대하고 싶지도 않았다.

현관을 빠져나올 때 목사관에서 걸어오는 두 여자의 모습이 언뜻 보였지만 혼자 있고 싶은 생각에는 변함이 없었다. 이렇게 동쪽 방에서 아무런 방해도 받지 않고 15분가량 이런저런 생각에 잠겨 있는데 방문을 가볍게 두드리는 소리에 이어 메리가 들어왔다.

"이 방에 있었군요. 여기가 동쪽 방이 맞죠, 프라이스 양? 미안해요. 하지만 도움을 청하러 왔어요."

메리가 주저히는 기색도 없이 방으로 성큼 들어서면서 말했다. 패니는 크게 놀라 이 방의 주인다운 예의를 갖추려고 애쓰며, 불도 지펴져 있지 않은 빈 벽난로의 반짝거리는 받침쇠를 난처한 얼굴로 바라보았다.

"괜찮아요, 전 안 추워요. 조금도 춥지 않아요. 잠시 실례해도 되겠죠? 그리고 부탁이니 3막째 나오는 대사를 좀 들어주세요. 각본은 여기 가져왔거든요. 저와 함께 연습을 해주시면 정말 고맙겠네요! 오늘 이곳을 방문할 땐 에드먼드 씨와 연습하려 했죠. 둘이서만 저녁 리허설에 대비해서 말예요. 하지만 에드먼드 씨가 보이지 않아요. 설사 보았다고 해도 그분을 상대로는 해낼 수가 없어요. 먼저 제 심장을 좀 강하게 만들지 않고서는 안 될 것 같아요. 정말 굉장한 대사가 한두 개 들어 있어서 말예요. 해주실 수 있겠죠?"

메리가 간절하게 부탁했다. 패니는 매우 정중히 부탁을 들어주겠노라고 대답했다. 하지만 목소리는 뚜렷하지 않고 가늘게 떨리고 있었다.

"제가 맡은 역할의 대사를 한 번이라도 읽어보신 적이 있나요? 아, 여기 있군요. 처음엔 별것 아닌 걸로 생각했죠. 하지만 아니에요. 여기 이 대사를 보세요. 그리고 여기도요. 또 이것도요. 그분의 얼굴을 바라보면서 이런 말을 어떻게 할 수 있겠어요? 당신이라면 할 수 있겠어요? 하기야 그분은 당신의 사촌이니까 처지가 좀 다르겠죠. 저와 함께 연습 좀 해주세요. 그러면 전 당신을 그분으로 생각하고 차차 익숙해질 수 있을 거예요. 당신은 가끔 그분과 똑같은 표정을 지을 때가 있더군요. 그럴 때는 영락없는 에드먼드 씨의 모습을 발견해요."

메리는 각본을 펼쳐서 패니에게 보여주면서 말했다.

"그래요? 제가 할 수 있는 데까지 해보겠어요. 기꺼이 도움이 된다면 말이에요. 하지만 저는 그냥 대사를 읽을 수밖에 다른 도리가 없겠어요. 진짜로 외워서 말하는 것처럼 할 만한 대목은 몇 군데밖에 없으니까요."

패니가 걱정스러운 듯이 머뭇거리다가 말했다.

"아마 전혀 없겠죠. 하지만 걱정 마세요. 물론 당신은 대본을 보면서 그냥 읽기만 해도 돼요. 자, 여기. 대본은 당신이 가지세요. 자, 시작합시다. 의자가 두 개 필요해요. 그것을 당신이 무대 앞쪽으로 가지고 나오세요. 이거 말예요. 공부방용으론 참 좋은 의자군요. 무대용으로는 적당치 않지만요. 어린 소녀가 앉아서 암송 공부를 하면서 발로 콩콩 치기에 알맞네요. 그것을 이런 목적으로 쓰는 걸 보신다면 가정교사나 당신 이모부께서 뭐라고 말씀하실까요? 만약 토머스 경이 바로 지금 나타나서 우리를 보시면 질겁하실 테죠. 연습하느라고 집안이 온통 난리법석이니까요. 예이츠 씨는 식당에서 고함치고 있어요. 계단을 올라올 때 소리가 들리더군요. 무대는 두말할 것도 없이 그 연습에 극성인 애거서와 프레드릭이 쓰고 있죠. 그러고도 완벽한 연기를 할 수 없다면 그야말로 놀랄 일이지요. 그런데 바로 5분쯤 전에 그 사람들을 들여다봤죠. 그들이 포옹하려고 하는 그 순간이었는데, 둘이 껴안지 않고 그냥 넘어가자는 장면의 하나였죠. 때마침 러시워스 씨도 같이 있었는데 그 장면을 목격한 그의 표정이 좀 이상해지기 시작했어요. 저는 뭔가 화제를 돌려야겠다 싶어 러시워스 씨의 귀에 대고 재빨리 이렇게 말했답니다. '멋진 애거서가 탄생하겠어요. 동작에 무척 모성적인 요소가 많잖아요. 마리아 양은 천성적으로 모성애가 넘치는 아가씨예요. 목소리나 표정에서 완벽한 모성이 느껴져요. 멋있게 해냈죠? 잘한 것 같지 않아요?' 제가 작은 소리로 말했는데 그 사람, 내 말을 듣고 당장 얼굴이 환해지던데요. 이제 제가 독백할 차례죠."

메리가 독백을 시작했다. 패니는 매우 조심하며 함께 연습을 해나갔다. 에드먼드를 대신하여 그 역을 맡았다고 생각하니 아무래도 그런 마음을 갖지 않을 수 없었던 것이다. 그러나 패니의 표정도 목소리도 너무나 여성스러워서 남자 역을 하는 데에 별로 적합하다고 할 수가 없었다. 그렇지만 안할트가 상대라고 생각하고 메리도 용기를 내어 둘은 그 장면의 중간쯤까지 진행했다. 그때 방문을 두드리는 소리가 들렸다. 당연히 두 사람의 연습은 중단되었고 둘은 굳게 입을 다문 채 문을 바라보았다. 바로 그 순간 문을 열고 들어선 사람은 메리의 상대역인 에드먼드였다.

갑자기 에드먼드가 등장하리라고는 아무도 예상하지 못했다. 이 예기치 않은 만남으로 제각각의 놀라움과 수줍음과 기쁨이 세 사람의 얼굴에 동시에 나타났다. 에드먼드도 메리와 완전히 같은 용무로 패니를 찾아온 것이기 때문에 이 둘에게는 수줍음과 기쁨이 일시적인 것으로 그치지는 않을 것 같았다. 그도 각본을 갖고 있어 패니를 찾아내어 자기의 연습 상대로 저녁에 공연할 준비를 하는 데 도움을 청할 셈이었으며 메리가 방 안에 있다는 것을 전혀 알지 못했던 것이다. 이렇듯 우연히 만나 서로 계획을 털어놓고 기분을 합쳐 패니의 친절을 찬양하면서 두 사람은 크게 기뻐하고 활기에 넘쳤다.

패니는 그들처럼 신이 나지 않았다. 그들의 의기가 높아질수록 그녀는 소침해지고 있었다. 자기가 그들 두 사람에게 아무것도 아닌 존재라고 느껴질 뿐 두 사람의 부탁을 받은 데 대해 아무런 위안도 찾을 수 없었다.

그들로서는 이렇게 된 이상 함께 연습할 수밖에 없었다. 에드먼드가 그것을 제안하고 간청하자 메리는 무척 망설이는 눈치였다. 하지만 곧 그녀도 본래부터 별로 싫지는 않은 일이었으므로 더 이상 거절할 수가 없어서 패니가 할 일이란 다만 대사가 나와야 할 시점만 가르쳐주고 구경을 하는 일이었다. 패니는 심판관이나 비평가로서의 권한을 맡길 터이니 그 권한을 살려서 결점을 모두 지적해달라는 요청을 진지하게 받아들였다. 하지만 그것은 아무래도 내키지 않을 뿐더러 자신에게는 그럴 만한 능력도 의사도 용기도 없었다. 가령, 다른 면에서 비평할 자격이 있다 하더라도 반드시 양심의 제약을 받아서 그들에게 주의를 줄 수는 없었을 것이다. 자기 자신이 지나칠 정도로 연극

전반에 대해 찬성할 수 없는 감정을 갖고 있는 터였으므로, 객관적인 시선을 확보하여 개별적으로 그들에게 정직하고 무난한 주의를 줄 수 있을 것 같지 않았다. 대사를 가르쳐주는 일만으로 충분하다고 해야만 했으나 때로 그것이 충분 이상일 경우도 있었다. 왜냐하면 각본에만 계속 주의를 집중시킬 수도 없었기 때문이다.

두 사람을 바라보고 있는 동안 그녀는 자신의 존재를 까맣게 잊고 있었다. 에드먼드의 연기에 열기가 더해지면서 감정이 고조되자 패니는 너무나 심하게 동요된 나머지 침착성을 잃기도 했다. 어떤 때는 마침 그에게 도움이 가장 필요한 순간에 대본을 덮고 얼굴을 돌려버린 적도 있었다. 그들은 그녀가 지루하거나 피곤하기 때문에 그럴 수밖에 없을 거라며 지루한 것이 당연하다고 위로의 말을 하며 염려해주었다. 그랬다. 그녀로서는 위로받을 자격이 있었다. 그들은 패니의 처지를 동정하여, 그럼에도 불구하고 자신들을 도와주는 것에 고마움을 표했다. 하지만 그들에게 패니의 심정을 헤아리는 일을 기대할 수는 없었다.

가까스로 그 장면이 끝났다. 에드먼드와 메리는 서로의 연기를 칭찬하기에 바빴다. 패니는 두 사람이 주고받는 칭찬에 억지로 자기의 칭찬을 곁들여야만 했다. 리허설을 마친 그들이 방을 나가자 패니는 다시 혼자가 되어 방금 있었던 일들을 전체적으로 점검하듯이 되새겨보았다. 둘의 연기는 참으로 자연스럽고 감정이 담겨 있다 보니 그 장면이 고스란히 살아났다. 훌륭한 장면이 될 것임은 의심의 여지가 없었다. 그들의 평판은 높아지는 만큼 자신의 고통은 거지리라는 것이 분명했다. 몹시 괴로운 광경을 보게 될 것임에 틀림없었으나 그 결과가 어떤 것이든 간에 그날 중으로 패니는 또 한 번 난감한 처지에 놓이게 될 것이었다.

3막 전체에 대한 1차 정식 리허설은 그날 저녁에 분명히 열릴 예정이었다. 그랜트 부인과 크로포드 남매는 저녁 식사가 끝나는 대로 가급적 속히 돌아오겠다고 약속했다. 모든 사람들이 들뜬 마음으로 한껏 긴장한 채 대기하고 있었다. 이제야 즐거움을 전하는 바이러스가 모두에게 퍼진 듯 공연을 준비하는 모든 이의 얼굴에 환한 웃음이 피어 있었다. 톰은 자신이 목적하는 것이 달성되었다는 사실에 기쁨을 감추지 못하고 있었고, 에드먼드도 아침의 연습으로 기분이 고조되었으며 모두가 사소한 불만 따위는 깨끗이 씻어낸 듯 자연스럽게 해결되어 있었다. 모두들 긴장하여 어서 저녁이 오기를 기다리고 있었다.

시간에 맞춰 여자들이 먼저 극장 안으로 들어갔다. 곧 남자들도 여자들을 뒤따랐다. 버트램 영부인과 노리스 부인과 줄리아를 제외한 모두가 좀 이른 시간부터 극장에 모였다. 그들은 극장 내부에 조명을 환하게 켜두고 아직 준비가 미흡한 부분에 대해서 의견을 나누면서 그랜트 부인과 크로포드 남매만 도착하면 바로 리허설을 시작하려고 기다렸다.

오래 기다릴 필요도 없이 크로포드 남매는 곧 도착했다. 하지만 그랜트 부인의 모습은 보이지 않았다. 그녀는 도저히 함께 올 수가 없었다. 그랜트 박사가 몸도 좋지 않고, 기분도 좋지 않다고 우겨서 아내를 놓아주지 않았던 것이다. 하지만 메리는 그 말을 믿을 수가 없었다.

"그랜트 박사님은 몸이 편찮으세요. 아까부터 몸이 불편하다고 하셨거든요. 저녁 식사 때는 꿩고기를 한 점도 들지 않으셨어요. 고기가 질기다고 불평만 해대면서 요리 접시를 그대로 물리셨어요. 그 이후부터 계속 몸이 안 좋다고 하시는 거예요."

메리는 비아냥거리듯이 한껏 거드름을 피우면서 말했다. 이것은 한껏 고조된 기분으로 기다리고 있던 사람들에게 실망을 안겨주는 것이었다. 그랜트 부인의 불참은 정말 슬픈 일이었다. 그녀는 언제나 밝고 명랑한 태도로 모두의 기분을 맞춰주며 다정한 태도로 협동심을 북돋 아주었다. 언제부턴가 그들 사이에서 귀중한 존재가 되어 있었다. 하 지만 지금은 그런 이유에서뿐만 아니라 맡은 배역이 있어 그녀가 더 욱 절실하게 필요한 상황이었다. 그녀의 부재는 리허설뿐만 아니라 연극 공연 자체에 심각한 타격을 입힐 것이었다.

이날 저녁의 계획과 즐거움은 완전히 무너지고 말았다. 어떻게 해야 할지 몰라 모두들 당황하고 있었고, 특히 농가의 남편 역을 맡고 있는 톰은 절망하고 있었다. 잠시 난처한 침묵이 흐른 후, 몇 사람의 눈길 이 패니에게로 쏠리면서 한두 사람이 말을 꺼내기 시작했다.

"만약 프라이스 양이 그랜트 부인의 대사를 읽어주기만 해도 좋을 텐데……."

그러자 너도 나도 입을 모았고 곧 사방팔방에서 간청의 소리가 들려 순식간에 패니를 에워싼 모든 사람들이 간절하게 부탁하고 있었다. 에드먼드까지도 애원하듯이 말했다.

"패니, 네가 그 일을 싫어하는 건 나도 잘 알아. 하지만 네가 그 일 을 해줬으면 좋겠어. 패니, 부탁해."

그러나 패니는 여전히 망설였다. 도저히 엄두가 나지 않았을 뿐더러 생각하는 것만으로도 싫었다. 같은 값이면 왜 메리에게 부탁하지 않 나? 왜 진작 내 방에 가 있지 않았을까? 그랬으면 안전했을 텐데. 이런 리허설 따윈 구경하러 오지 않았어야 하는 건데! 짜증스럽고 마음만 고통스러운 결과가 될 것이라는 것을 뻔히 알았으면서도 이곳에 와 있는 자신이 한없이 한심스럽게 느껴졌다. 이런 상황에 몰린 것이 바 로 천벌을 받는 기분이었다.

"그저 대사를 읽기만 하면 됩니다. 그걸 모두 외울 필요는 없어요." 헨리가 다시 간청하며 말했다.

"패니는 누구보다 잘할 수 있을 거야. 지난번에도 그랜트 부인의 잘못된 대사를 스무 군데나 고쳐주었는걸. 패니, 너, 대사를 전부 외우고 있지? 그렇지?"

마리아가 헨리의 말에 얼른 덧붙여 말했다. 패니는 전혀 외우고 있지 않다고는 차마 말할 수가 없었다. 그리고 모두 끈질기게 물어댔고, 에드먼드가 그녀의 착한 성품을 믿는다는 얼굴로 계속해서 부탁했기 때문에 양보하지 않을 수 없었다. 패니는 어떻게든 해보겠다고 말하고 말았다. 모두가 흡족한 미소로 만족감을 나타내면서 리허설을 준비했다. 그녀가 혼자 가슴을 두근거리고 있는 동안에 다른 사람들은 설렘으로 두근거리며 리허설을 시작할 준비로 바쁘게 움직이고 있었다.

드디어 리허설의 막이 올랐다. 그리고 자기들끼리 떠드느라 정신이 팔려 있어서 집안 저쪽에서 이상한 소리가 난 것도 알지 못하고 있었다. 리허설이 한창 무르익고 있을 무렵에 갑자기 방문이 활짝 열리며 입구에 줄리아가 나타났다. 얼굴이 하얗게 질린 얼굴로 줄리아가 소리쳤다.

"아버지가 돌아오셨어요! 지금 현관에 계신단 말이야!"

19

그 순간 그 자리에 있던 모든 사람들의 놀라움을 어떻게 묘사하면 좋을까. 대다수의 사람들에게 그것은 절대적인 공포의 순간이었다. 토머스 경이 집으로 돌아왔다! 그 소식이 사실이라는 데에는 의심할 바가 없는 일이었다. 어쩌면 줄리아가 속임수를 쓴다거나 잘못 전해진 말일지도 모른다는 희망 따위는 품어볼 수조차 없었다. 줄리아의 표정이 사실의 증거이며, 어느 모로 보나 너무 분명해 보여서 이론의 여지가 없었다.

그들은 너무 놀라서 맨 처음에 경악의 소리를 지른 것 말고는 어느 누구의 입에서도 단 한 마디도 나오지 않았다. 모두들 표정이 일그러져 있었고 밀랍처럼 창백해진 서로의 얼굴만 멍청하게 쳐다볼 뿐이었다. 어떻게 해서 이런 좋지 않은 일이 가장 좋지 않은 시기에 일어날 수 있는 것인지 다들 그것을 놀라워하고 있었다. 그야말로 놀라운 충격이었다.

예이츠는 유감스럽게도 오늘밤에는 방해거리가 생긴 정도로밖에 생각하지 않았고 제임스는 이야말로 고마운 일이라고 반갑게 생각했을지 모르나 그 밖의 사람들은 모두가 어느 정도의 자책감과 막연한 불안에 휩싸여 있었다. 극도로 마음이 우울해져서 '우리들은 어떻게

될까? 자, 어떻게 하면 좋을까? 제각기 생각에 골몰해 있었다. 그것
은 걱정스런 침묵이었다. 그리고 모든 사람의 귀에 놀랍게도 사실을
증명하는 듯이 문이 열리는 소리와 지나가는 발소리가 선명하게 들려
왔던 것이다.

맨 먼저 다시 몸을 움직이면서 말문을 연 것은 줄리아였다. 그때까
지는 전체적인 문제 때문에 질투와 원망을 일시적으로 참아왔고 전체
를 위해서 개인적인 감정을 숨기고 있었다. 그녀가 방문을 연 순간,
프레드릭이 몸과 마음을 다 바친 표정으로 애거서의 말에 귀를 기울
이며 그녀의 손을 자기 가슴에 갖다대고 있었다. 이 광경을 보고 자기
가 전해준 이 충격적인 소식에도 변함없이 그가 그 자세 그대로 언니
의 손을 붙잡은 채 놓지 않는 것을 본 순간, 그녀의 상처받은 마음은
다시 피해의식으로 가득 차서 그때까지의 창백한 안색이 돌변하여 새
빨개지더니 이렇게 말하면서 방을 나가버렸다.

"난 아버지 앞에 나서더라도 얼마든지 당당하게 행동할 수 있어요.
전혀 무섭지 않으니까요."

그녀가 나감으로써 다른 사람들도 정신을 차리게 되었고 동시에 두
형제는 무슨 일이든 해야겠다는 생각으로 거의 동시에 한 발짝 앞으
로 내디뎠다. 극히 짧은 몇 마디 말을 주고받는 것으로 충분했다. 이
런 순간에 의견 차이란 있을 수가 없었다. 우선은 바로 응접실로 가야
만 했다. 마리아도 같은 생각으로 두 사람과 합세했다. 지금 세 남매
중에서 가장 마음이 떳떳한 상태에 있었던 것은 그녀였다. 이유는 줄
리아가 물러가야 했던 것과 똑같은 사정이 그녀에게는 매우 흐뭇한
뒷받침이 되어주고 있었기 때문이다. 헨리가 이런 때에, 중대하고 이
처럼 특별한 시련의 순간에 그녀의 손을 붙잡은 채 놓지 않았다는 사
실로 오랫동안 의심과 불안에 대한 보답을 받은 셈이었다. 그녀는 그
걸 가장 진지한 결의의 보증으로 확신하고 아버지를 만나는 일에도

떳떳했던 것이다.

"저도 갈까요? 저도 가는 것이 좋지 않을까요? 저도 가야 하지 않을까요?"

그들 삼 남매가 방을 나갈 때, 그들 뒤를 졸졸 따라가면서 제임스가 되풀이하는 질문에는 그들 모두 전혀 못 들은 체 상대하지 않았다. 그러나 그들이 방에서 나가자마자 헨리가 이 불안한 질문에 대한 답을 대신 해주었다. 지체하지 말고 지금 곧 토머스 경에게 경의를 표하러 꼭 가야 한다고 권했던 것이다. 제임스는 기뻐 어쩔 줄 몰라 하는 표정을 지으며 그들 세 사람의 뒤를 따라 서둘러 방을 나갔다.

뒤에 남은 것은 패니와 크로포드 남매와 예이츠뿐이었다. 사촌들도 패니에 대해서는 전혀 염두에 두고 있지 않았다. 더욱이 그녀는 토머스 경의 애정을 요구할 자격 같은 것은 자기에게는 없다고 겸허하게 생각하고 있었으므로 그의 친자식들과 같은 반열에 선다는 것은 생각조차 해본 일이 없었으며 그냥 그대로 뒤에 남아 한숨 돌릴 여유를 얻은 것을 기뻐했다.

그녀의 동요와 불안은 다른 사람들의 경우보다 훨씬 심각한 것이었다. 그것은 어쩌면 그녀의 연약한 성격 때문인지도 몰랐다. 자신은 전혀 아무런 잘못이 없으면서도 누구보다 더 괴로워해서 정신이 혼미해지는 것 같았고 큰소리만 들려도 곧 실신해 버릴 듯한 모습이었다. 이진부터 버릇이 되어 있었던 이모부에 대한 두려움이 다시 고개를 쳐들었으며 동시에 모든 일이 명백하게 밝혀졌을 때의 일을 생각하면, 이모부와 여기 연습하던 사람들 거의 모두에 대해 동정심이 우러났고 특히 에드먼드에 대한 걱정은 말로 표현할 수가 없었다.

패니는 의자에 앉아 부들부들 떨면서 이런 무서운 생각을 견뎌내고 있었다. 하지만 다른 사람들은 이제 체면을 차릴 필요가 없어졌으므로 불만을 감추려 하지도 않았다. 뜻밖에 이처럼 빨리 돌아오다니, 정말 일이 재수 없게 되었다고 개탄하고는 인정사정없이 토머스 경의 항해가 갑절이나 더 길게 걸렸더라면 좋았을 것이라는 둥, 아니면 아 직도 안티과 섬에 있었더라면 좋았을 텐데…… 하는 말들을 늘어놓고 있었다.

이 일에 대해서는 크로포드 남매가 예이츠보다 더 열을 올렸다. 이 집안에 대해 더욱 잘 알고 있을 뿐만 아니라, 앞으로의 형편이 매우 좋지 않은 방향으로 펼쳐질 것을 분명하게 판단할 수 있었기 때문이 다. 연극은 상연하지도 못하고 허사가 될 것이 확실했으며 계획했던 모든 것이 물거품이 될 것이 뻔했기 때문이다. 그것은 피할 수 없는 연극에 있어서의 전면적인 파멸과도 같은 것이었다.

그러나 예이츠는 토머스 경이 돌아와서 연극 공연이 일시 중단되었 을 뿐인, 하루 저녁의 불운쯤으로 치부하려 들었다. 다 함께 차를 마 시고 나서 곧 리허설을 재개하자고 제안할 정도였다. 그때쯤 되면 토 머스 경의 귀가에 따른 소동도 가라앉을 것이고 토머스 경 자신도 리 허설을 즐길 만한 마음의 여유를 갖게 될 게 아니겠느냐는 것이다. 크 로포드 남매는 이 생각을 일소에 부치고 각각 조용히 돌아감으로써 이 집안사람들끼리 오붓하게 지내도록 하자는 데 의견이 일치했으며 예이츠에게도 함께 목사관에 가서 하룻밤을 지내도록 정중하게 제안 했다. 그러나 예이츠는 어버이의 권리라든가 집안사람들끼리 오붓하 게 지내기를 소중히 하는 사람들과 함께 살아본 적이 없었으므로 그 런 것이 필요하다고는 인식하지 못하고 고맙다는 인사에 덧붙여 이렇 게 말했다.

"고마워요. 하지만 부친께서 귀가하셨다면 이대로 여기에 있다가 귀국 인사를 드리는 것이 옳다고 생각해요. 더군다나 그분이 도착하 자마자 모두 빠져나가 버린대서야 예의에 어긋나는 행동이 아니겠어 요."

예이츠는 일고의 가치도 없는 일이라는 듯 그들의 제안을 거절했다. 마침 마음의 평정을 되찾은 패니는 더 이상 지체하면 결례가 되겠다 싶어 자리에서 일어났다. 이 점에 대한 의논이 가까스로 매듭지어졌기 때문에 크로포드 남매로부터 죄송하다는 인사말과 대신 사과의 말을 전해달라는 얘기를 전해 듣고 그들이 돌아갈 채비를 하는 것을 보며 이모부 앞에 나간다는 두려운 의무를 다하기 위해 방을 나섰다.

응접실 입구까지의 거리는 너무나 짧아서 패니는 응접실 앞에서 잠시 서성거려야 했다. 호흡을 조절하며 용기가 솟아나기를 기다렸지만 패니는 또한 알고 있었다. 자신으로부터 절대 용기란 나오지 않을 것이며, 어느 누구도 자신에게 용기를 북돋워주지 못할 것이라는 사실을.

패니는 자포자기하는 심정으로 방문 손잡이를 돌렸다. 환하게 불이 밝혀진 응접실에, 한 자리에 모인 집안사람들의 모습이 한눈에 보였다. 그때 패니는 방 안으로 들어서며, 자기 이름이 불려지는 소리를 들었다. "그런데 패니는 어디 있나? 어린 패니가 안 보이는데 어찌된 일이냐?"

토머스 경이 마침 그때 주위를 둘러보면서 말했다. 그러다가 방 안으로 들어서는 그녀가 눈에 띄자 놀랄 만큼 다정한 태도로 다가오더니 그녀를 '사랑스러운 패니'라 부르고는 애정 어린 키스를 하고, 몰라보게 컸다고 기쁜 듯이 말했던 것이다. 패니는 어떤 기분을 가져야 할지, 어디로 눈길을 보내야 좋을지 몰랐다. 가슴이 꽉 차 숨이 막힐 지경이었다.

이모부가 이처럼 친절하고 다정하게 대해준 적은 이제까지 한 번도 없었던 것이다. 토머스 경은 많이 달라진 모습이었다. 기쁨으로 인해 약간 떨리는 듯한 그 목소리는 무척이나 부드럽고 따뜻했다. 예전의 너무나 근엄해서 무섭기조차 했던 위엄은 다정함 속으로 그 모습을 감추어버린 듯했다.

　토머스 경은 그녀를 불빛 가까이 데려가더니 다시 한 번 찬찬히 그녀의 모습을 바라보며 자상하게 건강 상태를 묻고는 덧붙여서 아니, 새삼스럽게 물어볼 필요가 없겠나고 말하는 것이었다. 그 점에 대해서는 패니의 외모를 보는 것만으로 충분한 해답을 얻었다고 말했다. 조금 전까지 창백했던 그녀의 얼굴은 엷은 분홍빛으로 아름답게 물들어 있었으므로 그녀가 건강할 뿐만 아니라 예뻐졌다고 믿은 것도 당연한 일이었다. 그는 이어서 패니의 가족에 대한 안부를 물었고, 특히 윌리엄의 안부를 가장 궁금해 했다. 요컨대 패니는 그가 너무나 친절하게 대해주었기 때문에 그동안 그에게 별로 애정을 느끼지 못했고 그의 귀국을 불운한 일이라 생각한 데 대해 자책감이 느껴질 정도였다. 가까스로 용기를 내 그의 얼굴을 쳐다보고는 볼이 움푹 꺼지고 피로와 더운 기후 때문에 얼굴은 그을었고 초췌하고 몹시 지쳐 있는 표정을 보자 패니의 가슴속에는 두터운 애정의 감정이 솟구쳐 올랐다. 그리고 그는 지금 생각지도 못하겠지만 연극을 준비하던 모든 사람들이 그를 원망하고 있을 것이라고 생각하니 마음이 무척이나 쓰라리고 아팠다.

　토머스 경은 분명히 그 자리에 모인 사람들의 생명이나 마찬가지였다. 모두들 그의 제안에 따라 벽난로 주위에 빙 둘러앉아 있었다. 그에게는 대화의 주인공이 될 당연한 권리가 있었다. 오랜 동안의 이별 끝에 또다시 자기 집의, 자기 가족의 중심으로 돌아왔음을 실감하는 기쁨으로 그는 여느 때의 그답지 않게 말수가 많고 이야기를 많이 했다.

　그는 항해에 관한 이야기를 하고 싶어했고, 두 아들의 질문에는 거의 그 질문이 끝나기도 전에 모두 대답해줄 정도로 그 기세가 대단했다. 안티과 섬에서의 용무는 마지막 단계에 와서 뜻밖으로 일이 잘 해결되었다. 그것이 그가 리버풀에서 곧바로 되돌아올 수 있었던 이유인 것이다. 리버풀까지 가는 항해는 우편선을 기다리지 않고 운이 좋게도 민간 선박을 이용할 기회가 생겼다.

토머스 경은 자신에게 일어났던 사건들과 여행에 관계된 일들을 세세하게 들려주었다. 그는 내용의 전부를 매우 조리 있게 이야기하면서, 버트램 영부인 곁에 앉아 진심으로 만족스러운 듯이 주위에 모인 얼굴들을 바라보고 있었다. 그는 이야기하는 도중에, 자신이 갑자기 돌아왔는데도 가족 모두 집에 있어 얼마나 다행인지 모른다고, 자신이 운이 참 좋은 것 같다는 말을 여러 번 했다. 가족이 모두 한자리에 모여 있기를 간절히 바라기는 했으면서도 기대하지는 않았던 것이다.

제임스에 대한 배려도 잊지 않았다. 제임스는 토머스 경으로부터 매우 친밀감이 있는 응대와 따뜻한 영접을 받았던 것이다. 그리고 세심하고 정중한 대우로 바야흐로 맨스필드의 가장 내밀한 가정사에도 참여할 수 있다는 의견을 암암리에 내비쳤다. 제임스의 외모는 흠잡을 만한 데가 전혀 없고 남에게 불쾌감을 줄 정도로 못생기지도 않았다. 토머스 경은 벌써 그에게 호감을 갖기 시작했다.

여러 사람 중에서도 그의 이야기에 시종 순수한 기쁨을 느끼며 귀를 기울이고 있던 사람은 그의 아내였다. 그녀는 그를 만나게 되어 더할 나위 없이 행복했다. 예고 없이 이루어진 그의 귀가로 인해 가슴이 뜨거워져 근 20년 동안 일찍이 느껴본 적이 없는 흥분 상태에 놓여 있었다. 그녀는 몇 분간은 가슴이 두근거렸고, 분명히 흥분이 가시지 않은 채 일거리를 치우고 곁에서 재롱을 떠는 발바리마저 쫓아내고는 남편에게 모든 주의를 기울여 소파의 나머지 자리를 모두 그에게 내놓았던 것이다. 다른 사람에 대한 배려 때문에 그녀의 기쁨이 흐려지는 일은 없었다.

남편이 집을 비웠던 동안에도 그녀는 자기 시간을 나름대로 유용하게 활용하면서 보냈다. 깔개 뜨기도 많이 진척되어 있었고 가장자리를 마무리할 장식용의 술도 몇 야드씩이나 만들었다. 그리고 아이들의 품행이 좋았다는 것, 유익하게 시간을 보낸 것도 자신의 경우와 마찬가지로 서슴없이 보장했다. 또한 남편의 얼굴을 바라보고, 남편의 이야기에 흠뻑 빠져 있는 자신이 무척 행복하게 느껴졌다. 그녀는 자신이 얼마나 남편을 그리워하며 지냈는지, 남편의 부재를 얼마나 견디기 어려워했는지 새삼 깨닫기 시작했다. 그에 대한 갈구가 얼마나 간절했던지 급기야는 만약 남편이 조금만 더 오래 집을 비웠다면 자신은 도저히 살 수 없었을 거라는 생각을 하기에까지 이르렀다.

행복이라는 점에서 본다면 노리스 부인은 언니와는 전혀 비교가 되지 않았다. 그렇다고는 하지만 집안의 실정을 알았을 때의 토머스 경의 노여움을 이리저리 염려하는 마음이 그녀의 행복을 손상시키진 않았다. 왜냐하면 그녀는 형부가 들어왔을 때 본능적인 경계심 때문에 제임스가 입을 핑크색 공단 망토를 재빨리 숨긴 일 외에는 불안한 빛을 보였다고 할 수 없었기 때문이다.

하지만 그녀는 그의 귀가하는 방식이 못마땅했다. 토머스 경의 그런 방식은 그녀에게 아무것도 할 일을 남겨주지 않은 것이었다. 그녀는 토머스 경의 방으로 제일 먼저 불려가 맨 처음 그를 만나고, 그 새로운 소식을 온 집안 식구들에게 널리 전해주는 임무를 맡아야 했지만, 토머스 경은 아내나 자녀들이 그다지 놀라지 않을 것이라고 생각해서인지, 집사가 문을 열어주자마자 즉시 응접실로 따라 들어왔던 것이다.

노리스 부인은 그의 도착이나 혹은 사망 어느 쪽이든 그 소식을 전하는 것은 자기의 임무라고 평소에 생각하고 있었는데 이것을 빼앗겨 버린 느낌이었다. 가족들에게 알릴 시간조차 주지 않았으니 당연히 노리스 부인이 해야 할 일은 없었다. 그래서 지금 그녀는 그럴 필요도 없는데 바삐 돌아다니려 했고 조용하게 가만히 있어야 하는데도 자신의 중요성을 알리기 위해 무리하게 수선을 떨려고 했다.

만약 토머스 경이 뭐라도 음식을 먹고 싶다고 했다면 그녀는 단숨에 하녀 우두머리한테 달려가서 까다로운 지시를 내리고는, 주방에 가서는 얼른 하라고 귀찮게 하며 시종을 달달 볶았을 것이다. 하지만 토머스 경은 분명히 식사는 일체 필요치 않다면서 거절했다. 아무것도 먹지 않겠다고 단호하게 말하고는 차를 마실 시간이 되면 그때 차만 마시겠다고 했다. 그런데도 노리스 부인은 이따금 토머스 경의 얘기를 중간에 뚝뚝 자르면서 무언가 다른 것을 권하곤 했다. 그가 영국으로 오는 항해 중에 가장 재미있었던 순간을 실감나게 이야기하고 있었다. 프랑스 무장선의 이야기가 그 위험의 최고조에 달했을 때 그녀가 인정사정없이 다시 끼어들어 수프를 권하는 것이었다.

"형부, 수프가 차보다 훨씬 낫겠어요. 수프를 좀 드셔보세요."

토머스 경은 화를 낼 처지도 못되었다.

"처제는 모든 사람을 다 편하게 해주려고 각별히 신경을 쓰는 점은 역시 변함이 없군. 하지만 나는 수프보다 차가 더 좋아요. 정말로 차 한 잔 외에는 아무것도 필요하지 않아요."

그는 전혀 짜증이 담기지 않은 온화한 목소리로 대답했다.

"그렇다면 말예요, 지금 곧 차를 가져오게 하는 것이 어떨까요? 배들리를 재촉하는 것이 어떨까요? 오늘따라 유난히 꾸물거리고 있어 좀 늦어지는 것 같은데 말예요."

그녀는 끝내 자기주장을 관철시켰다. 그런 다음에야 토머스 경의 이야기는 계속될 수 있었다. 마침내 이야기가 끝났다. 당장 자신이 하고 싶었던 말들은 이미 다 했던 것이다. 그는 그제야 주위를 둘러보며 가까이 모인 사랑하는 사람들의 얼굴을 하나씩 바라보았다. 말을 하는 대신 그들의 얼굴을 찬찬히 뜯어보는 것으로 행복해질 수 있었다. 그러나 이 침묵도 오래 계속되지는 않았다. 기쁨으로 인해 기분이 들뜬 버트램 영부인이 평소와 다르게 말수가 무척 많아졌던 것이다.

"여보, 우리 애들이 최근에 무얼 하며 즐겼는지 아세요? 연극을 공연하기 위한 준비에 여념이 없었어요. 젊은이들 전부가 연극 연습을 하느라고 기세가 대단했답니다."

사전예고도 없이 버트램 영부인이 불쑥 말했다. 그곳에 모여 있던 버트램 가의 자녀들이 얼마나 놀랐을지는 설명이 필요치 않은 것이었다.

"허허! 그래요. 무슨 연극을 하고 있었지?"

토머스 경이 무척 궁금하다는 듯이 흥미를 보이며 물었다.

"아, 연극 이야기라면 아이들이 직접 들려드릴 거예요."

버트램 영부인이 아이들을 돌아보며 다정한 목소리로 말했다.

"물론 모든 것을 말씀드리겠어요. 하지만 지금 아버지에게 그런 따분한 이야기를 들려드릴 것까지야 뭐 있겠어요. 여행하시느라 몹시 피곤하실 테고, 그리고 내일이면 전부 아시게 될 텐데요. 저희는 지난주에 뭔가 어머니를 즐겁게 해드리려는 취지로 시험 삼아 연극을 해보려던 참이었어요. 무엇이든 시도해 보기로 결정하고 몇 장면만 연습해 보았어요. 정말로 사소한 것이에요. 10월에 접어들면서 거의 매일같이 비가 내렸거든요. 며칠씩 계속 내리는 비 때문에 거의 집 안에 틀어박혀 있어야 했으니까. 10월 3일 이후로는 총을 들고 나가본 적이 거의 없어요. 처음 사흘 정도는 그럭저럭 지낼 만했지만 그 다음날부터는 아무것도 손에 잡히지 않았어요. 무엇을 해도 허탕이고. 첫날에 저는 맨스필드의 숲으로 갔고 에드먼드는 이스턴 너머에 있는 잡목림에 갔어요. 둘이서 꿩 여섯 쌍을 잡아왔어요. 혼자서라도 그 두 배는 잡을 수 있었는데도 말예요. 그렇지만 아버지의 꿩은 안심하세요. 우리들도 소중히 아끼고 있으니까요. 아버지, 조금이라도 숲의 새들이 줄어들었다고는 생각지 마세요. 맨스필드의 숲이 올해만큼 꿩으로 가득 찬 것은 제가 태어나서 처음 보는 일이에요. 아버지도 하루쯤 직접 사냥해보신다면 아시게 될 겁니다. 가까운 시일 안에 한번 나가셨으면 좋겠어요.”

톰이 당황하여 아무렇지도 않은 척 미소를 지으면서 말했다. 이렇게 당장의 위기는 모면했고, 패니의 놀란 가슴도 어느 정도 진정이 되었다. 그러나 곧 이어 차가 나왔고 차를 마신 토머스 경이 벌떡 일어나며, 오랜만에 돌아왔으니 잠깐 동안이라도 정든 자기 방을 들러보고 오겠노라고 했을 때는 다시금 불안감이 되살아났다. 당황한 젊은이들이 그곳의 변한 모습에 대해 설명을 하기도 전에, 방들이 변해버린 데 대해 마음의 준비를 하기도 전에 그는 성큼성큼 걸어서 응접실을 나가버렸다. 그 뒤에는 일은 터졌구나 하는 생각에 모두가 할 말을 잃고 있었다. 불안한 침묵이 계속되는 가운데 에드먼드가 맨 먼저 말문을 열었다.

“무슨 행동이라도 해야지, 이렇게 손놓고 가만히 있을 수는 없잖아.”

“손님들은 어떻게 해? 패니, 네가 오기 전에 크로포드 씨는 어디 계셨니?”

마리아가 패니를 바라보며 물었다. 그녀는 아직까지도 자기 손을 가슴에 부여잡고 있던 헨리의 체온을 느끼고 있었다. 그 이외의 것은 생각할 수도 없었고 어떻게 되든 알 비도 아니었던 것이다. 패니는 크로포드 남매가 돌아갔음을 알리면서 그들의 인사를 대신 전했다.

“그렇다면 불쌍하게도 예이츠 혼자 남아 있겠군. 완전히 외톨이가 되어 있겠네. 안 되겠다. 얼른 가서 그를 불러오자. 들통이 났을 때 원군(援軍)으로서는 그 사람도 제법 쓸 만하니까 말이야.”

톰이 큰소리로 말했다. 그는 서둘러 극장을 향해 달려갔지만 그곳에 도착한 순간에 부친과 친구의 최초의 대면을 목격하고 말았다.

자신의 방에 들어섰을 때 토머스 경은 소스라치게 놀라 비명이라도 지를 뻔했다. 그의 방에는 촛불이 몇 개나 켜져 있었다. 얼른 주위를 살펴본 그는 그 방이 어떤 용도로 최근에 사용되고 있었는지 금방 알 수 있었다. 가구들이 대부분 자리가 옮겨져 멋대로 놓여져 있었고 책장이 당구실 문 앞에서 옮겨진 게 특히 눈에 띄었는데, 이 사실을 놀랍게 생각할 겨를도 없이 더 놀라운 소리가 당구실에서 들려왔다. 누군가가 거기서 목청을 돋우어 커다란 소리로 지껄이고 있었다. 아니 지껄이고 있다기보다는 거의 고함을 치고 있었다. 그 목소리는 토머스 경이 전혀 알지 못하는 낯선 목소리였다.

그는 당구실 문이 있는 쪽으로 천천히 걸어가면서 직접 연결되어 있는 통로가 있음을 다행으로 여겼다. 통로의 문을 열면 목소리의 주인공을 만날 수 있을 거라 생각하고 문을 열었을 때, 그는 극장의 무대 위에 우뚝 서 있는 자신을 발견했다. 그리고 무대 위에서 절규하고 있는 한 젊은이와 딱 마주쳤다. 그 순간 그 젊은이는 토머스 경을 향해 주먹이라도 한 방 날려서 뒤로 넘어뜨릴 듯한 기세였다. 그 젊은이는 예이츠였다. 그는 방금 문을 열고 들어선 사람이 토머스 경임을 단번에 알아차렸다.

예이츠는 그날 저녁의 리허설 중에 그가 연기해야 할 대사 중 가장 자신 있는 대목을 놀라운 동작으로 해보인 것이었다. 바로 그 순간에 다른 쪽 방문을 열고 톰 버트램이 등장했다. 톰은 당혹감을 감추지 못하고 있었다. 이때만큼 그가 진지한 표정을 짓기가 곤란했던 적도 없었다. 토머스 경은 자신의 의지와는 상관없이 무대에 첫발을 내딛은 거나 마찬가지였다. 토머스 경의 얼굴은 돌처럼 딱딱하게 굳어져 있었다. 빌덴하임 남작의 열정적이고 와일드한 모습을 연기하고 있던 예이츠는 서서히 신사적인 용모를 되찾아가고 있었다.

 그는 토머스 경에게 허리를 굽혀 정중하게 절을 했다. 그가 허리를 푹 꺾으면서 절하고 사과하고 변명을 늘어놓는 광경은 톰이 도저히 놓칠 수 없는 구경거리였으며 이것이야말로 보기 드문, 참된 명연기였다. 아마도 이것이 이 무대 위에서 펼쳐지는 마지막 연극이고 최후의 장면이었을 것이다. 그러나 이것이야말로 두 번 다시 볼 수 없는 최고의 명장면임에 틀림없다고 톰은 확신했다. 그렇게 해서 이 연극은 막이 내려졌고 성공적으로 문을 닫게 되었다.

 그러나 지금은 때가 때인 만큼 엉뚱한 상상에 잠겨 있을 틈이 없었다. 그도 또한 앞으로 나가 소개하는데 협력할 필요가 있었으며 여러 모로 겸연쩍었지만 최선을 다해 두 사람을 소개하는 임무를 맡았다. 토머스 경은 자신의 체면 문제도 있고 하여 겉으로는 아주 정중하게 예이츠를 맞았지만 처음 마주쳤을 때부터 별로 마음에 들지 않았으며 이 사람을 알게 되었다는 것도 전혀 달갑지 않았다. 예이츠의 가문과 인척 관계는 이미 톰으로부터 들은 터라 충분히 알고 있었다. 그럼에도 불구하고 톰은 그를 '특별한 친구'로 지목했다. 토머스 경으로서는 아들의 백 명도 넘을 수많은 친구 중의 하나일 뿐인 예이츠를 특별한 친구로 소개받는 것 자체가 달갑지 않았다.

 다시 내 집에 돌아왔다는 행복감과 거기서 생기는 인내심 덕택으로 토머스 경은 가까스로 노여움을 억누를 수 있었다. 그는 영국으로 돌아온 바로 그 순간에, 바로 자신의 집에서 이처럼 어이없는 일을 당하고 시시한 연극 공연으로 떠들썩한 가운데 우스꽝스러운 구경거리의 한몫을 거들게 되었던 것이다. 또한 가까운 사람으로 받아들이고 싶지 않은 한 젊은이와 가장 달갑잖은 순간에 서로 마주쳤던 것이다. 더구나 처음 5분간은 이 젊은이의 무사태평한 무관심, 말수가 많은 점으로 보아 두 사람 중에서 어쩌면 그가 더 자신의 집처럼 더욱 침착하다는 것을 보여주는 듯했다.

톰은 아버지의 생각을 전부 읽을 수 있었기 때문에 그 심정을 알 수 있었다. 톰은 아버지가 언제나 그랬던 것처럼 자신의 마음속에 떠오른 생각들을 겉으로 내보이지 않기를 간절히 바랐다. 하지만 톰은 아버지가 그 어느 때보다도 화가 나 계시다는 사실을 명확하게 느낄 수 있었다. 방 천장이나 분장용 칠을 한 벽토들을 한번 흘끗 바라보는 것만으로도 아버지의 노여움에 대해서 추측할 만한 충분한 이유가 되어 주었다. 그리고 또 아버지가 비록 부드럽긴 했지만 엄숙한 목소리로 당구대는 어떻게 되었느냐고 물었을 때 그것은 당연한 호기심의 영역을 한참 벗어난 것이라는 사실도 알 수 있었다. 아버지와 아들과의 어색한 분위기가 불과 몇 분만으로 끝난 것은 참으로 다행한 일이었다. 토머스 경은 예이츠가 이 연극을 위한 준비가 완벽하지 않느냐는 등의 질문을 열심히 해대자 짧은 두세 마디로 조용히 찬성의 말을 할 정도의 노력을 했다. 그런 다음에 세 사람은 함께 응접실로 돌아왔는데 토머스 경이 더욱 엄한 표정이 되어 있는 것을 못 알아보는 사람은 하나도 없었다.

"너희가 멋지게 꾸며놓은 극장을 보고 오는 중이다. 내가 돌아올 것이란 사실을 전혀 염두에 두지 않은 모양이지. 내 방과 아주 가깝더구나. 정말 놀라지 않을 수가 없구나. 나는 너희들이 연극 공연을 한다고 해도 이처럼 본격적인 성격을 가진 것이리라고는 전혀 상상할 수 없었으니 말이다. 하지만 잘 꾸며 놓은 것 같더구나. 촛불에 비친 연극 무대를 본 소감이 말이야. 과연 크리스토퍼 잭슨의 솜씨였어."

토머스 경이 차분한 어조로 말했다. 여기서 그는 화제를 바꾸어 더 차분한 내용의 가정적인 문제를 얘기하며 조용히 커피를 마시고 싶었을 것이다. 만약 그랬다면 가족들도 긴장을 풀고 편안한 마음으로 돌아가 다른 주제의 대화를 나누며 느긋하게 즐기며 커피를 마셨을 것이다.

하지만 예이츠는 토머스 경의 의도를 눈치 챌 만한 분별심도 없을 뿐더러 토머스 경에게 대화의 주도권을 넘겨주고 자신은 눈에 띄지 않도록 다른 사람들 사이에 끼어 있어야 하는 겸손도 배려도 조심성도 배우지 못했다. 그는 계속 극장 이야기를 하고 거기에 관한 질문이나 의견으로 토머스 경을 괴롭혔으며 끝내 에클레스퍼드에서 자기가 겪었던 실망의 자초지종을 털어놓고 말았던 것이다.

토머스 경은 대단히 예의바르게 경청하고는 있었지만 예이츠의 이야기는 처음부터 끝까지 예의에 어긋나고 그의 사고방식에 대한 나쁜 인상을 확정짓는 일들뿐이어서 그의 이야기가 끝났을 때는 보일 듯 말 듯한 고개를 한번 끄덕였을 뿐이었다. 더 이상은 공감한다는 의사 표시를 전할 수가 없었다.

"그것이 사실 우리들이 연극을 계획하게 된 발단이었어요. 예이츠, 이 친구가 에클레스퍼드로부터 연극의 바이러스를 가지고 온 셈이죠. 이런 일은 흔히 그렇듯이 전염성이 매우 강하잖아요. 우리 사이에 당장 퍼져나가 모두 감염시켜 버리고 말았던 거죠. 전에 아버지가 끊임없이 연기하는 것을 권장하셨기 때문에 그 퍼지는 속도가 더 빨랐는지 모르겠습니다. 연극 연습을 하는 내내 마치 그 옛날로 돌아간 듯했거든요."

잠시 동안 생각에 잠겨 있던 톰이 말했다. 예이츠가 얼른 그 말을 이어 받아 자기네들이 그때까지 해왔던 일들의 과정을 설명하기 시작했다. 당초의 작은 규모로 계획했던 연극이 점점 확대되게 된 경위와 자신들이 그 어려운 문제들을 얼마나 훌륭하게 극복하면서 현재에 이르게 되었는지의 일들을 소상히 밝혔다.

예이츠는 자신의 이야기에 너무나 골몰한 나머지 앞뒤 가릴 수 없는 맹목적인 흥미를 다하여 모든 것을 다 털어놓았으므로 앉아 있는 친구들의 대부분이 보여주는 불안한 몸짓이나 표정의 변화 등을 전혀 알아차리지 못하고 있었다. 옆에서 의식적으로 헛기침을 하고 있다는 것도 자신을 정면으로 바라보고 있는 상대방의 얼굴 표정이 일그러져 있다는 것도 눈치 채지 못하고 있었던 것이다. 토머스 경이 딸들이나 에드먼드를 추궁하듯 진지한 눈으로 보았을 때의 엄한 눈초리조차도 보이지 않았던 것이다.

특히 에드먼드를 뚫어지게 응시하고 있는 그의 눈은 무언의 책망으로 에드먼드의 가슴을 내리쳤다. 그는 아버지의 질책과 비난을 고스란히 온몸으로 받아내고 있었다. 패니 역시 에드먼드 못지않게 그 사실을 명백히 느낄 수 있었다. 그녀는 이모가 앉아 있는 소파 끝 뒤쪽으로 자기 의자를 밀어서 몸을 숨긴 채 지금 눈앞에서 벌어지고 있는 일들을 하나도 빠짐없이 죄다 지켜보고 있었다. 이런 비난의 시선이 부친으로부터 에드먼드에게로 향해지는 것을 목격하리라고는 전혀 상상조차 못 했던 일이었다. 더욱이 에드먼드가 그런 경멸이 담긴 책망을 받아 마땅하다는 사실이 패니를 더욱 괴롭게 하는 것이었다.

토머스 경의 얼굴은 이렇게 말하고 있었다. '에드먼드, 나는 너의 판단력을 믿고 있었단다. 그런데 도대체 너는 무엇을 하고 있었느냐? 그녀는 마음속으로 이모부 앞에 무릎을 꿇고 가슴이 꽉 막혀 이렇게 외치고 있었다. '오! 그에게는 아무런 잘못이 없어요. 다른 사람에게는 그런 표정을 보이셔도 마땅하지만 그에게는 그런 표정을 지으시면 안 돼요!' 하지만 그 말은 입속에서만 맴돌 뿐 감히 말이 되어 나오지 않았다.

"사실을 말씀드리자면 토머스 경께서 오늘밤 도착하셨을 때 리허설을 하던 중이었답니다. 처음 3막을 계속해서 하고 있었는데 대체로 잘 되어가는 중이었지만 끝까지 잘 마무리할 수는 없었어요. 크로포드 남매가 돌아가 버려서 우리의 배역진도 뿔뿔이 흩어져버렸고 오늘

밤에는 아무것도 할 수 없게 됐습니다. 하지만 내일 밤 만약 참석해주신다면 결과에 대해서는 자신 있습니다. 물론 관대한 마음으로 봐주십사 하고 미리 부탁드립니다. 아직 연기력이 미숙한 젊은이들이기 때문이죠. 아무쪼록 관대한 마음으로요."

예이츠는 아직도 지껄이고 있었다.

"물론 관대한 마음을 갖기는 하겠어요. 하지만 예이츠 군, 이제 리허설은 안 됩니다."

토머스 경은 예이츠를 향해 엄숙하게 대답했다. 그러고는 돌이켜 생각하듯 미소를 지으며 덧붙였다.

"나는 오랫동안 그리워하던 집으로 조금 전에 돌아왔어요. 나는 집에 돌아와 진심으로 행복하기를 바라지요. 그리고 관대한 아버지가 되기를 바라고 있지요."

말을 잠시 중단한 그는 예이츠에게서 눈길을 돌려 그곳에 있는 사람들 모두에게 골고루 눈길을 던지며 조용히 말했다.

"크로포드 남매에 대해서는 맨스필드에서 보내준 지난번 편지에 씌어 있었는데 사귀어서 즐거운 사람들인가?"

그 질문에 바로 대답을 할 수 있었던 것은 톰뿐이었다. 그는 남매 어느 쪽에 대해서도 특별한 관심이 없었고, 사랑이나 연극에 있어서의 질투할 일노 없었기 때문에 맘껏 선심을 보일 수가 있었다.

"크로포드 씨는 부척 호감이 가는 신사입니다. 메리 양은 다정하고 아름답고 품위가 있으면서도 무척 생기발랄한 아가씨고요."

제임스누 더 이상 입을 다물고 있을 수가 없었다.

"신사답지 않다고는 않겠지만, 그저 그렇지요. 하지만 아버님께 그의 키는 5피트 8인치를 넘지 않는다는 것을 미리 말씀드려 놓지 않으면 아마도 위풍당당한 남자이거니 생각하실 겁니다."

토머스 경은 제임스의 말이 무슨 뜻인지 영문을 알 수 없어 다소 놀란 표정으로 이야기하는 사람의 얼굴을 물끄러미 바라보았다.

제임스가 어깨를 으쓱하면서 말을 이었다.

"제가 생각하는 바를 말씀드리면요. 연극이라는 것이 시종일관 연습하는 것은 좋은 것 같지 않아요. 제아무리 맛있는 음식도 도가 지나치면 전혀 맛을 느낄 수 없는 것처럼 말예요. 저는 이젠 처음만큼 연극에 흥미가 느껴지지 않아요. 그보다는 여기에 우리들끼리 편히 앉아서 아무것도 하지 않는 편이 훨씬 낫다고 생각해요."

토머스 경은 다시 한 번 제임스의 얼굴을 찬찬히 바라보며 찬성한다는 의미로 흡족한 미소를 지어 보였다.

"자네가 이 문제에 대해 나와 의견을 같이 한다는 것을 무척 기쁘게 생각하고 대단히 만족하는 입장이네. 자네 나이쯤 되면 누구나 신중하고 모든 일에 예민하게 반응하는 법이지. 게다가 우리 아이들과는 다르게 도덕관념이 강하다는 것은 너무도 당연해. 조용한 가정을 원하는 것이나 시끄러운 놀이를 용납하지 못하는 것도 다 가정을 소중히 여기는 데서 나오는 아주 자연스러운 현상이라 생각하니까. 하지만 자네 나이에 벌써 그런 걸 느낀다니 아주 바람직한 것 같군. 그것은 자네 자신에게뿐만 아니라 집안을 위해서도 대단히 좋은 일이지. 나와 같은 생각을 하는 동지가 있다는 것이 무척 기쁘군 그래."

토머스 경은 온화한 미소를 머금고 제임스의 얼굴을 바라보았다. 제임스의 의견을 듣다 보면 그다지 명석하지 않다는 것을 그도 알고 있었지만 올바른 사고방식을 가진 훌륭한 젊은이를 대하듯 의도적으로 그를 아주 높이 평가하고 있었다. 제임스가 가지고 있는 의식과 관념들은 그의 말에서 나타나는 것보다 월등하게 뛰어날 것이라고 믿고 있었던 것이다.

토머스 경은 제임스에게 높은 점수를 주려고 했지만 그곳에 모여 있는 다른 대부분의 사람들은 웃음을 참아내느라 여간 괴로운 것이 아

니었다. 제임스는 토머스 경으로부터 칭찬의 말을 잔뜩 듣자, 어떻게
응대해야 좋을지 몰라 어리둥절한 표정이었지만 토머스 경의 호의에
매우 만족하는 듯했다. 하지만 그 호의를 조금이라도 더 연장시키기
위한 어떠한 말도 못 하고 있었다. 그리고 그런 행동이 토머스 경으로
부터 더 큰 호의를 불러일으키는 결과가 되었다.

20

다음날 아침에 에드먼드가 제일 먼저 한 일은 혼자서 아버지를 찾아가는 일이었다. 아버지를 찾아가, 가족들 모두가 어떻게 해서 연극 계획을 세우고 연기를 시작하게 되었는지에 대해 숨김없이 털어놓을 생각이었다. 에드먼드 자신이 연극에 참여하게 된 동기에 대해서 변호하는 것과 동시에 그 당시의 상황으로 인해 어쩔 수 없이 동참할 수밖에 없었던 자신의 입장을 분명하게 밝히고 싶었다. 하지만 어쨌거나 그 시작이 아무리 선의에 의한 것이었다 해도 자신의 판단이 몹시 흐려져 있었다는 사실을 솔직하게 인정할 작정이었다.

그는 정당성을 주장함으로써 자신의 입장을 옹호는 하더라도 다른 사람들에게 해가 될 만한 말은 하지 않도록 조심해야 했지만, 그 행동을 변호하거나 변명해 줄 필요가 없는 단 한 사람이 있었다. 그것은 바로 패니였다.

"저희 모두에게 다소간의 책임이 있습니다. 저희 모두에게요. 단지 패니 한 사람을 제외하고는요. 오직 패니만이 끝까지 올바른 판단으로 제 본분을 지켰습니다. 패니는 시종일관 연극에는 반대했어요. 아버지의 의향을 헤아리는 일을 조금도 게을리하지 않았어요. 아버지가 흡족하게 여기셔도 좋을 만큼 패니는 정말 나무랄 데 없는 행동을 했어요."

에드먼드는 말하면서 고개를 깊이 숙였다. 그는 아버지의 노여움이 쉽게 풀릴 성질의 것이 아니라는 판단을 내려놓고 있었다. 사실 그랬다. 토머스 경은 자신이 부재중인 때 하필이면 이런 계획을 세운 것은 아주 적절치 못한 행동이었다고 분명하게 생각하고 있었다. 그 생각이 너무나 강했으므로 할 말을 잃은 채 말수는 점점 적어져 갔다.

토머스 경은 에드먼드로부터 자초지종의 설명을 듣고 나서 불쾌한 기분을 모두 털어버리려는 듯이 아들의 손을 단단하게 그러쥐었다. 그리고 가족이 자신을 완전히 망각하고 있었던 기억을 잊어버리려고 했다. 또한 그 기억을 되살려주는 물건들을 모두 치워서 집을 본래 상태로 정돈하는 일이 시급하다고 생각하고 있었다.

그는 다른 아이들을 따로 불러서 잔소리를 늘어놓지는 않았다. 일부러 사정을 캐묻기보다 그들 스스로가 잘못을 깨닫고 있을 거라고 믿고 싶었던 것이다. 이미 책망할 것은 책망했고, 모든 증거물들을 치워 버림으로써 충분할 것이었다.

그러나 집안에는 오직 한 사람, 그대로 지나칠 수 없는 단 한 사람이 있었다. 굳이 책망을 하지 않아도 스스로 자신의 행동을 돌아보며 깊이 반성하고 있을 것이라고 믿으면서도 그대로 내버려 둘 수 없는 사람이 있었다. 그 사람은 다른 누구도 아닌 바로 노리스 부인이었다. 그는 노리스 부인에게 그녀의 판단으로도 아마 찬성할 수 없는 일이었을 테니, 한마디 충고하여 중지시켜주지 그랬느냐고 암시하지 않을 수기 없었다. 젊은이들이 그런 계획을 세운 것은 참으로 경솔한 일이며, 그들 자신이 스스로 좀더 분별력 있는 행동을 했어야 했다.

하지만 무엇보다도 나이가 젊고, 에드먼드를 제외하고는 쉽게 행동하는 가벼운 성격의 소유자임들을 감안할 때 그녀가 그들의 올바르지 못한 행동을 지적하면서 막아야만 했다. 그럼에도 불구하고 그녀가

그것을 묵인했을 뿐만 아니라 그런 위험한 오락을 장려했다는 것이
너무나 경악스러웠던 것이다.

노리스 부인은 무척 당황하고 있었다. 난생처음으로 대답할 말이 궁
해지자 그저 묵묵히 침묵만 지키고 앉아 있었다. 왜냐하면 토머스 경
의 눈으로 보기에 뻔히 잘못된 것인데 자신은 전혀 몰랐노라고 고백
하기란 창피스러웠고, 그렇다 해서 자기의 영향력은 그다지 크지 않
아 자신이 아무리 충고해 보았자 아무 소용이 없었으리라고 인정하고
싶지도 않았기 때문이다.

그녀로서 유일한 해결책이라면 가능한 한 빨리 이 화제에서 벗어나
토머스 경의 생각을 더 유쾌한 쪽으로 이끌어가는 것이었다. 그녀는
형부 가족의 이익과 안락을 위해 남몰래 애썼음을 자화자찬하면서 암
시도 해보고, 자기 집의 따뜻한 난로 곁에 앉아 있다가도 얼마나 급히
서둘러 이 집으로 와야 했는지에 대해서도 언급했다. 그녀의 노력과
희생에 관해 충분히 알 수 있도록 해야 했다. 그리고 언니나 에드먼드
의 의견을 냉정하게 거역하면서까지 생활비를 절약해야 했다는 사실
도 빼놓을 수 없었다. 자신의 기발한 조언 덕분에 언제나 상당한 생활
비를 절약할 수가 있었으며 손버릇이 나쁜 하인들을 여러 명 적발할
수도 있었다고 말하기도 하는 등의 화제에는 궁하지 않았다.

그러나 노리스 부인이 가장 주력하고 자랑스럽게 내세울 수 있는 것
은 소서턴에 있었다. 토머스 경이 집을 비운 동안에 그녀가 이룩한 최
대의 업적이라면 러시워스 일가와 형성해 놓은 훌륭한 인맥에 있었
다. 그녀는 이 영광스러운 관계를 맺도록 하는데 지대한 공헌을 했다.
그런 점에서 그녀는 난공불락의 요새였다. 제임스 러시워스가 마리
아에게 한눈에 반하도록 하고 구애를 하게 한 공로는 모두 그녀의 것
이었다.

"만약 제가 적극적으로 나서서 러시워스 부인과 접촉하지 않고 속

수무책으로 방관만 하고 있었더라면…… 러시워스 부인에게 청을 넣어 먼저 방문하도록 하라고 언니를 종용하지 않았더라면, 아마도 지금까지 아무런 성과도 없었을 거예요. 보나마나 두 사람의 관계는 흐지부지되고 말았을 것이 분명해요. 제임스는 용기를 불어넣어 줄 필요가 있는 겸손하고 얌전한 타입의 청년이니까요. 만약 우리가 우물쭈물하고 있었다면 그 사람을 사로잡으려고 단단히 벼르고 있는 아가씨도 많이 있어서 두 사람의 관계가 지금처럼 발전할 수 있었을 거란 보장은 없어요. 하지만 저는 필요한 온갖 수단과 방법을 다 동원하면서 손을 썼지요. 힘을 다해 언니를 설득할 각오였답니다. 그리고 마침내 설득시켰지요. 형부도 여기서 소서턴까지의 거리가 얼마나 먼 거리인지 정도는 알고 계시죠? 계절도 한겨울이었으니 얼마나 힘들었겠어요. 도로가 거의 통행 불능이었고요. 그렇지만 저는 언니를 설득하는데 성공했어요.”

노리스 부인이 흥분으로 고조되어 자랑을 늘어놓고 있었다.

“집사람이나 아이들에게 처제의 영향력이 매우 크다는 것을 알고 있어요. 그것도 아주 바람직한 방향에서 영향을 준다는 것도 잘 알고 있지요. 그래서 더욱 마음에 걸리는 겁니다. 일어나서는 안 될 일이 일어나고야…….”

토머스 경이 손을 내저으며 말했다. 그러자 노리스 부인이 형부의 밀을 중간에서 뚝 낳고 들어왔다.

“그렇지만 형부, 형부가 그날의 도로 사정을 보셨더라면! 이건 도저히 갈 만한 형편이 못 되었어요. 물론 말은 내 마리가 끌었지요. 막하게도 마부 영감이 자기도 어쨌든 꼭 함께 가야 한다고 우기는 것 아니겠어요. 물론 애정과 친절함에서 우러나온 행동이었죠. 류머티즘 때문에 마부석에 앉아 있을 수도 없는 형편이면서 말이에요. 미가엘 축제(9월 29일을 가리킴: 역주) 이후 제가 돌봐주면서 치료를 해주고 있었는데 결국 완쾌되었어요. 하지만 지난겨울 동안에는 상태가 또 나빠졌어요. 그날도 상태가 말도 못 하게 좋지 않았어요. 게다가 날씨는 또 어떻고요. 정말 대단한 날씨였죠. 출발하기 전에 그 영감 방으로 가서 모험은 그만두라고 충고하지 않을 수 없었어요. 영감은 막 가방을 쓰고 있던 참이었어요. 그래서 제가 말했지요. '마부 영감, 영감은 안 가는 것이 좋겠어요. 언니와 나는 영감 없이도 무사히 갈 수 있으니까요. 스티븐이 얼마나 성실한지는 영감이 잘 알고 있겠지요? 그리고 찰스도 지금까지 몇 번이나 마차를 몰아본 경험이 있으니까 걱정 없어요.' 라고 했지요. 하지만 아무리 말려도 소용없다는 걸 곧 알게 되었답니다. 무슨 일이 있어도 자기는 꼭 동행하겠다는 거예요. 저도 지나치게 참견을 하는 것 같고 더 이상 신경을 쓰기도 싫어서 그 이상은 말리지 않았어요. 하지만 마차가 덜커덕거리며 흔들릴 때마다 영감 생각을 하고 얼마나 마음이 아팠는지 몰라요. 스토크 근처의 울퉁불퉁한 길을 지날 때는 돌멩이 투성이인 데다 서리와 눈 때문에 상상도 못 할 지경으로 애를 먹었지요. 전 그 영감 때문에 마음이 조마조마했답니다. 거기다 저 불쌍한 말들도! 말들이 최악의 상황에서도 계속해서 앞으로 나아가려 애쓰는 모습을 보니까 말씀예요! 제가 옛날부터 얼마나 말들을 아꼈는지는 형부도 잘 알고 계시죠? 샌드크로포드 언덕 기슭까지 갔을 때 제가 무슨 일을 했는지 아세요? 형부도 들으시면 틀림없이 웃으실 거예요. 전 마차에서 내려 언덕을 걸어서 올라갔어요. 정말예요. 그렇다고 현저하게 가벼워질 리야 없겠지만 걱정스런 마음에서 그렇게 행동할 수밖에 없었지요. 저 훌륭한 말들을 고생시켜가면서 자기는 편안히 앉아 언덕을 오르기란 견딜 수 없는 일이거든요. 그 때문에 심한 감기에 걸렸지만요, 그런 것은 상관없어요. 그리고 방문 목적은 이루어졌으니까요."

노리스 부인이 토머스 경에게 눈길을 고정시키고 말했다.

"러시워스 가족과는 그런 수고를 치르더라도 친분을 쌓을 만한 분들이라고 생각해요. 그만큼 고생해서 친교가 이루어진 것이니 앞으로도 잘되기를 바라오. 제임스는 특출하다거나 별로 두드러진 데는 없지만 그의 의견은 들을 만한 가치가 있는 것이라고 판단되었어요. 특히 연극을 한다는 목적으로 일으키는 소동과 혼란보다는 조용하고 오붓하게 가족끼리의 모임을 갖는 것을 훨씬 더 좋아한다고 했는데 그 점이 나는 무척 맘에 들었거든. 그의 생각은 나무랄 데가 전혀 없어요."

토머스 경이 고개를 끄덕이며 말했다.

"맞아요, 형부. 제임스와 더 자주 만날수록 더 마음에 드실 거예요. 형부 말씀처럼 두드러지게 뛰어난 인품의 소유자는 아니지만 장점을 아주 많이 갖고 있어요! 더욱이 형부를 얼마나 존경하고 있는지 아세요? 그래서 저는 완전히 놀림감이 되어 있답니다. 왜 그런가 하면 모두들 그것을 제 탓으로 생각하고 있거든요. '정말로, 노리스 부인.' 하고 얼마 전에도 그랜트 부인이 말했죠. '러시워스 씨가 부인의 친아들이라 해도 지금 이상으로는 토머스 경을 존경하지 못했을 겁니다.' 하고 말예요."

노리스 부인은 생각하면 지금도 웃음이 나온다고 말했다. 토머스 경은 얼버무리며 눌러대는 그녀의 공치사에 의욕을 잃고는 더 이상은 연극에 내한 이야기는 하지 않기로 결심했다. 노리스 부인이 교묘하게 화제를 바꾸는네 성공했던 것이다. 토머스 경은 처제의 아첨에 스르르 마음이 풀리고 있었다. 그리고 사랑하는 사람들의, 눈앞의 즐거움 앞에서는 그녀도 판단력이 흐려질 수 있다는 생각이 들었기 때문에 그 일은 그 선에서 접어두고 만족하지 않으면 안 되었다.

토머스 경은 그날 아침을 무척 분주하게 시작하고 있었다. 가족들과 대화를 나누는 일은 극히 작은 부분을 차지한데 지나지 않았다. 전반적으로 맨스필드의 일상생활에 복귀하여 집사와 지배인을 만나서 서류를 점검하고 꼼꼼히 계산하고 그리고 그 사이 사이에 마구간과 정원과 가장 가까운 곳의 조림(造林) 상태를 보러 가야 했다. 그렇지만 하는 일이 능률적이며 질서가 정연해서 이런 일들을 모두 해치우고 만찬 때 가장의 자리에 다시 앉을 무렵엔, 목수에게 명하여 바로 얼마 전에 당구실에 만들어놓은 장치를 모조리 철거하도록 명령을 내렸다. 그리고 무대 장치를 그리는 화가는 벌써 해고해 버린 상태였다. 그 화가가 그때쯤이면 적어도 노스햄턴까지는 갔을 것이라는 확신이 들자 그는 겨우 마음을 놓을 수 있었고 즐거움을 되찾을 수 있었다. 무대 장치를 그리는 이 화가는 방 하나의 마룻바닥을 더럽혔을 뿐 아니라 마부의 해면(海綿)을 죄다 못쓰게 만들고 허드렛일을 하는 하인 다섯을 게으름뱅이라 하여 불만스럽게 해놓고 떠나갔다. 토머스 경은 이제 하루 이틀만 지나면, 지금까지의 외견상의 흔적을 죄다 없애버리기에 충분하리라 생각하고 있었다. 그리고 집안에 있는《연인들의 맹세》의 가제본을 모두 없애버릴 생각으로 눈에 띄는 것은 모두 불태워버렸다.

그제야 예이츠도 토머스 경의 의도를 알아차린 듯했지만, 도대체 왜 그래야 하는지 그 원인을 이해하기에는 역부족이었다. 톰과 그의 친구인 예이츠는 오전 시간 대부분을 총을 메고 사냥을 하는데 보냈다. 톰은 이 틈을 이용해서 아버지의 까다로운 성품을 적당히 변명하고 앞으로 사태가 어떤 결과를 가져올 것인가를 설명했다. 이것이 예이츠에게 얼마나 뼈아픈 타격이 되었을지는 상상을 초월하는 것이었다. 두 번이나 꼭 같은 실망을 맛본다는 것은 불운이라 해도 너무나 심한 것이었다. 그의 노여움은 대단해서 친구와 그 막내 누이동생에 대한 배려가 없었다면 준남작의 불합리한 행동에 도전장을 내고 이를 공박하여 좀더 이치에 닿는 사고방식을 가지게끔 치열한 논쟁을 벌였을지도 모를 일이다. 그는 맨스필드의 숲에 있는 동안과 거기서 돌아오는 길에 단호하게 그렇게 하리라 마음먹고 있었다. 하지만 같은 테이블을 둘러싸고 자리에 앉고 보니 토머스 경의 태도에 압도되고 말았다. 예이츠는 이내 생각을 바꿔야 했다. 그는 토머스 경을 거역하기보다 자기 멋대로 하도록 내버려두어 자신의 어리석음을 스스로 깨닫게 하는 편이 현명하다고 판단하게 되었다.

예이츠가 할 수 있는 일은 얌전하게 식탁에 앉아 있는 일이었다. 지금까지 인상이 좋지 않거나 까다롭게 느껴지는 아버지들을 많이 경험했고 그들로 인해 불편이나 괴로움을 받은 일도 종종 있었다. 하지만 평생을 통틀어 단 한 번도 이런 유형, 즉 토머스 경과 같이 고집불통이며 괘씸하리만큼 폭군적인 사람은 만난 적이 없었다. 토머스 경 자녀들과의 이해관계 때문에 인사하고 지내주는 것일 뿐, 이런 영감은 역겨워 보기도 싫었고 함께 있는 것은 더더욱 견딜 수 없었다. 토머스 경은 저 아름다운 둘째 딸 줄리아를 고맙게 여길 일이었다. 줄리아를 바라보는 즐거움도 없었다면 예이츠가 한 사흘 정도 더 체제하는 일은 없었을 테니까.

그날 밤은 외면상으로는 조용히 지나갔으나 그 자리에 모인 거의 모든 사람의 마음은 심란했다. 토머스 경은 딸들에게 음악을 청했는데 그것은 참된 조화가 이루어져 있지 않은 것을 감추는데 도움이 되었다. 마리아는 안절부절못하고 있었다. 그녀에게 있어 더없이 중요한 것은 헨리가 시금 때를 놓치지 않고 그의 생각을 밝히는 일이었으며 하루일망정 아무 진전도 없이 보냈다는 것은 불행의 진주곡이있다.

마리아는 오전 동안 내내 그를 기다렸다. 한 시도 지체하지 않고 그가 나타나기를 고대하면서 초저녁에도 그를 기다리는 일을 멈추지 않았다. 제임스는 큰 뉴스를 가지고 일찌감치 소서턴으로 출발했고 그녀의 달콤한 바람은 즉각 사태가 해결되어서 그가 일부러 돌아오는 수고를 하지 않아도 좋게 되기를 바랐다.

그러나 목사관 사람들은 아무도 모습을 보이지 않았다. 누구 한 사람도 맨스필드 파크에 얼굴을 디밀지 않았던 것이다. 오로지 그랜트 부인이 버트램 영부인에게 보내는 우정 어린 축복의 메시지 외에는 아무런 소식도 없었다. 근래 몇 주 동안에 이 두 가족이 한 번도 만나지 않고 완전히 헤어져 보낸 것은 이날이 처음이었다. 8월이 시작되고부터 지금까지 이런 일 저런 일 등으로 그들이 합류하지 않고 24시간이 지나가 본 적이 없었다.

그날은 마리아에게 있어 슬프고도 근심에 찬 하루였다. 하지만 다음 날 아침이 되어도 사정은 달라지지 않은 채 불행의 내용만 달라졌을 뿐이었다. 극히 짧은 동안의 열띤 듯한 기쁨 뒤에는 몇 시간이나 계속되는 괴로움이 뒤따랐다. 헨리 크로포드가 다시 맨스필드 파크를 방문했던 것이다. 그랜트 박사와 함께 찾아왔다. 박사는 토머스 경에게 경의를 표하기 위해 꼭 방문해야 한다고 우겼던 것이다.

다소 이른 아침 시간에 그들은 가족이 거의 다 모여 있는 조찬실로 안내되었다. 곧이어 토머스 경이 조찬실로 들어왔다. 그리고 마리아는 기쁨과 불안을 느끼면서 자기가 사랑하고 있는 사람이 아버지에게 소개되는 것을 지켜보았다. 말로 표현하지 못할 흥분으로 기분이 최고조에 달해 있었다. 그리고 몇 분 후에 헨리가 그녀와 톰 사이에 놓인 의자에 앉아 톰에게 작은 소리로 이렇게 하는 말을 들었을 때도 마찬가지였다.

"지금은 이 경사 때문에—토머스 경 쪽으로 정중한 시선을 보내면서—잠시 중지되었지만 앞으로 연극을 다시 공연할 계획이 있나요? 그렇다면 그때가 언제이든 여러분이 말하는 그때에는 반드시 맨스필드로 돌아올 작정입니다. 저는 바스에서 숙부님과 만나기로 약속이 되어 있어서 오늘 당장 이곳을 떠나야 하거든요. 하지만 만약 《연인들의 맹세》가 상연될 가능성이 있다면 반드시 저도 참여할 작정입니다. 어떤 일이든 다른 약속은 전부 포기하고 당장 이곳으로 달려올 겁니다. 숙부님한테도 그 부분을 절대적인 조건으로 수락하게 미리 조치를 취해놓을 거니까요. 제가 떠났다고 해서 저 없이 연극을 공연하지 않겠다고 약속해주세요. 저는 어디에 있든지 바스, 노퍽, 런던, 요크 등 어느 곳에 있든지 간에 다시 연극을 공연하겠다고 하면 곧바로 달려올 겁니다."

그가 톰을 향해 작은 목소리로 말했다. 그 순간 질문에 대답해야 했던 것이 톰이었고 그의 누이동생이 아니었음은 참으로 다행한 일이었다. 그는 즉각 여유 있는 태도로 이렇게 말할 수 있었던 것이다.

"떠나신다니 정말 유감이군요. 하지만 그 연극 공연은 완전히 끝장났어요. 완전히 끝났다고 봐야 합니다."

"끝장이라고요? 그게 무슨 뜻이죠?"

"무대 장치를 맡아 그린 화가는 어제 해고당했고, 내일이면 극장은 거의 흔적도 남지 않을 거예요. 애초부터 이런 결과를 가져올 거라는 것을 알아야 했는데……. 바스에 가기에는 좀 철이 이른 것 아닌가요. 사람들이 별로 없을 것 같은데요."

톰이 의미 있는 시선으로 부친을 바라보며 담담하게 말했다.

"숙부님은 언제나 이때쯤 가시곤 했어요."

"언제 떠나시는 겁니까?"

"오늘 인으로 맨버리(영국 중부의 도시)까지 가려고 생각합니다."

"바스에서는 어느 마구간을 사용하실 기죠?"

톰이 궁금하다는 듯이 질문을 던졌고 그 방면에 관한 대화는 한참 동안 이어지고 있었다. 자존심 때문에 대화에 끼지 않고 있는 마리아는 헨리가 오빠와 빨리 대화를 마무리 짓고 자신과 대화해 주기를 차분하게 기다렸다.

얼마 후 그는 마리아를 돌아보면서 방금 말한 내용을 좀더 다정한 태도와 강한 유감의 뜻을 담은 어조로 되풀이했다. 그렇지만 그의 말이나 태도가 무슨 소용이 있었겠는가, 그는 떠나는 것이었다. 자기 의지로 가는 것은 아니라고 말하지만 스스로가 원해서 이곳을 떠나는 것임은 분명하지 않은가. 숙부와의 약속 이외에 볼일이라는 것이 모두 그가 만든 것이었으니까. 부득이하다고 입으로는 말했지만 자유로운 처지임은 누구라도 잘 알고 있는 터였다.

저 손이 그녀의 손을 꼭 부여잡고 가슴에 대었던 것이다! 그 손도 가슴도 지금은 모두 움직이지 않고 있었다. 마리아는 꿋꿋한 정신력으로 가까스로 지탱하고 있었지만 마음의 고뇌는 말로 다할 수 없는 것이었다. 그의 행동과 말은 전혀 일치하지 않고 있었다. 그녀는 다른 사람들을 의식해서 그의 말에 인내심을 가지고 귀 기울이고 있었지만 그 순간에도 요동치고 있는 가슴은 어쩔 수가 없었다.

하지만 그 순간은 그리 오래 가지는 못했다. 그 자리에 있던 다른 사람들이 헨리와 작별 인사를 나누기 위해 그의 이름을 부르며 다가왔기 때문이다. 그들은 모두 헨리가 작별 인사를 하러 맨스필드 파크를 찾아온 것이라고 이해했던 것이다.

작별의 시간은 너무나 짧아서 눈 깜짝할 사이에 끝났다. 그는 돌아서기 직전에 마지막으로 마리아의 손을 잡고 허리를 깊이 숙여 작별 인사를 하고는 가버렸다.

헨리 크로포드는 떠나갔다. 이 집에서와 마찬가지로 이 마을에서도 두 시간 후면 완전히 떠나버리는 것이다. 마리아는 누구도 상대하고 싶지 않았다. 그 순간에는 진정한 친구로 고독을 청할 도리밖에 없었을 것이다. 이리하여 그의 자기 본위의 허영심과 이기심에서 비롯된 한 조각의 희망은 마리아와 줄리아의 가슴속에서 산산조각이 나버렸다.

줄리아는 그의 떠남을 기뻐하고 싶은 심정이었다. 헨리의 존재 자체가 언제부턴가 그녀에게 있어 희망보다는 불쾌한 존재가 되어 있었다. 마리아가 그를 차지한 것도 아니므로 지금은 언니에게 복수를 하고 싶은 마음이나 심술을 부리고 싶은 마음도 사라져 버렸다. 퇴짜를 맞았는데 그 이상 수치까지 느끼게 해주고 싶지는 않았던 것이다. 줄리아는 자신이 그에게 버림받았다는 사실을 지워버릴 수가 없었다. 그리고 다른 사람들에게 이 사실을 공개하고 싶지도 않았다. 줄리아는 이제 냉정을 되찾고 있어 버림받은 언니에 대해 가엾게 여기고 있었다.

패니는 더 순수한 마음으로 이 소식을 듣고 기뻐했다. 패니는 저녁 식사 중에 이 소식을 듣게 되었는데 그것이 축복처럼 느껴졌다. 그곳에 모여 있는 다른 사람은 모두 섭섭한 심정을 밝히면서 그의 장점에 대해서 칭찬했다.

사람의 감정이란 것은 천차만별이어서 에드먼드는 진심으로 유감스러워 했다. 버트램 영부인은 무관심한 표정으로 다른 사람들의 의견에 그저 동의하는데 그쳤다. 노리스 부인은 그가 줄리아를 진정으로 사랑했던가에 의문을 품으면서 결국 아무런 열매도 맺지 못한 것에 대한 나름대로의 정의를 내리고 있었다. 그리고 두 사람의 결합을 추진하는데 무언가 자기에게 실수가 있었던 것은 아닌지, 자신이 너무 태만했던 것은 아닌가 하는 두려움까지 들 정도였다. 하지만 노리스 부인은 마음을 써야 할 일이 얼마나 많은가? 노리스 부인처럼 워낙 신경 쓸 일이 많다 보면, 제아무리 일솜씨가 좋고 말을 살하는 사람도 모든 일을 때맞춰 적절하게 해낸다는 것이 과연 가능할까?

다시 이틀이 지난 다음에 예이츠도 떠났다. 그의 출발에 관심을 가지고 있었던 사람은 주로 토머스 경이었다. 그는 가족들만의 오붓한 생활을 바라고 있었으므로 예이츠 이상으로 훌륭한 손님이라 할지라도 짜증이 났을 것임에 틀림없었다. 더군다나 경박하고 염치없으며 게으른데다가 사치를 즐기는 예이츠이고 보면, 어느 모로 보나 부담이 되는 존재였다. 그 사람 됨됨이 자체에 넌덜머리가 날 지경이었는데 게다가 톰의 친구이면서 줄리아에게 구애의 손길을 뻗치고 있다는 점에서 이건 눈에 가시 같은 존재였다.

토머스 경은 헨리가 떠나가건 머물러 있건 전혀 관심이 없었다. 그러나 예이츠를 배웅하기 위해 그와 함께 현관으로 나가면서 아무쪼록 즐거운 여행이 되기를 빈다고 말했다.

그의 인사말에는 거짓 없는 만족감이 담겨져 있었다. 예이츠는 맨스필드에서의 연극 준비 시설 일체의 철거와 연극에 관한 모든 것들이 완전히 지워지는 것을 보고 나서야 떠나게 되었다.

예이츠가 맨스필드 파크를 떠나고 난 뒤, 그곳은 서서히 평소의 수수한 모습을 되찾아 갔다. 토머스 경은 예이츠를 전송하면서 이것으로 연극과 관련된 최악의 것을, 그리고 연극을 기억나게 할 최후의 것을 떨쳐버리는 결과가 되기를 바랐다.

노리스 부인 역시 토머스 경이 보았다면 고민거리로 여겼을지 모르는 물품을 하나 제거하는 궁리를 했다. 그것은 바로 그녀가 너무나 완벽하게 지휘하고 멋지게 재능을 발휘하여 완성시켰던 무대용 커튼이었다. 그녀는 그 커튼을 자신의 집으로 가지고 갔다. 때마침 녹색 천으로 된 커튼이 필요했으니 안성맞춤이었다.

21

    토머스 경의 귀국으로 《연인들의 맹세》와는 관계없이 여러 측면에서 맨스필드의 파크에 현저한 변화가 생겼다. 그의 통솔 아래 맨스필드는 그 양상이 일변했다. 그들이 사교를 즐기던 사람들 중에서 어떤 사람은 추방되고 또 어떤 사람과는 소원한 관계가 되고 말았다. 거의 모든 사람들이 의기소침해져서 옛날에 비해 침울하기 그지없었다. 가족들끼리 즐기는 파티도 활기가 없이 밋밋했다. 목사관과의 교제도 거의 끊어진 상태였다. 토머스 경은 일반적으로 친밀한 교제를 피하고 있었는데, 이 무렵에는 특히 한 가족만을 예외로 두고 있었을 뿐 그 외의 어떤 가족과의 사교에도 선뜻 마음이 내키지 않았다. 그 예외는 러시워스 일가로 그가 자기 가족 모임에 끼워주고 싶은 생각이 든 것은 이 가족들뿐이었다.

    에드먼드는 그런 식으로 행동하는 아버지를 이상하게 여기지는 않았다. 단지 그랜트 일가가 축출된 것 외에는 유감스러운 점이나 섭섭한 점이라곤 아무것도 없었다.

    "하지만 그랜트 박사 가족에겐 우리와 친하게 지낼 자격이 있다고 생각해. 그분들은 우리와 한 가족이나 다름없는 것처럼 느껴져. 마치 우리들의 일부분 같은 그런 기분이 들어. 그분들이 아버지가 안 계셨을 때 어머니나 누이들에게 얼마나 마음을 써주었는지를 아버지도 좀 알아주었으면 해. 그분들이 행여나 무시당한다고 여기지나 않을까 걱정도 되고. 하지만 사실은 아버지가 그분들에 관해서 전혀 모르시는 게 당연해. 그분들이 이곳에 와서 1년도 채 안 되었을 때 아버지는 영국을 떠나셨으니까 말이다. 만약 아버지가 그분들을 좀더 아셨더라면 그분들과 교제하는 것을 정당하게 평가하실 테고 그리고 틀림없이 좋아하셨을 거야. 사실 그분들은 아버지가 금방 좋아할 유형의 사람들이니까. 우리끼리만 있다 보면 때때로 활기가 없을 때가 있잖아. 마리아나 줄리아는 풀이 죽은 듯이 있고 형도 별로 마음이 편한 것 같지 않고. 그랜트 부부가 오시면 분위기가 명랑해지고 아버지도 좀더 즐겁게 저녁 시간을 보내실 수 있을 텐데. 그렇지 않겠니?'

에드먼드가 패니에게 아쉬움이 묻어나는 어조로 말했다.

"오빠는 그렇게 생각해? 내가 보기엔 이모부는 누구든지 사람이 불어나는 것을 원치 않으시는 것 같아. 이모부는 지금 오빠가 말한 그 평온한 분위기를 높이 평가하시고 가족끼리 단란하게 지내는 평화만을 바라고 계시는 듯한걸. 그리고 우리들도 그전보다 딱딱해진 것도 없잖아. 말하자면 이모부가 외국에 가시기 전과 비교해서 말이야. 내 기억으로는 언제나 대체로 비슷했어. 이모부 앞에서는 웃거나 떠드는 일은 전혀 없었는걸. 차이가 있다면 그것은 이만큼 오래 집을 비우신 다음이라서 생기는 어색함 같은 게 있는 것 같아. 하지만 그전에는 이모부께서 런던에 가실 때 말고 밤에 우리가 즐겁게 떠들었던 기억이라곤 전혀 없어. 젊은이들은 누구든지 어려운 사람이 집에 있을 때는 여러모로 신경을 쓰게 되는 것이잖아. 그렇지 않을까?"

패니가 차분한 어조로 말했다.

"네 말이 맞을 거야, 패니. 어제 저녁의 시간이 새로운 성격을 띠게 된 것이라고 하기보다는 옛날로 되돌아갔던 거야. 한동안 즐겁고 명랑하게 지냈다는 그 자체가 새로웠던 거지. 그렇지만 불과 몇 주 사이의 일이 얼마나 강한 인상을 남겼니! 마치 옛날에는 이런 생활을 하지 않았었다는 그런 느낌이 드는구나.”

잠깐 동안 생각을 정리한 다음에 그가 대답했다.

“아마 내가 다른 사람들보다 고지식한 편인가 봐. 난 저녁 시간이 그다지 지루하다는 느낌이 들지 않거든. 이모부가 들려주시는 서인도 이야기를 듣는 것이 참 좋아. 한 시간 내내 계속해서라도 들을 수 있어. 다른 어떤 것보다도 나는 그것이 더 재미가 있어. 하지만 다른 사람과는 처지가 다르니까 뭐. 틀림없이 정상적인 게 아닐 거야.”

패니가 말했다.

“패니, 어째서 그런 말을 하니? 다른 사람과 다른 점은 더 현명하고 생각이 깊은 것뿐이라는 말을 듣고 싶어서 그러는 거니? 그러나 너한테든 어느 누구에게든 내가 인사로 칭찬하는 말을 들어본 적이 있니, 패니. 칭찬이 듣고 싶으면 아버지한테 가봐. 듬뿍 해주실 거다. 아버지에게 말이야. 어떻게 생각하시느냐고 여쭤봐. 칭찬하시는 말을 얼마든지 들을 수 있을 거야. 설사 그 칭찬이 주로 네 용모에 관한 것이더라도 참고 들어라. 그리고 언젠가는 네 마음의 아름다움도 알아주시리라고 생각하고 말이야.”

에드먼드가 부드러운 미소를 지으며 패니를 바라보았다. 패니는 그런 말은 처음 듣는 것이어서 몹시 당황했다.

“아버지는 너를 굉장한 미인으로 생각하신단다. 패니, 요컨대 그렇다는 얘기야. 그것이 내가 너에게 말해주고 싶은 골자란다. 내가 아닌 딴 사람이었다면 이것을 더 대단한 일로 생각했을 것이고 너 아닌 딴 사람이었다면 자신이 지금까지 별로 미인 취급을 받지 못한 것을 불만으로 생각할 거야. 하지만 사실 아버지는 지금까지 널 미인이라고 생각한 적이 한 번도 없었거든. 그런데 지금은 달라. 너의 아름다움에 감탄을 하고 계시니까. 피부 빛깔이 참 좋아졌다! 표정도 아주 풍부해졌다! 게다가 몸매도 아니, 패니, 딴 데로 눈길을 돌리지 마라. 아버지가 그렇게 말씀하시는 것뿐이니까. 아버지 칭찬도 견디지 못한다면 앞으로 어떻게 되겠니? 이젠 서서히 너도 남의 주목을 받을 만한 값어치가 있다고 생각하고 태연해질 수 있도록 노력해야지. 지나치게 타인의 눈을 의식하거나 경직될 필요는 없어. 모든 것이 귀여운 소녀에서 아름다운 여인으로 성숙해져 가는 과정일 뿐이야. 그러니까 신경 쓸 필요는 전혀 없어."

에드먼드가 타이르듯이 말했다.

"어머, 오빠. 그런 식으로 말하지 말아줘. 제발 부탁이니까."

패니는 몹시 당황하고 있었다. 그 표정 속에는 그가 알아차리지 못한 많은 것이 담겨 있었던 것이다. 그녀는 에드먼드가 생각하는 것 이상으로 곤혹스러워 하고 있었다. 그녀가 어쩔 줄 몰라 하는 걸 보자 그는 그 화제를 끝내고 더 진지한 태도로 이렇게 덧붙여 말했을 뿐이다.

"아버지는 모든 면에서 네게 만족하고 계시는 거야. 다만 네가 아버지와 좀더 이야기하도록 했으면 좋겠어. 저녁 시간에 모두 모여 있을 때 침묵만 지키고 있잖아. 넌 너무나 말이 없단 말이야."

"하지만 오빠, 옛날보다는 훨씬 더 말을 많이 하는 거라는 걸 오빠도 알잖아. 어젯밤만 해도 내가 노예 매매에 대한 질문을 했잖아?"

패니가 항의하듯이 말했다.

"그랬지, 참. 하지만 그것 하나뿐이었잖아. 다른 질문이 뒤를 이어 더 나올 줄 알았는데. 더 물었더라면 아버지도 기뻐하셨을 거야."

"묻고 싶었지. 사실 너무나 궁금한 것이 많았거든. 하지만 모두 조용하셨잖아! 언니들은 한 마디도 하지 않고 또 전혀 흥미 없다는 듯이 앉아만 있었는걸. 난, 언니들을 제쳐놓고 내가 눈에 띄기를 바란다는 인상을 주는 게 아닐까 생각했어. 나보다는 당신의 딸들이 호기심과 기쁨을 느껴주었으면 하고 이모부로서도 틀림없이 바라고 계실 텐데, 거기에 내가 끼어드는 행동이 되니까.”

패니가 손을 내저으면서 말했다.

“메리 양의 말이 옳았어. 다른 여자라면 무시당하거나 관심을 받지 못할까 봐 두려워하는데 넌 반대로 관심을 받고 칭찬받기를 두려워하고 있다고 말이야. 언젠가 목사관에서 너에 대해 얘기한 적이 있었단다. 메리 양은 분별력이 뛰어나. 사물을 보는 눈이 대단히 정확하더라. 남의 성격을 그만큼 잘 판별하는 사람을 여태껏 난 본 적이 없어. 그렇게 젊은 나이의 여성으로는 드문 일이야! 그녀는 확실히 너를 깊이 이해하고 있었어. 너하고 오랫동안 가까이 한 사람들 이상으로 말이야. 그리고 이따금 다른 사람들에 대해서 날카로운 지적이라든가, 그때그때 무심코 나오는 말로 미루어 보아 알 수 있는데 그 여자는 만약 예의에 어긋나지만 않는다면 많은 사람의 성격에 적절하고 정확하게 정의를 내릴 수 있는 사람이야. 아버지에 대해서는 어떻게 생각하고 있을까! 풍채가 훌륭한 사람, 매우 신사답고 위엄이 있으며 도리에 어긋나지 않는 태도를 가진 사람이라고 틀림없이 감동하고 있겠지만 어쩌다 만날 뿐이니까 말수 적은 면이 다소 싫을지도 모르겠어. 두 사람이 만약 함께 지낼 기회가 많아진다면 서로 좋아하게 될 것은 틀림없어. 아버지는 그 여자의 발랄한 점을 재미있게 생각하시게 될 테고……. 그녀도 아버지의 역량을 평가하는 재능쯤은 가졌으니까. 두 사람이 좀더 자주 만났으면 좋을 텐데! 메리 양이 아버지가 사신을 남탁치 않아 하신다고 생각하지 않았으면 좋겠는데.”

에드먼드가 가벼운 한숨을 내쉬면서 말했다.

“메리 양은 다른 사람들의 마음을 자신이 사로잡고 있다는 것을 알고 있을 테니 그런 걱정은 전혀 안 할 거야. 더구나 이모부께서 처음 얼마 동안은 가족끼리 오붓하게 지내기를 바라시는 것도 아주 자연스러운 일이니까, 그걸 가지고 이러쿵저러쿵 말할 사람은 아니라고 봐. 얼마 안 있어 다시 이전처럼 오고가고, 다시 친하게 지내게 될 거야.”

패니가 말했다.

“10월 달을 시골에서 보내는 건 메리 양으로서는 어린 시절 이후 이번이 처음일 거야. 턴브리지나 첼트넘(두 곳 모두 보양지의 이름)은 시골이라고는 할 수 없거든. 이곳의 11월은 날씨가 별로 좋지 않으니 걱정이야. 겨울이 다가오니까 그랜트 부인도 몹시 걱정하시더라. 겨울이 되었을 때 그녀가 맨스필드를 지루하게 생각하지 않을까 하고 말이야.”

에드먼드가 진지한 어조로 말했다. 패니는 여러 가지 하고 싶은 말이 있었지만 아무 말도 하지 않았다. 그녀에 대해서는 어느 것 하나도 화제에 올리지 않는 것이 안전하다고 생각했던 것이다. 그렇지 않으면 혹시나 아량이 없다고 받아들여질지도 모르는 일이었기 때문이다. 메리가 호의를 가져주는 것을 고맙게 생각하고 있는 지금은 체면을 차려야 했다. 그래서 그녀는 화제를 바꿔 다른 이야기를 시작했다.

“내일, 이모부는 소서턴에서 만찬을 드시게 돼 있지. 오빠도 큰오빠도 함께 가시는 거지? 집에 남아 있는 식구는 많지 않을 거야. 이대로 계속 러시워스 씨가 이모부 마음에 드셨으면 좋겠는데.”

“그건 불가능해, 패니. 내일의 방문 뒤에는 마음이 달라지실 게 뻔한 일이니까. 두 분이서 다섯 시간이나 함께 지내게 되는걸. 얼마나 지루한 하루가 될 것인지 벌써부터 걱정이 되는구나. 나의 예상처럼 나쁜 일이 일어나지 않는다고 해도 형편없는 하루가 될 것 같아서 말이야. 내일 하루가 지난 다음에 아버지의 마음속에는 제임스에 대한 어떤 인상이 남을까. 아버지도 금세 알아차리실 거야. 사실 둘 다 가엾지. 차라리 제임스와 마리아가 처음부터 만나게 되지 않았더라면 좋았을걸."

　에드먼드가 깊은 한숨을 쉬면서 말했다. 패니도 에드먼드의 말에 어느 정도 공감을 느끼고 있었다. 에드먼드의 예상은 적중했다. 토머스 경이 제임스에 대해 조금씩 실망감을 느끼기 시작하고 있는 것이 확연하게 드러났다. 그가 아무리 제임스에게 호의를 가지고 있으며 제임스가 그에게 경의를 가지고 대하고 있어도 그가 머지않아 진실의 일부분, 제임스가 열등한 청년이며 사업에 있어서나 학업에 있어서나 무지하며 전반적으로 자신의 주장이 없고, 어쩌면 자기 자신이 이 문제에 대해 자각하지 못한다는 사실들을 알아차리게 되는 것을 막을 수 없었다.

　그는 이런 사람과는 전혀 반대되는 사위를 기대하고 있었으므로 마리아를 위해 보통 일이 아니라고 심각하게 고민하고 있었다. 그는 마리아의 감정을 이해해 보려 애썼다. 별다른 관찰이 필요 없었다. 지금 상태로 보아서는 무관심이 가장 호의적인 태도라는 것을 누구라도 금방 알아차릴 수 있었다. 제임스에 대한 그녀의 태도는 무관심을 넘어 냉담했다. 마리아는 제임스를 좋아하고 있지도 않았으며 좋아할 수도 없었다.

　토머스 경은 마리아와 이 문제에 대해 진지하게 대화를 나누어보아야겠다는 결심을 굳혔다. 러시워스 가문과 인척 관계를 맺는다는 것은 이점이 많은 경사스러운 일이었다. 그리고 그들의 약혼은 공공연한 비밀이 되어 있을 뿐 세상에 이미 알려져 있었다. 하지만 그렇다고 해서 딸의 행복을 희생시킬 수는 없었다. 제임스를 쉽게 받아들인 건 아마 교제 기간이 너무 짧았던 데 원인이 있었으리라. 그래서 더 잘 알게 된 지금에 와서는 그와의 약혼을 후회하고 있는지도 모를 일이었다.

　토머스 경은 딸을 걱정하는 자상한 아버지가 되어 마리아를 불렀다.

그는 엄숙하면서도 다정하게 자기가 걱정하는 바를 말하고 그녀의 솔직한 마음을 말해줄 것을 바란다며 간청하듯이 물었다. 그는 만약 마리아가 장래를 염려하여 불행한 심정이 되어 있거나 약혼을 후회하고 있는 듯한 인상이 느껴지면 딸의 행복을 위해 어떤 난관이라도 불사할 생각이었다. 파혼도 불사할 수 있으며 이 관계는 일체 없었던 걸로 하겠다고 보증했다.

그녀를 위해 손을 써서 자유로운 몸으로 해주겠다는 말을 들으면서 마리아는 일순간 고투(苦鬪)를 경험했다. 그것도 오직 일순간이었다. 아버지의 말이 끝났을 때 그녀는 그 자리에서 즉각 단호하게 동요하는 빛도 없이 대답할 수 있었다. 아버지의 자상한 배려와 아버지로서의 친절에는 감사하지만 약혼을 포기하고 싶다는 생각이 손톱만큼이라도 있다거나, 혹은 약혼한 이후 사고방식이나 기분의 변화를 느끼고 있다고 판단하시는 것은 전혀 잘못된 생각이라고 말했다. 자신은 제임스의 인품이나 성격을 더없이 높이 평가하고 있으며 그 사람과 결혼하여 행복해지는 데 대해 추호의 의심도 하지 않는다는 것이었다.

토머스 경은 마리아의 대답을 들으면서 흡족한 미소를 짓고 있었다. 아마도 흡족한 기쁨에 취한 나머지, 다른 사람에게는 이 일을 더 이상 논하지 못하게 못을 박았다. 이 혼인을 막상 포기하려 했을 때 고통을 느끼지 않을 수 없는 것이었으므로 그는 이렇게 구실을 찾았던 것이다. 제임스는 아직 젊으니 더 좋아질 여지가 있다. 좋은 사교계에 나가면 분명 지금보다는 월등하게 나아질 것이다. 마리아가 이토록 당당하게, 그와 결혼하면 행복할 수 있다고 사랑의 편견이나 눈가림 없이 분명히 말할 수 있다면 그런 대로 믿어주어야 할 것이다. 그 애도 아마 사물을 그다지 예민하게 느끼는 편이 아니다. 그러리라 생각한 일은 한 번도 없었으니까. 그렇다고 해서 그 애의 안락이 그 때문에 덜해지는 것도 아니다. 게다가 남편이 사람들 앞에 나서서 유명인이 되는 것을 보지 않아도 상관없다면 확실히 그 밖의 모든 것은 그 애한테 유리한 조건이다. 성품이 제대로 된 젊은 아가씨가 연애결혼을 하지 않는다면 보통은 그만큼 친정에 대해 애착을 느끼는 법이다. 그러니 소서턴이 맨스필드와 가깝다는 것도 어찌 보면 하나의 커다란 장점이며 최대의 유혹이었을 것임에 틀림없다. 앞으로의 장래를 생각해보아도 그런 이유들이 분명히 커다란 즐거움을 끊임없이 공급해줄 것이다.

토머스 경의 추론은 대체로 이런 것들이었다. 체면을 손상시키는 파혼이라는 불행, 거기에 반드시 따르기 마련인 경멸·야유·비난을 면할 수 있어서 좋고 또한 자신의 체면과 신용도가 배가될 수도 있는 혼인이 확고하게 되었다. 그리고 대단히 행복하고 흐뭇한 나머지 딸의 성향에 대해선 이 목적에 완전히 부합하게끔 나름대로 해석을 했다. 마리아에게 해로울 것은 없었다.

그 결정에 대해 만족한 것은 비단 아버지뿐만이 아니었다. 마리아도 아버지와 마찬가지로 대단히 만족스런 기분이었다. 그녀는 자신의 운명을 결정지었다는 것에 대해 오히려 홀가분함을 느꼈다. 그녀는 소서턴에 배수진을 쳤고 다시 한 번 새롭게 자신의 운명을 맡긴 것이었다. 그녀의 행동을 좌지우지하고 장래를 파괴하도록, 헨리에게 두 번 다시 흔들리지 않을 것이라고 스스로에게 다짐하면서 아버지의 방에서 나왔다. 그리고 앞으로는 아버지가 두 번 다시 눈치 채는 일이 없도록 제임스에게 더 주의 깊게 대해야겠다고 결심했다.

만약 토머스 경이 딸에게 이런 말을 꺼낸 것이 헨리가 맨스필드를 떠나고 나서 사흘 정도 지난 후였더라면 그녀의 대답은 상당히 달랐을 수도 있었다. 그 당시에는 그녀의 마음이 채 진정되기 전이었고, 그에 대한 희망을 완전히 포기하기 전이었기 때문에, 그의 연적으로서 뜻을 굽히지 않았을 것이 확실했다.

그러나 그 후로 사흘이 지나고 나흘이 지나도 그는 돌아오지 않았고 편지 한 장이나 별다른 기별조차도 없었다. 흔히 연인들이 헤어져 있을 때 느낄 수 있는 애틋한 마음이나 그리움에 대한 그 어떤 증거도 없었다. 그녀는 냉정해지고 자존심과 복수심으로 오히려 마음의 상처에서 하루라도 빨리 벗어날 수 있는 모든 위안을 강구했던 것이다.

헨리가 그녀의 행복을 파괴해버렸지만 그런 사실을 그가 알아서는 안 되었고 그 때문에 신용이나 체면, 사회적 신망까지 파괴될 수는 없었다. 맨스필드에 틀어박혀 그를 애타게 연모하면서 그 사람 때문에 소서턴과 런던에서 누릴 수 있는 화려한 삶을 포기했다고 생각하게 해서는 안 되었다.

지금이야말로 독립이 가장 절실하게 필요할 때였다. 맨스필드에서 벗어나 독립하고 싶다는 열망은 더욱 간절해졌다. 그녀는 아버지에게 받는 속박을 점점 더 견딜 수 없었던 것이다. 아버지가 부재중일 때 맛본 자유가 너무나 절실해서 마리아는 한시라도 빨리 아버지와 맨스필드를 벗어나고 싶었다. 그리고 그동안에 상처받은 영혼을 치유받기 위해서라도 부와 화려한 생활을 마음껏 누리고 싶었다. 마리아는 돈을 흥청망청 쓰거나 화려한 생활에서 마음의 평화와 위안을 찾고 싶었던 것이다. 그녀의 마음은 이제 확고부동하게 정해졌다. 어느 누구도 그녀의 마음을 움직일 수 없었다.

이런 심정이고 보면 마리아에게 있어 시간을 연장한다는 것은 재난과도 같은 것이었다. 결혼식 준비를 위해 걸리는 시간마저도 그녀에게는 지옥의 순간 같았다. 제임스라 해도 이토록 애타는 마음으로 결혼을 바랄 수는 없었을 것이다. 마리아의 마음은 이미 결혼을 위한 모든 준비를 완벽하게 끝마친 상태였다. 마리아는 평온하기 짝이 없는 집에 대해서 혐오감을 느끼고 있었으며, 조금도 틈을 주지 않는 아버지의 속박에 대해서는 진저리를 치고 있었다. 실연으로 인한 슬픔이 극에 달했기 때문에 자신이 결혼하려는 상대에 대한 경멸감도 그만큼 컸다. 하지만 그런 일로 인해서 오히려 결혼식을 치를 마음의 결정을 빠르게 내릴 수 있었던 것이다. 나머지 일들은 시간이 지나면 자연스럽게 해결될 것이었다. 새 마차라든가 가구의 장만은 봄이 되어 런던에 가서 해도 되었다. 그 무렵이면 그녀 자신의 취향을 최대한 살리면서 자유롭게 행동할 수 있을 테니까.

당사자들이 이 점에서는 완전히 의견이 일치되어 있어서 결혼식 준비로는 불과 몇 주간이면 충분하다는 결론이 합의점에 도달했다. 러시워스 부인은 사랑하는 아들이 선택한 행운의 아가씨를 위해 은거함으로써 주부의 길을 내주는 데에 인색하지 않았다. 그리고 11월 초순, 하녀와 남자 하인을 데리고 귀부인다운 품위를 잃지 않은 채 마차에 몸을 싣고 바스로 옮겼으며 거기서 연회를 열고 소서턴의 훌륭함을 알렸는데, 그 즐거움이란 트럼프 놀이가 한창인 테이블에 앉았을 때도 현장에 있었던 때와 거의 다름없었다. 그리고 그달 중순 안으로 결혼식이 거행되어 소서턴에는 새로운 안주인이 탄생했던 것이다.

대단히 성대한 결혼식이었다. 신부의 드레스는 우아하고 고상했다. 두 들러리는 신부만큼 우아하지는 못했지만 실수 없이 맡은 일을 잘 해냈다. 신랑에게 신부의 아버지가 신부를 인계했고 신부의 어머니는 혹시나 슬픔에 못 이겨 쓰러지게 될 때를 대비하여 진정제를 미리 준비하고 참석했다. 노리스 부인은 어떻게든 눈물을 흘리려고 애를 썼다.

결혼식은 그랜트 박사에 의해 엄숙히 거행되었다. 이웃 사람들의 화젯거리가 되었을 때에도 흠 잡힐 만한 것은 아무것도 없었다. 신랑 신부와 줄리아를 교회 문 앞에서부터 소서턴까지 태워 간 마차가 그때까지 1년간 제임스가 사용했던 그 마차였다는 것 이외에는 모든 점에서 훌륭한 결혼식이었다. 누군가 아무리 짓궂은 눈으로 흠을 찾아내려고 눈을 부라렸어도 티끌만한 것도 찾아낼 수 없는 완벽한 것이었다.

결혼식이 끝나고 신랑과 신부는 소서턴을 향해 출발했다. 토머스 경은 아버지답게 심란하고 서글픈 심정이 되어서 꽤나 마음의 동요가 있었지만 아내는 염려하던 것과는 달리 아무렇지도 않았다. 노리스 부인은 이날 하루를 온갖 일에 기꺼이 협력했고 파크에 하루 머물면서 언니를 위로하고 러시워스 부부의 건강을 위해 한두 잔 더 건배하며 기뻐하고 있었다. 그녀는 어느 누구보다도 흐뭇하고 기쁨을 주체할 수 없었는데, 이 일을 성사시킨 장본인이 바로 그녀 자신이었기 때문이었다. 그녀가 모든 걸 다 해냈다. 그 자신만만한 태도에는 자랑스러움이 가득 차 있었고 마치 승전보를 울리며 귀국하는 개선장군 같았다. 노리스 부인의 그런 태도를 본 사람이라면 그녀가 불행한 결혼생활과는 전혀 거리가 먼 사람일 거라고 생각했을 것이다. 그리고 자신이 거의 키우다시피 한 조카딸의 기질에 대해서는 극히 작은 통찰력이나마 있을 거라고는 아무도 기대하거나 상상하지 못했을 것이다.

신혼부부의 계획은 며칠 후에 브라이튼(영국 남해안의 보양지)으로 가서 그곳에서 몇 주일 동안 집을 빌려 지내는 것이었다. 어느 곳에 가든 마리아에게는 초행길이어서 새롭고 신기하기만 했다. 브라이튼은 겨울임에도 불구하고 여름 못지않게 화려했고, 흥겨운 분위기를 유지하고 있었다. 새로운 장소에서도 신기한 모험을 즐기는 듯한 재미가 사라지면 또 다른 즐거움을 찾아 더 넓은 런던으로 떠나면 그뿐이었다.

줄리아도 신혼부부와 함께 브라이튼으로 가게 되어 있었다. 연적 관계에서 벗어난 두 자매는 차차 이전의 협조 관계를 되찾고 있었다. 이런 시기에 함께 있을 수 있다는 것이 서로에게 큰 기쁨임을 느낄 수 있을 만큼 예전의 우애를 회복했던 것이다. 제임스 외에 누군가 다른 동행이 있다는 것이 러시워스 부인이 된 마리아에게는 무엇보다도 중요한 일이었다. 줄리아도 언니 못지않게 새로운 것을 추구하는 성향이 강했으며 쾌락을 바라고 있었다. 그것을 쉽게 손에 넣을 수 있다면 조역의 지위쯤은 얼마든지 참아낼 수가 있었다.

그녀들이 떠나고 나서 맨스필드에 또 하나의 큰 변화가 생겼다. 그녀들이 떠난 빈 자리가 너무나 컸기 때문에 이 벌어진 틈을 메우는 데에도 얼마간의 시간이 걸렸다. 가족의 모임은 그 규모가 아주 작아졌다. 최근에는 별로 단란함에 도움이 되지도 못했던 마리아와 줄리아였지만, 역시 둘 다 한꺼번에 떠나고 나니 쓸쓸함이 배가 되었다. 어머니조차 쓸쓸함으로 인해 딸들을 그리워하고 있었다. 더더구나 다정다감하고 마음씨 고운 사촌의 마음은 어떠했겠는가? 패니는 집 안을 이리저리 돌아다니면서 언니들을 생각했고, 평상시에 그녀들이 보여준 친절에는 과분할 정도의 애정으로 언니들을 그리워하고 있었던 것이다.

22

마리아와 줄리아가 집을 떠난 후부터 패니가 중요한 존재로 부각되기 시작했다. 가족들이 모두 응접실에 모였을 때 패니는 유일하게 젊은 아가씨였고, 지금까지는 두 사촌 언니들이 있었기 때문에 항상 뒷전으로 밀려나 있었지만, 지금 패니는 가족들 중에서 가장 아름다운 여인이었다. 그런 상황이고 보니 패니는 가족들로부터 더 많은 시선을 받게 되었고 이제까지와는 달리 가족들의 배려 속에서 가장 소중한 위치로 껑충 뛰어오르게 되었던 것이다.

"패니는 어디 있니?"

이런 물음을 자주 듣게 되었는데 누가 딱히 심부름이나 일을 시키는 때가 아니라도 패니를 찾곤 했던 것이다.

그녀의 값어치가 상승한 것은 집에서뿐만 아니라 목사관에서도 마찬가지였다. 목사관에는 노리스 씨가 죽은 후 1년 동안에 겨우 두어 번 갈까 말까 했었다. 그런데 패니는 그곳에서도 환영받는 존재가 되었으며 초대되는 일이 빈번해지면서 귀한 손님대접을 받고 있었다.

11월은 날씨도 흐렸고 길마저 질퍽해서 외출이 자유롭지 못한 메리에게 패니는 참으로 반가운 친구였다. 그녀가 그곳을 방문하게 된 것은 우연한 일로 시작된 것이며 그 후로 방문이 계속된 것은 메리가 정중하게 요청해왔기 때문이다. 그랜트 부인은 여동생에게 기분 전환을 시켜주고 싶었던 것이 본심이었으나 자기 자신을 속이는 것은 극히 쉬운 일이어서 자기는 패니에게 대단한 친절을 베풀고 있는 것이며 또한 예의범절을 배울 좋은 기회를 마련해주고 있는 것이라고 제멋대로 생각하고는 패니에게 종종 찾아오도록 강요했다.

어느 날 패니는 노리스 부인의 심부름을 나갔다가 목사관 근처에서 억수로 퍼붓는 소나기를 만나게 되었다. 패니는 목사관 부지 끝에 있는 잎이 엉성하게 남은 떡갈나무 아래서 비를 피할 생각이었다. 그런데 그 모습을 목사관에서 일하는 한 하인이 방 창문에서 발견하고는 들어오라고 손짓했다. 패니가 조심스럽게 사양을 했는데도 거의 강요당하다시피 해서 집 안으로 이끌려 들어가게 되었던 것이다. 정중하게 권하는 하인의 권유에는 사양할 수 있었지만 그랜트 박사가 직접 우산을 받치고 나왔을 때에는 너무 황송하고 수줍은 생각이 들어 얼른 집 안으로 따라 들어가는 도리밖에 없었다.

메리는 쏟아지는 비를 몹시 침울한 기분으로 창문을 통해 바라보고 있었다. 그녀는 아침에 운동을 하려고 계획을 세워두었었다. 그러나 뜻하지 않았던 비가 훼방을 놓아 운동 계획이 수포로 돌아가고 말았다. 그녀는 앞으로 24시간 안에 가족 외의 사람의 얼굴을 볼 기회는 전혀 없을 것이라고 생각하면서 한숨을 짓고 있었다. 그때 현관에서 시끄러운 소리가 들렸고 섬돌 위에 뚝뚝 물방울을 떨어뜨리며 신발을 벗고 있는 패니의 모습이 그렇게 반가울 수가 없었다. 그녀는 시골에서 비 오는 날 일어날 수 있는 사건들의 고마움을 충분히 깨달을 수 있었다. 그녀는 돌연 생기가 돌고 모두와 함께 아주 적극적으로 패니에게 도움을 주고자 했으며, 패니가 처음 생각했던 것보다 훨씬 심하게 젖었다는 사실을 알고는 마른 의복을 가져다주기도 했다. 어쩔 수 없이 자신에게 쏠리는 관심을 물리칠 수 없었던 패니는 안주인과 하녀들의 시중을 순순히 받아들였다.

비는 한 시간 동안이나 계속해서 내렸다. 패니는 다시 아래층으로 내려가 응접실에 장식물마냥 앉아서 비가 그치기만을 기다리고 있었다. 패니는 이렇게 하염없는 시간을 보내고 있었지만 반면에 메리는 갑작스런 패니의 방문으로 더할 나위 없이 행복했으며 그 좋은 기분은 옷을 갈아입고 저녁 식사를 시작할 때까지 계속되었다.

그랜트 부인과 메리 크로포드는 그녀에게 매우 친절했다. 두 자매가 아주 기분 좋게 해주었으므로 패니로서도 이 방문은 즐거운 것이었을 테지만 방해가 되지 않을까 하는 걱정도 들었고 한 시간 후에는 반드시 비가 그친다는 보장도 할 수 없을 뿐 아니라, 그녀를 돌려보내는데 그랜트 박사의 마차와 말을 내어—그 방향으로 화제가 돌아가고 있었다—쓰게 된다는 지경에 이르게 될 우려도 있었다. 이런 날씨에 자신이 집에 없다고 해서 집에서 걱정하고 있을지 모른다는 우려에 대해서는 조금도 신경을 쓰지 않았다. 그녀가 외출한 것을 알고 있는 것은 두 이모들뿐이었으므로, 그런 걱정을 할 사람은 아무도 없음을 잘 알고 있었다. 노리스 이모가, 자신이 비를 피하고 있는 집을 마을의 어디라고 정하면 그것이 어느 곳이든 버트램 이모에게는 의심할 여지가 없는 사실이 되었기 때문이다.

하늘이 훤해지기 시작했을 무렵 패니는 방 안에 하프가 있는 것을 보고 메리를 향해 두세 마디 질문을 던졌다. 그러다가 대화가 오가는 중 패니는 하프연주를 무척 듣고 싶다는 말까지 자연스럽게 하기에 이르렀다. 하프가 맨스필드에 도착한 후 아직 한 번도 들어보지 못했음을 고백하게 되었던 것이다. 메리는 그 사실을 믿으려 하지 않았지만 패니 편에서 보기에 그것은 극히 단순하고 당연한 결과로 생각되었다. 악기가 도착한 후 거의 목사관에 와본 적도 없었고, 또 와야 할 이유도 없었던 것이다. 메리는 패니가 오래전부터 하프연주를 듣고 싶어했었다는 사실을 기억해내고는 자기가 너무 등한시 한 것에 대해 미안해했다. '지금 당장 연주해드릴까요? 어떤 곡이 듣고 싶으세요?' 등의 질문이 꾸밈없는 상냥함과 함께 메리의 입에서 쏟아졌다.

메리는 자리에서 벌떡 일어나 하프가 놓여 있는 곳으로 걸어갔다. 그리고 그녀의 연주가 시작되었다. 그녀는 새로운 청중이 생겨 기뻤다. 더구나 그 청중은 대단히 황송해 하며 연주에 전적으로 감탄하고 있는 듯했으며 또한 취미를 가진 것도 분명했다. 그녀가 계속 연주하고 있는 동안에 패니의 눈길은 창 쪽으로 더듬어가더니 창밖을 바라보고 있었다. 비가 그치고 그럭저럭 날씨가 환해져가고 있었다. 패니의 눈빛이 그녀가 무슨 생각을 하고 있는지 분명히 말해주고 있었다.

"앞으로 15분만 더 있다가 돌아가요. 비가 그쳤다고 해서 금방 도망가시면 안 돼요. 날씨를 좀더 지켜봐야 할 거예요. 날씨란 원래 변덕스럽잖아요. 개는 듯해 밖에 나갔다가 낭패를 보는 경우가 종종 있거든요. 저 구름 좀 보세요. 아무래도 수상해요."

메리가 패니를 설득하고 있었다.

"하지만 저건 다 지나가버린 구름이에요. 아까부터 줄곧 보고 있었어요. 남쪽에서 갑자기 소나기구름이 몰려왔던 것 같아요."

패니가 여전히 창밖으로 시선을 둔 채 말했다.

"남쪽이든 북쪽이든 먹구름이 잔뜩 끼어 있는 걸 보면 알 수 있어요. 검은 구름이 저렇게 온 하늘을 덮고 있는데 이럴 때 밖으로 나가는 건 정말 위험해요. 게다가 프라이스 양에게 하프 연주로 꼭 들려주고 싶은 곡이 있어요. 아주 아름다운 곡이에요. 에드먼드 씨가 퍽 좋아하는 곡이지요. 사촌 오빠가 좋아하는 곡이니까 프라이스 양도 듣고 가셔야죠."

메리가 패니의 팔을 붙들고 간청했다. 패니는 그녀의 말을 들으며 그대로 따를 수밖에 없다는 생각을 했다. 그 말을 듣고서야 비로소 에드먼드에 대한 생각을 하게 된 것은 아니지만 지금 이 방에 에드먼드가 앉아 있는 것 같은 착각이 들었다. 이런 생각을 하게 되니 유별나게 그의 모습이 머릿속에 떠오르면서 그가 여러 차례 아마 이 방, 바로 이 자리에 앉아서 좋아하는 곡을 언제나 기쁜 듯이 귀 기울여 듣고 있는 모습을 어렵지 않게 상상할 수 있었다. 게다가 그것도 특별히 가다듬은—그녀 생각에는 그랬을 것 같았다—솜씨와 표현을 다해 연주한 것이었으리라. 패니 자신도 그 곡이 좋았을 뿐더러 에드먼드가 좋아하는 곡이라면 무슨 곡이든 상관없이 좋아하고 싶었다. 하지만 패니는 그 곡이 끝났을 때 이제는 더 이상 지체해선 안 된다는 생각이 들었다. 이제는 간절히 집으로 돌아가고 싶어졌다. 이것은 다른 사람 눈에도 분명하게 보였다. 패니의 확고한 태도를 알게 된 그들도 더 이상 붙들지는 않았다. 그랜트 부인과 메리는 꼭 다시 한 번 목사관을 찾아달라는 초대의 말을 전했다. 산책하는 길에 언제든지 들러주고 또 하프가 듣고 싶을 때는 언제든지 찾아오라고 간곡하게 당부하는 것이었다. 패니는 만약 집에서 반대하지만 않는다면 자신도 그러고 싶다고 느꼈다.

이런 일이 계기가 되어 버트램 가의 아가씨들이 떠난 지 2주가 채 안 되어 두 사람 사이에 일종의 친교가 이루어지게 되었다. 그것은 주로 무언가 신기한 것을 바라는 메리의 감정으로 인해 이루어진 것이지, 패니의 감정과는 무관했다고 해도 무방했다. 어쨌거나 패니는 거의 사흘에 한 번꼴로 목사관을 방문했다. 그것은 매혹이었고 일종의 마법과 같은 것이었다. 그곳을 방문하지 않으면 마음이 안정되지 않았던 것이다. 그렇다고 해서 메리를 좋아하는 것도 아니었고 그녀와 생각이나 사고가 비슷하지도 않았다. 메리가 어울릴 사람이 없으니 자기를 찾고 반기는 것일 뿐이지 자신이 진정으로 좋아서가 아니라는 사실을 잘 알고 있는 패니로서는 그것이 조금도 고맙지가 않았다.

그녀와의 대화를 나누다 보면 이따금 재미있는 생각이 드는 것도 사실이지만 그 이상으로 정신적인 깊이나 커다란 기쁨 따위는 느껴지지 않았다. 그나마 이따금 얻게 되는 재미조차도 패니가 진심으로 존경하거나 아끼는 사람들이나 사물들을 농담거리로 삼았을 때 얻어지는 것들이었다.

그런 상황에서도 패니는 목사관을 자주 찾아갔다. 그리고 11월의 날씨치고는 드물게 화창한 날에는 메리와 함께 그랜트 부인이 가꿔놓은 정원 숲을 오랜 시간 산책하는데 보냈다. 때로는 바람이 세게 몰아치는 벤치에 앉아보기도 했다. 패니는 그곳에 앉아서 전혀 예기치 않은 순간에 찾아온 가을의 아름다움과 이제는 서서히 사라져가는 쓸쓸한 정경을 바라보며 정감어린 감탄사를 연발하고 있었다. 그때 갑자기 찬바람이 일더니 마지막 고엽을 하늘하늘 주위에다 흩뜨리고 있었다. 그녀들은 얼른 일어나 차가워진 몸을 따스하게 하기 위해 서둘러 집으로 돌아왔다.

"아름다워요, 정말 아름다워요. 이 정원 숲에 올 때마다 얼마나 나무들이 잘 자랐는지 보게 되고 깜짝 놀라게 되지요. 불과 3년 전만 해도 이 밭은 보잘것없는 관목 숲이었어요. 저 위쪽으로 울타리가 처져 있었는데 별로 이용가치가 있다고는 생각해본 적이 없어요. 그런데 지금은 훌륭한 산책길로 변해서 이곳에 올 때마다 정말 아름다워졌구니, 하고 김단하곤 한답니다. 실용적인 면이나 장식적인 효과에서 어느 쪽이 더 값어치가 있는지 분산하기가 어려울 정도예요. 그리고 앞으로 한 3년쯤 더 지났을 때는 우리들도 이 나무숲이 이떤 모습이있는지 기억하지 못할 거예요. 옛 모습이 어떠했었는지 거의 기억하지 못할 거라고요. 시간의 힘은 얼마나 대단한지. 또한 우리 인간의 마음이란 얼마나 변하기 쉬운 존재들인지 정말 놀랍지 않나요?"

어느 날 이렇게 두 사람이 앉아 있을 때 주위를 둘러보면서 패니가 말했다.

"맞아요."

메리가 고개를 끄덕이면서 맞장구를 쳤다.

패니는 마지막 대목의 상념의 실마리를 더듬으며 한참 만에 이렇게 덧붙였다.

"우리들이 타고난 능력 중에 다른 무엇보다 더욱 불가사의하고 신비로운 것이 있다면 아마도 그것은 기억일 거라고 생각해요. 기억력은 그 어떤 자연의 힘보다도 더 큰 능력을 갖고 있는 듯하거든요. 그와 동시에 기억력은 현저한 기복과 그 한계성이 있어요. 그리고 기억 속에는 우리가 도저히 유추해낼 수 없는 그 무엇인가가 들어 있는 것 같아요. 때로는 대단히 기억력이 좋아서 쓸모가 있는가 하면 무척 나약하고 혼란스럽게 하는 경우도 종종 있거든요. 또 가끔은 우리의 통제구역을 벗어나 멋대로 행동하기도 하죠. 우리 인간의 존재는 어찌보면 기적과 같은 것인지도 몰라요. 그리고 우리에게 주어진 능력인 회상이나 망각은 정말 불가사의 같아요. 무언가를 기억해 내거나 잊어버리거나 하는 힘은 특히 그 정체를 알 수가 없으니까요."

패니가 마음속에 떠오른 상념을 펼쳐보였지만 메리는 흥미 없는 듯이 건성으로 듣고 있을 뿐 아무 말도 하지 않았다. 패니는 그런 눈치를 채고는 상대편이 흥미를 느낄 만한 화제를 얼른 떠올려 보았다.

"제가 이런 말을 한다는 것은 건방진 일이 될지 모르지만 그랜트 부인의 안목이나 취미에는 감탄하지 않을 수 없어요. 이렇게 멋지게 산책길을 조성할 수 있다니요. 이 산책로는 단순하면서도 조용한 아름다움이 있어요. 지나치게 인위적인 느낌이라고는 찾을 수 없으니 말이에요!"

패니가 메리 크로포드의 얼굴을 바라보면서 말했다.

"그래요. 이런 곳에 이 정도라면 썩 괜찮은 편이죠. 여기서는 규모

따위는 따지지 않으니까요. 우리끼리 하는 말이지만, 전 맨스필드에 오기 전까지는 시골 목사관에 이런 정원 숲을 가꾸려 하리라는 건 상상조차 해본 적이 없거든요."

메리가 주위를 둘러보면서 말했다.

"상록수가 이렇게 잘 자라서 무성한 것을 보니 참 기뻐요. 이모부의 정원사는 이곳 토양이 맨스필드 파크보다 훨씬 더 비옥하다고 늘 말하던데요. 월계수나 상록수가 자라난 전체 모습으로 그렇게 평가하는 것 같아요. 저 나무들 좀 보세요! 상록수는 어쩌면 저렇게도 멋이 있고 신비로운지. 인간의 기분을 이렇게 즐거움으로 바꿔주는 그 아름다움의 비결은 뭘까요? 생각해보면 자연의 다양함이란 얼마나 놀라운 것인지 모르겠어요. 어떤 나라에선 잎이 떨어지는 나무가 변종이라지만 또 다른 나라에서는 활엽수만이 나무라고 생각해요. 그것 역시 이상한 일임에는 틀림없어요. 똑같은 토양에서 똑같은 햇빛을 받고 자라지만, 그럼에도 불구하고 나무들이 저마다의 생존의 법칙이나 규칙을 갖고 있다는 것은 정말 놀라운 일이에요. 그렇게 생각하지 않으세요, 메리 양? 실없는 소리라고 웃으실지 모르지만 가끔 집 밖으로 나와서 야외에 앉아 있노라면 어느새 이런 감탄조가 되어버리기 십상이랍니다. 극히 평범한 자연의 산물이라 해도 보고 있으면 한없이 상상의 나래를 펼치게 만들거든요."

패니가 꿈에서 막 깨어난 듯한 목소리로 말했다.

"솔직히 말해서 저는 루이 14세의 궁정에 있었던, 공화정 시대의 저 유명한 베니스 총독과 조금 닮았다고 힐 수 있어요.(볼테르의 《루이 14세의 시대》에 나오는 일화. 베니스 총독이 베르사유 궁전에서 '무엇이 가장 신기하다고 생각하는가.'라는 질문을 받고 '내가 거기에 있다는 사실이다.'라고 대답했다고 한다.) 이 정원 숲에 대해서도 뭐가 신비로우냐고 물으면 제가 그 속에 있다는 것만큼 신비롭게 느껴지는 것은 없다고 답할 수 있을 것 같아요. 만약 누군가가 1년 전쯤 이곳이 제가 살 곳이라고, 날마다 이렇게 이곳에서 지내게 되리라고 말했다면, 저는 전혀 믿지 않았을 거예요! 이곳으로 온 지 벌써 5개월 가까이 된답니다! 이렇게 조용한 분위기 속에서 5개월을 살았다니!"

메리가 대답했다.

"네, 그러네요. 메리 양에게는 너무 조용한 곳이었을 것 같군요."

패니가 말했다.

"이론적으로는 저 자신도 그렇다고 생각해야겠지만, 전체적으로 보아 이처럼 행복한 여름을 지내본 적이 없어요. 하지만 앞으로 어떻게 될지 아무도 알 수 없는걸요."

이렇게 말할 때의 메리의 눈동자는 반짝반짝 빛났다. 그녀는 더욱 생각에 잠긴 듯한 모습으로 목소리를 낮추었다.

패니는 가슴이 두근두근했다. 더 이상 억측을 펴거나 상대의 관심을 끌려고 유인하는 일은 할 수 없다는 느낌이 들었다. 그런데 메리는 다시 기운을 차리고 곧 말을 계속했다.

"제가 예상했던 것보다 훨씬 더 잘 시골 생활에 익숙해졌다고 생각한답니다. 시골에서 반년을 보내는 것도 얼마든지 즐거운 일이 될 수 있는 거구나 하는 생각까지 할 수 있게 되었지요. 어떤 조건 아래서는……. 매우 즐거운 일이 될 수도 있다고 말예요. 가족적인 교제의 중심이 될 품위 있고 그만그만한 규모의 집, 사교를 위한 모임 행사가 늘 있고……. 부근에 있는 일류 사교계에 자유롭게 드나들 수 있는……. 쾌락과 유흥이 가득 차 있는 곳에서 더 부유한 사람들과 교제를 나누고 사교계의 일인자로 지목되며 그런 즐거움에 싫증이 날 때까지 빠져 지낸다 해도 그곳을 떠나 이 세상에서 가장 마음이 맞는다고 서로 느낄 수 있는 사람과 마주앉아 이야기만 나눌 수 있다면 무서운 게 무엇이 있겠어요. 프라이스 양, 러시워스 부인이 된 마리아 양이 아무리 좋은 집을 가졌다 해도 전혀 부러워할 필요가 없는 거예요."

메리가 진지한 목소리로 말했다.

"저는 마리아 언니가 부럽지 않아요!"

패니는 단지 이 말밖에는 할 수가 없었다. 메리는 패니의 말에 귀를 기울이려는 태도가 아니었다.

"어머나, 러시워스 부인에게 그런 말을 한다는 것은 우리로서는 매우 무례한 행동일 거예요. 왜냐하면 그분 덕분에 앞으로 여러 가지 명랑하고 화려하며 흐뭇한 시간을 가질 수 있게 되리라 잔뜩 기대하고 있으니까요. 한 1년쯤 지나면 틀림없이 매일 소서턴을 방문하게 되리라 생각해요. 버트램 양의 경우와 같은 결혼은 여러 사람 모두에게 행복한 일이죠. 러시워스 부인의 첫째가는 즐거움이란 온 집안 가득히 손님을 초대해서 소서턴에서 첫손에 꼽힐 화려한 무도회를 여는 게 틀림없을 테니까요."

패니는 아무 말 없이 앉아 있었다. 메리는 또다시 깊은 생각에 잠겨 있다가 갑자기 얼굴을 들더니 소리쳤다.

"어머! 저기를 보세요. 그 사람이 오고 있어요."

그러나 그들 앞에 나타난 사람은 제임스가 아니고 에드먼드였다. 그 랜트 부인과 함께 그녀들 쪽으로 걸어오는 것이 보였던 것이다.

"언니하고 버트램 씨예요. 형님이 딴 데로 가서서 저분을 다시 버트램 씨라 부를 수 있게 되어서 아주 기뻐요. 에드먼드 씨라고 하면 뭔가 형식적이고 청승맞고 무척 초라한 느낌으로 들어요. 어감이 딱딱하게 들리고 또 한편으로는 동생 같은 느낌이 들어서 전 싫어요."

메리는 에드먼드에게 시선을 고정해놓고 있었다.

"느낌이란 사람에 따라서 정말 다르군요! 제겐 버트램 씨라고 하면 무척이나 차갑게 들려 전혀 의미가 없는 듯 느껴져요. 어떤 따뜻함이라든가 인품도 느껴지지 않고요. 단지 남자를 나타내고 있을 뿐, 그것뿐이에요. 하지만 에드먼드라는 이름은 듣기에 고귀한 느낌이 있어요. 영웅적인 무용과 명성과 영예가 내포되어 있는 듯해요. 에드먼드는 왕이나 왕자, 혹은 기사들의 이름이죠. 그 이름 속에는 기사도 정신과 따뜻한 애정이 깃들여 있는 느낌이에요."

패니가 말했다.

"분명히 이름 자체는 좋아요. 그 이름 위에다 Lord라든가 Sir라고 하면 듣기에 근사하지요. 하지만 씨(Mr) 따위 썰렁하고 멋대가리 없는 것을 붙여 보세요. 에드먼드 씨라고 한다면 존 씨라든가 토머스 씨 등과 구별될 게 하나도 없잖아요. 그건 그렇고 우리 마중 갈까요? 저 두 사람은 이런 계절에 우리가 밤바람을 쐬러 나와 앉아 있는 데 대해서 한마디 하려는 것이 분명해요. 그들이 먼저 훈계를 하기 전에 우리 쪽에서 반쯤 허탕을 치게 해줍시다. 실망하는 얼굴을 볼 수 있잖아요."

메리는 자리에서 벌떡 일어나 한 걸음 앞으로 걸어나갔다. 에드먼드는 그녀들과 만나서 무척 기쁜 모양이었다. 그녀들 두 사람이 가까워졌다는 말을 듣고 그는 매우 만족하게 생각했었는데 실제로 이 두 사람이 함께 있는 모습을 보기는 이것이 처음이었다. 그가 매우 사랑스럽게 여기는 이 두 사람 사이의 우정은 그에게는 더없이 바람직한 것이었다. 사랑을 하고 있는 남자라도 분별이 있다는 증거로 말해두지만 그는 이 우정을 통해서 이득을 보는 것은 패니뿐이라든가, 패니 편에서 얻는 바가 더 많다고는 결코 생각하지 않았다.

"자, 지금부터 무분별하고 철없다고 우리를 맘껏 꾸짖어 보세요? 우리들이 여기 앉아 있었던 이유가 무엇 때문일까요? 충고를 듣고 두 번 다시 그런 짓을 하지 말라는 간청과 탄원을 듣기 위해서랍니다."

메리가 장난기 섞인 미소를 지으며 서두를 뗐다.

"만약 두 사람 중 어느 한 사람만 있었다면 잔소리를 했을지도 모르지요. 하지만 나쁜 짓을 둘이서 함께 하고 있을 경우면 웬만한 것은 눈감아줄 수도 있는 거지요."

에드먼드가 부드러운 미소로 답했다.

"별로 오랫동안 앉아 있지도 않았을 거예요. 아까 숄을 가지러 이층으로 올라갔을 때 계단 창문으로 내다봤는데, 그때는 두 사람이 천천히 걷고 있었으니까요."

그랜트 부인이 말했다.

"날씨가 정말 좋죠. 이런 날씨에 몇 분 정도 벤치에 앉아 있었다고 해서 분별을 문제 삼을 수는 없을 듯한데요. 영국의 날씨는 달력을 보고 판단할 수는 없으니까요. 5월보다 11월이 더 변덕스러울 때도 있어서 달력을 무시하고 나름대로 날씨를 판단해야 할 때가 종종 있으니까요."

에드먼드가 어깨를 으쓱이며 말했다.

"이럴 수가 있을까, 정말? 두 분은 제가 이제까지 사귀었던 분들 중에서 가장 박정한 분들이시군요. 너무너무 실망했어요! 손톱만큼도 걱정해주지 않는군요. 우리들이 얼마나 괴로웠고 얼마나 추웠는지 모르시는군요. 하지만 저는 벌써 오래전부터 생각하고 있었는데요, 상식과 대항하기 위해 무언가 대수롭잖은 책략을 쓸 경우에 버트램 씨는 순순히 말을 받아들이지 않고 여성을 가장 난처하게 하는 분이라는 짓을 말예요. 처음부터 이분에게는 거의 희망을 걸지 않았답니다. 하지만 그랜트 부인, 당신은 저의 언니, 저와는 피를 나누어 가진 자매잖아요? 언니라면 조금은 걱정해줄 것이리고 생각했는데."

메리가 토라진 듯이 손을 내저으면서 투덜댔다.

"지나친 자부심을 가져서는 안 돼, 메리. 자신을 너무 과대평가해서는 안 되고말고. 내 마음을 움직일 만한 것을 너한테서는 조금도 기대할 수 없어. 나도 걱정을 하고 있단다. 하지만 그건 전혀 번지수가 다른걸. 만약 내게 날씨를 바꾸는 힘이 있다면 지금까지 계속 살을 에는 듯한 샛바람이 불어대고 있었을 거야. 왜냐하면 나의 화분 몇 개를 로버트는 밤공기가 따뜻하니 기어코 밖에다 내놓겠다고 우기지 않겠니. 그 결과가 어떻게 될 것인지 나는 알고 있어. 갑자기 기온이 떨어져서 당장에 서리가 내리는 거야. 모두—적어도 로버트가—불의의 습격을 당하고 내 화분은 몽땅 못쓰게 되겠지. 그런데 더 좋지 않은 일이 있어. 좀 전에 요리사를 만났는데, 칠면조 고기를 일요일까지 두면 상할 거라는 거야. 일요일은 하루의 피곤한 끝이니까 네 형부도 훨씬 더 맛있게 먹을 것 같아서 그때까지 칠면조를 요리하지 말도록 특별히 일러두었거든. 이만하면 나도 불평할 만하지. 날씨가 계절에 맞지 않게 이렇게 후덥지근하니 말이야."

그랜트 부인이 길게 한숨을 내쉬며 말했다.

"언니, 너무 속상해하지 마세요. 그런 것이 바로 시골에서 살림하는 재미라구요! 하루라도 빨리 이 동생을 묘목 장수나 양계장 주인에게 소개시켜 주는 건 어떨까요?"

메리가 장난기 섞인 어조로 말했다.

"어머, 그러니. 너 말이야, 네 형부가 웨스트민스터 사원이나 세인트폴 대성당(모두 런던의 대교회 이름)의 사제장이 될 수 있도록 추천 좀 해다오. 그렇다면 나도 묘목 장수나 양계장 주인을 알아보고 환영해 주마. 하지만 맨스필드에는 그렇게 부탁할 만한 사람이 없단다. 그러니 어떻게 하면 좋겠니, 동생아?"

그랜트 부인도 역시 장난기 섞인 목소리로 말했다.

"그렇다면 지금까지 해온 대로 해나가는 수밖에 없어요. 종종 난처한 변을 당해도 절대로 화내지 않도록 하는 일 말예요."

메리가 언니를 향해 싱긋 웃으면서 말했다.

"어머, 친절도 해라. 하지만 메리, 어디서 살든 이런 사소한 불만을 피할 수는 없는 거야. 네가 도시에 살아도 내가 찾아가면 너는 틀림없이 너 나름의 불만을 얘기할 거다. 네가 묘목 장수와 양계장 주인을 만난다 해도 마찬가지야. 어쩌면 묘목 장수나 양계장 주인이기 때문에 더 짜증나는 일이 생길 거라구. 그래, 그로 인해 더 그럴 수가 있겠어. 배달이 늦어지거나 값이 턱없이 비싸거나 가끔 속임수를 쓰거나 골칫거리일지도 모를 테지.”

그랜트 부인이 설레설레 고개를 저으면서 말했다.

“난 굉장한 부자가 되어서 그 따위 일로 애태우거나 골치를 썩이거나 하진 않겠어요. 지금까지 들은 바로는 많은 수입이라는 것이 행복의 가장 좋은 처방인 것 같아요. 행복을 확실하게 보장받는 열쇠와 같은 것이니까요.”

메리가 고개를 빳빳하게 세우면서 말했다.

“당신은 굉장한 부자가 될 생각이신가요?”

에드먼드가 물었는데, 패니가 보기에 그의 시선에는 매우 진지한 의미가 깃들여 있었다.

“물론이에요. 당신도 역시 그러시겠죠? 우리 모두가 그렇지 않겠어요?”

그녀는 눈을 동그랗게 뜨면서 반문했다.

“욕망과 상관없이 자신의 능력으로 어떻게 할 수 없는 일들이 있는 법이에요. 내 힘에 미치지 않을 것이 틀림없는 일을 그럴 작정이라고는 말할 수 없지요. 메리 양이 어느 정도의 부자를 원하시는 건지, 당신에게 있어 그것은 마음대로 골라잡기일지도 모르겠군요. 단지 1년에 몇천 파운드라고 그 액수를 정하기만 하면 그만이고, 틀림없이 저편에서 그 돈이 굴러들어오는 것이겠지요. 하지만 제가 원하는 것은 다만 가난하게 살지만 않으면 그걸로 만족이거든요.”

에드먼드가 정색을 하면서 말했다.

"최대한 절제하고 절약하면서 수입에 맞추어 원하는 것을 구입하고 말이죠. 무슨 말인지 충분히 이해해요. 버트램 씨, 당신만한 연령에 자력으로 출세할 수 있는 길도 한정되어 있고 별로 유력한 친척 관계도 없는 그런 분에게는 대단히 정상적인 계획이겠지요. 보기에 흉하지 않은 생활 이상으로 무엇이 더 필요할까요? 앞날이 긴 것도 아니고 그렇다고 무언가 도움이 될 만한 신분의 친척도 없고, 신분이 높거나 부유한 친척들이 없으니 당신은 열등감을 느낄 이유도 없을 거고요. 정직하고 가난하게 사는 것이 정답이죠. 네, 그렇게 하세요. 부디 정직하시고 가난하십시오. 하지만 전 조금도 버트램 씨 당신을 부러워하지 않을 거예요. 그리고 당신을 존경할 생각도 갖고 있지 않아요. 저는 정직하고 돈 많은 부자들을 훨씬 더 존경하니까요."

"부자인지 가난뱅이인지로 정직에 대한 당신의 존경도가 어떻게 변하든 그것은 저와는 전혀 관계가 없는 일입니다. 전 가난해질 생각은 없으니까요. 절대로 가난해지지는 않겠다고 결심하고 있어요. 세속적인 눈으로 볼 때 그 중간 정도의 상태, 그런 삶 속에서 정직하게 살아가는 것을 당신이 경멸하지 않았으면 하는 것이 솔직한 바람이에요. 정직성에 있어서만큼은 당신에게도 경멸을 당하고 싶지 않습니다."

에드먼드가 메리를 바라보며 말했다.

"하지만 전 경멸하겠어요. 중간 이상의 삶이라고 해도 낮은 지위니까요. 다른 사람들을 제치고 얼마든지 명예로운 지위로까지 올라갈 수 있는데도 평범하게 사는데 만족하고 있는 것은 경멸받아야 마땅해요."

"하지만 어떻게 하면 명예로운 지위로 올라갈 수 있을까요? 정직하게 살면서 어떤 방법으로 다른 사람보다 뛰어날 수 있다는 건가요?"

에드먼드가 매우 궁금하다는 표정을 지으며 물었다. 이것은 쉽사리 대답할 수 있는 질문이 아니었다. 메리는 탄식하듯이 말꼬리를 길게 늘이다가, 골똘한 생각에 잠긴 표정에서 깨어나듯 말했다.

"당신은 의원이 될 수도 있었겠지요. 혹은 10년 전에 육군에 입대하셨더라면 좋았을 텐데요."

"그것으로는 지금 이 상황에 별로 도움이 되지 않거니와 적절한 방법도 아닌 것 같군요. 제가 의원이 되려면 아마도 살길이 막연한 차남들을 대표하는 특별한 의회가 생길 때까지 기다려야만 할 겁니다. 아니, 메리 양. 제가 아무리 그 방면으로 뛰어난 사람이 되고 싶어도 그런 기회조차 쉽사리 얻을 수 없는 겁니다. 그럴 기회도 가능성도 절대로 없다는 말입니다. 그런 생각을 하면 어쩔 수 없이 제 자신이 비참해집니다. 하지만 그것은 또 다른 성격의 문제들이죠."

에드먼드의 표정과 말투가 진지해졌다. 그에게서 강렬한 자의식이 느껴졌다. 메리는 부드러운 미소와 반농담조로 대답하고 있었지만, 에드먼드의 기분과 현재의 상황을 제대로 인식하고 있는 듯했다.

두 사람의 모습을 관찰하고 있는 패니에게 서글픔이 밀려왔다. 그녀는 지금 그랜트 부인과 나란히 서서 두 사람의 뒤를 따라갔지만 그랜트 부인에게 제대로 주의를 기울일 수가 없었다. 온통 두 사람의 대화에 관심이 쏠려 있었기 때문이다. 패니는 곧장 집으로 돌아가는 것이 좋겠다고 생각했다. 그리고 그 말을 꺼내도 좋을 기회를 엿보고 있었다.

바로 그때 맨스필드 파크의 큰 시계가 3시를 알려주는 소리를 들었다. 그녀는 실제로 여느 때보다는 오랜 시간 동안 집을 비우고 있었나는 사실을 깨닫고는 즉시 목사관을 빠져나가 집으로 돌아갈 결심을 했다.

마침내 집으로 돌아가기로 결심을 한 패니는 망설임 없이 그랜트 부인에게 작별 인사를 했다. 동시에 에드먼드도 어머니가 패니를 찾고

있으며 자신이 목사관까지 걸어온 것도 그녀를 데려가기 위해서였다
는 것을 상기해냈다.

패니는 점점 걸음을 빨리 했다. 에드먼드와 함께 가는 것을 조금도
기대하지 않고 혼자서 얼른 돌아가고 싶었는데 다른 사람들도 걸음을
빨리 하여 목사관까지 따라왔다. 목사관을 지나쳐 가야 할 필요가 있
었던 것이다. 그랜트 박사가 현관에 서 있었으므로 거기 잠시 머물러
서 인사를 나누는 동안 에드먼드의 태도로 보아 그가 정말로 함께 돌
아갈 생각임을 알게 되었다.

그도 작별 인사를 하고 있었다. 고맙게 생각하지 않을 수 없었다. 헤
어질 때 에드먼드는 그랜트 박사로부터 내일 식사를 함께 하는 것이
어떠냐는 초대를 받았다. 패니가 그때 미처 불쾌함을 느낄 사이도 없
이 그랜트 부인이 얼른 그녀를 돌아보며 함께 오는 게 좋겠다고 초대
해주었다. 이 배려는 너무나 신기한 일로 패니에게는 그녀가 태어난
후 지금까지 일어난 여러 가지 사건 중에 아주 새로운 일이었으므로
많이 놀라기도 하고 당황스럽기도 했다.

"대단히 고맙습니다. 하지만 제 마음대로 초대에 응할 수는 없습니
다."

패니는 더듬더듬 말했다. 이렇게 말하면서 에드먼드에게 눈길을 돌
려 그의 의견과 도움을 청했다. 에드먼드는 그녀가 정식으로 초대를
받고 기뻐하는 것을 흐뭇한 모습으로 바라보았다. 에드먼드는 패니
에게 어머니가 반대하지만 않으면 초대에 응하지 않을 아무런 이유가
없다고 말했다. 그리고 어머니는 절대 반대하지 않을 것이라는 확신
을 심어주며 측시 초대를 수락하라는 적극적인 암시를 보냈다.

패니는 비록 그의 적극적인 권유를 받으면서도 그런 어림없는 대담
한 독단을 내릴 용기가 나지 않아 주저하고 있었다. 이윽고 다른 기별
이 없으면 그녀가 참석하는 것으로 알고 있겠다고 그랜트 부인이 말

했다.

"메뉴가 무엇인지는 아시겠죠. 칠면조 요리랍니다. 대단히 훌륭한 칠면조라서 아주 맛있을 거예요. 왜 그러냐 하면요, 여보."

그랜트 부인은 미소를 짓고 남편을 돌아보며 말했다.

"요리사는 아무래도 내일은 칠면조를 요리해야 된다고 하니까요."

"좋아요, 좋아. 그것 잘되었군. 이 집에 그런 근사한 요리가 준비되어 있다니 정말 기쁘군. 하지만 프라이스 양과 에드먼드 버트램 씨는 아마 그런 것은 개의치 않을 거요. 메뉴 따윈 아무도 듣고 싶어하지 않으니 음식이 나올 때까지 잔뜩 기대하며 기다릴 수 있는 기쁨을 빼앗을 필요는 없지 않겠소. 우리는 그저 친구끼리 어울리는 모임을 갖는 것이 중요할 뿐이지 거창한 만찬회를 예상하고 있는 것도 아닌데. 칠면조든 집오리든 양다리든 무엇이든 상관없소. 그저 당신과 요리사 뜻대로 하구려."

그랜트 박사가 말했다. 두 사촌은 함께 걸어서 집으로 돌아왔다. 두 사람 사이에서 이 초대에 관한 것이 곧 화제가 되었는데, 에드먼드가 매우 만족스러운 듯 메리와 그런 친밀한 교제를 하게 된 것을 무척 바람직한 일이라고 생각한다고 말한 것 외에는 두 사람은 말없이 걸었다. 이 화제가 끝나자 그는 생각에 잠겼고 다른 화제에는 별로 마음이 내키지 않아서였다.

<h1 style="text-align:center">23</h1>

"그런데 어째서 그랜트 부인은 패니를 초대했을까? 어째서 갑자기 패니를 초대하겠다는 생각이 들었을까? 패니는 이런 식으로 그 댁에서 식사한 적이 없단 말이야. 난 패니를 내놓을 수 없어. 그리고 패니 역시 가고 싶어하지 않을 거야, 틀림없이⋯⋯. 그렇지 패니, 너도 가고 싶지 않지?"

버트램 영부인이 의아하다는 표정을 지우지 못하고 패니에게 물었다.

"어머니가 그렇게 물으시면, 패니는 곧 그렇다고 대답할 겁니다. 하지만 어머니, 패니는 가고 싶어할 거예요. 분명히 가고 싶어할 거라고요. 그리고 패니가 참석해서 안 될 이유도 없잖아요."

에드먼드는 패니를 앞질러 말했다.

"도무지 짐작도 할 수가 없구나. 어째서 그랜트 부인이 이 애를 초대하려고 생각했는지 말이다. 이전에는 없었던 일이야. 이따금 우리 딸애들을 불러주기는 했지만 패니를 초대한 적은 한 번도 없었거든."

버트램 영부인은 여전히 의아한 표정이었다.

"제가 없어서 불편하실 것 같으면 이모⋯⋯."

패니가 감정을 억누른 듯 가느다란 목소리로 입을 떼었다.

"하지만 어머니는 하룻밤 내내 아버지와 함께 계실 거잖아요?"
에드먼드가 다시 한 번 패니의 말을 자르며 말했다.

"그야 물론 그렇지."

"그렇다면 아버지의 의견을 여쭈어보는 게 어떨까요?"

어머니가 고개를 끄덕이자 에드먼드가 어깨를 으쓱이고는 제안했다.

"그것 좋은 생각이구나. 그렇게 하자, 에드먼드. 네 아버지가 오시거든 곧 여쭈어볼게. 패니가 없어도 지장이 없겠는지 말이다."

버트램 영부인이 아들을 향해 환한 미소를 지었다.

"그 점은 마음대로 하세요, 어머니. 그러나 제가 아버지의 의견을 여쭈어보자고 한 것은, 이 초대를 받아들이는 것이 적당한지 그렇지 못한지에 대해서입니다. 처음 받은 초대니만큼 반드시 응하는 것이 그랜트 부인에게나 패니에게나 당연한 일이라고 아버지는 생각하실 거예요."

"글쎄, 뭐라 하실지 모르지. 한번 여쭈어보자꾸나. 하지만 아버지도 무척 놀라실 거야. 그랜트 부인이 패니를 초대했다고 하면 말이야."

버트램 영부인은 여전히 영문을 모르겠다는 표정이었다. 토머스 경이 나타나기까지는 더 이상 나눌 말도 없었고 말해 보았자 뾰족한 수가 있는 것도 아니었다. 그러나 이 문제는 실제로 내일 하룻밤의 안락한 자기 생활과 관련 있는 일이었기 때문에 버트램 영부인으로서는 잠시도 잊을 수가 없는 무엇보다 중요한 일이었다. 30분 정도 지났을 무렵, 토머스 경이 농장에서 돌아왔다. 그는 자신의 방으로 가기 전에 부인의 얼굴을 보러 잠깐 얼굴을 들이밀었다가 막 나가려던 참이었다. 거의 문이 닫히고 있는 순간에 버트램 영부인이 남편을 불러세웠다.

"여보, 잠깐 기다리세요. 말씀드릴 것이 있어요."

그녀의 조용하고 침착한 어투—왜냐하면 그녀는 소리를 높이는 수고 같은 건 조금도 할 필요가 없었기 때문에—는 결코 무시되는 일이 없었다. 토머스 경이 돌아서더니 부인을 향해 걸어왔다.

버트램 영부인이 이야기를 시작하는 때를 기다려 패니는 슬그머니 방을 빠져나왔다. 자기에 관한 일이 이모부를 상대로 의논거리가 되어 오가는 이야기를 듣기란 그녀의 입장으로는 견딜 수 없는 일이었다. 패니는 안절부절못하고 있었다. 어쩌면 패니가 이토록 애태울 필요는 없는 일일 것이다. 가게 되거나 그렇지 않거나, 결국 그것이 어쨌다는 것인가? 하지만 만약 이모부가 오랜 시간을 생각하고서도 결정하지 못해 몹시도 엄한 표정을 짓고 더욱이 그 엄한 얼굴을 그녀에게로 돌려 마지막 순간에 안 된다고 단정을 내린다면, 아마도 그 말에 순종하면서 예의에 어긋나지 않는 표정을 짓기란 불가능할 것 같았다.

하지만 그동안 그녀에 관한 일은 순조롭게 진행되고 있었다. 버트램 영부인 편에서 이렇게 말문을 열었다.

"당신이 깜짝 놀라실 일이 있어요. 글쎄, 그랜트 부인이 패니를 만찬에 초대했답니다."

"으음."

토머스 경은 그 정도로는 별로 놀랄 만한 일도 아니라는 듯이 말했다.

"에드먼드는 보내주라고 그러는데요. 하지만 어떻게 그 애를 놓아줄 수 있어요?"

"돌아오는 시각은 늦어지겠군. 그런데 무엇이 곤란하단 말이오?"

토머스 경이 시계를 힐끗 쳐다보며 물었다. 에드먼드는 기회를 놓치지 않고 어머니의 이야기에서 빠진 부분을 보충 설명했다. 그가 자초지종을 다 이야기하자, 어머니는 다만 이렇게 덧붙였을 뿐이었다.

"정말 이상한 일이에요! 그랜트 부인은 지금까지 한 번도 그 애를 초대한 적이 없는걸요."

버트램 영부인이 이 순간에 할 수 있는 말은 고작 그뿐이었다.

"하지만 어머니, 그건 대단히 자연스러운 일이잖아요. 그랜트 부인이 자기 여동생을 위해서 패니처럼 착하고 인상이 좋은 손님을 초대하고 싶어하는 것은 말입니다."

에드먼드가 어머니를 향해 항의하듯이 말했다.

"그래, 아주 자연스럽군 그래. 동생 일이 없더라도 내 생각으로는 이토록 자연스러운 일은 없는 것 같소. 그랜트 부인이 프라이스 양, 즉 버트램 영부인의 조카딸에게 예의를 표하는 일인데. 이건 설명조차 필요치 않은 일이잖소. 놀라운 점이라면 그것이 이번이 처음이라는 사실뿐이군. 패니가 조건부의 대답을 했다는 것은 아주 올바른 행동이었소. 그 애의 사고방식은 제대로 된 듯해요. 그러나 그 애도 틀림없이 가고 싶을 거요. 젊은이들은 함께 모여 어울리기를 좋아하는 법이니까. 그러니 그 애가 원하는 대로 해도 안 될 이유가 전혀 없을 것 같군요."

토머스 경이 자신의 견해를 분명하게 밝혔다.

"하지만 제가 그 애 없이 저녁 시간을 보낼 수 있을까요, 여보?"

"물론 아무 지장도 없을 거요."

"내 동생이 없을 때는 언제나 그 애가 차를 준비하곤 했어요. 그건 당신도 잘 아시잖아요."

버트램 영부인이 남편의 얼굴을 바라보았다.

"처제에게 부탁해서 여기서 하루를 함께 지내달라고 하면 어때요? 물론 그 시간에는 나도 집에 있을 테니까."

"됐군요. 그럼 패니는 가도 좋아, 에드먼드."

계속 망설이고 있던 버트램 영부인이 마침내 고개를 끄덕이면서 허락의 의사를 밝혔다. 이 반가운 소식은 곧 패니에게로 전해졌다. 에드먼드가 자기 방으로 가는 길에 패니의 방 문을 두드렸던 것이다.

"모든 일이 잘 해결되었어, 패니. 아버지는 조금도 주저하지 않으시고 바로 결단을 내리셨어. 의견은 단 한 가지, 단연코 네가 가야 한다고 생각하시는 거야."

에드먼드가 패니를 향해 부드러운 미소를 지어보였다.

"고마워, 오빠. 너무너무 기뻐."

패니는 에드먼드의 말을 듣고 무척이나 기뻤다. 그러나 그가 방을 나가고 방문이 닫혔을 때는 또다시 망설이기 시작했다. 그러면서 이런 의문을 느끼지 않을 수 없었다. '하지만 나는 무엇 때문에 기쁜 것일까? 거기에 가면 반드시 무언가 마음 아프게 하는 것을 보거나 들어야 할 텐데……'

그러나 그것을 분명히 알고 있으면서도 기뻤다. 다른 사람이 보기에는 이런 초대는 하찮은 것이었겠지만 그녀에게는 새롭고 소중한 일이었다. 그것은 소서턴에서 보낸 하루를 제외하고는 지금까지 다른 곳에서 식사한 적이 한 번도 없었기 때문이다. 단지 반 마일 떨어진 곳에 불과하고 비록 세 사람을 찾아가는 것이었지만, 그래도 역시 초대임에는 틀림이 없었다. 그리고 그곳으로 가기 위해 여러 가지 준비하는 일조차도 커다란 즐거움이 되어주고 있었다.

하지만 정작 그녀의 기분을 이해하고 옷차림 같은 것에 대하여 당연히 도움을 주어야 할 사람들로부터는 동정도 도움도 얻을 수 없었다. 그 이유는, 버트램 영부인은 단 한 번이라도 남의 도움이 되려고 생각해본 적이 없으며 노리스 부인도 그 다음날 이른 아침 토머스 경의 초대에 응하여 왔지만 조카딸이 즐거워하는 모습을 보고는 몹시 언짢은 기색을 감추려 하지 않았다. 패니가 너무나 못마땅한 나머지 조카딸의 즐거움을 어떻게 하면 감소시킬 수 있을까에 대해 열중하는 것처럼 보였다.

"정말로 패니, 이토록 보살핌을 받고 네 마음대로 할 수가 있도록 허락을 받다니 너는 참 행운아야! 그랜트 부인이 네 생각을 해주신 것도 버트램 이모가 선뜻 가도록 허락해주신 것도 모두 감사하게 생각해야 한다. 실은 네가 이렇게 다른 사람들 앞에 나서거나 다른 집에 만찬 초대를 받아 가거나 할 이유는 조금도 없다는 것을 너도 잘 알고 있을 테니까 말이다. 이런 일이 앞으로 또 있으리라고 기대하진 말아라. 그리고 이 초대가 특별히 너에게 경의를 표한 것이라는 생각은 하지도 말아라. 이모부, 이모, 그리고 나에 대한 인사로써 그렇게 한 것이란다. 그랜트 부인은 우리들과의 체면을 생각해서 너에게도 마음을 써주어야 한다고 생각하신 거야. 그런 것이 아니라면 이런 일을 생각해 냈을 리도 없어. 더욱이 줄리아라도 집에 있었더라면 너 따위는 돌아보지도 않았을 테니까 말이다."

노리스 부인은 아주 교묘하게 그랜트 부인 편에서 베푼 호의를 완전히 무참하게 짓뭉개버렸다. 패니는 노리스 부인이 무엇인가 대답을 듣고 싶어하는 것을 알고는 버트램 이모가 목사관으로 갈 수 있도록 허락해 주신 데 대하여 감사하게 생각하고 있으며, 자신이 집을 비우는 동안 불편을 겪지 않도록 모든 준비를 완벽하게 갖추어 놓겠다고 말했다.

"아니! 그런 걱정은 말아라. 이모는 네가 없어도 지장 없이 해나가실 수 있으실 테니까. 그렇지 않다면 네가 가도 좋다는 허락은 하시 않으셨을 게 아니냐. 그리고 여기 내가 있잖니. 이모 염려는 하지 않아도 돼. 너는 아주 즐거운 하루 저녁을 보내고 돌아오기나 했으면 좋겠다. 하룻저녁이 무척 재미있었다고 할 수 있도록 말이다. 하지만 다섯 사람이라는 숫자는 숫자 중에서도 테이블에 앉기가 제일 마땅치 않은 숫자야. 그랜트 부인 같은 그런 기품 있는 부인이 좀더 궁리를 하지 않았다니 아무래도 이상한 일이군! 게다가 그 댁의 그 크고 넓은 식탁에서라니. 말 그대로 엄청나게 커서 방 하나를 통째로 채우고도 모자랄 만큼 큰 식탁이야! 박사도 내가 그 집을 나올 때, 내 식탁을 그대로 인수했더라면 좋았을 텐데. 정신이 제대로 된 사람이라면 누구든지 그렇게 했을 거야. 그 따위 엉터리 같은 신품을 뭐 하러 가져왔는지. 이 집 식탁보다도 크단다. 말이 되니? 목사관의 식탁이 맨스필드 파크의 식탁보다도 더 크다니. 내 식탁이 얼마나 더 어울리는지 몰라! 그분도 내 말대로 했더라면 사람들의 존경을 더 많이 받았을 텐데! 사람은 제 분수를 지키지 않으면 결코 존경받지 못하는 법이니까 말이다. 그걸 잊어서는 안 된다, 패니. 다섯 사람, 겨우 다섯 사람이 그 식탁에 둘러앉다니! 하지만 음식은 아마 열 사람 몫만큼 나올 거다. 그것은 내가 확실하게 보장하지."

노리스 부인은 흥분해서 계속 숨을 헐떡거렸다. 그녀는 잠시 숨을 고르고 나서 다시 계속해서 말했다.

"분수에서 벗어나 신분 이상인 척하려는 것은 의미 없는 일이며 어리석은 짓이야. 그걸 생각하면 지금 너에게 잠깐 한마디 해두는 것이 좋겠다. 패니, 넌 지금부터 우리 눈길이 닿지 않는 곳에서 다른 사람과 자리를 같이 하는 것이니까 제발 부탁이다. 주제넘게 나서서 사촌들과 같은 처지라도 되는 양, 러시워스 부인이 된 마리아나 줄리아와 같은 표정으로 불쑥 나서거나 자기 의견을 함부로 지껄이는 따위의 짓은 하지 않도록 해. 그것은 예법에 어긋나는 일이다. 알겠니? 어느 곳에 가든지 너는 신분이 가장 낮으며 네 차례는 맨 나중이라는 사실을 명심해라. 메리 양은 목사관을 자기네 집처럼 여기고 있지만 넌 그 아가씨하고는 입장이 다른 거다. 그리고 밤에 작별할 때의 일인데, 에드먼드가 돌아가자고 하면 돌아오는 거야. 결정하는 것은 에드먼드에게 맡겨라."

노리스 부인이 엄격한 분위기를 조성하며 말했다.

"네, 이모. 그렇게 할 거예요. 저도 그 이상의 다른 생각은 하지 않아요."

패니는 공손하게 대답했다.

"아무래도 비가 올 것 같다. 구름이 이렇게 변덕을 부리는 날은 난생 처음인걸. 오늘밤에는 틀림없이 비가 오겠다. 만일 비가 와도……너 자신이 알아서 해결하도록 해라. 마차가 마중 와 주리라고 기대하진 말아라. 난 오늘밤에 집에 돌아가지 않을 예정이니까 나를 위해 마차를 대기시키는 일은 없을 거다. 그러니까 비가 올 것에 대비해서 준비와 각오를 단단히 하고 가도록 해."

마침내 노리스 부인의 일장연설이, 따끔한 훈계가 막을 내렸다. 패니는 이모의 말이 분명히 이치에 닿는 말이라고 생각했다. 그녀 자신은 안락함을 누릴 권리를 박탈당한 너무나 비천한 신분이라는 것을 노리스 이모의 표현으로 다시 한 번 깨달아야 했던 것이다. 그래서 얼마 후 토머스 경이 방문을 잠깐 열고 '패니, 언제쯤 마차를 대기하는 것이 좋을까?' 하고 물었을 때 그녀는 대답도 못 할 정도로 소스라쳐 놀랐던 것이다.

"어머, 형부! 마차라니요? 패니는 얼마든지 걸어서 갈 수 있어요."

노리스 부인은 얼굴이 빨개질 성도로 노하여 소리쳤다.

"걷다니요! 다른 누구도 아닌 내 조카가 이런 계절에 만찬 초대를 받고 가는데 마차도 없이 간단 말이오? 패니, 4시 20분이면 되겠니?'

토머스 경은 전혀 말대꾸를 용납하지 않을 정도로 위엄을 보이며 방안으로 들어오더니 되풀이해서 물었다.

"네, 이모부."

패니는 조심스럽게 대답했으나 노리스 이모에 대해서는 마치 죄인이 된 듯한 기분이었다. 그리고 승리하여 기세가 올랐다고도 할 수 있는 상황에서 이모와 함께 앉아 있기가 거북하여 이모부의 뒤를 따라 방에서 얼른 나왔는데 약간 발걸음이 늦었으므로, 등 뒤로 다음과 같이 쏟아져 나오는 노여움과 흥분된 투의 노리스 이모의 말을 들을 수 있었다.

"형부는 정말 쓸데없는 일을 하시네! 지나친 친절이야! 하긴 에드먼드도 함께 가지. 참, 그렇구나. 에드먼드를 위해서구나. 그리고 보니 그 애는 목요일 저녁에 봤을 때 목소리가 좀 쉬어 있었지."

그러나 패니는 이 말에 속지는 않았다. 그녀는 마차는 자기를 위한 것, 자기 혼자만을 위한 것이라는 것을 정확하게 알고 있었다. 그리고 이모부의 자상한 배려는 노리스 이모가 잔소리를 한 바로 다음이었던 만큼 한결 더 고맙게 느껴져서 혼자 있게 되자 눈물이 날 정도였다.

마부는 정한 시간에 어김없이 마차를 갖다 대었다. 1분 후에 에드먼드가 이층에서 내려왔다. 패니는 숙녀는 늦어서는 안 된다 싶었기 때문에 세심한 주의를 기울이며 벌써 몇 분 전부터 응접실에 앉아서 기다리고 있었다. 토머스 경은 평소의 시간 엄수 습관으로 보아도 나무랄 데 없는 시각에 두 사람을 배웅해 주었다.

"자, 어디 좀 보자, 패니."

에드먼드가 애정이 담뿍 담긴 눈으로 사랑하는 여동생을 바라보는 자상한 오빠처럼 다정한 미소를 띠고 말했다.

"흠 잡을 데 없이 아름다운 숙녀라고 칭찬해줘야겠구나. 정말 멋지고 예쁘다, 패니. 어떤 옷이니?"

"이모부께서 마리아 언니 결혼식 때 입으라고 사주신 새 옷이야. 너무 화려하지 않을까? 하지만 오늘 입지 않으면 겨우내 이 옷 입을 기회가 다시는 없을 것 같아서……. 오빠, 지나치게 화려하지 않아? 그래 보이지 않았으면 좋겠는데……."

발그레 상기된 얼굴로 패니가 말했다.

"여성의 경우 흰색으로 통일한 차림새가 지나치게 화려하다고는 할 수 없어. 아니야, 결코 지나친 치장이라고는 말할 수 없어. 어느 모로 보나 훌륭해. 드레스가 아주 예쁘다. 그 윤기 있는 물방울무늬가 마음에 쏙 드는데. 참 메리 양도 비슷한 드레스가 있었던 것 같지, 아마?"

그들은 목사관을 향해 천천히 다가가다가 마구간 앞뜰과 마부들의 숙소 옆을 지나가게 되었다.

"아니, 이것 봐! 우리 말고 손님이 또 있구나. 마차가 있는 걸 보니! 도대체 누구를 데려와서 우리와 만나게 하려는 걸까?"

에드먼드가 말했다. 그리고 옆의 유리문을 내리자 곧 그가 누군지 알 수 있었다.

"크로포드 씨잖아. 크로포드 씨의 대형 마차가 틀림없어! 저기 하인 두 사람이 마구간으로 밀어 넣고 있는 게 보이지? 흐음, 크로포드 씨가 돌아온 모양이구나. 이건 정말 놀라운 일인걸, 패니. 그를 다시 만날 수 있다니……. 정말 반가운데."

에드먼드는 무척 흥분한 듯했지만 패니에겐 자기 기분은 에드먼드와 전혀 다르다는 말을 할 기회도 시간도 없었다. 지금 드레스를 입은 자기의 모습을 괸찰힐 사람이 또 한 사람 늘어났다는 생각을 하자 패니의 마음속에서 점점 두려움만 거져가고 있었다. 패니는 두려운 마음을 애써 억누르면서 응접실에 들어가야 하는 대단히 어려운 의식을 치렀던 것이다.

예상했던 대로 응접실에는 확실히 헨리가 있었다. 저녁 식사 시간에 맞춰 도착한 것 같았다. 그 둘레에 서 있는 다른 세 사람의 미소와 만족스런 표정은 바스를 출발하여 2~3일 동안 이곳을 방문하려고 한 그의 갑작스런 결심이 크게 환영받고 있음을 역력히 말해주고 있었다.

　그와 에드먼드 사이에는 진정에서 우러나는 재회의 반가운 인사가 오갔으며 패니를 제외한 모든 사람이 기쁨에 넘쳐 있었다. 하지만 헨리의 등장이 패니에게 괴로운 일만은 아니었다. 그가 있음으로 해서 화제가 분산되었고 아무도 패니 한 사람만을 주목하지 않았기 때문에 그녀는 남의 눈에 띄지 않고 편한 마음으로 앉아 있을 수 있었던 것이다.

　그것은 한편으로는 반가웠지만 또 한편으로는 괴로운 일이었다. 노리스 이모가 무엇이라고 하건 그녀 자신이 오늘 저녁 식사의 주빈(主賓)이며 중요한 존재가 될 것이라는 사실을 믿어 의심치 않았던 것이다. 하지만 막상 식탁에 둘러앉고 보니 참으로 즐거운 대화가 오가고, 자신이 굳이 거기 끼어들어야 할 필요가 없다는 것을 새롭게 알게 되었던 것이다. 오누이 사이에서는 바스에 관한 이야기, 두 청년 사이에서는 사냥 이야기, 메리와 그랜트 박사 사이에서는 정치에 관한 이야기, 헨리와 그랜트 부인 사이에서는 닥치는 대로 이것저것 화제가 많아서, 패니는 단지 조용히 듣기만 하는 것으로 하루 저녁을 보내게 될 것 같다는 생각을 하고 있었다.

　헨리는 맨스필드에 머무는 기간을 연장하고 싶은 눈치였다. 에드먼드는 그에게 노퍽 주에 있는 사냥용 말을 데려오는 것이 좋을 것 같다고 조언했다. 그러자 그랜트 박사가 에드먼드의 의견에 즉각 찬성하고 나섰다. 그랜트 부인과 메리도 열심히 간청하는 것이었다.

　헨리는 그 계획에 대해서 진지하게 고려하는 중이었다. 그는 자신이 결심하기 전에 패니에게서도 찬성하는 말을 듣고 싶어하는 눈치였다. 패니는 그로부터 좋은 날씨가 당분간 계속되겠느냐는 질문을 받았지만 그녀의 대답은 예의에 어긋나지 않을 정도로 짧고 무뚝뚝한 것이었다. 패니는 그가 맨스필드에 머물러 있기를 바라지도 않을 뿐더러 자신에게 구태여 말을 걸어주는 것도 원하지 않았던 것이다.

헨리의 얼굴을 보자, 패니의 머릿속에 지금은 집에 없는 두 사촌, 특히 마리아에 관계되는 여러 가지 일들이 떠올랐다. 그러나 그는 마리아와 줄리아 사이에 있었던 겸연쩍은 일들에 대해서 전혀 개의치 않는 것 같은 태도였다. 그런 일이 있었던 곳에 돌아와 있으면서도 전혀 감정의 동요를 나타내지 않고 있었으며, 버트램 가의 두 딸들 없이도 여전히 행복한 듯 보였다. 그리고 이곳에 그대로 눌러앉을 생각을 하고 있는 것이다. 마치 예전이나 지금이나 맨스필드가 똑같은 상황인 것처럼 천연덕스럽게 행동하고 있었던 것이다. 특히 그가 마리아와 줄리아에 대해 얘기하면서 아무렇지도 않은 듯이, 다른 사람들과 똑같이 얘기할 때는 전혀 다른 사람처럼 느껴지기도 했다.

저녁 식사가 끝나고 사람들은 다시 응접실에 모였다. 에드먼드는 무언가 사무적인 일로 그랜트 박사와 둘이서 다른 이야기에 열중하고 있었고 그랜트 부인은 차를 준비하느라고 분주했다. 헨리는 누이동생을 향해 다가서더니 마리아와 줄리아에 대한 이야기를 적극적인 화제로 삼기 시작했다.

"그런데 듣자니 러시워스 씨와 그의 아리따운 신부께서는 브라이튼에 머무는 중이라지. 부러운데! 러시워스 씨는 정말 행운의 남자야."

헨리는 의미심장한 미소를 띠고 있었다. 패니는 그런 그가 아주 싫어졌다. 혐오하는 마음으로 그의 미소를 그저 바라보고 있었다.

"그럼 벌써 얼마나 되었을까. 2주일쯤 되지 않았을까요, 프라이스 양? 그리고 줄리아도 함께 갔어."

메리 역시 의미심장한 미소를 짓고 있었다.

"예이츠 씨도 가까이 있겠군."

"예이츠 씨라니! 어머, 예이츠 씨에 대한 말은 아무것도 못 들은걸. 맨스필드 파크로 오는 편지 속에는 그분에 대한 이야기가 별로 없는 것 같았어. 안 그래요, 프라이스 양. 줄리아 양도 철부지는 아니니까. 아버님께 문안드리며 예이츠 씨의 소식을 전하는 따위의 일은 하지 않을 거야.”

“러시워스 씨도 안 됐어. 모처럼 마흔하고도 둘이나 되는 대사가 있었는데 말이야! 결코 잊을 수 없는 일이야. 가엾게도! 지금도 그가 애를 쓰던 모습이 눈에 선한걸. 절망하던 모습은 또 어떻고. 어쩌다 고생한 보람도 없게 되고 말았으니. 아마 아름다운 러시워스 부인이 마흔두 개의 대사를 외우라고 강요하지는 않겠지. 마리아 양은 정말 러시워스 씨에겐 너무나 과분한 상대야.”

헨리는 잠시 동안 진지한 표정이 되는가 싶더니 평소와 같은 가벼운 어조로 덧붙이는 것이었다.

“그런 사나이에게는 과분해. 너무 과분해.”

그리고 조용하고 정중하게 말투를 바꾸더니 패니에게 말했다.

“당신이 러시워스 씨에게 가장 친절했어요. 언제나 인내심을 갖고 작은 도움이라도 되고 싶어 안달이셨죠. 정말 잊을 수가 없군요. 싫증내지 않고 대사를 끝까지 외우게 하려고 무던하게 애를 쓰셨는데 ……. 조물주도 거절한 두뇌를 주려고 했으니까요. 당신은 충분히 이해하고도 남는 것들이 그에게는 너무나 힘들었어요. 조금이라도 이해시키려고 아무리 노력해보았자 소용없는 일이었으니까요. 그 자신에게는 당신의 친절을 알아차릴 만한 분별조차 없을지도 모르지만 다른 사람들은 모두가 훌륭하다고 생각한답니다.”

헨리가 어깨를 으쓱하면서 말했다. 패니는 얼굴을 붉힌 채 아무 말도 하지 않았다. 몇 분간 생각하더니 그가 갑자기 소리쳤다.

“마치 꿈을 꾸고 있는 기분이에요. 아주 즐거운 꿈을요! 앞으로 우리들의 소인극을 생각할 때는 언제든지 형언할 수 없는 즐거운 기분이 될 것입니다. 너무나 재미있었고 활기가 넘쳤고 모두가 흥미를 느끼고 있었으니까요. 모두가 그렇게 느끼고 있을 것입니다. 모두 기운 찼었지요. 끊임없이 몰두할 일이 있고 커다란 희망이 있었지요. 모든 사람들이 갈망하는 마음으로 바쁘게 설치고 다녔지요. 언제나 뭔가 의견충돌을 피할 수 없었고 약간의 회의감도 느껴야 했고 빨리 연극이 끝났으면 하는 바람도 있었어요. 그런 망설임과 장애를 극복해나가야 했었지요. 하지만 그때만큼 행복했던 적도 없었습니다."

헨리의 목소리는 흥분을 감추지 못하고 있었다. 패니는 분노를 느끼면서 마음속으로 외치고 있었다.

'그때만큼 행복했던 적도 없었다니! 뭐라고 변명할 수 없음은 자신도 충분히 알고 있을 텐데. 해서는 안 될 그런 행동을 해놓고는 그때만큼 행복했던 적도 없었다니! 그토록 불명예스럽고 인정머리 없는 짓을 해놓고는 감정도 없는 사람처럼 말이야. 참! 어쩌면 그렇게도 정신이 썩어빠진 사람일까!'

"우린 운이 나빴던 거죠, 프라이스 양. 우리는 정말 운수가 아주 나빴던 겁니다. 일주일만, 더도 말고 일주일만 더 있었어도 충분했을 텐데……. 만약 우리에게 일주일만 더 있었더라도 연극 공연을 무사히 끝마칠 수 있었을 거예요. 우리에게 날씨를 조종할 수 있는 힘만 있었어도 형편은 많이 달라졌을 겁니다. 추분 무렵으로 바람이 1?2주 정도 세게 불어 주었다면 말예요. 모든 일을 순조롭게 마무리 지을 수 있었을 겁니다. 그렇다고 무슨 험한 날씨로 이모부님을 위험에 빠뜨려야 한다는 뜻은 아닙니다만 약간 지속적으로 역풍이 불어 주거나 아니면 무풍 상태만으로도 족했겠지요. 대서양에서 일주일간만 무풍 상태를 유지해 주었어도 우리는 틀림없이 연극을 무사히 끝마칠 수도, 모두가 마음껏 즐길 수도 있었을 겁니다. 그렇죠, 프라이스 양?"

헨리는 에드먼드에게 들리지 않도록 그리고 그녀의 마음속을 조금도 헤아리지 못한 채 목소리를 낮추어 말했다. 그는 대답을 얻어내려고 작정하고 있는 듯했다.

"크로포드 씨, 저의 입장에서 말씀드린다면, 저는 이모부가 하루빨리 돌아오시기를 바라고 있었기 때문에 크로포드 씨와 같은 생각은 한 번도 해보지 않았습니다. 그리고 이모부는 연극 공연을 좋게 생각지 않으셨어요. 제 생각엔 모든 것이 지나쳤다고 여겨집니다."

패니는 그를 외면하고 하는 수 없이 여느 때보다 또렷한 어조로 말했다. 헨리를 향해 한꺼번에 이렇게 긴 말을 해보기란 난생처음이었으며, 누구에게든 상대방의 말을 이토록 반대해본 적도 없었다. 말을 끝내고 그녀는 자신의 대담함에 스스로 놀라 얼굴을 붉혔다. 그도 또한 놀랐다. 그러나 한동안 말없이 그녀를 바라본 후 더 진지하고 차분한 어조로 입을 열었다.

"프라이스 양의 말씀이 옳아요. 즐거움이 앞서서 신중함이 부족했었지요. 사리 분별을 따지기보다는 쾌락이 우선이었으니까요. 당신 말이 옳아요. 우리가 너무 시끄럽게 소란을 피웠던 것 같아요."

그는 패니의 의견에 전적으로 동감한다는 듯한 태도를 취했다. 그리고 얼른 다른 화제로 바꾸어 그 이야기 속으로 그녀를 끌어들이려 했지만, 그녀가 너무나 수줍음을 탔고 또한 대화를 나누고 싶지 않은 태도를 보였기 때문에 이야기는 더 이상 진전되지 않았다.

"저 두 분은 무언가 퍽 재미있는 화제를 가지고 토론하시는 모양이에요."

메리가 몇 번씩이나 그랜트 박사와 에드먼드 쪽으로 시선을 던지다가 말했다.

"이 세상에서 가장 흥미 있는 주제겠지. 어떻게 해서 돈을 벌 것인가. 어떻게 하면 수입이 더욱 많아질까 하는 문제를 놓고 토론을 벌이는 것 말이다. 그랜트 박사는 에드먼드 씨가 얼마 안 있으면 이어받을 성직록에 대하여 설명해주고 있는 거란다. 앞으로 2~3주 후면 성직을 맡게 되는 모양이야. 식당에서도 그 이야기를 하고 있더라. 수입이 상당해질 모양이니 에드먼드 씨도 유복한 형편이 될 것 같아 다행이라는 생각이 들어. 물 쓰듯 쓸 수 있을 정도로 말이야. 게다가 버는 데에 뭐 별로 수고할 것도 없지 않니. 연 7백 파운드는 될 것 같더라. 7백 파운드라면 차남으로는 상당이 많은 액수라고 할 수 있지. 그리고 아직은 부모님 집에서 지내는 거니까 그 돈으로 식비만 충당하면 될 테고. 그 수입이란 게 고스란히 용돈이 되는 거지 뭐. 이건 내 생각이지만, 에드먼드 씨가 해야 하는 일이란 고작해야 크리스마스와 부활제 때에 하는 설교 정도뿐일 거야."

헨리가 메리를 쳐다보며 열심히 설명을 했다.

"참 재미나는 일이네. 자기보다 수입이 훨씬 적은 사람을 아주 간단하게 유복한 사람이라고 정해버리니까 말이야. 만약에 오빠 용돈이 1년에 7백 파운드로 제한되어 있다면, 오빠도 틀림없이 반쯤 정신 나간 사람의 얼굴을 하고 있을 거야."

메리는 오빠의 말을 심각하게 받아들이지 않고 그저 웃음으로 얼버무리며 헨리의 얼굴을 빤히 쳐다보았다.

"어쩌면 네 말이 맞을지도 모르지. 그렇지만 그런 건 모두 전적으로 상대적인 것들이야. 일을 결정하는 것은 태어난 가문과 습관이야. 에드먼드 씨는 비록 준남작 가문이라고는 하지만 준남작 가문의 차남치고는 제법 부유한 편에 속해. 분명히 좋은 편이지. 스물넷이나 스물다섯 살이 되면 아무 일 하지 않아도 연 7백 파운드가 굴러 들어오니 말이다. 하지만 정작 그는 돈 쓸 데가 하나도 없잖니."

메리는 에드먼드에게도 해야 할 일, 참고 견뎌야 할 일이 다소 있으며 그것을 가볍게 보아 넘길 수는 없다고 말하고 싶은 모양이었다. 하지만 자신이 가볍게 얘기할 수 있는 성질도 아니었기 때문에 가능한 한 자제하며 오빠의 말을 건성으로 듣고 있었다.

잠시 후에 이야기를 나누던 두 신사가 합류해 왔다. 메리는 침착한 표정을 유지하기 위해 애쓰고 있었다.

"에드먼드 씨, 전 반드시 맨스필드에 와서 당신의 첫 설교를 들어야겠습니다. 젊은 신참 목사를 격려하기 위해서 말입니다. 그런데 그게 언제쯤 될 것 같나요? 프라이스 양, 제게 협력해 주시겠어요? 당신의 사촌을 응원하는 일이니까 약속해주세요. 처음부터 똑바로 그를 바라보며 저도 그렇게 하겠습니다만, 한 마디도 놓치지 않겠다고요. 혹은 잠시 눈길을 돌릴 때가 있어도 그것은 몹시 아름다운 구절이나 뛰어나게 훌륭한 설교 내용이어서 기록해야 할 때만 그렇게 합시다. 반드시 수첩과 연필을 준비해 가야 하겠군요. 에드먼드 씨, 그게 언제쯤이나 가능한가요? 맨스필드에서 반드시 설교를 해야 합니다. 안 그런가요? 토머스 경과 버트램 영부인이 들으시도록 해야 하니까요."

헨리가 두 사람을 번갈아 바라보면서 말했다.

"저는 당신을 필사적으로 피해 다닐 생각입니다, 크로포드 씨. 그 이유는 당신은 응원은 고사하고 저를 당황하게 만들 것이 뻔하니 말입니다. 그리고 당신이 설교를 듣기 위해 애쓰는 모습은 보고 싶지 않아요. 다른 사람이라면 몰라도 당신이 그러는 모습을 본다면 무척이나 안쓰러울 테니 말입니다."

에드먼드가 빙긋 웃으며 대답했다.

'저 사람은 에드먼드가 비꼬고 있는 줄이나 알까?' 하고 패니는 생각했다. '아니야, 저 사람은 어떤 감정이든 간에 제대로는 느낄 수 없는 사람 같아. 수치심이라면 더욱 더.'

모든 사람들이 다 함께 한자리에 모여 번갈아 가면서 이야기를 꺼내어 서로의 주의를 끌고 있었으므로 패니는 조용히 앉아 있을 수 있었다. 차를 마시고 나자 휘스트(카드놀이의 한가지로 보통 네 사람이 함.)를 한판 벌이자는 의견이 나왔다. 그랜트 박사의 기분을 맞춰주기 위해

주의 깊은 그의 부인이 일부러 카드 테이블을 마련했지만, 처음부터 계획을 세워두었던 것은 아니었다.

메리는 하프를 연주하기 시작했으므로 패니는 다만 듣고 있는 일 외에는 해야 할 일이 없어 누구의 방해도 받지 않고 편안하게 있었다. 단지 이따금 헨리가 그녀에게 말을 걸어오거나 의견을 물어 와서 대답하지 않을 수 없는 때가 있었다. 메리는 조금 전에 들은 이야기로 마음의 안정을 잃어버리고 말았다. 음악 이외에는 다른 무엇에도 관심을 나타낼 기분이 아니었다. 그래서 그녀는 음악으로 자신을 위로하는 동시에 다른 친구들에게는 즐거움을 선사하고 있었다.

에드먼드가 그처럼 빠른 시일 안에 목사가 된다는 이야기는 그녀에게는 충격이었다. 언젠가는 그렇게 되겠지만 아직 결정된 것이 아니고 훨씬 앞날의 일이라 생각하고 있었던 만큼 불만스럽기도 하고 속이 상하기도 했던 것이다. 에드먼드에 대해서 무척이나 화가 났다. 메리는 자기가 에드먼드에게 큰 영향력을 미칠 것으로 생각하고 있었던 것이다. 하지만 그는 그녀의 충고를 대수롭지 않게 생각하고 있는 듯했다.

메리는 벌써 오래전에 그를 마음에 두고 있었다. 진지하게 생각하기 시작했으며 하루하루 지날수록 그 결심은 더욱 확고해지고 있었다. 하지만 이제 메리는 에드먼드가 자신에 대해 특별한 감정을 갖고 있지 않다는 사실을 깨닫게 되었다. 그가 자신을 진지하게 생각하고 있지 않으며 사랑하지도 않는다는 것이 명백하게 드러났다. 에드먼드는 메리가 성직에 대해 어떤 생각을 갖고 있는지 분명히 알고 있었다. 그리고 그런 상황에 자신을 맞추려 하지 않을 것이라는 사실도 알고 있을 것이 분명했다.

그런 사실들을 모르지 않으면서 그는 성직을 향한 자신을 뜻을 굽히지 않았다. 메리는 그의 그러한 태도에 자신도 똑같은 행동으로 대응하기로 굳게 결심했다. 앞으로는 그의 구애를 받아도 눈앞의 쾌락 그 이상의 것은 생각하지 않을 작정이었다. 어떤 대화를 막론하고 아무런 의미도 부여하지 않을 것이다. 만약 그가 이렇게 하여 자신의 마음속에 자라고 있는 애정을 억누를 수가 있다면, 그녀 쪽에서도 역시 자기의 애정 때문에 괴로워하는 따위의 일이 일어나게 해서는 안 되는 것이었다.

24

헨리 크로포드는 다음날 아침에 맨스필드에 2주간 더 머무르려고 완전히 마음을 굳히고 있었다. 사냥 말을 보내오도록 하고 제독에게 몇 줄 설명하는 편지를 써서 봉투를 봉하고 풀썩 던지면서 누이동생을 돌아보더니 주위에 다른 가족들의 모습이 보이지 않는 것을 확인하고 나서 미소를 띠며 말했다.

"메리, 내가 무엇을 하며 시간을 보낼 작정인지 짐작하겠니? 사냥하지 않는 날에 말이야. 이제 나이 들어서 일주일에 사흘 이상은 사냥을 갈 수가 없단 말이야. 그렇지만 그 사이사이에는 이미 계획이 세워져 있지. 그게 무엇인지 알겠니?"

"물론 내가 승마할 때나 산책할 때의 상대를 해주는 거겠지, 아니야?"

"틀렸어. 기꺼이 상대가 되어 주는 것도 좋은 일이지만, 그것은 신체를 단련하는 운동일 뿐이잖니. 나는 내 정신 쪽도 좀 돌봬야 해. 그리고 말이다, 그것은 그저 여가를 즐기는 것밖에 다른 의미는 없을 거야. 전혀 노동을 할 필요가 없기 때문이지. 게으르게 얻은 양식(구약성서〈잠언〉 31장 27절)을 먹기란 떳떳한 일이 아니니까. 그래, 좋아. 분명하게 말해주지. 내 계획은 패니 프라이스가 나를 좋아하게 만드는 일이야."

헨리가 목소리를 낮추어 말했다.

"패니 프라이스라고! 말도 안 돼! 그건 바보 같은 일이야! 안 돼, 정말 안 돼. 두 사촌 언니로 만족하고 제발 그만둬, 오빠!"

메리가 눈을 화등잔만 하게 떴다.

"하지만 난 패니 프라이스라야 해. 패니 프라이스의 마음에 자그마한 구멍을 뚫지 않고는 만족할 수 없어. 넌 아직 모르는 모양이지만 그 아가씨는 사람들의 눈길을 끌 만해. 어젯밤 그 아가씨와 이야기했을 때에도 너나 누님이나 식구들은 최근 한 달 반 동안 그 아가씨의 인물이 매혹적이게 아름다워졌다는 사실을 아무도 모르는 것 같더라. 매일 만나고 있으니 그 사실을 알아차리지 못하는 모양이지? 그렇지만 정말이야. 그 아가씨는 가을철 그때와는 완전히 다른 사람으로 변해 버렸어. 물론 그 당시에도 평범하다고는 할 수 없는 외모였지. 너무나 얌전하고 조용해서 존재가 전혀 드러나지 않았던 거니까. 하지만 지금은 정말 예뻐졌어. 아무리 얌전히 앉아 있어도 빛이 날 정도로 아주 미인 중에서도 절세미인이야. 그전에는 피부 빛깔도 표정도 볼 만한 것이 없다고 생각했었지만 아기피부처럼 그 보드라운 살결이 어젯밤처럼 그토록 자주 분홍빛으로 물드는 모양이라니. 무척 아름다웠어. 그리고 눈이나 입도 자세히 보았는데 무언가 표현하고픈 생각이 우러났을 때에는 고스란히 표현할 수 있는 풍부한 표정이었어. 게다가 말이야, 그 태도나 자태도 그렇고, 몸 전체의 느낌이 무어라고 말로는 형언할 수 없을 만큼 놀랍게 발전했어! 10월 이후로 키도 2인치 정도는 더 큰 것 같아."

"설마! 그건 비교할 만큼 키 큰 여자가 주위에 없었기 때문이야. 게다가 그 패니 양이 입은 드레스는 새로 산 옷이야. 지금까지 그렇게 차리고 나선 것을 한 번도 본 적이 없었잖아. 패니 양은 10월 그때와 조금도 달라지지 않았어. 그때 그대로라고! 내 말이 맞을 거야, 오빠. 사실 어젯밤에는 좌중에 그 아가씨 외에는 눈독을 들일 만한 여자가 없었고 오빠는 누구든지 상관없이 한 사람이 필요했던 거잖아. 물론 나도 패니 양이 예쁘다고 생각하고 있어. 뛰어난 미인은 아니지만 세상 사람들이 흔히 말하듯이 예쁜 편에 든다고 말이야. 그런 아름다움은 한창 때가 되면 살아나는 거야. 눈빛이 조금만 더 짙었다면 좋겠는데 하지만 미소 지을 때는 정말 예쁘지 않아? 그렇지만 지금 오빠가 말한 대로 매혹적인 인물로 바뀌었다는 말은 그녀가 더 멋진 옷으로 차려 있은 것과 오빠에게는 달리 눈길을 보낼 만한 다른 여자가 없었다는 것이 그 이유야. 틀림없어. 그러니까 패니 양을 상대로 사랑놀이를 시작한다 해도 그것은 그녀의 아름다움에 경의를 나타낸 결과라든가, 그 시작이 오빠 자신의 무료함과 도락 이외에 달리 또 있다고는 절대로 생각할 수 없어."

메리가 단호하게 말했다. 헨리는 이 비난에 대해 미소를 지었을 뿐이었다.

"패니 양이라는 사람은 아무리 보아도 정체를 알 수가 없어. 어떤 사람인지 도무지 잘 알 수가 없단 말이야. 어제만 해도 무슨 생각을 하고 있는지 짐작할 수가 없었어. 그 아가씨는 어떤 성격일까? 고지식한 편인가? 좀 괴짠가? 새침한 편인가, 아니면 얌전한 척하는 걸까? 어째서 그리 몸을 사리면서 그토록 심각한 얼굴로 나를 바라보는 것인까? 아무리 말을 시켜도 노대체가 대답을 하려 하지 않아. 여자를 웃게 만드는 일이 이렇게 오랜 시간이 걸린 적은 여태껏 한 번도 없었어. 그리고 어제처럼 힘들었던 적도 없었어. 아무리 노력을 해도 그렇게 일이 잘 풀리지 않다니! 지금까지 나를 그렇게 심각하게 바라본 여자는 없었어. 처음이야! 그 아가씨의 얼굴은 이렇게 말하고 있었어. '나는 당신을 좋아하지 않아요. 당신을 좋아하지 않겠다고 이미 결심을 굳혔어요.’ 하고 말이야. 이 점을 극복해야겠어. 그래서 난 말하는 거야. 그녀가 나를 좋아하도록 만들 거야. 반드시 그렇게 만들고야 말겠어."

"바보 같은 오빠! 결국 따지고 보면 그 아가씨의 매혹이란 이런 거야! 즉, 패니 양은 오빠에게 관심이 없어. 오빠를 좋아할 마음이 아예 없다고. 그러니까 무척 부드러운 살결에다 키도 커지고, 온갖 매력과 애교도 생겨나는 거지! 제발 부탁이니까 그 아가씨를 정말로 불행하게 만들진 마. 살짝 사랑놀이를 하는 것은 어쩌면 활력소가 되어 그녀를 위해 좋을지 모르지만 너무 깊이 빠져들게는 하지 마. 패니 양은 아주 착한 사람이며 감수성이 퍽 예민하니까."

메리가 간곡히 말했다.

"단지 2주일간의 일인 걸, 뭐. 2주일 정도로 치명적인 상처를 입는 그런 체질이라면 구원의 여지가 없지. 그래, 좋아. 그 아가씨를 괴롭히지는 않겠어. 귀여운 아가씨니까! 다만 내게 호의를 나타내는 표정을 하고 얼굴을 붉힐 뿐 아니라 미소를 지어 보이고 어디 있건 자기 자리 옆에는 항상 내 자리를 마련해놓았다가 내가 앉아 말을 걸었을 때에는 싱그럽게 기뻐해 주기를 바랄 뿐이야. 나하고 같은 생각을 가져주고 말이다. 내가 가지고 있는 물건이나 즐거움에 흥미를 보여주며, 나를 조금이라도 더 오래도록 맨스필드에 잡아두려 애쓰고 내가 가버리면 다시는 행복해질 수 없다고 느낄 정도로만. 난 그 이상의 것은 바라지도 않아."

헨리가 어깨를 으쓱하며 말했다.

"정말로 겸손한 희망이시군! 그렇다면 나도 이제 더 이상 말리지 않겠어, 오빠. 패니 양의 호감을 살 기회는 앞으로 충분히 있을 거야. 우린 언제나 함께 어울리게 될 테니까."

메리가 다소 빈정거리듯이 말했다. 그녀는 오빠를 더 이상 질책하려고 하지 않았다. 그리고 패니 스스로가 자신의 운명을 선택할 수 있도록 해주고 싶었다. 패니의 마음은 메리가 짐작조차 할 수 없는 방식으로 굳게 방비되어 있었기에 망정이지, 그렇지 않았다면 이 운명은 그녀에게는 부당하게 가혹한 것이 되었을지도 모른다. 그것은 이런 이유 때문이었다. 물론 세상에는 방년 18세, 난공불락의 아가씨도 있는 것으로—그렇지 않다면 책에 그 이야기가 나올 리 없다—재능과 예의와 성의와 찬사 등을 총동원해서 끈질기게 설득을 해와도 자기 판단에 맞지 않는 연애는 절대로 하지 않는다는 경우도 있겠지만 그는 패니가 그런 사람 중의 하나라고 믿고 싶은 생각은 없었다.

그녀같이 섬세하고 정감 있는 성격과 풍부한 취미를 간직한 여성이 헨리와 같은 남성의 구애—설령 단 2주일간의 구애였다 하더라도—를 받았을 경우 마음에 상처를 받는 일 없이 피할 수 있다는 것은 헨리한테 이전부터 느껴온 나쁜 인상을 극복하지 않으면 안 된다는 것을 전제로 한다 하더라도 그녀의 애정이 다른 사람에게 기울어져 있었으니 망정이지 그렇지 않았더라면 어려웠을 것이라고 생각된다. 다른 사람을 사랑하고 있고, 그에게는 경멸감을 가지고 있었으므로 그의 공격을 받아도 마음의 평화가 깨지지는 않을 듯했지만 그의 구애가 장기간에 걸쳐 계속되자—그것은 장기간에 걸쳐 계속되었지만 결코 강요하는 빛은 없었으며 그녀의 얌전하고 섬세한 성격에 점점 보조를 맞추어 있었으므로—그녀로서도 얼마 안 가서 전처럼 그를 무턱대고 싫어하는 대도를 버리지 않을 수 없었다. 결코 과거를 잊은 것은 아니었으며 또 그에 대한 생각이 좋은 쪽으로 변한 것도 아니었지만 그의 힘은 무시할 수 없었다. 그는 말도 잘했고 재미있었으며, 패니를 대하는 태도 역시 매우 향상되어 있었다. 헨리는 패니를 만날 때마다 예의바르고 정중하게 응대했다. 사실 진지하면서도 나무랄 데 없이 예의 바르게 행동했기 때문에 이편에서도 정중하게 응대하지 않을 수 없었던 것이다.

이 정도의 일을 성취하는 데는 불과 며칠이면 충분했다. 그리고 그 며칠의 마지막 순간에 어떤 사정이 생겨 그녀를 기쁘게 해주려는 그의 목적을 촉진하기에 도움이 되었을 뿐 아니라, 그녀도 역시 한없이 행복해져 누구에게든 호의를 보이지 않을 수 없었다. 오빠 윌리엄, 오랫동안 헤어져 있던 그리운 오빠가 다시 영국으로 돌아왔던 것이다.

그녀에게 편지가 왔다. 급히 몇 줄로 갈겨 쓴 그 행운의 편지는 배가 영국(영국 해협)에 들어섰을 때 급히 쓴 편지였다. 윌리엄은 스핏헤드(영국 남부 포츠머스 항구 밖의 수로)에 정박한 앤트워프 호를 떠난 첫 보트 편에 부쳐서 포츠머스로 보내온 것이었다. 그리고 헨리가 신문을 들고 첫 소식을 알릴 양으로 들어왔을 때는 이미 그녀는 이 편지를 읽고 기쁨에 들떠 뺨이 달아오른 채 감사에 넘친 얼굴로 이모부의 친절한 초대의 말에 귀를 기울이고 있었다.

헨리가 윌리엄에 대한 이런 사실을 완전히 알게 된 것은 오래 되지 않았다. 그녀에게 이런 오빠가 있다는 것과 혹은 그 오빠가 이런 배를 타고 있다는 사실을 얼마 전에 비로소 알게 되었는데 그때 강한 흥미를 느끼게 되었음은 극히 당연한 일로 런던에 돌아가면 앤트워프 호가 지중해로부터 언제쯤 귀국 하는가 등에 관해 알아보리라 생각했던 것이다. 그리고 다음날 아침 일찍 선박 정보를 조사한 것이 재수가 좋아, 그녀를 기쁘게 하는 이런 방법이 발견된 것이었다. 헨리는 패니를 즐겁게 해주기에 충분한 이 소식을 알아낸 자신의 민첩함에 대해 다음날 아침이면 그에 합당한 보상을 받으리라 확신했다. 그리고 해군 소식을 가장 먼저 접할 수 있는 신문을 수 년 동안 구독함으로써 숙부에 대한 의무를 게을리하지 않았던 것이 비로소 보상을 받는 거라고 생각했던 것이다.

그러나 그것도 뒷북치는 격이었다. 그 멋진 최초의 감동을 그는 완전히 자기 손으로 불러일으킬 심산이었는데 애석하게도 그것은 이미 끝나 있었다. 하지만 다행스럽게도 그의 자상한 마음, 그 의도의 친절함에 감사하는, 진심으로 고맙게 여기는 마음이 느껴졌다. 감사하는 마음을 조금도 감추지 못한 열렬한 인사가 되돌아왔다.

패니는 윌리엄 오빠에 대한 넘치는 애정으로 평소의 소심한 성격을 모조리 잊고 있었다.

패니는 오빠인 윌리엄을 무척 사랑했다. 그 윌리엄이 얼마 후면 찾아오게 되었던 것이다. 그는 아직은 소위 후보생에 지나지 않았지만 그래도 불원간 휴가를 얻을 수 있으리라는 건 분명했다. 양친은 포츠머스에 살고 있으니까 이미 부모님을 만났을 것이다. 아마 분명히 날마다 만나고 있을 것이다. 그렇다면 그 다음엔 누이동생을 위한 휴가를 보내는 것이 극히 당연한 일이었다.

7년이란 세월을 통해 누구보다도 가장 많이 편지를 주고받은 상대자였으며 이모부도 그의 양육과 입신에 가장 큰 힘을 기울여 준 사람이었으니까. 이런 사정으로 그녀의 회답에 대한 답장은 빨리 돌아왔으며 그가 며칠 안으로 도착하기로 결정되었다.

난생처음 받은 만찬회 초대는 패니의 기분을 흥분으로 들뜨게 했는데 그로부터 열흘 후쯤 그녀는 더 큰 흥분에 젖었다. 현관에서, 복도에서, 층계에서, 오빠를 태우고 달려올 마차 소리에 귀를 기울이고 있었다.

패니는 초조함으로 애를 태우며 윌리엄 오빠를 기다리고 있었다. 이렇게 기다리는 동안 고맙게도 마차가 노착했다. 만남에 대한 두려움이나 어떤 형식적인 절차로 지체되는 일 없이 두 사람은 만날 수 있었다. 마침내 윌리엄이 집 안으로 들어섰고, 그녀는 그가 집 안에 들어서자마자 곧 그에게 가까이 다가갔는데, 처음 몇 분 동안 그들의 애틋한 감정을 방해하는 사람은 아무도 없었다. 앞문을 여는 일에만 주로 마음을 쓰고 있던 하인만이 그들을 지켜보고 있었다. 토머스 경과 에드먼드가 자기들 나름대로 꾀를 내어 남모르게 두 사람을 배려하고 있었던 것이다. 그것은 마차가 도착하는 소리가 나자마자 현관으로 뛰어나가려는 노리스 부인을 동정심이 넘친 그들 두 사람이 재빨리 말리고는 그대로 있으라고 충고한 일로 보아, 두 사람은 서로의 마음을 알아차렸던 것이다.

윌리엄과 패니는 곧 여러 사람 앞에 모습을 나타냈다. 토머스 경은 자기가 돌봐준 조카를 맞이했는데, 물론 떠났던 7년 전의 그 조카가 아니었다. 그 당시와는 완전히 다른 사람이 되어 있어서 그를 놀라게 했다. 명랑하고 유쾌한 표정은 주위 사람들을 기분 좋게 해주기에 충분했고, 성격은 솔직하고 꾸밈이 없었다. 또한 다정다감하면서 예의 바른 태도는 훌륭한 청년의 모범이 될 정도였다. 토머스 경은 윌리엄이 단박에 마음에 들었고, 이 조카와는 사이좋게 지낼 수 있겠다는 확신이 생겼다.

기다리는 일의 마지막 30분과 그 보람이 있었던 최초의 30분으로 이루어진 이 한 시간 동안 설레어 종잡을 수 없는 패니의 행복감은 오랜 시간이 흐르도록 깨어나지 않았다. 그토록 도취된 듯 잠겨 있는 패니의 행복한 마음은 쉽게 깨어날 줄을 몰라 자기가 행복하다는 것도 잊었고 달라진 외모에서 느껴야만 했던 실망감도 사라지고 옛날과 변함없는 윌리엄을 보고 지난 몇 년 동안 마음속으로 줄곧 상상해오던 그대로 그와 이야기하기란 불가능했다. 그러나 그 시기도 서서히 다가왔다. 그녀 못지않게 열렬한 그의 애정이 그것을 촉진시켰을 뿐 아니라 더욱이 체면 같은 것을 생각할 필요도 없었고 주눅이 들 까닭도 없었기 때문이다. 그녀는 오빠에겐 첫 번째 사랑의 대상이었으며 성품이 활발하고 기질도 대담한 그는 그 사랑을 느낀 대로 자연스럽게 표현할 수 있었다. 다음날 아침, 두 사람은 즐겁게 산책을 함께 했으며 그 후부터 매일 아침 이 두 사람만의 다정한 산책은 계속되었다. 이를 바라본 토머스 경은 에드먼드가 일깨워주기를 기다릴 것도 없이 만족한 기분이 되지 않을 수 없었다.

지난 몇 달 동안에 에드먼드가 예상외로 자기의 처지를 잘 이해하고 동정해준 일에 대하여 특별한 기쁨을 맛보는 일도 있었지만 그런 순간을 제외한다면 패니에게는 태어나서 지금까지 이만한 행복감을 느낀 적이 없었다. 오빠이자 벗인 윌리엄과 이토록 스스럼없이 대등하고 편한 마음으로 우애를 나누고 있는 것이었다. 그리고 윌리엄은 오빠로서 그녀에게 자기 마음속의 모든 것을 털어놓으며 자신의 희망과 두려움, 앞으로의 계획 등을 들려주었고, 그리고 여러 해 동안 줄곧 갈망해오던 승진에 대한 우려도 함께 나누었다.

윌리엄은 패니에게 가족에 대한 모든 것을 직접 자세하게 들려줄 수 있었다. 패니는 그동안에 가족에 대한 소식을 거의 듣지 못했었다. 그리고 윌리엄은 오빠로서 이 맨스필드에 살게 된 동생의 안락함이든가 사소한 고충 등 모든 면에 관심을 기울이며 알고 싶어했다. 윌리엄은 친척들 모두에 대해서는 즉석에서 그녀가 말하는 그대로의 생각을 받아들였고 그대로 믿어 주었다. 패니의 의견과 한 가지 다른 점이 있었다면 노리스 이모의 다소 비양심적인 면과 못된 언행에 대해서는 다소 노골적인 의견과 좀더 야단스러운 흉을 본 일뿐이었다.

패니는 윌리엄과 함께 있으면 아마 이것이 모든 일 중에서도 소중한 즐거움이었겠지만, 어린 시절의 행복과 고통의 기억들 일체를 다시 한 번 되풀이하여 괴로움과 기쁨이 뒤얽힌 옛일을 하나하나 더듬으면서 아주 깊은 회상에 잠길 수도 있었다. 이것은 애정의 굴레를 더욱 강하게 해주는 것이었다. 이 일에 관해서는 설사 부부의 인연이라 할지라도 이 남매간의 경우에는 미치지 못했다. 같은 피를 나눈 가족으로서 생애 최초의 기억과 습관을 같이 한 아이들이 가질 수 있는 모든 기쁨과 고통과 즐거움을 함께 공유했다. 그것은 다 성장한 후의 인연으로는 결코 얻을 수 없는 것이었다. 오랫동안의 부자연스런 소원함, 성장한 뒤에 맺은 인연 때문에 생긴 어쩔 수 없는 간격, 이런 요인들이 없는 한에는, 어린 시절에 느꼈던 이런 애착의 귀중한 잔영이 완전히 잊혀질 수는 없는 법이다.

그러나 아아! 그런 일이 얼마나 많은가, 형제간의 우애는 때로는 거의 완전한 경우도 있지만 또 다른 경우에는 없는 것만 못한 수도 있었다. 그러나 윌리엄과 패니, 이 프라이스 남매에게 있어서 그 감정은, 아직도 예전과 똑같은 모습을 간직하며, 이해와 타산으로 인해 상처받는 일도 없고 다른 사람에 대한 애착 때문에 냉각되는 일도 없으며 오래 떨어져 못 만났던 것은 그 감정을 더 깊게 만들어주었던 것이다.

이렇듯 귀여운 애정으로 인해 이 두 남매는 양질의 것에 대한 가치를 인정하는 마음을 가진 사람들에게는 모두 높이 평가받았다. 헨리역시 이에 대한 감탄만은 다른 사람들에게 뒤지지 않았다. 그는 젊은 선원의 따뜻하면서도 소박한 애정을 훌륭하다고 여겼다. 그때 윌리엄은 패니의 머리 쪽으로 손을 뻗치고는 이렇게 말했다.

"난 그 최신 유행의 묘한 헤어스타일이 좋아지기 시작했어. 영국에서 그런 헤어스타일이 유행하고 있다는 말을 처음 들었을 때는 믿을 수 없었고 지브롤터의 고등 판무관 관저에서 브라운 부인이나 다른 여성들이 그런 머리 모양으로 나타났을 때 미친 게 아닌가 생각했다. 하지만 패니, 네가 그런 머리 모양을 하고 있으니 전혀 어색하지가 않은데."

그럴 때마다 패니의 뺨은 붉게 물들면서 눈빛은 별처럼 반짝거렸다. 그리고 오랜 바다 생활에 반드시 따르게 마련인 절박한 위험이라든가 무서운 광경 따위를 오빠가 들려주고 있는 동안 패니의 상기된 뺨, 반짝이는 눈, 흥미진진한 모습, 넋을 잃고 열중하여 듣고 있는 모습은 헨리를 크게 감탄시켰다.

이런 정경을 평가할 정도의 정신적 취미는 헨리에게도 있었다. 패니의 매력은 갑절이나 상승했다. 감수성이 예민한 그녀가 목을 아름답게 물들이고 밝은 표정으로 있는 모습은 그 자체만으로도 매력적이었다. 그녀의 감정의 깊이에 대해서는 이제 의심할 여지가 없었다.

패니는 감수성이 풍부하고 순수한 감정의 소유자였다. 이런 아가씨에게 사랑받는다는 것, 그 젊디젊은 앳된 마음에 첫 열정을 일으키게 하는 것이야말로 대단한 일이 아닌가! 그는 생각했던 것 이상으로 흥미를 가지게 되었다.

2주간으로는 부족했다. 그의 체재 기간은 무기한 연장되었다.

윌리엄은 종종 이모부의 요청을 받고 말동무가 되어 주었다. 그 이야기 자체도 재미있었지만 토머스 경이 그것을 요청한 주된 목적은 이야기하는 사람을 이해하고 그 이야기로 이 젊은이의 인품을 알아내자는 것이었다. 그리고 그는 명석하고 간명하며 호기가 있는 그의 이야기에 귀를 기울이고는 진심으로 만족했다. 칭찬할 만하고 장래 유망함을 추측케 하는 모든 증거—도의, 전문적인 지식, 용기, 쾌활함—를 그 속에서 찾아냈던 것이다.

비록 젊지만 윌리엄은 벌써 상당히 견문을 넓히고 있었다. 지중해에서 서인도로 파견 나갔었고, 그리고 다시 지중해로 돌아간 경험이 있었으며 함장의 호의로 상륙 허락을 받은 적도 이따금 있어, 7년 동안에 바다와 전쟁이 함께 제공하는 온갖 종류의 위험을 경험하고 있었다. 이런 재료를 가지고 있었으므로 그의 이야기가 재미있게 경청되는 것도 당연했다. 노리스 부인이 바늘 두 개 몫의 실이라든가, 낡은 셔츠의 단추를 찾느라고 난파나 전투에 대한 조카의 이야기가 한창인데 방 안을 수선스럽게 왔다 갔다 하며 듣는 사람들에게 방해를 해도 다른 사람들의 주의는 흐트러지지 않았다. 버트램 영부인까지도 이런 무서운 이야기를 듣고는 태연하게 있을 수가 없어, 때때로 바느질하던 손을 멈추고 말하는 것이었다.

"어머나, 어쩌면! 얼마나 끔찍한 일이야. 그러면서도 선원이 되는 사람이 있군 그래."

헨리는 색다른 느낌을 받았다. 그는 자신도 선원이 되어 이런 일들을 보고 체험하고 견디었다면 좋았을 거라는 생각조차 들었다. 마음은 뜨거워지고 공상은 불타올라 그는 이 젊은이에 대해 최고의 경의를 느꼈다. 스무 살도 채 되지 않은 나이에 그 정도의 신체적인 역경을 이겨내고 정신적으로 승리할 수 있었음을 이토록 실증하고 있으므로 커다란 존경심마저 느껴지는 것이었다. 무용을 발휘하고 사람들에게 유익한 존재가 되며 노력하고 인내하는 화려함에 비해 자신의 이기적이며 안일한 생활 습관을 버리고 윌리엄 프라이스처럼 자존심과 행복을 향한 일념만으로 공을 세우고 출세와 관록을 향한 길을 헤쳐 나가고 싶다는 생각을 하게 되었다.

이 소원은 간절했지만 오래 지속되지는 않았다. 그 때문에 생긴 회상과 회한의 상념에 젖어 있는데 에드먼드가 다음날의 사냥에 대한 계획을 물어오자 퍼뜩 정신을 차리고는 말과 마부를 턱 끝으로 부릴 수가 있을 만큼 현재 부유하다는 사실이 또한 나쁘지 않다는 생각이 들었다. 그 편이 낫다고 할 수 있는 점이 딱 한 가지 있었다. 그것은 호의를 나타내고 싶을 경우에 친절을 베풀 수 있는 수단이 있기 때문이었다. 무슨 일에나 의기와 용기와 호기심으로 맞서는 윌리엄은 사냥을 해보고 싶어했는데 그에게 말을 빌려줘도 불편을 느끼지 않고 빌려줄 수 있는 것은 헨리였다.

토머스 경은 다른 사람에게 말을 빌려주는 것이 얼마나 큰 호의인지 조카보다도 훨씬 더 잘 알고 있는 사람이었다. 그래서 헨리는 토머스 경이 극구 사양하는 것을 물리치고 패니의 염려를 풀어내기만 하면 되었다. 그녀는 윌리엄의 안전을 염려했던 것이다. 여러 나라에서 나타내 보인 자신의 승마술이라든가, 참가한 모험대에 관한 일, 완전히 길들여 탄 사나운 말이라든가 노새에 대한 일, 아슬아슬하게 낙마를 면한 일 등등, 그가 이것저것 이야기해주어도 그녀는 오빠가 영국의 여우 사냥에서 활발한 사냥용 말을 다루어낼 수 있으리라고는 아무래도 상상할 수 없었다. 그가 사고도 실패도 없이 무사한 모습으로 돌아오기까지는 마음이 조마조마해서 헨리가 말을 빌려준 데 대해서는 그 본래의 속셈이었던 감사의 마음 따위는 손톱만큼도 느낄 수 없었다.

그러나 윌리엄에게 아무런 위험이 없었다는 것이 분명해졌을 때 그녀는 그것이 친절한 행위였음을 인정하고 말 주인에게 미소로 응답할 수 있었으므로 그 말은 즉시 그가 쓰도록 제안되었으며 그 다음에는 대단히 정중한 말과 거절할 틈도 주지 않는 태도로 윌리엄이 노스햄턴 주에 있는 동안 그가 쓰도록 제공되었다.

〈제2권으로 이어집니다.〉

맨스필드 파크 ①

초판 1쇄 인쇄일 / 2007년 4월 30일
초판 1쇄 발행일 / 2007년 5월 05일

지은이 / 제인 오스틴
옮긴이 / 김지숙
발행처 / 현대문화센타
발행인 / 양장목
출판등록 / 1992년 11월 19일
등록번호 / 제3-448호
주소 / 서울특별시 은평구 대조동 191－1(122－842)
대표전화 / 384－0690~1 팩시밀리 / 384－0692
이메일 / hdpub@hanmail.net

ISBN 978-89-7428-308-7 (04840)
       978-89-7428-307-0(전2권)

값 10,000원